ullstein

Weingut Saale-Premium, 1945. Hedda wartet unruhig auf Nachricht von ihrem Mann und ihrem Sohn, beide gelten als verschollen. Das Weingut liegt darnieder, Hedda kann gerade einmal sich und ihre Tochter Elisabeth durchbringen. Die Amerikaner rücken in Freyburg ein, und Hedda erkennt in dem amerikanischen Offizier Thomas Hirsch wieder, ihren früheren Geliebten. Beide haben inzwischen Familie, und Thomas weiß nicht, dass er einen Sohn in Freyburg hat. Die Begegnung stürzt Hedda in tiefe Verwirrung. Als Freyburg Teil der sowjetischen Besatzungszone wird, wendet sich das Schicksal erneut für die Bewohner des Weinschlösschens. Hedda bleibt, erlebt Einquartierung und Enteignung, die Gründung der DDR. Heddas Sohn ist im Westen, in Ingelheim am Rhein baut er langsam ein eigenes Weingut auf. Eine Familie, getrennt durch eine Grenze, bis ins schicksalhafte Jahr 1989.

PAULA SEIFERT ist das Pseudonym einer vielseitigen Bestsellerautorin. Die schöne Landschaft um Saale und Unstrut kennt sie von klein auf. Geboren 1966 in Taucha bei Leipzig, arbeitete sie nach dem Studium der Kunstgeschichte in einem Verlag und in der Deutschen Bücherei Leipzig. 1995 zieht sie nach Bad Hersfeld in Hessen, wo sie heute mit Mann und Hund lebt.
Von Paula Seifert ist bei Ullstein bereits erschienen:
Saale Premium Band 1 – Stürme über dem Weinschloss
Saale Premium Band 2 – Die Frauen vom Weinschloss

PAULA SEIFERT

Der Himmel über dem Weinschloss

Roman

Ullstein

Besuchen Sie uns im Internet:
www.ullstein.de

Originalausgabe im Ullstein Taschenbuch
1. Auflage Februar 2021
© Ullstein Buchverlage GmbH, Berlin 2021
Umschlaggestaltung: bürosüd° GmbH, München
Titelabbildung: Arcangel Images/ © Ildiko Neer (Frau), Mauritius
Images/United Archives/ © Werner Otto (Burg), Mauritius
Images/ © Andreas Vittig (Landschaft)
Gesetzt aus der Quadraat Pro powered by pepyrus.com
Druck und Bindearbeiten: CPI books GmbH, Leck
ISBN 978-3-548-06158-0

Teil 1

1945

Erdbeer-Himbeer-Sekt-Konfitüre

500 g Erdbeeren
500 g Himbeeren
¼ l Sekt
500 g Gelierzucker für Beerenobst
5 g Zitronensäure

Beeren halbieren. Früchte, Sekt, Gelierzucker und Zitronensäure in einem Topf verrühren. Aufkochen und dabei rühren. 3 Minuten sprudelnd kochen lassen. Konfitüre abschäumen, in Gläser füllen und verschließen.

Kapitel 1

Hedda stand auf dem kleinen Marktplatz und schaute sich um. Ihr Blick glitt über die Bürgerhäuser, hinter denen sich der Turm der St. Marienkirche aufschwang, über das Hotel gegenüber dem Rathaus, die Reiterstatue und das Rathaus selbst.

Alles sah heute genau wie gestern aus, und doch war alles anders. Der Krieg war vorbei.

Gestern, am 12. April 1945, war die amerikanische Armee in Freyburg eingerückt. Die Amerikaner waren aus ihren Jeeps gestiegen und hatten das Rathaus besetzt. Dann nahmen sie den Bürgermeister und seine Frau mit. Felix und Trudi Geschke. Einst hatten sie auf dem Weingut Saale-Premium gelebt und gearbeitet. Trudi als Hauswirtschafterin, und Felix hatte in den Weinbergen geholfen. Dann waren die Nazis an die Macht gekommen, und Felix zog seine SA-Uniform kaum noch aus.

Mithilfe von Heddas Mann Hanno war Felix Geschke dann sogar zum Bürgermeister aufgestiegen und hatte dafür gesorgt, dass Heddas Schwester Juliette als Widerstandskämpferin erschossen worden war.

Und jetzt stand Hedda vor dem Haus, in dem Felix und Trudi gewohnt hatten, dem größten Haus am Marktplatz mit Blick auf das Rathaus. Wie sollen wir miteinander umgehen, da doch der eine den anderen auf dem Gewissen hat?, dachte Hedda. Wie sollen wir einander verzeihen?

Sie war an diesem Morgen sehr zeitig vom Weinschlösschen aus zum Rathaus gelaufen, um die Lebensmittelmarken abzuholen. Für sich, für ihre Tochter Elisabeth, die kleine Enkelin Rosemarie und für Reni, das Hausmädchen, und deren Mutter.

Doch im Rathaus herrschten nur Angst und Zähneklappern. Die Amerikaner waren hereingestürmt, als Hedda gerade mit Mathilde Groß sprach, der Sekretärin des Bürgermeisters.

Auf die Rufe »Wer Nazi?« hatte Mathilde wortlos auf die Tür gedeutet, hinter der Felix gerade dabei war, sein Parteibuch zu verbrennen.

Hedda stand dabei, beobachtete, wie sie Felix abführten und auch Trudi mitnahmen, weil die im Bürgermeisterzimmer das Hitlerbild von der Wand unauffällig verstecken wollte.

Hedda hatte sich die Genugtuung nicht verkneifen können. Aber dann begann ein amerikanischer G.I., Mathilde vom Stuhl zu zerren, um sie zu verhaften, und Hedda sah zu, dass sie aus dem Rathaus kam.

Die Amerikaner stießen Felix, Trudi und Mathilde in einen Jeep mit weißem Stern und fuhren davon.

Und nun stand Hedda auf dem Marktplatz, den Blick auf das Haus gerichtet, in dem die Geschkes in den letzten

Jahren so komfortabel gelebt hatten. Kurz überlegte sie, ob sie hineingehen sollte. Schließlich hatte das Haus ihrer Schwester Juliette gehört, bevor die Nazis es sich unter den Nagel gerissen hatten. In dem Augenblick kam der alte Hugo Blitz über den Markt. Er war der Vorsitzende der Winzergenossenschaft, die vor elf Jahren in Freyburg gegründet worden war und der natürlich auch Heddas Weingut Saale-Premium angehörte.

»Waren sie schon hier, die Amis?«, fragte er.

Hedda nickte. »Sie haben den Bürgermeister mitgenommen.«

»Geschieht dem Geschke ganz recht. Ich hoffe, sie lassen ihn nicht so schnell wieder gehen. Hat genug angerichtet, der Kerl. Und seine Giftspritze von Frau ebenso. Selbst in unsere Genossenschaft hat er sich eingemischt und dafür gesorgt, dass die paar Weinberge vom Gießler Peter, dem Kommunisten, an ihn gegangen sind.«

»Hast du was gehört vom Gießler Peter?«, fragte Hedda, die nichts gegen den Gießler hatte, er aber sehr wohl was gegen sie.

Hugo Blitz schüttelte den Kopf. »Manch einer hat erzählt, er hockt in Buchenwald. Jemand anderes wusste, dass er zu den Russen geflüchtet ist, nach Moskau. Heutzutage weiß doch keiner mehr, wo seine Verwandten und Freunde und wo seine Feinde sind.«

»Es ist gefährlich, nicht zu wissen, wo die Feinde sind. Die sollte man stets im Auge behalten«, erklärte Hedda, und Hugo Blitz nickte. »Da sagst du was.«

Er legte Hedda kurz eine Hand auf die Schulter. »Was

macht ihr denn da oben auf dem Hügel? Wie geht es weiter bei euch?«

»Was sollen wir schon machen? Wein machen wir. Wie immer. Etwas anderes können wir nicht.«

»Ich werde mal zur Sektkellerei gehen. Vielleicht gibt es dort schon bald wieder Rotkäppchensekt.«

»Glaubst du das wirklich? Als die Weinlieferungen aus Frankreich ausblieben und es auch keine Flaschen mehr gab, hat der Krupp aus der Kelterei einen Rüstungsbetrieb gemacht. Wer weiß, was von den Gerätschaften noch übrig ist, ob die Fässer, die Rüttelpulte, die Etikettiermaschinen noch da sind«, gab Hedda zu bedenken.

»Genau deshalb gehe ich ja dorthin. Wer zuerst kommt, mahlt zuerst. Kann gut sein, dass die Winzergenossenschaft sich erst einmal um die Sektkellerei kümmert, bis alles wieder so ist wie früher.«

Hedda schüttelte den Kopf. »So wie früher wird es niemals wieder sein.«

»Hast du was gehört von den Deinen? Von Hanno und von Franz? Er ist doch dein Sohn, oder nicht?«

»Nichts von Hanno, nichts von Franz. Seit Monaten keine Nachricht.«

»Keine Nachrichten sind gute Nachrichten. Halt die Ohren steif.«

Hugo Blitz nickte ihr zu, dann ging er über den Marktplatz und verschwand in der Gasse, die hoch zur Sektkellerei Rotkäppchen führte.

Hedda ging zum Haus der Geschkes. Sie lehnte sich gegen die schwere Haustür und stieg die wenigen Stufen hoch bis zum Büro der NSDAP im Erdgeschoss. Sie drückte die Klinke herab, doch die Tür war verschlossen. Hedda ging weiter in die erste Etage und klinkte an der Tür zu Geschkes Wohnung. Die Tür gab nach. Niemand in Freyburg verschloss seine Türen. Hedda betrat den Korridor. Der Geruch nach Bratkartoffeln mit Speck hing in der Luft, und ihr Magen zog sich schmerzhaft zusammen. Sie hatte gehungert im letzten Jahr, so wie alle anderen in der kleinen Stadt. Nur der Bürgermeister nicht. Zu ihm waren der Bäcker und der Metzger gekommen und hatten auf seinen Schreibtisch gelegt, was sie hatten: Brot, Brötchen, Speck, Würste und an den Feiertagen Kuchen und einen Braten.

Hedda stieß die Tür zum Schlafzimmer auf. Neben den Ehebetten standen Nachtkästchen aus Kirschholz. Hedda kannte sie. Sie hatten ihrer Schwester gehört. Auf einem der Nachttische lag eine Uhr. Hedda nahm sie und band sie sich ums rechte Handgelenk. Juliettes Uhr. Sie öffnete die Schränke, erblickte Teile aus Juliettes Garderobe, nach Pariser Chic geschneidert und zuletzt von ihrer früheren Magd Trudi getragen. Da wurde ihr übel. Hedda würgte, rannte in die Küche und erbrach sich ins Waschbecken, neben dem das Frühstücksgeschirr aufgestapelt war. Das Geschirr, das Juliette aus Paris mitgebracht hatte.

»Raus hier«, dachte sie und verließ fluchtartig die Wohnung. Erst unten vor der Haustür schnappte sie nach Luft, atmete mehrmals tief durch, bis die Übelkeit verschwunden war.

Dann überquerte sie den Markt und bog in die kleine Seitenstraße ein, in der sich Hirschs Lebensmittelladen befand. Die Freyburger sagten noch immer Hirschs Laden, obschon die Familie Hirsch vor Jahren nach Amerika geflohen war. Buchstäblich in letzter Minute. Nur die alte Frau Hirsch hatte ihr Zuhause nicht aufgeben, nicht mehr vor den Nazis fliehen wollen. Sie hatte sich in ihrem Schlafzimmer erhängt. Bereits eine Woche später war der Lebensmittelladen in den Händen volkstreuer Kameraden, die dafür gesorgt hatten, dass es neben Butter und Mehl auch den *Völkischen Beobachter* zu kaufen gab.

Hedda fühlte nach den Lebensmittelmarken in der Seitentasche ihrer Handtasche. Sie brauchte Graupen und Fett und hoffte, dass es vielleicht noch etwas gab, für das man keine Lebensmittelmarken brauchte. Noch immer fiel es ihr schwer, in den Laden zu gehen, hinter dessen Verkaufstresen nicht mehr Rosa Hirsch stand.

Als sie das Geschäft betrat, fiel ihr Blick sofort auf die weiße Stelle neben den Regalen, an der bis gestern das Führerbild gehangen hatte.

»Ah, Sie haben umgeräumt«, bemerkte sie und betrachtete auch den leeren Zeitungsständer. Nur ganz unten hing noch ein Exemplar des *Stürmer*, Untertitel »Deutsches Wochenblatt zum Kampfe um die Wahrheit«. Hedda zog das Blatt heraus und warf es auf den Ladentisch. »Das haben Sie vergessen wegzuwerfen.«

Frau Herrmann, die Frau eines treuen Genossen, die den Laden übernommen hatte, schüttelte den Kopf. »Die ist reserviert.«

»Der Krieg ist aus, Frau Herrmann.«

»Vielleicht haben das die Amerikaner so gesagt, aber der

Führer wird sich noch etwas einfallen lassen. Und so lange verkaufe ich auch noch den *Stürmer.*

Hedda erwiderte nichts, verzog nur den Mund. »Ich brauche Graupen und Butter«, erklärte sie und legte die Lebensmittelmarken auf den Tisch.

»Graupen können Sie haben, aber Butter gibt's nicht mehr. Ich kann Ihnen ein bisschen Schweineschmalz geben.«

Hedda nickte, zahlte, packte ihre Einkäufe zusammen und machte sich auf den sechs Kilometer langen Weg hinauf zum Weinschlösschen.

Sie brauchte beinahe zwei Stunden, denn die Einkäufe wogen schwer. Früher wäre sie mit dem Auto gefahren. Aber sowohl der Lieferwagen als auch ihr schöner Mercedes waren eingezogen wurden.

Vor dem Weinschlösschen erwartete sie ihre Tochter Elisabeth. Sie saß auf der roten Bank neben dem Eingangsportal und betrachtete die Tulpen im Rondell. Sie hatte den ganzen Morgen am Waschbrett gestanden und die Wäsche geschrubbt. Jetzt spülte das Hausmädchen Reni die Wäsche, und Elisabeth strich über ihre aufgerauten roten Hände und ruhte für ein paar Minuten aus.

»Wie sieht es aus in der Stadt?«, fragte sie. Eigentlich hatte Elisabeth den langen Weg zum Rathaus auf sich nehmen wollen, doch dann war Reni schon dabei, den Waschkessel anzuheizen, und Hedda nahm gerne den Fußmarsch auf sich, wenn sie damit der großen Wäsche fernbleiben konnte.

»Die Amerikaner waren da. Sie haben Felix und Trudi mitgenommen. Auch Mathilde musste mit.«

»Sie werden auch hier hochkommen«, befürchtete Elisabeth. »Ich habe die Nazifahne und meine alte BDM-Uniform im Garten vergraben.«

»Vergraben? Warum hast du sie nicht verbrannt?«

»Weil Rosemarie ein neues Kleid braucht. Aus dem Rot der Fahne mache ich ihr ein hübsches Teil für den Sommer.«

Hedda ließ sich neben ihre Tochter auf die Bank fallen und lächelte. »Recht hast du. Wir haben nichts zu verschenken oder zu verbrennen.«

»Hast du Angst, Mama?«

Hedda zuckte mit den Schultern. »Zuerst einmal bin ich froh, dass der Krieg vorüber ist. Hier in Freyburg sind zwar nicht viele Bomben gefallen, aber es wird doch sehr schön sein, die Nächte wieder einmal durchschlafen zu können, statt im Luftschutzkeller zu hocken.«

Elisabeth lachte auf. »Jetzt sagst du schon selbst Luftschutzkeller zu unserem Weinkeller. Dabei bist du fuchsteufelswild geworden, wenn einer von uns das gesagt hat.«

»Weinkeller«, wiederholte Hedda, als musste sie das Wort auf der Zunge schmecken. »Weinkeller.« Sie stand auf. »Es wird noch eine ganze Zeit dauern, bis wir das Wort ›Luftschutzkeller‹ vergessen haben.«

Sie hob den Blick und betrachtete das Weinschlösschen, als hätte der plötzliche Frieden auf die Mauern abgefärbt. Aber das Schlösschen stand da wie immer. Ein zweiflügeliges weißes Haus mit zwei Stockwerken, darüber ein rotes Dach mit einem Wetterhahn in der Mitte. Die Fenster waren allesamt noch heil, nicht einmal von der Haustür war Farbe abgeblättert. Hedda wandte sich um und ließ ihren Blick über die Nebengebäude und den Gemüsegarten schweifen. »Wenn wir Glück haben«, sagte sie. »werden wir uns den Sommer über von unserem Gemüse ernähren können. Außerdem haben wir noch die Hühner.«

Dann schweifte ihr Blick über die Obstwiese und hin zu dem Apfelbaum, unter dem die Mutter ihrer Halbschwester Juliette begraben lag. Was mit Juliettes Leichnam geschehen war, wusste sie nicht. Trotzdem stand dort ein Kreuz, das an sie erinnerte. Das Hausmädchen Reni stellte alle paar Tage Blumen oder Gräser in eine kleine Vase. Sie konnte die Gräber vom Gartenhäuschen aus sehen, das sie mit ihrer Mutter bewohnte.

Hinter der Obstwiese begannen die Weinberge, die sich vom Hügel hinab bis hinunter ans Flussufer zogen. Kleine Steinmauern grenzten das fruchtbare Land ein, und auf halbem Weg zwischen der Obstwiese und dem Zusammenfluss von Saale und Unstrut stand ein kleines Weinbergshäuschen, in dem die Gerätschaften untergebracht waren. Dort war auch Elisabeth geboren worden. Mitten in den Weinbergen zwischen zwei Rebreihen. Und es schien, als hätten die Weinberge sich in ihren Geist und ihren Körper geschrieben, denn Elisabeth mit ihren gerade mal dreißig Jahren war eine noch bessere Winzerin als Hedda selbst.

»Wir haben es gut«, erklärte Hedda nach ihrem Rundblick. »Wir haben das Schlösschen, den Garten, die Wiese, die Weinberge. Uns kann nichts passieren.«

Elisabeth zuckte mit den Schultern. »Wir müssen sehen,

was kommt. Und sobald Wolfgang wieder zu Hause ist, erhalten wir sicher eine neue Pfarrstelle. Es kann sein, dass wir dann nicht mehr hier wohnen bleiben können.«

»Glaubst du das?«

»Ja. Ein Pfarrer gehört zu seiner Gemeinde. Wir werden in ein Pfarrhaus ziehen.«

Hedda seufzte. »Wenn ich daran denke, fehlt ihr mir jetzt schon. Du und Rosemarie.«

»Das wird bestimmt noch dauern.« Auch Elisabeth erhob sich. »Ich muss Reni bei der Wäsche helfen.« Sie warf einen Blick zum Himmel. »Wenn das Wetter sich hält, können wir die Sachen draußen aufhängen. Und die Bett- und Tischwäsche zum Bleichen auslegen.«

»Hoffen wir, dass das Wetter heute unsere einzige Sorge bleibt«, ergänzte Hedda.

Am Nachmittag kam der Anruf von Hugo Blitz. »Die Amerikaner waren bei mir, wollten die Unterlagen von der Winzergenossenschaft, und sie haben gefragt, wer von uns in der Partei war. Ich habe gesagt, ich wüsste es nicht, wir hätten zusammen Geschäfte gemacht und keine Politik, aber der Geschke hat ihnen wohl den Schlüssel zum NSDAP-Büro ausgehändigt. Sie haben die Mitgliedskartei.«

»Oh!«, erwiderte Hedda. »Weißt du auch, was sie mit der Kartei vorhaben?«

»Sie nehmen alle mit.«

Hedda legte den Hörer auf.

Sie holte einen kleinen Koffer vom Dachboden, ging in ihr Schlafzimmer im ersten Stock des Ostflügels und begann zu packen. Sie zog ihr graues Reisekostüm an, das ihr viel zu weit geworden war, setzte sich auf die Bettkante und wartete.

Unten hörte sie Elisabeth und Rosemarie reden. Geschirr klapperte, eine Milchkanne schepperte, der Geruch nach frisch gebackenem Brot schwebte durch das Haus. Aber Hedda hatte keinen Hunger. Heute nicht. Sonst hatte sie immer Hunger. Das bisschen, was sie hatten, machte nicht satt. Das Mehl wurde mit Kartoffeln gestreckt, Steckrüben wurden gebraten oder zu Brei zerstampft. Von den Hühnern waren nur noch sechs Hennen da, die anderen waren längst aufgegessen.

Sie wusste nicht mehr, wie ein Sonntagsbraten schmeckte, obschon sie sich das in den ärgsten Hungertagen immer wieder versucht hatte vorzustellen. Wie schmeckte Kuchen? Wie die Schweinswürste, für die die Metzgerei unten in der Stadt berühmt war? Nur wie Wein schmeckte, das würde sie niemals vergessen. Im Keller hatten sie noch einige volle Fässer. Sie konnten den Wein nicht auf Flaschen ziehen, weil es keine Flaschen gab.

Es dämmerte bereits, als sie kamen. Hedda hatte gehört, wie zwei Autos den Hügel hinauffuhren, dass der Kies aufspritzte. Dann hatte sie die Autotüren klappen hören, und nun hämmerte jemand mit aller Kraft gegen die Tür. Sie hörte Elisabeths Schritte in der Eingangshalle. Ihre Schuhe, unter die sie Metallkappen geklebt hatte, um die Sohle zu verstärken, hämmerten auf dem schwarz-weiß gefliesten Boden.

»Who are you?«, hörte sie einen Amerikaner sagen. »Are you Hedda Wiebrecht?«

»No. I am her daughter. One moment, please.«

Elisabeth drehte sich um, aber Hedda kam bereits mit ihrem kleinen Koffer die Treppe hinab.

»I am Hedda Wiebrecht«, sagte sie und streckte beide Arme vor, als würden gleich Handschellen klicken. Doch der G.I. nahm sie sanft am Arm und führte sie nach draußen zu einem Jeep. Hedda blieb einen Augenblick lang stehen. Ihr Blick glitt über die Obstwiese, die Weinberge, den Küchengarten. Wer weiß, ob ich das alles je wiedersehe«, dachte sie. Sie wusste, dass Elisabeth mit der kleinen Rosemarie in der offenen Tür stand, aber sie schaffte es nicht, sich zu ihnen umzudrehen. Sie schaffte es nicht, weil sie nicht wusste, ob sie die beiden jemals wiedersehen würde. Man hörte so viel und wusste nichts. Und verdient hatten die Deutschen Strafe, das war Hedda klar. Die Deutschen hatten die halbe Welt ins Elend gestürzt. Nachsicht konnten sie von den Besatzern nicht erwarten.

Hedda blickte starr geradeaus. Rosemarie rief »Oma!«, und Elisabeth schluchzte, aber Hedda brachte es einfach nicht fertig, ihren Liebsten in die Augen zu sehen. Sie stieg in den Jeep. »Go!«, sagte sie, an den Fahrer gewandt. »Go!«

Kapitel 2

Die Amerikaner sprachen unterwegs kein einziges Wort mit Hedda, und auch Hedda schwieg.

Sie fuhren hinunter in die Stadt. An einer Straßenecke standen zwei alte Frauen. Eine winkte ihr, aber Hedda reagierte nicht. Sie mussten einem Fuhrwerk ausweichen, und der Kutscher rief einen Gruß vom Bock, aber auch jetzt blickte Hedda weiter starr geradeaus und zuckte mit keiner Wimper.

Vor dem Rathaus hielt der Jeep. Der Amerikaner sprang aus dem Wagen, öffnete ihr die Tür und nahm sie beim Arm. Sein Griff war fest, aber Hedda hatte ohnehin nicht die Absicht, sich davonzustehlen.

Sie ließ sich die Treppe hinaufführen und verharrte einen Augenblick in der Eingangshalle des Rathauses. Amerikanische Soldaten liefen hin und her, Schreibmaschinengeklapper war zu hören, irgendwo brüllte ein Mann.

»Come on!« Der Amerikaner legte eine Hand zwischen ihre Schulterblätter und schob sie vorwärts. Sie stiegen die Treppe bis zum ersten Stock hinauf. Im Flur standen Stühle aufgereiht, fast alle waren besetzt. Hedda erkannte Hugo

Blitz, die Inhaber des Künstlerkellers, den Metzger, den Sargtischler und sogar den alten Pfarrer der Freyburger Kirche St. Marien, der bereits im Rentenalter war. Auf der anderen Seite des Flures standen zwei G.I.s, die Maschinenpistolen im Anschlag.

»Guten Abend, Hedda«, sagte Hugo Blitz.

»Guten Abend. Wie lange bist du schon hier?«

Doch bevor Hugo antworten konnte, brüllte ein G.I. »Shut up!« und schwenkte sein Gewehr in Hugos Richtung.

Hedda wurde zu einem freien Stuhl gestoßen. »Sit down and wait«, befahl der Amerikaner.

Hedda stellte ihr Köfferchen neben den Stuhl, kreuzte die Knöchel und legte die Hände in den Schoß. Dann blickte sie auf die gegenüberliegende Wand und wartete.

Nacheinander wurden die Freyburger aufgerufen und traten durch die Tür, hinter der heute Morgen noch Mathilde Groß die Lebensmittelmarken ausgegeben hatte.

Jetzt wirkte das Rathaus, als wäre es schon immer in amerikanischer Hand gewesen. Rufe auf Englisch drangen in den Flur, ein paar Soldaten, lässig und mit auffallend weißen Zähnen, schlenderten hin und her, einer lachte laut.

Zuerst wurde der Metzger aufgerufen. Hedda wusste, dass auch er in der NSDAP und in der SA gewesen war. Blockwart war er gewesen. Nach einer halben Stunde kam er heraus und wurde von zwei bewaffneten G.I.s abgeführt.

»Was geschieht mit ihm?«, flüsterte Hedda leise ihrem Sitznachbarn, dem Bäcker zu.

Der zuckte mit den Schultern. »Die schlimmsten Nazis kommen in ein Lager, heißt es.«

»Shut up!«, brüllte ein G.I., und Hedda und der Bäcker verstummten sofort.

Vier Stunden musste Hedda auf dem Flur ausharren, ehe ihr Name aufgerufen wurde. Sie erhob sich, streckte den Rücken und ging hocherhobenen Hauptes in das Zimmer des ehemaligen Bürgermeisters.

Hinter dessen Schreibtisch thronte nun ein amerikanischer Offizier. »Major Black, Ian Black«, stellte er sich knapp vor. »Sit down.«

Hedda nahm auf dem Stuhl vor dem Schreibtisch Platz und warf dabei einen Blick auf den G.I., der sich neben der Tür aufgebaut hatte und sie nicht aus den Augen ließ.

Draußen war es unterdessen stockdunkel, die Nacht war längst hereingebrochen. Hedda war müde. Im Flur hatte sie geschwitzt, jetzt ließ der kühle Nachtwind, der durch das geöffnete Fenster strich, sie frösteln.

»Hedda Wiebrecht?«, fragte Major Black.

»Yes.«

»Sie können deutsch reden. Ich spreche Ihre Sprache.«

Hedda nickte und wartete.

»Wie alt sind Sie?«

»Ich bin achtundfünfzig.«

»Familienstand?«

»Verheiratet.«

»Kinder?«

Hedda zögerte. Was sollte sie sagen? Elisabeth war ihre und Hannos Tochter. Aber was war mit Franz? Er war ihr Neffe, aber er war bei ihr aufgewachsen, nannte sie »Mutter«.

»Zwei. Sie sind beide erwachsen.«

»Waren Sie Mitglied der NSDAP?«

»Ja.«

»Waren Sie Mitglied der NS-Frauenschaft?«

»Ja.«

»Hatten Sie Führungspositionen inne?«

»Nein.«

»Seit wann sind Sie in der NSDAP?«

Hedda reckte das Kinn. »Seit 1923.«

»Also waren Sie eine überzeugte Nazi-Frau?«

Hedda schüttelte den Kopf. »Überzeugt war ich nicht.«

»Warum sind Sie dann so früh eingetreten?«

»Wir haben ein Unternehmen. Ein Weingut. Wir haben ans Geschäft gedacht.«

Major Black nickte und blätterte in seinen Unterlagen. »Wo ist Ihr Mann Hanno Wiebrecht?«

»Das wüsste ich auch sehr gern. Ich habe seit einem Jahr nichts von ihm gehört.«

»Er hat mit Ihnen gemeinsam die NSDAP-Ortsgruppe in Freyburg gegründet?«

»Ja.«

»Und Sie sagen noch immer, dass Sie kein Nazi waren.«

»Ja.«

Der Major wechselte einen kurzen Blick mit dem G.I., der an der Tür stand.

»Sie haben das Konzentrationslager Buchenwald mit Wein beliefert?«

Hedda schluckte. Sie erinnerte sich noch gut an diese eine Lieferung. Sie hatten das falsche Tor genommen, waren direkt in das Lager gefahren und hatten gesehen, wie die Gefangenen da entkräftet standen. Sie hatten auch die Hunde gesehen, hatten gehört, wie die SS-Leute brüllten. Und sie hatten Anton gesehen unter den Gefangenen, ihren ersten Mann. Sie hatten nächtelang nicht schlafen können.

»Ja. Einmal waren wir dort. Dann nie wieder.«

»Warum?«

»Ich … ich konnte den Gedanken an die Gefangenen nicht ertragen.« Sie hatte leise gesprochen, hörte selbst, wie dünn ihre Worte klangen.

Der Major notierte etwas in eine Akte, auf der vermutlich Heddas Name stand.

»Was passiert jetzt mit mir?«, fragte sie.

Der Major blickte auf. »Was denken Sie denn, was mit Ihnen passiert? Was haben Sie verdient?«

»Ich habe nie jemandem geschadet.«

»Das wird sich noch herausstellen.«

Der Major gab dem G.I. ein Zeichen, und der trat an Hedda heran, zog sie vom Stuhl. Im Sekretariat von Mathilde Groß standen zwei weitere Soldaten.

»Abführen!«, befahl der Mann, der sie am Ellbogen festhielt. Sofort kamen die beiden hinzu, nahmen sie in ihre Mitte und führten sie den Flur entlang unter den Augen aller, die noch warten mussten.

Sie stießen Hedda hinten in einen Kastenwagen mit zwei Bänken. »Sit down!«

Dann gingen sie davon, und Hedda sah erst jetzt zwei weitere G.I.s, die mit umgehängten Maschinenpistolen das Auto bewachten.

Im Auto sah sie sich um. Hugo Blitz hockte ganz hinten und nickte ihr zu. Daneben saß der Metzger. Es war dunkel in dem Wagen, und doch konnte Hedda erkennen, dass der Mann bleich war bis in die Lippen.

Sie lehnte sich an und schloss die Augen. Sie war so unendlich müde und sehnte sich inbrünstig danach, sich irgendwo hinzulegen, ganz gleich, wo.

Es dauerte noch eine weitere Stunde, bis die Bänke im Wagen besetzt waren. Von der nahen Marienkirche schlug es vier Uhr morgens, und im selben Augenblick ruckte der Wagen und fuhr los.

Hedda erblickte das nächtliche Freyburg. Kein Mensch war unterwegs, nirgendwo brannte Licht. Die kleine Stadt lag wie ausgestorben.

»Wohin fahren wir?«, fragte Hedda die beiden G.I.s, die mit auf den Bänken saßen.

»Shut up«, knurrte der eine, und der andere maß sie mit einem verächtlichen Blick.

Endlich hielt der Wagen, und Hedda erkannte, wo sie waren. Vor fast dreißig Jahren, im Ersten Weltkrieg, hatten die Baracken einst als englisches Gefangenenlager gedient. Zuletzt sollte eine Außenstelle von Buchenwald dort entstehen. Aber Juliette hatte die Pläne an die Widerständler verraten, und das neue Lager war daher nie errichtet worden. Dafür hat man Juliette erschossen. Und nun kam Hedda hierher.

Die amerikanischen Soldaten ließen sie vom Wagen springen. Dann mussten sie sich in Reih und Glied aufstellen. Hedda fühlte sich verschwitzt und schmutzig. Sie wollte sich waschen, frische Sachen anziehen, sich wenigstens die Zähne putzen und dann schlafen, nichts als schlafen.

»Women!«, rief einer der Soldaten und deutete mit dem Finger auf den Eingang einer Baracke. Hedda ging langsam in Richtung Baracke, wo schon drei Frauen standen. Eine davon kannte sie. Es war Elfriede, die Frau eines SA-Mannes, die in Leipzig ausgebombt worden war und eine Zeit lang auf dem Weinschlösschen gelebt hatte. Sie nickte ihr zu, aber Elfriede weinte so ausdauernd, dass sie den Gruß nicht bemerkte. »Ich habe doch nichts getan«, heulte sie. »Wir mussten doch. Ich war immer anständig.«

Hedda blieb stumm. Auch ihr war zum Weinen zumute, vor allem weil sie nicht wusste, was mit ihr geschehen würde. Doch sie stand aufrecht mit geradem Rücken und erhobenem Kopf.

Nun kam eine Soldatin aus der Baracke. »Let's go!«, rief sie mit Kommandostimme und trieb die Frauen in die Baracke.

Sie riss eine Tür auf, und die vier Frauen betraten den Raum. Ein Riegel wurde energisch vorgeschoben, und sie waren gefangen.

Hedda blickte sich in dem Raum um. Viel sah sie nicht, kein Licht, nur der Mond schien durch die kaputten Fenster. Der Raum war leer und schmutzig. Auf dem Boden lag Unrat, jemand hatte sich in einer Ecke erleichtert, und Hedda wusste, dass die Jugend der kleinen Stadt hier ab und an ihr Unwesen getrieben hatte. Eine zerbrochene Flasche kullerte vor ihre Füße.

Hedda suchte sich einen Platz nahe am Fenster, um dem Gestank wenigstens ein bisschen entgehen zu können. Sie ließ sich an der Wand hinab in die Hocke gleiten. Eine der anderen Frauen tat es ihr gleich, nur Elfriede hämmerte gegen die verschlossene Tür und schrie immer wieder: »Ich habe doch nichts getan! Ich will hier raus! Wir mussten doch!«

»Halt den Mund«, herrschte Hedda sie an, und tatsächlich verstummte Elfriede für einen Augenblick.

»Du!«, rief sie und zeigte mit dem Finger auf Hedda. »Du hast doch immer alles bekommen, was du gewollt hast. Du hast doch immer weich gelegen mit deinem Schlösschen und deinem Weingut. Einen Mercedes hattest du und einen Pelzmantel. Und immer von oben herab. Denkst du, ich habe das nicht bemerkt? Dass du mich nicht leiden konntest und mich verachtet hast?«

»Ich habe dich nicht verachtet«, antwortete Hedda ruhig. »Aber geliebt habe ich dich auch nicht, das ist wohl wahr.«

»Mein Mann war deinem vorgesetzt, aber getan hat er immer, als wäre es andersherum«, keifte Elfriede weiter, aber Hedda hatte sich unterdessen auf den schmutzigen Boden gesetzt, den Kopf an die Wand gelehnt und die Augen geschlossen.

Die beiden anderen Frauen lehnten ebenfalls an der Wand und schienen ganz in ihre eigenen Gedanken versunken zu sein. Niemand achtete auf das, was Elfriede zu sagen hatte, und nach einer Weile wurde auch sie ruhig und setzte sich auf den dreckigen Boden.

Hedda saß ganz still und dachte an ihr Zuhause. Elisabeth und Rosemarie würden fest schlafen. Und Reni war sicher gerade dabei, den Herd in der Küche zu heizen. Sie würde mit den Herdringen klappern, den Wasserkessel aufstellen, ein wenig Weizen nehmen und hinausgehen, um die Hühner zu füttern. Vielleicht hatte sie Glück, und eine der Hennen hatte ein Ei gelegt. Das würde sie dann braten und zwischen Elisabeth und Rosemarie aufteilen. Und Elisabeth würde ihr die Hälfte von ihrer Hälfte geben, und Reni würde widersprechen und Elisabeth »gnädige Frau« nennen, und Elisabeth würde ihr sagen, dass sie einfach nur »Elisabeth« genannt werden will, und Reni würde zaghaft lächeln und den Namen in ihrem Mund hin- und herwenden und am Ende doch nicht aussprechen können und Elisabeth mit »Frau Pfarrer« ansprechen. Sie lächelte, als sie daran dachte.

Sie musste wohl kurz eingeschlafen sein, denn als sie die Augen wieder öffnete, kroch die Dämmerung in den Morgen. Ihre Glieder schmerzten, der Nacken war steif, und in ihrem Kopf dröhnte es. Sie hatte seit zwölf Stunden weder etwas gegessen noch getrunken. Die beiden unbekannten Frauen schliefen, Elfriede hatte sich auf den Boden gelegt, die Beine angezogen wie ein Kleinkind und schlief ebenfalls. Im Schlaf lächelte sie sogar, obschon noch die Spuren der Tränen auf ihren Wangen sichtbar waren.

Hedda erhob sich und trat ans Fenster. Sie schöpfte ganz tief Luft, dann blickte sie sich um. Es gab insgesamt sechs Baracken, die wie ein Stern angeordnet waren. In der Mitte des Sterns patrouillierten vier Soldaten. Aus einer Baracke war ein Fluch zu hören. Eine kräftige Männerstimme rief nach Wasser. Einer der Soldaten trat an die Barackenwand und stieß seinen Gewehrkolben dagegen. »Shut up!« Hedda hatte diese beiden Wörter in den letzten Stunden öfter gehört als je zuvor in ihrem Leben. Die Männerstimme verstummte, die Soldaten zogen ihre Kreise.

Ein Lkw kam vorgefahren. Zwei G.I.s entluden Kisten mit der Aufschrift US-Army. Dann zündeten sie sich Zigaretten an und rauchten schweigend.

Der Duft der Zigaretten drang bis zu Heddas Fenster. Sie hätte jetzt selbst sehr gern geraucht. Sie war eine Gelegenheitsraucherin, aber in diesem Moment hätte sie alles für eine Lucky Strike oder Camel gegeben.

Plötzlich wurde der Riegel zurückgeschoben. Die Soldatin trat ein, stellte eine Kanne mit Wasser auf den Fußboden, dazu vier Scheiben Brot, die mit Corned Beef belegt waren.

Elfriede rappelte sich auf. »Ich muss auf die Toilette!«

Die Soldatin zeigte auf den Eimer, der in einer Ecke stand.

»Und wo sollen wir uns waschen?« Elfriedes Stimme hatte einen weinerlich vorwurfsvollen Klang.

Die Soldatin antwortete nicht, sondern warf die Tür zu und schob den Riegel vor.

Auch Hedda musste auf die Toilette, aber sie würde sich nicht vor den Augen der anderen Frauen auf dem Eimer erleichtern. Stattdessen nahm sie sich eines der Brote und aß es hungrig. Dann setzte sie die Kanne an die Lippen und trank, aber sie achtete dabei darauf, dass für die anderen drei Frauen noch genügend Wasser übrig blieb.

Danach warteten sie, auf dem Boden sitzend. Hedda hatte die Arme um die Knie geschlungen und betrachtete die beiden fremden Frauen. »Sind Sie auch aus Freyburg?«, wollte sie wissen.

Eine der Frauen nickte. »Gisela Bänisch. Ich war Führerin beim BDM.«

»Christine Waldbauer. Wir hatten Zwangsarbeiter auf unserem Hof. ›Waldbauers Schlachtbetrieb‹. Kennen Sie den? Er liegt vor der Stadt, in Richtung Bad Kösen.«

Hedda nickte, dann stellte sie sich vor.

»Warum sind Sie hier? Hatten Sie auch Zwangsarbeiter?«, wollte Christine wissen.

»Nein, hatten wir nicht.« Hedda verschwieg, dass sie sich um Zwangsarbeiter hätte bemühen können. Die Männer waren französische Gefangene, und Juliette war Französin gewesen. Niemals hätte sie die Männer, die dieselbe Sprache wie ihre Schwester sprachen, in ihre Weinberge schicken können. Zudem lebten nur Frauen auf dem Weinschlösschen. Viele Abnehmer hatten sie für ihren Wein ohnehin nicht mehr gehabt, es fehlte an Flaschen und Korken. Mit der Arbeit waren sie gut allein zurechtgekommen. Nur zur Lese hatten sie Männer gebraucht und ja, da war ein halbes Dutzend Zwangsarbeiter gekommen. Aber Hedda hatte sie behandelt wie alle anderen Mitarbeiter auch. Sie hatten gemeinsam am Tisch gesessen, hatten gegessen und getrunken, was alle anderen auch gegessen und getrunken hatten. Zwei der Männer stammten selbst aus Weingegenden. Mit ihnen hatte sie sich stets gut unterhalten. Geschlafen hatten die Männer oben unter dem Dach in den Dienstbotenkammern. Sie hatten richtige Betten gehabt und Kissen und Decken. Nach der Lese fragten sie, ob sie nicht bleiben könnten. Hedda wusste genau, dass die Männer nicht freiwillig in Deutschland waren, dass sie nicht kommen und gehen durften, wie es ihnen gefiel, dass sie sich nicht einmal die Arbeit auf dem Gut selbst ausgesucht hatten. Und bezahlt wurden sie auch nicht. Felix Geschke kam und sammelte den Lohn ein.

»Und Sie?« Gisela sprach Elfriede an.

»Bei mir ist es ein Irrtum. Ich wurde versehentlich hier eingesperrt. Das wird sich heute alles aufklären. Ich bin ja gar nicht aus Freyburg. Ausgebombt aus Leipzig.«

Gisela und Christine nickten, dann schwiegen die Frauen wieder.

»Was wird mit uns passieren?«, wollte die BDM-Führerin nach einer Weile wissen.

Christine hob die Schultern, Hedda schwieg. Nur Elfriede wusste Bescheid. »Wir sind jetzt wohl Kriegsgefangene.«

Etwas später am Vormittag wurde der Riegel erneut zurückgeschoben. Die Soldatin kam herein, zeigte auf Christine: »You! Come on.«

Sie erhob sich und folgte der Soldatin. Eine Stunde, zwei Stunden vergingen, dann kam sie wieder.

»Was haben sie mit Ihnen gemacht?«

Hedda sah, dass Christines Gesicht weiß wie ein Leichentuch war. Unter den Armen zeigte ihre Bluse Schweißflecken. »Ich bin verhört worden«, erzählte sie. »Immer wieder dieselben Fragen.«

»Was für Fragen?«, wollte Elfriede wissen.

Christine schüttelte den Kopf. Sie sah unendlich erschöpft aus.

»Was für Fragen?«, wiederholte Elfriede. »So reden Sie doch!«

»Über ... darüber ... was wir mit den Zwangsarbeitern gemacht haben.«

»Na ja, das betrifft mich ja nicht. Mit solchen Leuten hatte ich nie zu tun«, brüstete sich Elfriede. »Außerdem war alles, was ich getan habe, richtig und nach den Gesetzen. Die müssen mich freilassen. Wenn nicht, mache ich richtig Rabatz. Die können ja wohl nicht so einfach anständige Frauen verhaften und in diesem Dreck lassen. Ohne Toilette und Waschgelegenheit!«

Als der Riegel beim nächsten Mal zurückgeschoben wurde, deutete die Soldatin auf Hedda: »You! Come on!«

Hedda erhob sich, strich über ihr graues Kostüm und versuchte, ihre Haare zu richten. Dann nahm sie ihren Koffer und folgte der Frau. Ihr Herz schlug schnell, und sie hatte Angst. Das kurze Verhör mit dem Major hatte ihr verdeutlicht, wie sehr sie mit den Nazis verbunden gewesen war, auch wenn sie niemandem bewusst geschadet hatte.

Sie gingen durch die Baracke bis an das andere Ende, dann führte die Frau sie durch eine Tür in die nächste Baracke, klopfte an eine Tür und schob Hedda hinein.

In dem Zimmer waren ebenfalls die Fenster kaputt und der Betonboden dreckig, aber jemand hatte ein wenig sauber gemacht, einen Schreibtisch hineingestellt, zwei Stühle dazu. An der Wand hing die amerikanische Flagge. Hedda blickte aus dem Fenster und sah, wie mehrere Männer, unter ihnen Hugo Blitz und der Metzger, auf einen Lkw verladen wurden und davonfuhren. Einer sprang in höchster Not von dem fahrenden Lastwagen, schrie auf, griff sich ans Bein. Zwei G.I.s kamen gerannt, rissen den Mann nach oben, stießen ihn mit den Gewehren vor sich her und schimpften. Hedda reckte sich ein wenig, um zu sehen, wer der waghalsige Mann war. Es war der Sargtischler, und Hedda fragte sich, was der wohl verbrochen haben musste.

Obwohl Hedda sich wie zerschlagen fühlte, wagte sie es nicht, sich auf einen der Stühle zu setzen. Für einen Augenblick tauchte das Bild von Buchenwald vor ihrem inneren Auge auf. ›Mein Gott‹, dachte sie. ›Was haben wir nur getan?‹

Da öffnete sich die Tür, und beim Anblick des Mannes, der darin erschien, verschlug es Hedda die Sprache.

Kapitel 3

»Thomas?«, flüsterte sie. »Bist du das wirklich?«

Der Mann in der Uniform der amerikanischen Armee lächelte ein wenig. Er gab dem bewaffneten G.I., der neben der Tür stand, ein Zeichen, und der Mann verschwand.

Thomas bot Hedda einen Platz an, ging um den Schreibtisch und setzte sich direkt unter die amerikanische Flagge. Vor ihm auf dem Tisch lag ein Hefter, auf dem Heddas Name stand.

»Unser Wiedersehen hatte ich mir anders vorgestellt«, sagte er schließlich.

Hedda lachte bitter auf. »Ja, ich auch.« Sie betrachtete ihn aufmerksam. Er sah gut aus, trotz seiner sechzig Jahre. Die Augen waren noch immer voller Lebenslust, in seinem Haar waren kaum graue Strähnen zu erkennen. Die Uniform stand ihm ausgezeichnet.

Thomas legte beide Hände auf den Hefter. »Wie kommt es, dass du jetzt vor mir sitzt?«, wollte er wissen. »Ausgerechnet du, Hedda.«

»Sollte ich dich das nicht eher fragen?«

»Hier steht, dass du eine überzeugte Nationalsozialistin

warst, eingetreten in die Partei schon 1923. Und du hast Buchenwald beliefert. Ausgerechnet Buchenwald!«

Hedda nickte. »Wir hatten doch das Weingut, wir dachten immer nur ans Geschäft.« Sie schluckte. »Vielleicht hätten wir mehr nachdenken sollen. Vor allem, nachdem deine Familie hatte fliehen müssen. In Buchenwald waren wir nur ein einziges Mal. Mein Gott, Thomas. wie soll ich das Entsetzen beschreiben. Wir wussten doch nichts davon.«

»Ihr hättet es wissen können. Wie dem auch sei, du kannst gehen.«

Zögernd blieb Hedda sitzen. »Ist das alles? Wir haben uns dreißig Jahre nicht gesehen.«

Thomas seufzte, dann nickte er. »Ja, das ist alles, Hedda.«

Da stand sie auf.

»Vergiss deinen Koffer nicht«, erinnerte Thomas sie. »Es ist doch deiner? Dein Name steht auf dem Pappschild.«

»Ja, das ist meiner.«

Hedda ging zur Tür, wartete dort noch einen Augenblick, ob Thomas sie zurückrief. Aber das tat er nicht. Da verließ Hedda den Raum, verließ die Baracke, verließ das Lager und ging die Straße Richtung Weinschlösschen entlang. Als die Baracken außer Sicht waren, blieb sie stehen, stellte den Koffer ab und setzte sich darauf. Der Morgen war kühl. Dunkle Wolken jagten über den Himmel und zeigten baldigen Regen an. Die zarten Äste einer jungen Birke zitterten im Wind. Doch das alles bemerkte Hedda nicht.

Thomas, dachte sie. Immer nur den Namen. Und dann kamen die Erinnerungen an früher. Vor dreißig Jahren war

Hedda mit Elisabeth schwanger gewesen, Hanno im Krieg. Das Kind war direkt in den Weinbergen geboren, auf dem Boden zwischen zwei Rebreihen. Thomas hatte die Kleine auf die Welt geholt, und danach war alles anders gewesen zwischen ihnen. Hedda hatte Thomas geliebt. Mehr als ihren Ehemann Hanno. Viel mehr. Und Thomas hatte sie geliebt. Sie hatten von einer gemeinsamen Zukunft geträumt. Doch dann war Hanno zurückgekommen und hatte seinen Platz als Heddas Ehemann eingefordert. Und Thomas hatte sich ihrer Schwester Juliette zugewandt. Eine einzige Nacht nur hatten Thomas und Juliette miteinander verbracht, danach war Thomas nach Amerika gegangen. In dieser Nacht war Franz entstanden. Juliettes Sohn, den Hedda aufgezogen und adoptiert hatte, der jetzt noch im Krieg war und auf dessen Heimkehr sie sehnsüchtig wartete.

Hedda seufzte. Ob Thomas wohl wusste, dass Franz sein Sohn war? Nein, sicher nicht. Woher auch? Er hätte nach ihm gefragt, er hätte ihm geschrieben.

Wie war Thomas Hirsch überhaupt zum Militär gekommen? Er war doch wegen eines Herzfehlers als kriegsuntauglich eingestuft worden. Hatte er in Amerika seine Familie wiedergetroffen? Den Hirschs hatte früher der Lebensmittelladen in der Stadt gehört, doch da sie Juden waren, hatten sie Repressalien erleiden müssen. Die Freyburger waren davon abgehalten worden, weiter bei Hirschs einzukaufen. »Kauft nicht bei Juden!«, war an die Fensterscheibe geschmiert worden. Und dann, in einer Pogromnacht, war der Laden zerstört wurden.

Die Hirschs hatten Hals über Kopf das Land verlassen.

Sie wollten nach Amerika, aber Hedda wusste nicht, ob sie jemals dort eingetroffen waren.

Warum nur war Thomas so kalt zu ihr gewesen? Gut, er hatte sie gehen lassen. So viel Glück hatten die anderen Frauen sicher nicht. Er hatte es bestimmt aus alter Verbundenheit getan, denn nach ihrer Akte hätte sie wohl lange in dem Barackenlager bleiben müssen. Er hatte ihr seinen Rang nicht genannt und auch nicht seine Aufgabe. War er der Leiter des Lagers? Sie hatte die vielen Sterne auf seiner Uniform gesehen, aber sie hatte keine Ahnung, was sie zu bedeuten hatten.

In der Ferne hörte Hedda ein Auto. Sie stand auf, hoffte auf eine Mitfahrgelegenheit, denn bis zum Schlösschen waren es rund sieben Kilometer. Und sie fühlte sich so unsagbar müde und schmutzig.

Das Auto bog um die Kurve, und Hedda sah, dass es ein amerikanisches Militärfahrzeug war. Auf der Stelle duckte sie sich, kauerte sich neben ihren Koffer. Erst als das Auto nicht mehr zu hören war, erhob sie sich.

Endlich kam ein Fuhrwerk, das mit Fässern beladen war und sich in Richtung Naumburg bewegte. Hedda hob die Hand, und das Fuhrwerk hielt an.

»Guten Tag, Frau Wiebrecht. Wollen Sie mitfahren?« Hedda kannte den Kutscher. Er arbeitete in der Sektkellerei und fuhr eigentlich den großen Lastkraftwagen. Aber auch der war zu Kriegszwecken eingezogen worden.

»Ja, es wäre wunderbar, wenn Sie mich mitnehmen könnten.« Sie reichte dem Kutscher ihren Koffer und kletterte neben ihn auf den Bock.

Vier Wochen später hörte sie, dass das Barackenlager geschlossen werden sollte. Die Gefangenen wurden in dem zum Gefängnis umgewidmeten KZ Buchenwald untergebracht. Die Amerikaner hatten das KZ befreit und wollten, dass die Bevölkerung dem dortigen Grauen ins Auge sah. Den G.I.s waren die Tränen gekommen beim Anblick der ausgezehrten, kranken, zu Tode erschöpften Häftlinge und der Leichenberge. Während die Überlebenden nach ihren Familien und ihrer Heimat suchten, war die Weimarer Bevölkerung gezwungen worden, sich das unfassbare Elend im Lager auf dem Ettersberg anzuschauen.

Hedda und Elisabeth hörten die Berichte.

»Hast du das gewusst, Mama?«, wollte Elisabeth wissen. Sie war blass geworden, als sie die Reportage über den amerikanischen Sender AFN gehört hatte.

Hedda schüttelte den Kopf. »Nein, ich habe es nicht gewusst. Ich habe es nicht wissen wollen, aber ich hätte es wissen können.«

»Was hast du gewusst?«

»Die Familie Hirsch musste fliehen, sie wären sonst abgeholt worden. Und ja, ich habe von dem KZ gewusst. Ich wusste, dass die Häftlinge unter entsetzlichen Bedingungen lebten, aber so wie in der Reportage ... Das hätte ich niemals vermutet. Wollte ich auch nicht vermuten. Vielleicht war ich einfach feige.«

»Und nun?«

»Wir müssen weitermachen. Es geht immer irgendwie weiter.«

Elisabeth schüttelte den Kopf. »Nein, so kann es nicht

weitergehen. Millionen Menschen sind ermordet worden. Das muss doch Konsequenzen haben.«

»Konsequenzen? Die schlimmsten Nazis werden eingesperrt, die Suche nach ihnen und die Verhöre laufen an. Was soll noch kommen?«

»Die Opfer müssen gesühnt werden.«

»Elisabeth, da spricht die Pfarrersfrau aus dir. Ja, hoffen wir, dass die Opfer gesühnt werden.«

»Aber irgendwas muss doch geschehen.«

»Wir müssen sehen, dass wir wieder eine Familie werden. Hoffen, dass Hanno und Wolfgang nach Hause kommen. Meinst du, mir fällt es leicht, wieder mit den Menschen in einem Ort zu leben, die Juliette umgebracht haben? Wir wissen doch, wer profitiert hat.«

Hedda hatte keine Kraft, mit ihrer Tochter diese Diskussionen zu führen. Das Unheil, das die Nazis über die Menschheit gebracht hatten, war so unendlich groß, dass Hedda sich verbot, darüber nachzudenken. Sie würde verrückt darüber werden, da war sie sich sicher.

Was jetzt half, war Arbeit. Zum Glück waren sie auf dem Land, die Not und der Hunger der Städte waren weit weg. Sie hatten große Einbußen gehabt durch den Krieg, aber Hedda war fest entschlossen, das Weingut Saale-Premium wieder zu dem zu machen, was es vor dem Krieg gewesen war: eines der größten und erfolgreichsten im Saale-Unstrut-Gebiet.

Sie ging über die Obstwiese hinüber zu den Weinbergen, öffnete das kleine Gatter und betrachtete die Reben. Den Rebschnitt hatten sie bereits im Januar und Februar durchgeführt. Als die Reben »zu bluten« begannen, bei den geschnittenen Reben trat am Schnitt der Pflanzensaft aus, hatten sie die Reben nach unten gebunden, um eine gleichmäßige Verteilung der Triebe zu bekommen. Nun musste der Boden zwischen den Rebreihen aufgelockert werden. Hedda überprüfte im Weinbergshäuschen die Arbeitsgeräte – Grubber, Fräse und Kreiselegge. Sie waren in Ordnung. Aber woher die zusätzlich benötigten Arbeitskräfte bekommen?

Ob sie unter den vielen Flüchtlingen der letzten Wochen Helfer finden würde? In Trecks waren sie aus den ehemaligen deutschen Ostgebieten, aus Pommern und Schlesien, eingetroffen. Zumeist waren es Frauen mit Kindern oder Alten gewesen. Pommern und Schlesien waren nicht gerade Weinanbaugebiete, sodass Hedda damit rechnete, die helfenden Hände erst anlernen zu müssen.

Sie bückte sich, griff nach einem Erdbrocken, roch den schweren, feuchten Duft und zerkrümelte die Erde zwischen den Fingern.

Plötzlich hörte sie Elisabeth rufen. Sie wandte sich um. Ihre Tochter stand, angetan mit einer Schürze über dem Kleid, am kleinen Tor. »Mama, komm. Du hast Besuch.« Ihre Stimme klang nicht erfreut, sondern war, fand Hedda, von Besorgnis erfüllt. Hedda klopfte sich die Hände sauber, dann begab sie sich zum Haus.

Auf der Kieseinfahrt vor dem Rondell stand ein amerikanischer Jeep. Hedda stockte der Atem. Waren sie jetzt gekommen, um sie für lange Zeit abzuholen? Würde sie auch wie Felix und Trudi Geschke oder wie Elfriede nach Buchenwald gebracht? Angstschauer jagten ihr über den Rücken. Herrgott, sie war nicht mehr die Jüngste, hatte die fünfzig lange hinter sich gelassen. Ihr Rücken hatte die Nacht in der Baracke kaum ausgehalten, und sie hatte Tage gebraucht, um sich davon zu erholen.

Ihre Knie wurden weich, sie musste kurz anhalten und tief durchatmen. Sie strich sich über das Haar, strich auch ihr Kleid glatt und schöpfte so viel Kraft, dass sie weitergehen konnte.

»Er sitzt im Salon«, hörte sie ihre Tochter sagen. Sie nickte, durchquerte die Halle und öffnete die Tür zum Salon. Am Tisch saß Thomas, doch das beruhigte sie keineswegs.

»Guten Tag«, sagte sie und hatte Mühe, ihre Stimme unter Kontrolle zu halten. »Hat Elisabeth dir etwas angeboten?«

»Die junge Frau, die mir die Tür geöffnet hat, das war Elisabeth?«

Hedda nickte, und Thomas lachte auf. »Als ich sie das letzte Mal gesehen habe, war sie ein kleines Mädchen mit Zöpfen. Schön ist sie geworden. Eine schöne junge Frau.«

»Ja, sie hat sehr an dir gehangen«, antwortete Hedda und hätte sich am liebsten auf die Zunge gebissen. Thomas war in einer offiziellen Angelegenheit hier, und es war wohl besser, keine persönlichen Bemerkungen zu machen. Dabei würde sie ihm so gerne all die Fragen stellen, die sich ihr nach ihrer Begegnung in der Baracke aufdrängten. Wie es ihm ergangen war, wo seine Familie jetzt war.

»Möchtest du etwas trinken? Ich kann dir leider keinen

Kaffee anbieten, den gibt es nicht mehr zu kaufen, aber Traubensaft haben wir.«

»Ich trinke gern ein Glas Traubensaft. Er hat mir hier immer besonders gut geschmeckt.«

Hedda nickte, dann rief sie nach Reni, bat um Traubensaft und setzte sich dann zu Thomas an den Tisch.

»Warum bist du hier?«, fragte sie und hörte selbst, dass ihre Stimme leise zitterte. »Kommst du, um mich abzuholen? Wirst du mich nach Buchenwald bringen?«

Thomas schüttelte den Kopf.

»Nein. Im Gegenteil. Ich bringe dir das, was die Leute hier Persilschein nennen. Es ist eine Unbedenklichkeitserklärung. Bald wird es ein Gesetz dazu geben. Ein Gesetz zur Befreiung vom Nationalsozialismus. Jeder, der Mitglied in der NSDAP war, muss Bürgen finden, die offiziell bestätigen, dass er niemanden getötet oder denunziert hat, dass er einfach ein Mensch gewesen ist.

Ich hörte, es gibt schon erste Entwürfe dazu, aber das Gesetz wird erst im nächsten Jahr in Kraft treten. Dann werde ich aber nicht mehr hier sein.«

Er reichte Hedda ein Schreiben über den Tisch. Sie nahm es und las: »Aufgrund der Angaben in Ihrem Meldebogen und von Zeugenaussagen sind Sie vom Vorwurf des Nationalsozialismus und Militarismus befreit.«

Unterschrift: Major Thomas Hirsch.

Darunter standen die Namen der Zeugen: Mathilde Groß und Major Thomas Hirsch im Namen seiner Familie.

Sie legte den Schein auf den Tisch. »Danke«, sagte sie.

Reni kam herein, stellte einen Krug mit Traubenmost

und zwei Gläser auf den Tisch, goss die Gläser voll mit rotem Saft.

»Heb die Bescheinigung gut auf. Du wirst sie brauchen.«

»Brauchen? Wofür?«

»Um dein Weingut weiterführen zu können.«

»Kann ich das nicht auch so? Schließlich gehört es mir.«

Thomas zuckte mit den Achseln. »Es wird nicht alles so weitergehen wie bisher. Das deutsche Volk hat große Schuld auf sich geladen.«

»Du sprichst wie Elisabeth.«

»Siehst du das anders?«

Hedda schüttelte den Kopf. »Nein. Ich weiß um unsere Schuld. Auch um meine. Und wenn ich an die Gefangenen in den Konzentrationslagern denke, möchte ich weinen und niemals wieder damit aufhören.«

Sie blickte auf und presste eine Hand auf ihr Herz, als würde es schmerzen. »Mein erster Mann, Anton. Er war auch in Buchenwald. Wenn ich an ihn denke, kann ich nicht aufhören zu weinen. Ich habe keine Ahnung, was aus ihm geworden ist.«

»Ich kann das vielleicht für dich herauskriegen«, bot Thomas an, aber Hedda schüttelte den Kopf. »Er wird kommen, wenn er mich braucht. Er wird hierher auf das Schlösschen kommen. Wir sind Freunde geworden. Er weiß, dass ich für ihn da bin.«

Thomas hob das Glas an die Lippen, trank in langen Zügen, sagte: »Ah! Das ist gut«, und wischte sich mit dem Handrücken den Mund ab.

»Bist du nur wegen der Bescheinigung gekommen?«

»Nein. Ich wollte dich noch einmal sehen. Außerhalb der Baracken. Ich bin nach Frankfurt am Main abkommandiert. Übermorgen früh fahre ich los.«

Hedda nickte. Sie hatte so viele Fragen an ihn, aber sie wagte es nicht, sie zu stellen. Als sie sich das letzte Mal gesehen hatten, da war sie die Chefin gewesen und er ihr Arbeiter – und ihr heimlicher Geliebter.

»Ist es dir gut ergangen in Amerika?«, fragte sie zögernd.

»Ja. Ich hatte Glück. Man hat mein krankes Herz operiert. Jetzt bin ich so gesund, wie man nur sein kann.«

»Das freut mich.« Sie lächelte ihn an. Es war ihr erstes Lächeln seit Langem. »Wie bist du zur Army gekommen?«

Thomas lächelte zurück. »Ich bin Pilot geworden. Zivile Luftfahrt. Man hat mich eingezogen. Als unsere Truppen in der Normandie gelandet waren, stand bereits fest, dass Deutschland erobert werden sollte. Meine Sprachkenntnisse werden gebraucht. In Frankfurt wird das Hauptquartier der amerikanischen Streitkräfte entstehen. Ich soll es mit aufbauen helfen.«

»Du hast es gut getroffen«, sagte Hedda, legte beide Hände um ihr Saftglas und blickte auf den Tisch. »Hast du Familie?«

»Ich bin verheiratet, aber Kinder haben wir nicht. Leider. Ich hatte mir immer einen ganzen Stall davon gewünscht. Spätestens ...«, er brach ab, räusperte sich, sprach leise weiter: »Spätestens seit Elisabeths Geburt in den Weinbergen.« Über sein Gesicht huschte wieder ein Lächeln, und auch Hedda lächelte. »Ja, du hast sie ans Licht der Welt geholt. Dafür bin ich dir heute noch dankbar.«

Dann schwiegen sie.

»Möchtest du noch Saft?«, fragte Hedda, und dabei gingen ihr viele andere, viel wichtigere Fragen durch den Kopf. Sie blickte zu ihm, und in ihrem Bauch begann es zu flattern. Als wäre sie noch ein junges Mädchen und hätte das erste Rendezvous. Sie wollte seine Hand nehmen und sagen: Ich habe nie aufgehört, dich zu lieben. Und du? Wie ging es dir mit mir?

Aber sie wiederholte nur: »Nimm doch bitte noch ein Glas Saft.«

»Ja, gern.«

Hedda goss ihm das Glas voll und bemerkte dabei das leichte Zittern ihrer Hände.

»Ich soll dich grüßen«, sagte Thomas.

»Danke sehr. Von wem?«

»Kannst du dir das nicht denken? Von meiner Schwester Rosa und meinem Schwager Wilhelm. Sie sind dir sehr dankbar.« Er schwieg kurz. »Weil du sie gerettet hast, weil du ihnen das Geld für die Flucht gegeben hast. Deshalb sitzt du heute hier und nicht in einem Lager.«

Hedda nickte. Sie wollte sich so gern freuen für Rosa und Wilhelm. Immerhin waren sie Freunde gewesen, aber Thomas' Anwesenheit überschattete alles.

»Wie geht es ihnen?«, fragte Hedda.

»Es geht ihnen gut. Sie haben wieder einen Lebensmittelladen. Deli heißt das bei uns.«

»Und wo?«

»In New York. In Brooklyn.«

Hedda nickte. »Das freut mich. Möchtest du das Grab

deiner Mutter sehen? Du weißt, dass sie sich umgebracht hat?«

Thomas hob die Augenbrauen. »Ja. Hat sie denn ein Grab?«

Hedda nickte. »Der Pfarrer wollte sie erst nicht auf dem Friedhof beerdigen, aber Hanno hat ihn überredet. Sie hatte einen schönen Sarg, hat einen Grabstein, eine schöne Bepflanzung und an Allerheiligen eine Kerze.«

»Du?«

»Ja.«

Thomas seufzte. »Dafür bin ich dir sehr dankbar.« Er kramte in seiner Tasche, holte seine Geldbörse hervor. »Wie viel bin ich dir schuldig?«, wollte er wissen. »Ich zahle dir alles zurück und für die nächsten zehn Jahre im Voraus. Auch die Summe, die du Rosa und Wilhelm gegeben hast, zahle ich dir zurück. Aber jetzt habe ich nur einhundert Dollar dabei.«

»Ich will kein Geld. Ich habe Ruth sehr gerngehabt. Sie war wie eine Tante für mich. Froh war ich, dass ich wenigstens etwas für sie tun konnte. Und Rosa war meine beste Freundin.«

»Danke, Hedda.«

»Schon gut. Ich habe es nicht für dich getan.«

»Hast du etwas von Juliette gehört?«

Hedda blickte auf. »Sie ist tot. Sie ist erschossen worden.« Dann erzählte sie Thomas alles, was sie von ihrer Halbschwester wusste. Auch von Franz sprach sie, berichtete ausführlich von seiner Adoption und wie sie ihn aufgezogen hatte.

Aber sie erzählte Thomas nicht, dass der Junge sein Sohn war.

Endlich erhob sich Thomas. »Ich muss gehen, Hedda. Ich wünsche dir alles Gute. Und wenn du etwas brauchst, sage mir Bescheid. Ich bin dir etwas schuldig.«

»Bist du nicht.« Auch Hedda erhob sich. Sie stand vor ihm, blickte ihm in die Augen, und wieder spürte sie die vergangene Liebe. Sie sah seine weichen Lippen, die grünen Augen, erinnerte sich an das Gefühl, das seine Hände auf ihrer Haut ausgelöst hatten.

Vorsichtig und langsam hob sie die rechte Hand, legte sie an Thomas' Wange. Und er nahm ihre Hand und küsste sie. Diese kleine Szene war so intim, sagte so viel mehr als Worte, dass Hedda einerseits ganz getröstet und andererseits verzweifelt war. Ja, sie liebte Thomas Hirsch. Noch immer. Und es tat ihr weh zu wissen, dass er erneut weggehen würde. Wahrscheinlich würden sie einander nie wiedersehen. Sie hätte ihm so gern gesagt, dass sie ihn liebte, aber sie brachte die Worte nicht über die Lippen und hoffte, er würde es ohnehin wissen.

Kapitel 4

Elisabeth war aus dem Haus gekommen, um Thomas zu verabschieden. Er nahm ihre Hand in seine beiden Hände, blickte sie lächelnd an, dann fragte er: »Erinnerst du dich noch an mich?«

Elisabeth nickte. »Ja, das tue ich. Sie haben mich in die Luft geworfen und wieder aufgefangen.«

»Sag Du zu mir. So wie früher. Ich habe sehr oft an dich gedacht in den letzten Jahren.«

Elisabeths Lächeln verstärkte sich, doch sie fragte nicht nach.

Dann stieg er in seinen Jeep mit dem weißen Stern ein, umkreiste das Rondell und fuhr davon. Elisabeth winkte ihm nach, während Hedda steif neben ihr stand.

»Hast du es ihm gesagt?«, wollte Elisabeth wissen, als der Jeep verschwunden war.

»Was gesagt?«

»Dass er einen Sohn hat.«

Hedda schüttelte den Kopf.

»Warum nicht, Mama?«

»Ich weiß es nicht, es hat sich nicht ergeben.«

»Es hat sich nicht ergeben?« Elisabeth holte tief Luft. »Es hat sich nicht ergeben? Mama, Franz muss wissen, wer sein Vater ist. Er hat ein Recht darauf. Und Thomas ebenso.«

»Das macht alles nur komplizierter. Bisher war es doch auch gut. Außerdem wissen wir nicht, wo Franz jetzt ist. Ob er überhaupt noch lebt.«

Elisabeth sah ihrer Mutter in die Augen. »Du musst es ihm sagen. Du bist nie feige gewesen. Warum bist du es jetzt?«

Da wandte sich Hedda um und verschwand im Haus.

Am nächsten Morgen zog sie ihr dunkelblaues Kleid an, das sie vor dem Krieg in Leipzig gekauft hatte und das noch immer sehr elegant wirkte. Dann schminkte sie sich die Lippen, schlüpfte in einen leichten Sommermantel und begab sich nach draußen. Elisabeth klopfte einen Teppich aus. Als sie ihre Mutter ausgehfertig erblickte, kam sie zu ihr. »Du hast es dir überlegt?«

Hedda nickte.

»Soll ich dich begleiten?«

»Nein, das muss ich selbst erledigen.«

Sie hängte sich ihre Handtasche über den Arm und stieg den Hügel hinab in Richtung Stadt. Thomas hatte beiläufig erwähnt, dass seine Arbeit im Barackenlager beendet war und er nun im Rathaus einen Schreibtisch hatte.

Der Himmel über Freyburg war strahlend blau, nur über der Marienkirche hing ein kleines Federwölkchen. Die Bäume hatten ausgeschlagen, in den Gärten blühten die Fliederbüsche.

Doch Hedda sah von alldem nichts. Sie war in Gedanken

versunken, war noch immer unschlüssig, ob sie Thomas die Wahrheit sagen sollte.

Wenn Thomas es wusste, musste sie es auch Franz sagen, wenn er wieder nach Hause kam. Wenn. Sie musste ihm nicht nur sagen, dass sein Vater jetzt Amerikaner war, sondern obendrein noch, dass die Familie Hirsch jüdisch war und Franz nach der Zählung der Nazis ein Halbjude. Es war keine gute Zeit, um jüdisch zu sein. Auch wenn der Krieg vorüber war. In den Köpfen der Leute tobte er noch.

Was würde Thomas sagen? Würde er sich freuen? Würde er Franz in den Gefangenenlagern suchen lassen? Würde er ihn gar mitnehmen nach Amerika?

Hedda war immer ehrlich zu sich selbst gewesen. Und heute wusste sie, dass ihre Angst daher rührte, Franz zu verlieren. Damals, als Juliette gekommen war und ihren Sohn eingefordert hatte, da hatte Hedda gelitten wie ein Hund. Noch einmal wollte sie das nicht durchleben.

Sie war mit ihren Überlegungen noch nicht fertig, da stand sie schon vor dem Rathaus. Zögernd stieg sie die Treppen hinauf, hoffte, dass Thomas schon abgereist war, man würde ihr seine Adresse in Frankfurt nicht geben, und sie könnte sich das Gespräch ersparen.

Als sie die Tür des Rathauses öffnete, schlug ihr der Duft von frischem Kaffee entgegen. Hedda blieb stehen, atmete tief ein. Wie lange war es her, dass sie zuletzt Bohnenkaffee getrunken hatte? Sie wusste es nicht mehr, aber sie hätte für eine Tasse alles Geld gegeben, das sie bei sich trug.

»What do you want here?«, fragte sie ein amerikanischer Soldat mit einem Aktenordner unter dem Arm geklemmt.

»I want to see Major Hirsch.«

»Why?«

»It is private. We are friends.«

»Wait a second. Take a seat.« Er wies auf einen Stuhl, der mit blauem Kunstleder bezogen war und recht ramponiert aussah.

»What's your name?«, wollte der G.I. wissen.

»Hedda. Hedda Wiebrecht.«

Der Mann nickte, und Hedda hörte, wie er an eine Tür klopfte. Sie hörte ihn sprechen, aber sie verstand nicht, was er sagte.

Eine Minute später stand er vor ihr. »Follow me!«

Er führte sie den Korridor entlang und blieb vor einer Tür stehen. »Here he is.«

Hedda dankte ihm mit einem Kopfnicken, dann schöpfte sie ganz tief Luft und klopfte.

»Come in«, hörte sie Thomas' Stimme.

Sie öffnete die Tür und befand sich in einem Vorzimmer mit Schreibtisch, hinter dem eine amerikanische Soldatin mit zwei Fingern auf eine Schreibmaschine hämmerte. Die Frau sah nicht auf, sondern winkte ihr nur mit der Hand, das ehemalige Bürgermeisterzimmer zu betreten.

Der Schreibtisch war derselbe, an dem Felix Geschke die letzten Jahre gesessen hatte. Jetzt saß Thomas dort. Als er Hedda sah, erhob er sich. »Hedda. Wie schön, dich zu sehen. Bitte, setz dich doch. Darf ich dir eine Tasse Kaffee anbieten?« Es irritierte sie ein wenig, dass er so tat, als hätten sie sich nicht gestern erst voneinander verabschiedet. Ihr Herz klopfte zum Zerspringen, und sie wusste nicht, ob das so war, weil er ihr immer noch so viel bedeutete oder weil sie ihm gleich sagen würde, dass er einen Sohn hatte.

Hedda schluckte, nickte, setzte sich. Fünf Minuten später stand eine Tasse dampfenden Kaffees vor ihr, und der Geruch ließ sie beinahe schwindlig werden.

»Was kann ich für dich tun?«, fragte er. »Ich war ohne Gastgeschenk zu dir gekommen. Das tut mir leid. Was brauchst du? Zigaretten, Seife, Nylons, Kaffee?«

Hedda schüttelte den Kopf. »Nichts. Ich brauche nichts.«

»Schokolade für deine Enkelin?«

»Ich muss dir etwas sagen«, unterbrach Hedda seine Aufzählungen, und plötzlich fiel ihr das Atmen schwer.

»Ich höre.«

Sie holte tief Luft, schloss einen winzigen Augenblick die Augen, dann sprach sie: »Du hast einen Sohn, Thomas. Er heißt Franz. Juliette war seine Mutter.«

»Einen ... einen Sohn?« Thomas zog die Augenbrauen zusammen. Seine Miene verriet Überraschung und Unglauben.

»Ja.«

»Aber wir waren doch nur eine einzige Nacht ...«

»Man braucht weniger als eine Nacht, um schwanger zu werden.« Sie hätte gern nach seiner Hand gefasst, aber er war zu weit weg von ihr.

»Einen Sohn!« Über Thomas' Gesicht glitt ein Lächeln, setzte sich in den Mundwinkeln fest. »Wo ist er jetzt?«

»Er ist Soldat, wie alle jungen Männer. Wir wissen nicht, wo er ist. Sein letzter Brief kam aus Italien.«

»Franz.« Thomas verzog den Mund, als wollte er den Namen auf der Zunge schmecken.

»Erzähl mir von ihm. Hast du ein Foto?«

Hedda knipste ihre Handtasche auf, holte ein Foto von Franz in Wehrmachtsuniform hervor und reichte es ihm.

»Er ist nicht dein Feind. Auch wenn ihr auf verschiedenen Seiten steht.«

»Mein Sohn kann niemals mein Feind sein.« Thomas strahlte, sein Rücken wirkte gerader, die Müdigkeit in seinem Gesicht war verflogen.

»Ein Sohn. Hedda, du kannst dir nicht vorstellen, wie glücklich mich das macht. Ich habe mir immer einen Sohn gewünscht.«

»Er weiß nichts davon. Wir haben es Franz nie gesagt. Zuerst, weil wir es selbst nicht wussten, und als wir es erfahren haben, war Franz schon an der Front. Wir wollten es ihm nicht in einem Brief schreiben. Zumal ...

» ... ich jüdisch bin.«

Hedda nickte. »Es hätte ihm geschadet.«

»Ich verstehe.« Für einen Moment verdunkelte sich sein Gesicht.

»Kannst du ihn suchen lassen?«, fragte Hedda. »Ich habe ihn wie mein eigenes Kind großgezogen. Ich liebe ihn.«

Thomas nickte. »Ich kann es versuchen. Warte einen Augenblick.«

Er stand auf, sprach mit der Soldatin im Vorzimmer. Hedda hörte ihn in einem schnellen Englisch sprechen, das sie nicht verstand. Nur den Namen Franz Wiebrecht hörte sie. Dann kam Thomas zurück, sein Gesicht wirkte ernst.

Er setzte sich wieder hinter seinen Schreibtisch und blickte Hedda direkt in die Augen.

»Ich habe dir viel zu verdanken, Hedda. Du hast meiner Schwester und ihrer Familie zur Flucht verholfen, du hast meine Mutter begraben, du hast meinen Sohn großgezogen.«

Bei Thomas' Aufzählung war Hedda bewusst geworden, wie eng die Familien Hirsch und Wiebrecht miteinander verbunden waren. »Ich habe das alles gern gemacht. Du musst mir nicht danken.«

»Du hast mehr für mich getan als jeder andere Mensch.«

»Es hat sich so ergeben.«

Eine kleine Weile schwiegen sie, dann stand Hedda auf. »Ich muss gehen. In diesen Tagen ist viel zu tun in den Weinbergen. Du weißt selbst, wie wichtig die Arbeiten jetzt sind.«

Thomas nickte. Er öffnete den Mund, wollte etwas sagen, und Hedda schien es, als wäre da ein Schmerz in seinem Gesicht.

»Ich kann dich nicht gehen lassen«, erklärte Thomas. Hoffte oder fürchtete Hedda, dass Thomas nun über sie beide sprechen würde? Über ihre längst verlorene Liebe, die zumindest in Hedda noch immer lebte?«

»Warum nicht? Du selbst hast mir die Bescheinigung gegeben.« Ihre Worte klangen kühl, versteckten alles, was sie fühlte.

»Es geht nicht um die Bescheinigung, es geht um meine Schuld dir gegenüber, deiner Familie gegenüber.«

»Das ist dir nicht recht, nicht wahr? Du hast es noch nie gut verstanden, einem anderen etwas schuldig zu sein. Aber mir bist du nichts schuldig. Du hast mein Kind auf die Welt geholt, ich habe deines großgezogen.«

Sein Gesicht verdunkelte sich. So, als hätte Hedda ihn gekränkt. Sie blickte zu Boden. »Ich habe deine Familie immer geliebt.« Hoffte sie, dass er verstand, dass sie auch ihn damit meinte? Ihn ganz besonders?

»Wie gut du mich doch kennst.« Er erhob sich. »Gestatte mir wenigstens, dass ich dich hoch aufs Schlösschen fahre.«

»Gern.«

Thomas strich sich über seine Uniformjacke, dann begleitete er Hedda zu dem Jeep, der vor dem Rathaus stand. Sie fuhren los, und Hedda dachte daran, wie sie früher immer gemeinsam Auto gefahren waren. Und wie damals genoss sie seine Nähe. Wäre Hanno nicht aus dem Ersten Weltkrieg zurückgekehrt, dachte sie, dann wäre ich jetzt wohl mit Thomas verheiratet. Ich würde irgendwo in Amerika darauf warten, dass er nach Hause kommt. Und ich hätte Angst davor, dass ihn das Heimweh gepackt hat und er nicht mehr zurück zu mir kommen würde.

Sie sah ihn von der Seite an. Er war kein schöner Mann gewesen, auch früher nicht. Aber er hatte das gehabt, was die Leute Charisma nennen. Sein Gesicht war noch immer schmal, die Augen leuchteten vor Lebenslust. Das Kinn kantig, die Lippen nicht zu voll und nicht zu schmal. Er war groß gewachsen, Hedda reichte ihm gerade mal bis zur Schulter.

»Deine Frau. Wie ist sie?«, fragte sie, und das war die erste persönliche Frage, die sie ihm stellte. Er lächelte, wie schon so häufig an diesem Tag.

»Mary-Celine ist Lehrerin. Wir sind gleich alt. Sie ...«, er wich ihrem Blick aus und sah starr auf die Straße. »Sie ist dir ähnlich.«

Hedda durchfuhr dieser Satz wie ein wärmender Sonnenstrahl. Oh, sie hatte Thomas damals so geliebt. Und wenn sie ihn heute ansah, dann wusste sie noch immer genau, warum.

Die Fahrt den Hügel hinauf verging viel zu schnell. Sie hielten hinter dem Rondell, Hedda stieg aus.

»Es kann sein, dass wir uns nicht wiedersehen«, erklärte Thomas. »Ich gehe wahrscheinlich schon im nächsten Jahr zurück nach Amerika. Aber eins sollst du wissen: In meinem Herzen hast du einen festen Platz.« Er brach ab, wartete auf Heddas Antwort, aber sie konnte nur nicken.

»Wenn du etwas brauchst, egal, was es ist, dann schreibe mir.« Er zog eine Visitenkarte aus seiner Uniformtasche und reichte sie ihr. »Und schreibe mir auch, wenn du etwas von Franz hörst. Ich werde ihn so bald wie möglich nach Amerika einladen. Ich hoffe, du hast nichts dagegen.«

»Ich möchte nur, dass er wohlbehalten ist«, war alles, was Hedda dazu sagen konnte. Thomas gab Gas, und schon wenige Augenblicke später war der Jeep verschwunden.

Hedda setzte sich auf die rote Bank vor dem Haus und hielt ihr Gesicht in die Frühjahrssonne. Elisabeth kam heraus und setzte sich neben sie. »Und?«

»Ich habe es ihm gesagt.«

»Und wie hat er reagiert?«

»Er hat sich gefreut. Ich glaube, er hat sich sogar sehr gefreut. Er hat keine Kinder.« Sie brach ab, zeichnete mit der Schuhspitze einen Kreis auf den Boden. »Er spricht nicht viel über Gefühle«, sprach sie mehr zu sich selbst. »Und dabei weiß er gar nicht, dass man ihm seine Gefühle vom Gesicht ablesen kann.« Und ich habe gesehen, dachte sie, dass es mit uns hätte weitergehen können. Aber was bringen solche Gedanken noch?

Sie wollte gerade aufstehen, als ein Lastkraftwagen den Hügel heraufkam. Er hielt vor dem Schlösschen. Zwei G.I.s stiegen aus, klappten die Bordwand herunter. Auf der Ladefläche stapelten sich Pakete.

»Was ist das? What is it?«, wollte Hedda verblüfft wissen.

»Coffee, soap, cigarettes, chocolate and all the other things. With greetings from Major Hirsch.«

Hedda lächelte, während Elisabeth schnell den Schlüssel zum Nebengebäude holte.

»Er konnte noch nie jemandem etwas schuldig sein«, flüsterte sie, lächelte dabei, aber es war ein schmerzliches Lächeln. Für einen Augenblick gestattete sie sich die Vorstellung, ihm gesagt zu haben, dass sie ihn noch immer liebte. Vielleicht wäre er nicht nach Frankfurt gegangen, vielleicht wäre er hier in Freyburg geblieben. Doch schon wischte sie den Gedanken zur Seite. Thomas war verheiratet. Er hatte eine Frau, die auf ihn wartete. Und sie hatte einen Mann, auf den sie wartete. Es war einfach so, dass sie wohl nicht füreinander bestimmt waren.

Kapitel 5

Im Oktober 1945 verließ der letzte amerikanische Soldat die Stadt, und die Russen hielten Einzug.

Die Freyburger waren verängstigt. Was hatte man nicht alles von den Russen gehört: Sie nahmen sich Uhren und Fahrräder, vergewaltigten die Frauen. Raue Männer, Tiere fast, ohne Manieren und Anstand. Ohne Moral und Sitte. Die am lautesten nach Moral und Sitte riefen, das waren die, denen es während des Krieges daran gemangelt hatte. Allen voran Trudi Geschke, die nur wenige Wochen von den Amerikanern inhaftiert worden war. Ihren Mann Felix hatten sie weggebracht. Nach Buchenwald, hieß es, und einige munkelten sogar, die Russen würden ihn weiter nach Sibirien schicken. Trudi ließ jeden, den sie traf, an ihrer Empörung darüber teilhaben, aber das Echo erfüllte ihre Erwartungen nicht.

»Was sagst du denn nun dazu? Es ist unfassbar, dass die Amis Felix abgeholt haben. Er hat nie etwas Schlechtes getan. Das können alle hier bezeugen«, hatte sie zu Hedda gesagt, als sie sich auf dem Marktplatz trafen. Hedda blieb schier die Luft weg bei dieser Tirade. Trudi und Felix waren dafür verantwortlich, dass man ihre Schwester Juliette erschossen hatte. Sie waren es, die sie verhaftet und nach Halle vor ein Kriegsgericht geschafft hatten! Und jetzt verlangte Trudi, die vor dem Krieg als Dienstmädchen bei ihr gelebt hatte, dass Hedda Mitleid mit ihr hatte?

»Wie bitte? Was hast du gefragt?« Heddas Verständnislosigkeit war grenzenlos.

»Ach, du«, winkte Trudi ab. »Du stehst natürlich auf der Seite der anderen. Bist bei denen, die behaupten, schon immer dagegen gewesen zu sein. Komisch, wie viele Widerständler es plötzlich in Freyburg gibt. Die gesamte Winzergenossenschaft zählt dazu. Und du selbstverständlich auch.«

Hedda hätte sie an den Schultern packen und schütteln mögen. Sie hätte Trudi schlagen und so schnell nicht damit aufhören mögen. Hedda konnte sich nicht entscheiden, ob Trudi so dumm oder so frech war, aber machte das denn einen Unterschied?

»Lass mich in Ruhe«, zischte sie. »Sprich mich bloß nie wieder an.« Brüsk wandte sie sich ab.

»Du kannst nicht so tun, als würdest du mich nicht kennen«, rief Trudi ihr hinterher. »Freyburg ist viel zu klein, und ich weiß viel zu viel über dich.«

Sie hat recht, dachte Hedda, und ein Schauer lief ihr über den Rücken. Sie hat recht. Ich werde sie immer wieder sehen. Auf der Straße, im Künstlerkeller, im Lebensmittelladen, auf dem Friedhof. Bei jedem Fest wird sie mir über den Weg laufen. Ich muss mit ihr leben, ob ich will oder nicht. Doch sie weiß nichts über mich. Sie hat nie etwas über mich und meine Familie gewusst. Sie hat bei uns gelebt, aber sie hat uns nicht gekannt. So wenig, wie wir sie gekannt haben.

Hedda hätte ihr liebend gern verdeutlicht, was sie und ihr Mann ihrer Familie angetan hatten, aber Trudi war wie vernagelt. Und Hedda zu wütend, um mit Worten ihre Wut ausdrücken zu können.

Ihr kamen zwei Panjewagen entgegen, russische Fuhrwerke, die von kleinen, zottigen Pferden gezogen wurden. Hintendrauf hockten drei Sowjetsoldaten. »Ah, Frrrau, Frrau«, schrien sie bei ihrem Anblick. »Frrrau, komm mit.« Aber der Wagen fuhr ohne anzuhalten weiter.

Hedda zuckte mit den Schultern, als sie das hörte. Wohl war ihr nicht, und sie dachte an Elisabeth und Reni. Wann Hanno wohl nach Hause kam. Sie hatte einen Brief von ihm erhalten. Er war in englischer Gefangenschaft in Bad Kreuznach, in einem Lager, aber er hoffte, dass er bald entlassen würde. Es ging ihm gut. Zu essen gab es ausreichend, wenn auch nicht sonderlich schmackhaft. Er spielte viel Schach und ging zu den Vorträgen, die die Engländer abhielten und bei denen es immer um die Schuld der Deutschen ging. Hedda war nur froh, dass sie ihn in Sicherheit wusste. Es hieß, die Russen würden die ehemaligen Nazis noch härter bestrafen als die Amerikaner. Ob das stimmte, würde sich bald herausstellen.

Als die sowjetische Militärführung am 16. November 1945 Günther Kloss vom Schreibtisch der Sektkellerei Rotkäppchen weg verhaftete, hielt ganz Freyburg den Atem an. Günther Kloss, Nachfahre des Gründers, war stets ein ehrbarer

Mann gewesen. Er war Mitglied in der NSDAP, aber außer seinem monatlichen Geldbeitrag hatte er nichts beigesteuert. Nicht einmal ein paar Flaschen Sekt zu den Treffen der NS-Frauenschaft.

Jetzt warfen die Russen Günther Kloss vor, die Zwangsarbeiter misshandelt zu haben, doch jeder wusste, dass das nicht stimmte. Er war ein Ehrenmann. Er war es auch gewesen, der im April 45 seine gesamte Autorität eingesetzt hatte, um die Sprengung der Brücke über die Unstrut und sogar der Sektkellerei zu verhindern. Die Russen würden ihn freilassen müssen. »Sie sind doch keine Unmenschen«, sagten die Leute danach.

Den ganzen Sommer waren die Russen in Freyburg. Sie hatten sich eingerichtet, hielten das Rathaus besetzt und hatten Trudi aus ihrem Haus getrieben. Die Freyburger tuschelten und wisperten. Der alte Blitz war wiedergekommen, stumm und mitgenommen, aber er erholte sich langsam. Nun erzählte er, wie die Russen in seinem Haus die Kartoffeln in die Toilette gesteckt hatten, wohl um sie abzuspülen. Als sie die Spülung betätigten und die Kartoffeln verschwanden, hatten sie mit ihren Maschinengewehren hinterhergeschossen. »Sie haben vielleicht den Kommunismus erfunden«, fügte Blitz an, »aber bestimmt nicht die Zivilisation.«

Doch sie hatten die Schule wieder geöffnet, sodass Rosemarie jeden Tag hinunter in die kleine Stadt musste.

Elisabeth brachte sie den Hügel hinab bis zur Straße. »Pass auf dich auf«, schärfte sie der Siebenjährigen ein. »Wenn die Russen kommen, versteck dich. Rede nicht mit ihnen, aber verärgere sie auch nicht. Hast du gehört? Geh nach der Schule mit Henriette bis zum Hügel. Hier hole ich dich dann wieder ab.«

Vor der Schule hatten die Sowjets eine Gulaschkanone aufgebaut, und die Schulkinder erhielten jeden Tag eine Schüssel Graupensuppe mit Mohrrüben, in der manchmal sogar ein winziges Stückchen Hammelfleisch schwamm, dazu einen Kanten Brot. Das war mehr, als die meisten Mütter ihren Kindern auf den Teller legen konnten.

Auf dem Schlösschen herrschte noch keine Not. Die Hühner legten Eier, im Keller standen noch zwei Säcke mit Mehl. Reni hatte Äpfel eingekocht, Pflaumen, Birnen und Sauerkirschen von den Bäumen der Obstwiese. Sie hatten Möhren im Keller gelagert, Äpfel und Kartoffeln in Mieten. Reni hatte Weißkohl zu Sauerkraut verarbeitet und Rotkohl eingemacht. Die Bienen hatten Honig für ein paar Gläser gesammelt, aber Fleisch, Wurst oder Käse hatten sie hier oben schon seit Monaten nicht mehr gehabt. Thomas' Gaben waren lange schon aufgebraucht.

Sie hatten den Kaffee gegen neue Weinflaschen getauscht, das Eipulver gegen Korken, den Drucker für die Etiketten hatten sie mit Trockenmilch entlohnt. Rosemarie war gewachsen und hatte ein neues Kleid und neue Schuhe gebraucht. Dafür hatten die Schokolade und der Kakao herhalten müssen.

Es ging ihnen nicht schlecht dort oben auf dem Weingut Saale-Premium, und Hedda sah der neuen Lese aufgeregt entgegen. Sie würden wieder Wein keltern. Sie hatten alles, was sie dazu brauchten. Und die Kunden würden schon wiederkommen. Spätestens, wenn man wusste, wie es in der sowjetischen Besatzungszone weiterging.

»Vielleicht sollten wir es wie die anderen machen«, gab Elisabeth eines Abends zu bedenken. Sie saß mit ihrer Mutter vor dem Kamin, in dem zwei Buchenscheite loderten.

»Was meinst du?«, wollte Hedda wissen.

»Abhauen. In den Westen gehen. Wenn Wolfgang wiederkommt, hätten wir Anspruch auf eine gute Pfarrstelle. Aber im Kommunismus ist die Religion nicht erwünscht. In einer der Westzonen hätten wir keine Probleme.«

Hedda hatte die Arme vor der Brust verschränkt. »Das hier, das Weingut, das ist unsere Heimat. Was soll ich im Westen? Hier bin ich geboren und aufgewachsen, hier ist alles, was mein Leben ausmacht. Und im Westen fliegen einem auch nicht die gebratenen Täubchen in den Mund. Ich bin fast sechzig, Elisabeth. Zu alt, um noch einmal neu anzufangen.«

Einen Monat später war von Enteignungen die Rede. Hedda machte sich zunächst keine Sorgen. Enteignung! Aus welchem Grund denn? Und wer sollte das Enteignete bekommen? Um ein Weingut zu bewirtschaften, brauchte es Winzer. Das wusste jeder. Wie kamen die überhaupt dazu, ihnen etwas wegnehmen zu wollen? Die Wiebrechts und ihre Vorfahren hatten sich was sie besaßen hart erarbeitet. Das alles hier oben auf dem Hügel gehörte ihnen. Enteignung war Diebstahl. Und Diebstahl war verboten. So dachte Hedda und teilte die Arbeiten für die Lese ein. Viele Helfer hatte sie nicht. Die meisten Männer waren noch nicht nach Hause gekommen, aber die Frauen brauchten Geld, um das bisschen zu kaufen, was ihnen auf Lebensmittelmarken zustand. Hier und da vielleicht noch ein Fläschchen Tischwein, den sie in Naumburg oder in den umliegenden Dörfern gegen Speck und Eier eintauschen konnten. Jeder musste schließlich sehen, wo er blieb.

Hedda hatte alle ihre alten Kunden angerufen. »Wir haben noch Wein. Sogar noch den guten von 1942. Wie viele Kästen wollt ihr haben?«

Sie hatte noch keine Ahnung, wie sie die Bestellungen zu den Kunden bringen sollte, denn ihre beschlagnahmten Autos waren unauffindbar, aber sie hoffte, dass der Bestatter ihr sein Fuhrwerk ausleihen konnte, sodass sie mit den Waren wenigstens bis zum Bahnhof kam, um den Wein auf die Reise zu schicken. Doch die Kunden bestellten nichts. »Wir wissen ja nicht, was wird«, sagten die einen. »Was sich der Russe für uns ausdenkt.«

Und die anderen berichteten: »Wir versuchen so schnell wie möglich zu verkaufen. Wir gehen in den Westen. Die Russen wollen doch hier den Kommunismus errichten.«

Und die Dritten meinten: »Was sollen wir mit Wein? Wir haben keine Gäste. Unser Hotel ist leer. Und die Russen trinken nur Wodka. Wenn ihr uns Weinbrand liefern könnt, den nehmen wir gern.«

Eines Morgens kamen sie. Hedda hatte den Lastwagen gehört. Sie war aus dem Bett gesprungen und hatte aus dem Fenster geschaut. Sie sah einen Sowjetsoldaten, der am kleinen Gatter, das zu den Weinbergen führte, ein Schild anbrachte. Ein Schild mit russischen Wörtern, die Hedda nicht lesen konnte. Schnell warf sie sich ein Kleid über und eilte hinaus.

»Was ist hier los? Was machen Sie da?«, verlangte sie mit Gutsherrinnenstimme zu wissen.

Ein Russe mit vielen Orden an der Brust, offensichtlich einer, der etwas zu melden hatte, trat auf sie zu und überreichte ihr ein Schreiben. »Sie werden heute enteignet«, erklärte er in brüchigem Deutsch. »Ihr Gut samt Schlösschen wird eingezogen, in einzelne Parzellen unterteilt und den Flüchtlingen und den Armen – unter anderem Ihren Weinbergsarbeitern – übereignet.«

»Und wie kommen Sie dazu?« Sie verschränkte die Arme vor der Brust und reckte das Kinn.

»Auf Beschluss der Militäradministration. Hier!« Er tippte auf das Schreiben. »Da steht der genaue Wortlaut.«

»Aber das hier gehört alles uns!« Hedda umschrieb mit einem weiten Bogen der Hand die Weinberge, die Obstwiese und das Schloss. »Wir haben dafür gearbeitet. Mehr als jeder Weinbergsarbeiter.«

»Nun, dann können Sie sich ab sofort etwas ausruhen.«

Einer der Soldaten rief dem Mann, mit dem Hedda sprach, etwas zu, und der Mann antwortete in einer kehligen Sprache.

»Wer sind Sie überhaupt?«, fragte Hedda.

»Oh, Entschuldigung, ich habe mich nicht vorgestellt: Major Andrej Kusnezow. Stadthalter von Freyburg.«

»Der oberste Chef also.«

»Wenn Sie so wollen, Frau Wiebrecht.«

»Nein, ich will nicht. Ich will vor allem nicht, dass Sie mir etwas wegnehmen. Das ist Diebstahl!«

»Wie gesagt: Beschluss der Militäradministration.«

Hedda spürte, wie die Kälte langsam in ihr hochstieg und ihre Glieder versteifte. Sie wusste genau, dass sie nichts dagegen unternehmen konnte. Gar nichts. Und diese Ohnmacht machte sie so hilflos, dass sie beinahe zu weinen begonnen hätte. Aber nicht vor diesem Mann. Sie atmete tief ein und aus, dann nickte sie und wollte zurück ins Haus gehen.

»Da ist noch etwas«, hörte sie den Major sagen.

Mühsam beherrscht drehte sie sich um. »Was denn noch? Reicht das nicht?« Sie hörte, dass ihre Stimme leicht zitterte, und hoffte, der Major würde das nicht bemerken.

»Sie bewohnen zu viert dieses Schlösschen. Andere haben nicht einmal ein Dach über dem Kopf.«

»Ja, und? Wir hatten während des Krieges eine Ausgebombte aus Leipzig aufgenommen. Wenn unsere Männer zurück sind, brauchen wir wieder mehr Platz.«

Wieder holte der Major ein Schreiben aus seiner Manteltasche. »Hier. Dies ist der Beschluss über die Enteignung der Liegenschaft. Ab sofort stehen Ihnen zwei Zimmer zu. Eines für Sie, eines für Ihre Tochter und deren Tochter. Dazu der kleine Salon. In die übrigen Räume werden Flüchtlinge aus Ostpreußen einziehen.«

Hedda tat, als hätte sie nichts gehört, aber als sie die Haustür erreicht hatte, fand sie ihr Verhalten kindisch. Sie drehte sich um und nickte. Was sollte sie auch sonst tun? Sie würde mit ihrem Anwalt sprechen, doch sie ahnte jetzt schon, dass man gegen die Beschlüsse der Russen nichts tun konnte.

»Sie haben Glück«, sprach der Statthalter weiter. »Normalerweise müssten Sie auch das Schloss verlassen und dürften sich im Umkreis von 50 Kilometern nicht mehr ansiedeln. Aber Major Thomas Hirsch hat uns mitgeteilt, dass Ihr Wissen über den Wein den Neubürgern dienlich sein könnte.«

Vor Heddas Augen verschwamm die Welt. Das Gesicht des Majors entfernte sich, wurde undeutlich und dann schwarz.

Als sie die Augen wieder öffnete, fand sie sich im Salon auf dem Kanapee wieder. Elisabeth saß neben ihr und hatte ein feuchtes Tuch in der Hand.

»Da bist du ja wieder«, sagte sie zu ihrer Mutter. »Ich habe mir Sorgen gemacht. Der Major hat deinen Puls gefühlt und gesagt, es wäre so weit alles in Ordnung mit dir. Der Schreck hätte dich umgeworfen.«

»So kann man es auch sehen«, erwiderte Hedda.

»Sind die Russen weg?«

»Ja. Aber sie haben die meisten Zimmer hier im Schloss versiegelt. Für die Flüchtlinge. Mit all unseren Möbeln.«

Hedda spürte schon wieder den schwarzen Schwindel näher kommen, doch Elisabeth legte ihr rasch das feuchte Tuch auf die Stirn.

»Das können sie nicht machen«, flüsterte Hedda. »Das geht doch nicht.«

»Doch. Es hat alle getroffen. Die Sektkellerei, die anderen Winzer mit über einhundert Hektar. Immerhin haben wir eine winzige Parzelle abgekriegt. Ich durfte sie mir sogar aussuchen. Du hast dem Major einen tüchtigen Schrecken mit deiner Ohnmacht eingejagt. Ich habe uns ein Stück der besten Reblage ausgesucht.«

»Und die Maschinen? Das Weinberghäuschen? Vor allem der Keller?«

»Alles versiegelt.«

»Wir dürfen nicht einmal mehr unseren eigenen Wein trinken?«

»So sieht es aus.«

Da schloss Hedda wieder die Augen und wünschte sich ganz weit weg. »Haben wir denn nicht schon genug mitgemacht?«, flüsterte sie und spürte, wie Elisabeth ihre Hand streichelte. »Wenn doch Hanno und Wolfgang bald nach Hause kämen. Wenn doch Franz endlich zu Hause wäre!«

»Vielleicht kommt es nicht so schlimm, wie du jetzt denkst«, versuchte Elisabeth zu trösten, aber Hedda widersprach. »Es wird noch schlimmer, das kannst du mir glauben.«

Bereits am nächsten Tag erschien wieder der Major mit dem Ansinnen, die Bücher zu kontrollieren. Hedda fühlte sich noch ein wenig schwach auf den Beinen, und gerade das machte sie wütend. Jetzt musste sie stark sein! Jetzt galt es! Dann saß sie Major Kusnezow am Schreibtisch gegenüber, sah zu, wie er die Kontorbücher prüfte, die Wareneinund -ausgangsbücher, das Kassenbuch, den Ordner mit den Rechnungen für Wein, den Ordner mit den Rechnungen für alles andere, für Flaschen, Korken, Etiketten, Löhne für die Arbeiter.

Ab und zu schaute er auf, nickte Hedda anerkennend zu. »Wofür loben Sie mich?«, fragte Hedda, und ihre Stimme klang krächzend dabei.

»Sie haben ein florierendes Unternehmen geführt«, erwiderte der Major. »Das waren doch Sie, oder? Sie sind eine gute Geschäftsfrau.«

»Lassen Sie das. Sie sind zynisch. Sie loben mich, um mir dann die Früchte meines Fleißes und meines Geschickes zu stehlen.«

Der Major ließ die Akten sinken. »Sie verstehen mich falsch, Frau Wiebrecht. Damit meine ich nicht mich persönlich, mich verstehen Sie auch nicht, aber das ist privat. Sie verstehen den Weg zum Kommunismus nicht, den wir in der Sowjetunion gehen, den diese Besatzungszone gehen wird.«

»Da haben Sie recht, das verstehe ich wahrlich nicht. Und noch weniger verstehe ich, woher Sie das Recht nehmen, mich mit auf Ihren Weg zu nehmen. Ich brauche keinen Sozialismus und keinen Kommunismus.«

Da versteinerte das Gesicht des Majors. »Wissen Sie, wie viele Sowjetbürger durch den Überfall der Deutschen und durch den Krieg ums Leben gekommen sind?«

Hedda schüttelte den Kopf.

»Es sind 27 Millionen Tote. 13 Millionen Sowjetsoldaten, 14 Millionen Zivilisten.«

»Oh.« Hedda schluckte. Sie hatte das Gefühl, persönlich etwas wiedergutmachen zu müssen, das sie nicht getan und nicht zu verantworten hatte.

»Wir sind nicht als Befreier gekommen«, fuhr der Major fort. »Wir sind als Besatzer gekommen. Und wir werden dafür sorgen, dass dieses himmelschreiende Unrecht, das die Deutschen über die Welt gebracht haben, gesühnt wird.«

Wieder schluckte Hedda und blickte vor sich auf den Tisch. Was sollte sie sagen? Ihren Worten standen 27 Millionen Tote gegenüber. Sie konnte verstehen, dass die Russen ihre toten Ehefrauen, Mütter, Kinder, Männer, Brüder und Schwestern rächen wollten. Aber wie rächte man sich für 27 Millionen Tote?

»Haben Sie ... haben Sie auch jemanden verloren?«, wollte Hedda wissen und warf einen Blick auf das Gesicht des Majors, das blass war und wie versteinert wirkte. Er war noch nicht alt, aber sein Haar war bereits ergraut, um seinen Mund lag ein harter Zug. Er sah aus, als hätte er viel Leid erfahren. Mehr Leid, als Hedda sich vorstellen konnte.

Der Major nickte. »Meine Frau, meine kleine Tochter. Sie sind verhungert. In Stalingrad.«

Hedda schluckte. »Es tut mir leid. Es tut mir unendlich leid. Ich wüsste nicht, was ich täte, wäre mir das passiert.«

Der Major nickte, und Hedda wünschte beinahe, er würde in Wut geraten. So viele Tote. Nein, das hatte sie nicht gewusst. Das war niemals zu sühnen. Nicht in hundert Jahren. Den Rest des Vormittags schwieg sie. Erst als der Major alle Bücher durchgegangen war und sich verabschiedete, reichte ihm Hedda die Hand. »Es tut mir leid«, wiederholte sie. »Es tut mir unendlich leid.«

Der Major nickte, dann stieg er in sein Auto und fuhr davon.

Hedda aber hatte begriffen, dass ihr Weingut endgültig verloren war.

Kapitel 6

Eine Woche später kamen die Flüchtlinge. Frauen schlepp-
ten sich den Hügel herauf, kleine Kinder an der Hand, alte
Frauen zogen vollkommen entkräftet klapprige Handwagen.
Dreckig waren sie, die Haare verfilzt, die Kleider verschlis-
sen, die Gesichter von Erschöpfung und Angst gezeichnet.
Zwölf Personen, zwei Familien. Voran schritt eine Frau, die
ungefähr in Heddas Alter war. Doch welche Unterschiede
bestanden zwischen den beiden Frauen. Karline Otter aus
Ostpreußen hatte graue Haare, und durch ihr Gesicht zogen
sich unzählige Falten. Ihr fehlten die beiden oberen Schnei-
dezähne, und sie blinzelte mit den Augen, als ob sie eine
Brille bräuchte. Wortlos hielt sie Hedda den Einquartie-
rungsbescheid unter die Nase.

»Kommen Sie.« Hedda führte die Leute, unter ihnen
sechs Kinder, in die Halle. »Reni wird Ihnen Ihre Zimmer
zeigen.«

»Wir brauchen heißes Wasser, Zinkwannen, Seife und
Handtücher.« Frau Otter hatte leise gesprochen, aber energisch.

Hedda zuckte mit den Achseln. »Wasser können Sie haben. Eine Zinkwanne auch. Seife haben wir selbst nicht. Und Handtücher? Nein.« Hedda schüttelte den Kopf. Sie besaß natürlich Handtücher. 48 Stück, um genau zu sein. Doch sie würde nicht ein einziges davon für die Flüchtlinge hergeben. Was dachten die sich überhaupt? Fielen hier ein wie ein Heuschreckenschwarm, nahmen ihnen die Zimmer und höchstwahrscheinlich auch noch die Ruhe, von den Weinbergen, der Obstwiese und dem Küchengarten ganz zu schweigen.

Hedda nahm die Schultern zurück. »Dies hier ist mein Haus. Wir haben Sie nicht eingeladen. Nun, es gibt einen Beschluss, dem wir uns nicht widersetzen können. Ihre Zimmer finden Sie im Westflügel. Und Sie werden sich ausschließlich im Westflügel aufhalten. Sie werden Ihre Mahlzeiten in der Sommerküche kochen, die sich im Nebengebäude befindet. Die Küche hier im Haus ist für Sie tabu, ebenso die Obstwiese und der Küchengarten. Wir stellen Ihnen Räume zur Verfügung, mehr nicht. Um alles andere müssen Sie sich selbst kümmern.«

Karline Otter reckte das Kinn. »Und wir haben uns dieses Haus, das Ihnen ebenso wenig wie uns gehört, nicht ausgesucht. Wir wären lieber in der Heimat geblieben. Ich habe gehört, Sie waren in der NS-Frauenschaft. Das heißt, Sie haben Ihren Teil dazu beigetragen, dass wir unsere Heimat verloren haben. Jetzt werden Sie Ihren Teil dazu beitragen, uns eine neue Heimat zu schaffen. Wir brauchen zwölf Handtücher, Bettdecken und Kopfkissen für alle. Gegen die Sommerküche haben wir nichts; wir bleiben lieber für uns. Aber Töpfe und Pfannen brauchen wir, dazu Geschirr und Besteck und natürlich Heizmaterial für den Winter.«

Hedda blickte Karline Otter mit großen Augen an, dann lächelte sie. »Sie kriegen sechs Handtücher und Stoff, um weitere zu nähen. Reni zeigt Ihnen, wo die Nähmaschine steht. Ein paar Löffel und Gabeln werden wir auch noch auftreiben. Heizmaterial haben wir selbst nicht genug. Sie werden wohl in den Wald gehen und sammeln müssen.«

»Töpfe und Pfannen? Geschirr?«

»Puh!«, stöhnte Hedda, aber lächelte dabei. »Sie verhandeln hart.«

Da lächelte auch Frau Otter: »Wir besaßen in der Königsberger Innenstadt ein Hotel. Das zweite Haus am Platze.«

Da nickte Hedda, reichte Karline Otter die Hand und sagte: »Auf ein gutes Miteinander.«

Als die Lese begann, weinte Hedda so manches Mal ins Kopfkissen. Da kamen Bäuerinnen aus Schlesien zu den ihnen zugewiesenen Teilen der Weinberge, die eine Weinrebe nicht von einer Efeuranke unterscheiden konnten. Da waren die Frauen aus dem Sudetenland, die die Trauben wie Äpfel von den Bäumen rissen, sodass die Trauben platzten und für die Kelter nicht mehr zu gebrauchen waren.

Elisabeth und Hedda hatten den kleinen Teil der Weinberge, der ihnen noch geblieben war, bereits abgeerntet und die Trauben auch schon von den Stielen entfernt. Sie hatten die Beeren maschinell zerdrückt und das entstandene Gemisch aus Fruchtfleisch, Kernen, Schalen und Saft, das man Maische nennt, gären lassen.

Für diese Arbeiten hatten sie keine zusätzlichen Arbeitskräfte gebraucht.

Danach strich Hedda jeden Tag durch die übrigen Weinberge, die ihr nicht mehr gehörten und in denen Leute, die nichts vom Weinbau verstanden, zugange waren.

»Erklären Sie uns, wie es geht!«, forderte Frau Otter.

»Es braucht jahrelange Erfahrung«, antwortete Hedda.

»Dann lassen Sie uns keine Zeit verlieren.«

»Heute Abend. Punkt acht Uhr. Am Gatter.«

Mit diesen Worten drehte sie sich um und verschwand.

Als sie am Abend zum Gatter ging, standen beinahe dreißig Leute dort. Hedda war überrascht, aber sie ließ sich die Überraschung nicht anmerken. Vor zwei Stunden noch hatte sie die Veranstaltung absagen wollen, aber Elisabeth war dagegen gewesen: »Um was geht es dir?«, hatte die Tochter gefragt. »Was willst du? Willst du zusehen, wie die Leute deine Weinberge ruinieren? Oder willst du, dass trotz allem guter und bester Wein vom Gut Saale-Premium kommt.«

»Wenn ich das schon höre!«, hatte Hedda gestöhnt. »Da kommen irgendwelche Hergelaufene und rupfen die Trauben von den Stöcken. Und dann panschen sie vielleicht irgendetwas zusammen, das nach Essig schmeckt, kleben unsere Etiketten auf die Flaschen und verkaufen ihn als Saale-Premium. Denkst du wirklich, Elisabeth, dass ich dabei ruhigen Herzens zusehen kann?«

»Nein, das kannst du nicht. Aber es sind nicht mehr deine Weinberge, du bist nicht mehr Saale-Premium. Es liegt an dir, ob du den Leuten beibringst, was du weißt, und somit dafür sorgst, dass aus den Trauben das Beste rausgeholt wird.« Elisabeth blickte ihre Mutter an. »Wir haben

Glück, dass wir noch im Schlösschen wohnen bleiben dürfen. Der Hugo Blitz musste sein ganzes Haus hergeben und wegziehen. Er ist jetzt selbst ein Flüchtling. Anderen ist es ebenso ergangen. Ich denke, wenn du den Leuten als Lehrerin dienst, ist das für uns nur von Vorteil. Wir werden hierbleiben können, denn irgendwer muss den Flüchtlingen ja erklären, wie sie einen Weinberg bearbeiten sollen.«

»Weißt du, was du da verlangst? Sie nehmen mir mein Weingut weg und erwarten, dass ich ihnen noch erkläre, wie sie den größten Ertrag rausholen können? Das ist absurd, Elisabeth, vollkommen absurd.«

»Ja, das ist es. Wirst du es trotzdem tun?«

Hedda nickte. »Ich habe wohl keine andere Wahl. Außerdem könnte ich es nicht ertragen, unsere Weinberge ruiniert zu sehen.« Sie erhob sich, band sich die Lederschürze um, die sie immer in den Weinbergen trug, verbarg das Haar unter einem Kopftuch und begab sich zum Gatter.

Als Erstes zeigte sie den Neulingen, wie man die Trauben richtig erntete. Dann erreichte sie, dass ein Fuhrwerk die geernteten Trauben zum Schloss brachte, wo sie dann entstielt und gepresst wurden. Es gab nur eine große Presse, die Elisabeth bediente. Damit es nicht zum Streit kam, teilte Elisabeth den neuen Weinparzellenbesitzern Presszeiten zu. Hedda erklärte ihnen, wo sie die Flaschen herbekamen, woher die Korken. Doch die meisten von ihnen wollten lediglich Grundwein herstellen, den sie an die Sektkellerei Rotkäppchen verkaufen wollten. Sie brauchten schnell Geld. Der Winter stand vor der Tür. Viele hatten auf dem Treck alles verloren. Manche Kinder trugen Schuhe aus Bast oder aus alten Autoreifen. Eines hatte Hedda gesehen, das hatte nur Pappkartons an den Füßen.

Auch der Verkauf an Kloss & Foerster musste schnell gehen, denn niemand wusste, was aus der Sektkellerei werden würde, niemand wusste, wohin er sonst seinen Wein verkaufen könnte.

Am 18.12.1945 war es so weit: Die Sektkellerei Kloss & Foerster wurde unter Zwangsverwaltung gestellt. Viele Mitarbeiter, allen voran die Mitglieder der NSDAP, wurden zu anderen, schweren Arbeiten herangezogen. Im Februar 1946 setzte der Präsident der Provinz Sachsen einen Treuhänder ein.

Kapitel 7

»Ich komme nach Hause, meine liebe Elisabeth, ich komme zurück!«

Der Brief von Wolfgang änderte alles. So wie der Brief über Hanno alles geändert hatte. Hanno war gestorben. Nicht am Krieg, sondern danach in englischer Kriegsgefangenschaft. Er war an Diphtherie erkrankt, und man hatte Hedda lediglich seine Erkennungsmarke geschickt. Stundenlang hatte sie mit dem Brief in der Hand wie erstarrt dagesessen. Die Tränen waren erst am nächsten Tag gekommen. Und am Tag darauf hatte sie in der halben Welt herumtelefoniert, um Hannos Leichnam nach Hause holen zu können. Vergeblich. Er war schon in einem Massengrab beerdigt. Da saß sie wieder stundenlang da und starrte aus dem Fenster hinaus zum Apfelbaum, unter dem Juliettes Mutter lag und ein Kreuz für Juliette stand. Lange saß sie so, aber am Abend erhob sie sich und fertigte für Hanno ein Kreuz, das sie unter dem Apfelbaum aufstellte. »Du bist zwar nicht zu Hause«, flüsterte sie und strich über das Holz, »aber dein Zuhause ist bei dir.«

Nun war sie Kriegswitwe.

Aber Wolfgang würde kommen. Morgen schon sollte der Zug aus Leipzig eintreffen.

Elisabeth war so aufgeregt, dass sie sich auf nichts konzentrieren konnte. Sie fing an, der achtjährigen Rosemarie das lange Haar zu flechten, dann sprang sie auf und stellte das Plätteisen auf den Küchenherd. Sie nahm einen Lappen und wischte auf den Schränken herum, fragte Rosemarie, warum sie so steif in der Küche herumstehe, flocht weiter an deren Zöpfen, bis Hedda kam.

»Schluss jetzt, Elisabeth. Du machst uns alle noch ganz wahnsinnig mit deiner Herumrennerei. Du frisierst der Kleinen jetzt die Haare. Danach bügelst du ihr Kleid und deines. Und wenn du damit fertig bist, ist es schon Zeit, zum Bahnhof zu gehen. Ich habe den Bestatter gebeten, mit dem Fuhrwerk zu kommen. Du weißt nicht, in welchem Zustand Wolfgang ist. Immerhin sind es sechs Kilometer bis zu uns. Der Bestatter wird alle Heimkehrer einsammeln und sie zu ihren Wohnungen bringen. Wir sind die Letzten. Es kann also dauern.«

»Aber ich muss noch kochen«, erklärte Elisabeth und ließ ihren Blick durch die Küche wandern.

»Reni kocht. Wie immer.«

Hedda musste Elisabeth und Rosemarie regelrecht aus dem Haus scheuchen. Kaum waren die beiden weg, kam Karline Otter des Weges.

»Guten Tag, Hedda.«

»Guten Tag, Karline.«

Hedda hätte nicht mehr sagen können, seit wann sie sich mit dem Vornamen ansprachen, während das Sie selbstverständlich beibehalten wurde. Doch sie wusste ganz genau, dass sie in Karline eine Frau getroffen hatte, die ihr ähnlich war und die sie deshalb nicht zur Feindin haben wollte.

»Ist Ihre Tochter schon weg?«, fragte Karline.

»Ja. Gerade gegangen.« Hedda verschränkte die Arme vor der Brust, aber nicht abwehrend, sondern eher signalisierend, dass sie gegen ein Schwätzchen nichts einzuwenden hatte.

»Und Ihr Mann?«, fragte Karline.

»Er ist tot. Jetzt haben wir Gewissheit.«

»Das tut mir leid.«

»Ja, mir auch.«

Sie blickten einander an, und da war so ein stilles Einverständnis. Eine Verbindung, die ohne Worte funktionierte.

»Und Ihr Mann?«, wollte Hedda wissen.

»Gefallen. Es war keine Liebesheirat. Seinen Eltern gehörte das elegante Restaurant neben unserem Hotel.« Sie zuckte mit den Schultern.

Hedda nickte. Sie verstand.

»Na, dann«, sagte sie.

»Na, dann« antwortete Karline und stieg die Treppen zum Westflügel hinauf.

Der Zug hatte Verspätung – nicht ungewöhnlich –, und daher kam die nun wieder vollständige Familie Wächter erst nach Stunden zu Hause an.

Elisabeth strahlte über das ganze Gesicht. Rosemarie schaute ein wenig überfordert aus, aber als Hedda Wolfgang sah, da stockte ihr schier der Atem.

Früher war Wolfgang groß und sehr schlank gewesen. Jetzt war er mager. Die Wangen hohl, die Augen schwarz umschattet. Seine Lippen waren blutleer, die Haare hatte man ihm geschoren. Er sah aus wie ein Häftling.

Sie breitete die Arme aus, zog Wolfgang an sich, bekam nichts als seine zitternden Knochen zu fassen. Sie drückte ihn, doch er machte sich steif. Da ließ sie ihn los.

»Es ist so schön, dass du wieder zu Hause bist. Wie geht es dir, mein Lieber«, fragte sie.

Wolfgang zuckte mit den Achseln. »Ich habe schreckliche Dinge gesehen. Ich habe schreckliche Dinge getan. Einmal, es war in Weißrussland, da kamen wir in ein Dorf, in dem zuvor die SS war. Aus einem Haus drangen fürchterliche Schreie. Ich ging hinein. Da hatte die SS ein Mädchen an die Wand genagelt. Einfach dicke Nägel durch ihre Handgelenke und Füße geschlagen. Sie hat geschrien. Wir konnten sie nicht abnehmen, weil die SS den Weg zu ihr mit Minen abgeschnitten hatte. Ich habe sie erschossen.«

Wolfgang sprach diese schrecklichen, furchtbaren Worte ohne eine Regung aus.

Hedda blickte rasch zu Elisabeth. »Das war alles, was er bislang gesprochen hat«, berichtete die Tochter. »Immer und immer wieder erzählt er diese Geschichte. Er hat nicht nach uns gefragt. Nur immer von dem Mädchen gesprochen, aber seine eigene Tochter kaum beachtet.«

Sie begann zu weinen, und Rosemarie stimmte in das Weinen ein.

Da nahm Hedda ihren Schwiegersohn beim Arm. »Hast du Hunger? Möchtest du etwas trinken?«

»Da war ein Mädchen, das war an die Wand …«

»Ich weiß, Wolfgang, ich weiß.«

»Ich habe sie erschossen, damit sie nicht länger leiden muss.«

»Pscht, Wolfgang. Es ist gut. Es ist vorbei. Ich bringe dich jetzt zu Bett. Und dann schläfst du erst einmal.«

Da blieb Wolfgang stehen, machte sich ganz steif. »Ich habe seither nicht mehr schlafen können.«

Hedda wandte sich um, rief: »Elisabeth, bring den Traubenbrand aus dem Salon«, dann führte sie Wolfgang in das Schlafzimmer. Sie zog ihm die Schuhe aus, die Jacke. Elisabeth kam mit dem Schnaps, goss ihrem Mann ein Glas davon ein. »Trink das, Wolfgang.«

Der Mann nahm das Glas, stürzte es hinunter, schüttelte sich.

»Und gleich noch eins«, befahl Hedda, und Elisabeth füllte das Glas erneut. Drei Gläser musste Wolfgang trinken, ehe Hedda zufrieden war. Dann fiel er regelrecht um und schlief sofort ein.

Im Salon rang Elisabeth die Hände. »Oh Gott, das ist doch nicht mehr mein Mann. Oh mein Gott, was ist nur los mit ihm? Was soll das werden?« Und wieder begann sie zu weinen.

Hedda sah sich das eine kleine Weile an, dann befahl sie: »Du hast jetzt genug geweint. Besser wird dadurch nichts. Lass uns überlegen, was nun zu tun ist.«

»Was sollen wir denn tun?«, jammerte Elisabeth weiter.

»Wir werden ihn zu einem Arzt bringen. Er braucht Medikamente. Schlaftabletten, Beruhigungstee, irgendetwas.«

»Es gibt keinen Arzt mehr in Freyburg.«

»Aber in Naumburg.«

»Und wie sollen wir dorthin kommen? Alle Autos sind beschlagnahmt.«

Hedda schloss kurz die Augen und überlegte, dann verkündete sie: »Ich werde hinlaufen. Nach Naumburg. Es wird reichen, wenn ich dem Arzt sage, was mit Wolfgang ist. Du bleibst bei ihm und siehst zu, dass er Ruhe hat.«

Am nächsten Morgen wanderte sie schon in aller Frühe los. Die Herbststürme hatten die Bäume entlaubt, zäher Nebel hing über der Landschaft, ein feiner Nieselregen fiel auf die Erde.

Hedda schritt kräftig aus, und nach zwei Stunden stand sie in der Praxis des Arztes. Sie stellte ihren Rucksack auf die Behandlungsliege, holte das letzte Päckchen Bohnenkaffee heraus, das sie noch von Thomas hatte, holte eine Flasche Wein heraus, legte die Gaben auf den Schreibtisch des Arztes und sagte: »Mein Schwiegersohn braucht Medikamente.«

Dann berichtete sie dem Arzt, was Wolfgang ihr erzählt hatte. Der Arzt nickte. »Laudanum würde helfen.«

»Gut«, nickte Hedda.

»Es gibt kein Laudanum. Es gibt überhaupt nichts. Die Amerikaner hatten Valium. Die Russen haben nichts.«

Hedda öffnete den Rucksack erneut, suchte darin herum, legte eine harte Wurst auf den Tisch. »Vielleicht schauen Sie noch einmal in Ihrem Medizinschränkchen nach.« Sie blickte den Arzt an, sah seine wässrigen Augen, seine von roten Äderchen durchzogene Nase. »Wir haben noch Traubenbrand«, fügte sie hinzu.

Der Arzt erhob sich, zog einen Schlüssel aus der Tasche seiner Weste, schloss ein Schränkchen auf und holte eine braune Flasche daraus hervor. »Das ist alles, was ich noch habe.«

»Dann besorgen Sie mehr davon. Ich zahle mit Traubenbrand.« Der Arzt leckte sich über die Lippen. »Es gibt kein Laudanum mehr.«

»Das ist Ihr Problem. Verhandeln Sie mit dem Apotheker.«

Sie erhob sich, steckte das braune Fläschchen in ihre Rocktasche. »Ich komme in einer Woche wieder.«

Dann eilte sie den ganzen langen Weg zurück. Im Schlösschen angelangt, gab sie zehn Tropfen der Medizin auf einen Löffel, ließ Wolfgang das Gebräu schlucken.

Zu ihrer Tochter gewandt, sagte sie: »Er wird schlafen. Er wird sehr viel schlafen. Und wir lassen ihn schlafen, solange es nur geht. Schlaf heilt. Das war schon immer so.«

»Und wenn er nicht wieder wird? Wenn er so …, so verrückt bleibt?«

»Darüber machen wir uns Gedanken, wenn es so weit ist. Jetzt schläft er erst einmal. Und wenn er aufwacht, gib ihm zu essen und zu trinken. Dann noch einmal zehn Tropfen und immer so weiter.«

Eine ganze Woche schlief Wolfgang. Dann erhob er sich. Er sprach nicht mehr von dem Mädchen, aber sein Gesicht war schmerzlich verzogen. Er lief in den Weinbergen umher, streunte durch den Wald. Hedda sah sich das ein paar Tage lang an, dann rief sie ihre Tochter zu sich: »Hör zu, Elisabeth. Er sieht zwar ein wenig besser aus, aber er denkt noch immer an das … das Unglück in Weißrussland.«

»Er ist Pfarrer, Mama. Er ist gläubiger Christ. Er trägt schwer an der Schuld.«

»Herrgott, er hat eine Familie!«, erwiderte Hedda. »Wenn er wenigstens katholisch wäre, dann könnte er beichten, und alles wäre gut. Aber er ist evangelisch.« Sie drehte sich zum Fenster, sah nachdenklich hinaus. »Wir müssen den Pfarrer holen. Oder nein, wir holen seine Eltern. Sein Vater ist auch Pfarrer. Der muss mit ihm sprechen.«

Am nächsten Tag machte sich Elisabeth auf den Weg nach Halle. Obwohl die Stadt nur 50 Kilometer entfernt lag, dauerte die Reise dorthin mehr als zwölf Stunden. Immer wieder musste der gnadenlos überfüllte Zug anhalten, weil die Schienen kaputt waren. Als Elisabeth endlich in Halle ankam, fühlte sie sich so verschwitzt und schmutzig, dass sie am liebsten gebadet hätte. Sie lief durch die halbe Stadt, vorbei an Häusern, die durch Bomben oder Brandsätze zerstört waren, vorbei auch an Krüppeln, die ohne Beine an Straßenecken hockten, die Hand zum Betteln ausgestreckt.

Es dauerte noch einmal einen ganzen Tag, aber dann endlich waren Wolfgangs Eltern, Arnold und Leonore Wächter, auf dem Schlösschen.

Und weil ihr Haus in Halle zum größten Teil zerstört war und sie bislang im Keller der Ruine gehaust hatten, zogen sie ins Schlösschen ein, sodass nun insgesamt zwanzig Personen dort wohnten.

Hedda aber hatte an Thomas in Frankfurt geschrieben. Sie hatte in ihrem Brief von Wolfgang erzählt. »Gibt es bei euch Medikamente, die ihm helfen könnten?«

Eine Woche später kam ein Paket. Es hatte neben der Adresse einen Aufkleber der US-Army und wurde deshalb nicht kontrolliert. Hedda holte es auf dem Postamt ab und gab Wolfgang jeden Abend eine Tablette. Er hatte dadurch gute Nächte, doch die Tage wurden nicht besser.

Teil 2

1948

Sekt-Baguette

1 altbackenes Baguette oder Weißbrot
4 Eier
¼ l Sekt
Limettensalz
Butterschmalz

Die vermischten Eier mit dem Sekt und dem Limettensalz
verrühren. Baguettescheiben darin einweichen. Danach in
heißem Butterschmalz ausbacken.

Kapitel 8

Das Jahr 1948 wurde ein Schicksalsjahr. Wolfgang hatte sich so weit wieder erholt, dass er eine Pfarrstelle antreten konnte. Dank der Fürsprache seines Vaters übernahm er die Mariengemeinde in Freyburg. Da das Pfarrhaus durch eine Brandbombe beschädigt worden war, blieben die Wächters einstweilen bei Hedda auf dem Hügel wohnen.

Elisabeth hatte während des Krieges eine Wirtschaftsschule besucht, die sich mit Buchhaltung, kaufmännischen Aufgaben und Geschäftsführung befasste. Hedda hatte darauf gedrungen – schließlich sollte Elisabeth ja das Gut übernehmen – und derweil auf Rosemarie aufgepasst. Zwei Jahre lang war Elisabeth täglich mit dem Fahrrad nach Naumburg und zurückgeradelt, und als sie ihr Diplom erhalten hatte, war der Krieg vorbei, der Institutsleiter in den Westen geflohen und das Weingut in den Händen von Leuten, die nichts vom Wein verstanden.

Der vorherige Winter 1946/47 war der härteste Winter, den die Freyburger jemals erlebt hatten. Nicht einmal die Ältesten erinnerten sich an ähnliche Wetterlagen. Die Temperaturen fielen wochenlang unter zwanzig Grad minus, Saale und Unstrut waren zugefroren. Es gab kein Heizmaterial. Die Leute fällten die Obstbäume in ihren Gärten, verfeuerten Zäune, sammelten noch das kleinste Stöckchen auf. Die Bauern, die noch Kühe hatten, trockneten deren Fladen, um sie zu verheizen.

Die Neuwinzer aber hatten sämtliche Rebstöcke aus der Erde gerissen und sie verbrannt, um nicht zu erfrieren. Hedda hatte am Fenster gestanden und mit Tränen in den Augen dabei zugesehen. »Nichts als Schutt und Asche«, murmelte sie vor sich hin. »Nichts als Schutt und Asche.«

Als der Winter vorüber war, gab es das frühere Weingut Saale-Premium nicht mehr. Die Familie hatte keinerlei Einkünfte.

»Ich gehe in die Sektkellerei«, schlug Elisabeth eines Abends vor. »Ich habe schon angefragt. Sie suchen eine Buchhalterin. Dringend sogar, jetzt, wo Günther Kloss in den Westen gegangen ist. Ende Juli soll die Sektkellerei ein volkseigener Betrieb werden. Sogar einen Namen haben sie schon: Volkseigener Betrieb Rotkäppchen Sektkellerei wird er heißen.

Hedda war in den letzten beiden Jahren gealtert. Ihr Haar war grau geworden, ihre Bewegungen schwerfälliger und langsamer. Und sie hatte ihren Lebensmut verloren. Mit den verbrannten Reben war ihre gesamte Kraft verbrannt. Am liebsten saß sie in einem Lehnstuhl am Fenster und las. Nur Bücher las sie, Zeitungen rührte sie nicht an. »Es interessiert mich nicht, was in der Welt los ist. Meine Welt ist untergegangen«, sagte sie, wenn Reni ihr die *Naumburger Zeitung* brachte. Das Einzige, das ihr ein Lächeln abrang, gepaart mit einem tiefen Seufzer, waren die Briefe von Thomas aus Frankfurt. Sie lächelte, wenn sie sie las, und Elisabeth hatte sich schon oft gefragt, was wohl darin stand. Wenn sie Hedda danach fragte, steckte Hedda schnell den Briefbogen zurück in den Umschlag. »Nichts. Erinnerungen an früher.« Dann schob sie den Brief in den Sekretär und schloss die Schublade ab.

»Ich möchte nicht, dass du arbeitest«, erklärte Wolfgang Elisabeth. »In unserer Familie hatte es noch nie eine Frau nötig, arbeiten zu gehen. Und eine Pfarrersfrau schon gar nicht. Wenn du unbedingt etwas tun möchtest, kannst du das Sekretariat übernehmen oder die Kindergottesdienste.«

»Jetzt haben wir es nötig. Als deine Sekretärin verdiene ich nichts, und dein Gehalt reicht gerade mal für das Allernötigste.«

»Und was wird aus Rosemarie?«

»Sie ist mittlerweile zehn Jahre alt. Du bist doch meist zu Hause. Reni kocht ihr das Mittagessen, und du musst dich nur darum kümmern, dass sie ihre Hausaufgaben erledigt. Außerdem sind ja ihre Großeltern hier.«

Auch einige der Flüchtlingsfrauen gingen nun jeden Morgen hinunter zur Sektkellerei. Karline Otter hatte eine Anstellung in der Abfüllerei gefunden, die anderen arbeiteten in der Etikettierung. Das Weinland, das sie bekommen hatten, lag brach.

Elisabeth trug ihr bestes Kostüm, als sie am 1. August 1948 ihre Stelle als Buchhalterin antrat.

Sie stieg im Verwaltungsgebäude die Stufen zum ersten

Stock hinauf. Der alte Glanz, von dem ihre Mutter immer geschwärmt hatte, war verblasst. Die schwarz-weißen Fliesen hatten Sprünge, an den Kronleuchtern fehlten ganze Arme, Stäbe waren aus dem Treppengeländer gebrochen. Alles wirkte ein wenig vernachlässigt.

Elisabeth klopfte an die Tür des Chefsekretariats und trat ein. Eine ihr fremde Frau mit missmutig nach unten gezogenen Lippen saß hinter dem Schreibtisch. »Bitte schön?«, fragte sie. »Haben Sie einen Termin?«

»Mein Name ist Elisabeth Wächter. Ich fange heute in der Buchhaltung an.«

»Und was wollen Sie dann hier? Sie müssen in die Kaderleitung.« Die Frau sprach schnippisch, und Elisabeth dachte daran, dass ein solcher Ton unter Günther Kloss nicht geduldet worden wäre.

»Kaderleitung?«, fragte Elisabeth nach. »Was ist das, und wo finde ich sie?«

Die Frau hinter dem Schreibtisch spielte mit einem Bleistift. »Früher nannte man es das Personalbüro. Zweiter Stock, dritte Tür links.«

Elisabeth bedankte sich und stieg die Tür zur Kaderabteilung hinauf. Drinnen bat eine Mitarbeiterin sie, sich zu setzen, und stellte sich als Frau Öhme vor. Frau Öhme berichtete, dass sie die Kaderleiterin vertrat, die auf einem Lehrgang in Halle war.

»Jetzt müssen wir erst einmal eine Kaderakte für Sie anlegen«, erklärte sie freundlich und ließ sich Elisabeths Diplom vom Wirtschaftsinstitut zeigen, dann holte sie einen Hängehefter und schrieb Elisabeths Namen drauf. Sie nahm ein paar Formulare aus dem Schreibtisch, sagte: »So, dann wollen wir mal«, und blickte Elisabeth auffordernd an.

Elisabeth zog fragend die Augenbrauen in die Höhe. »Was möchten Sie wissen?«

»Ach, nur das Übliche. Das, was alle wissen wollen.«

»Und was ist das?«

Jetzt runzelte Frau Öhme die Stirn. »Von welchem Stern kommen Sie denn?«

»Ich komme vom Schlösschen auf dem Hügel, vom Weingut Saale-Premium.«

»Ach so, na, das erklärt einiges.« Frau Öhmes Gesicht verdunkelte sich. »Eine Schlossherrin also.« Sie stützte die Ellbogen auf den Schreibtisch und beugte sich zu Elisabeth. »Hier gibt es für solche wie Sie keine Extrawurst. Hier sind Sie Mitglied in einem sozialistischen Kollektiv. Hier wird gespurt, so wie Sie es von Ihren Mitarbeitern verlangt haben.« Sie lachte kurz und grell auf. »Ach, ich habe ja vergessen, dass Ihnen jetzt weder das Weingut noch das Schlösschen gehören. Na, da werden Sie hier erst mal kleine Brötchen backen. Ganz kleine Brötchen.«

Sie lehnte sich zurück und verschränkte die Arme vor der Brust.

Elisabeth hatte keine Ahnung, was diese Einlassung bedeuten sollte, aber ihr war schon klar, dass Frau Öhme sich nicht gerade als Freundin empfahl.

»Na, wird's bald!«, fauchte diese nun.

Da streckte Elisabeth ihren Rücken und reckte das Kinn ein wenig nach vorn. »Ich weiß nicht, was Sie veranlasst, in einem solchen Ton mit mir zu sprechen. Meine privaten

Verhältnisse gehen Sie nicht das Geringste an. Ich bin hier, um in der Sektkellerei als Buchhalterin zu arbeiten. Dafür habe ich Ihnen ein Zeugnis vorgelegt. Ein sehr gutes Zeugnis, dazu ein Foto, einen Lebenslauf und die Auflistung meiner önologischen Kenntnisse. Was wollen Sie jetzt noch von mir?«

»Önologische Kenntnisse. Wie vornehm.« Sie beugte sich wieder über den Schreibtisch: »Weinkenntnisse heißt das bei uns. Weinkenntnisse, nicht anders.«

Elisabeth schwieg. Sie hatte die Handtasche wie ein Schutzschild vor ihren Bauch gepresst und sah Frau Öhme ruhig an.

»FDGB, DSF? Wie sieht es damit aus?«, wollte die Kaderleiterin wissen.

»FDGB? Was ist das?«

»Herrgott, Sie leben wirklich in einer anderen Welt. Wenn Sie sich hier einleben wollen, müssen Sie Ihre Allüren schleunigst lassen.«

»Ich habe Ihnen eine Frage gestellt«, erinnerte Elisabeth.

»FDGB, das ist der Freie Deutsche Gewerkschaftsbund.«

»Nein danke, ich möchte nicht eintreten.«

Frau Öhme schüttelte den Kopf.

»Jeder ist im FDGB. Das gehört sich so im Sozialismus. Die Gewerkschaft ist die Vereinigung der Arbeiter und Bauern.«

Elisabeth schüttelte den Kopf. »Nun, ich möchte trotzdem kein Mitglied werden.«

»Da war Ihre Mutter aber schneller als Sie. Kaum war die Nazipartei gegründet, schon war sie drinnen. Und Ihr Vater auch. Ab jetzt gelten neue Regeln. Entweder, Sie treten ein, oder Sie treten raus aus meinem Zimmer.«

»Eine Zwangsmitgliedschaft also. Ich verstehe.«

»Im Sozialismus wird niemand zu irgendetwas gezwungen. Es gibt nur die Einsicht in die Notwendigkeit.«

»Geben Sie mir das Antragsformular.« Elisabeth holte ihren Füllfederhalter aus der Handtasche.

»DSF?«

»Meinetwegen. Aber was ist DSF?«

»Die Gesellschaft der Deutsch-Sowjetischen Freundschaft.«

Elisabeth zögerte. Die Russen hatten sie enteignet, hatten ihnen Flüchtlinge ins Haus gesetzt, hatten ihnen alles genommen, was ihnen einst gehörte. Ihre Mutter war krank geworden darüber. Nein, unter Freundschaft stellte sie sich etwas anderes vor.

Aber da hockte die Öhme hinter ihrem Schreibtisch und blickte sie hämisch an. »Her mit dem Antrag«, forderte Elisabeth.

Dann füllte sie die beiden Formulare aus und schob sie wortlos über den Schreibtisch.

»Na bitte, geht doch«, stellte die Öhme fest. Dann holte sie ein weiteres Formular aus ihrem Schreibtisch und schob es Elisabeth hin. »Was denn jetzt noch?«, wollte Elisabeth wissen.

»Die Arbeitsschutzrichtlinien. Sie müssen nur unterschreiben, dass Sie sie bekommen haben.«

Elisabeth tat auch das, dann erhob sie sich. »Wir sind fertig miteinander?«

»Genauso sieht es aus.« Die Öhme nickte und schlug mit dem Locher auf die Anträge ein.

Elisabeth wartete, ob sie hochschaute und einen Gruß oder sonst etwas sagen würde. »Viel Spaß bei der Arbeit«, oder »Willkommen an Bord« oder wenigstens »Die Buchhaltung befindet sich dort und dort, und der Leiter ist der Herr N.«.

Aber die Öhme sagte nichts, und Elisabeth begriff, dass sie eine Feindin hatte, wenn sie auch nicht wusste, wieso.

Im Vorzimmer saß eine sehr junge Frau, fast noch ein Mädchen, hinter der Schreibmaschine und lächelte Elisabeth an. Dieses Lächeln tat ihr gut. »Wo finde ich die Buchhaltung?«, fragte sie.

»Oh, sie ist genau unter uns. Nur die Treppe hinunter und den Gang entlang. Melden Sie sich bei Fräulein Doris, das ist die Sekretärin dort.«

Elisabeth dankte und machte sich auf den Weg.

Gerade als sie am Sekretariat anklopfen wollte, hörte sie eine Stimme im Gang. »Wohin wollen Sie denn? Wen suchen Sie?«

Die Worte klangen freundlich, und Elisabeth begann zu hoffen, dass ihre Arbeit in der Sektkellerei vielleicht doch Spaß machen könnte.

»Ich bin Elisabeth Wächter, die neue Buchhalterin.«

Der Mann kam näher, blieb vor ihr stehen, reichte ihr die Hand. »Mein Name ist Jürgen John. Ich bin der Leiter des Kollektivs Buchhaltung.«

Wie schön, dachte Elisabeth, denn Jürgen John war ihr auf den ersten Blick sympathisch. Er war etwas älter als sie, vielleicht so Mitte dreißig. Sein Haar stand ein wenig verstrubbelt vom Kopf ab, als hätte er sich die Haare gerauft. Der Schlips war nachlässig gebunden, die Anzugjacke stand offen. Er blickte sie aus graugrünen Augen an und lächelte dabei. »Schön, Sie kennenzulernen. Ihr Zeugnis ist ja ganz außerordentlich. Eine wie Sie können wir gut gebrauchen. Sind Sie Genossin? Wir Genossen duzen uns hier alle.«

Elisabeth schüttelte den Kopf. »Ich bin heute schon in den FDGB eingetreten und in die Russenfreundschaft. Mehr verkrafte ich nicht an einem Tag.«

Jürgen John lachte, warf den Kopf zurück, und obwohl Elisabeth nicht wusste, warum er sich so amüsierte, hörte sie doch, dass dieses Lachen warm und freundlich war.

»Die Russenfreundschaft!«, stieß er hervor und lachte erneut. Dann wurde er ernst. »Frau Wächter, es heißt Deutsch-Sowjetische Freundschaft, und es gibt hier einige, die nehmen es mit den Bezeichnungen sehr genau. Es ist besser, Sie merken sich gleich, wie es richtig heißt.«

Elisabeth nickte. »Ich werde es versuchen.«

»Und jetzt kommen Sie einmal mit.«

Herr John, den sie nicht Jürgen nennen durfte, weil sie nicht in der Sozialistischen Einheitspartei Deutschlands war, fasste behutsam nach ihrem Ellbogen und führte sie in ein Büro zwei Türen weiter. Darin standen drei Schreibtische. An einem saß eine Frau mittleren Alters, die grauen Haare kurz geschnitten und in ordentliche Wellen gelegt. »Das ist Frau Hildegard Fischer«, teilte Herr John Elisabeth mit. Elisabeth trat auf die Frau zu, reichte ihr die Hand. »Elisabeth Wächter, sehr angenehm.«

»Gleichfalls. Nehmen Sie den Schreibtisch dort an der Wand, an dem mittleren sitzt Frau Öhme.«

Elisabeth erschrak. »Frau Öhme aus der Personalabteilung?«

»Kaderleitung. Ja, sie vertritt dort die Genossin Schwarz, die bei einem Lehrgang in Halle ist. Sonst ist sie Buchhalterin wie wir.«

Elisabeth nickte, aber insgeheim wäre sie am liebsten davongelaufen. Sie mochte keinen Streit, sie wollte in Ruhe ihrer Arbeit nachgehen, aber das würde wohl schwierig sein.

Kapitel 9

Elisabeth lebte sich rasch in der Sektkellerei ein. Sie ging mittags mit Frau Fischer in die Kantine, besprach die Arbeit oder die alltäglichen Ereignisse. Hildegard Fischer war verwitwet, ihr Sohn gefallen. Jetzt lebte sie mit ihrer Schwiegertochter in einem kleinen Häuschen. Die Schwiegertochter bewirtschaftete fünf Hektar Weinberge. Frau Fischer kam aus einem Winzerhaushalt, wie fast alle in Freyburg. Sie war freundlich, neigte nicht zu Klatsch und Tratsch und half immer, wenn Elisabeth eine Frage hatte. Heute erzählte sie aufgeregt, was sie gestern von ihrer Schwiegertochter erfahren hatte: Der Gießler Peter sollte zurückgekehrt sein. Nach der Befreiung Buchenwalds war er nach Moskau gegangen, der Einladung der Genossen folgend. Jetzt war er wieder da, und es hieß, er würde Bürgermeister werden.

»Ein Kommunist? Aber er war doch auch Winzer.«

»In Moskau haben sie ihn geschult. Jetzt kann er Politik. Aber nur in eine Richtung.« Frau Fischer lachte. »Er ist ein prima Kerl, der Gießler Peter. Auch wenn er manchmal nichts als Grütze im Kopf hat.«

Elisabeth lächelte und nickte. Vor etlichen Jahren hatte

der Gießler Peter versucht, den Wein vom Gut Saale-Premium zu fälschen. Nicht aus Gier, sondern aus Wut. Kurz zuvor hatte Hedda ihm ein gutes Stück Weinberg, das zum Verkauf stand, vor der Nase weggeschnappt. Hedda und Hanno waren seiner Fälscherei auf die Schliche gekommen, aber sie hatten ihn nicht bei der Polizei angezeigt. Für Hedda war die Sache vergeben und vergessen.

Hedda. Elisabeth machte sich Sorgen um sie. Große Sorgen. Es schien, als wäre sie in Schwermut verfallen. Sie saß meist stumm am Esstisch, redete weder mit den Nachbarn noch mit den Flüchtlingen im Haus. Sie las nicht mehr die Winzerzeitung und ging nicht mehr zu den Versammlungen der Winzervereinigung. Sie lachte nicht mehr, aber sie weinte auch nicht. Sie war von einer Gleichgültigkeit, die Elisabeth mehr erschreckte, als es Tränen vermocht hätten. Sie hatte sogar schon daran gedacht, an Thomas zu schreiben. Er war noch immer in Frankfurt. Seine Frau in Amerika hatte ihn verlassen und sich einem anderen Mann zugewandt. Einem Mann, der da war und nicht 6.000 Kilometer entfernt. Also war Thomas in Deutschland geblieben und leitete nun den Stützpunkt in Frankfurt. Einmal hatte sie mit ihm telefoniert. Elisabeth hatte nach Franz gefragt, aber noch immer gab es kein Lebenszeichen von ihrem Bruder.

»Er ist tot. Ich spüre das. Tot wie seine arme Mutter«, hatte Hedda orakelt und sich noch tiefer in ihren Lesesessel verkrochen.

Hedda hatte alles verloren: ihre Schwester, ihren Mann, ihren Sohn, das Weingut. Elisabeth verstand ihren Schmerz, aber sie war doch noch da. Sie und Wolfgang und Rosemarie. Trotzdem gelang es ihr nicht, die Mutter aus ihrem Jammertal zu reißen.

»Wie geht es Hedda?«, wollte Frau Fischer wissen. Elisabeth und sie duzten sich mittlerweile, und Hildegard kannte Hedda noch von früher aus der Winzervereinigung.

»Nicht gut. Ich mache mir wirklich Sorgen. Sie steckt noch immer in diesem tiefen Loch. Ich weiß nicht mehr, was ich tun soll.«

»Es wäre gut, wenn sie wieder ein wenig arbeiten würde. In ihrem Weinberg.«

»Wir haben unsere fünf Hektar, und die sind gut in Schuss. Die Ernte wird nicht schlecht werden.«

»Aber das restliche Land liegt brach. Pachte es doch von den Besitzern, den Flüchtlingen. Die arbeiten längst anderswo, weil sie einfach nicht wissen, was sie mit einem Weinberg anstellen sollen. Ich kann mir vorstellen, sie wären einer Pacht nicht abgeneigt.«

Elisabeth nickte nachdenklich. »Vielleicht hast du recht. Vielleicht würde es ihr Spaß machen, die Weinberge neu aufzubauen.«

Am Abend rief sie Thomas Hirsch in Frankfurt an. Es war nicht mehr so einfach, vom Osten aus in den Westen zu telefonieren. Bei einem Fräulein vom Amt musste das Gespräch angemeldet werden, und irgendwann im Laufe des Abends würde sie dann verbunden werden. Manchmal dauerte das drei Stunden, an anderen Tagen war die Verbindung in zehn Minuten hergestellt. Dieses Mal kam der Rückruf kurz vor 11 Uhr abends.

»Elisabeth, meine Liebe, was kann ich für dich tun?«

Elisabeth legte eine Hand über die Sprechmuschel und flüsterte. Hedda hatte sich bereits zurückgezogen, aber Elisabeth ließ trotzdem Vorsicht walten. »Unser ehemaliges Gut liegt brach. Im Winter 46/47 haben die Flüchtlinge die Reben aus der Erde gezogen und verbrannt, um nicht zu erfrieren. Jetzt wächst dort kein Wein mehr.«

»Ja, du hast mir bereits davon berichtet.«

»Aber ich habe dir nicht erzählt, dass meine Mutter seither in Schwermut versunken ist.«

»Wie bitte?«

»Sie spricht kaum noch, geht nicht mehr aus dem Haus. Sie sitzt in ihrem Sessel am Fenster, starrt hinaus oder liest ein Buch.«

»Du hättest mit mir reden müssen. Das hättest du mir gleich sagen müssen«, brauste Major Hirsch auf.

»Wie hättest du denn helfen wollen?«

»Es gibt Medikamente. Wolfgang haben sie doch auch geholfen.«

»Ich habe ihr versprechen müssen, dass ich dir nichts sage.«

»Also, Lizzy, was kann ich tun?«

»Ich habe gedacht, dass sie vielleicht Freude daran hätte, die Weinberge wieder aufzubauen. Stecklinge setzen, sie über den Winter bringen, sie wachsen sehen.«

»Das ist eine gute Idee.«

»Ja, das Problem ist aber, dass es in Freyburg nur noch wenige Weinberge gibt. Und die Besitzer werden mir keine Stecklinge verkaufen. Aber du lebst nahe dem Rheingau. Du hast Weinwissen. Denkst du, es wäre dir möglich, mir ein paar Stecklinge zu schicken?«

»Aber natürlich. Ich werde mich gleich am Wochenende darum kümmern.«

»Franz. Hast du von ihm gehört?« Elisabeths Stimme klang leise und vorsichtig.

»Nein, Lizzy. Und glaub mir, ich lasse intensiv nach ihm suchen. Solange es keine Todesnachricht gibt, gebe ich die Hoffnung nicht auf. Das solltest du auch nicht tun. Braucht ihr sonst noch etwas? Nach der Währungsreform sind die Geschäfte hier wieder so voll wie vor dem Krieg. Sag mir, was ich euch schicken kann.«

»Vielleicht ein wenig Stoff für ein Kleid. Rosemarie ist aus allem herausgewachsen. Es wäre schön, etwas Neues für sie zu nähen.«

»Ich kümmere mich. Und pass mir gut auf Hedda auf.«

Zwei Wochen später kamen zwei riesige Holzkisten und zwei Umzugskartons auf dem Freyburger Bahnhof an. Elisabeth mietete ein Fuhrwerk, ließ die Kisten aufladen und auf den Hügel zum Schloss schaffen.

Sie wies den Kutscher an, die Holzkisten neben das Haus zu stellen, die beiden Umzugskartons trug sie selbst ins Haus. Dann gab sie dem Kutscher ein Trinkgeld. Elisabeth drehte sich um, sah ihre Mutter am Fenster sitzen und blicklos vor sich hin starren. Sie winkte ihr zu, aber Hedda reagierte nicht.

Also ging sie ins Haus, brachte die Umzugskisten in ihr Schlafzimmer und öffnete sie. In der ersten waren mehrere Stücke Lux-Seife, fünf Kilo Kaffee, Nylonstrümpfe, Camel-

Zigaretten und Van-Houten-Kakao. Dazu Stifte von Faber-Castell und ein Malkasten für Rosemarie. Die zweite Kiste enthielt Kleidung. Elisabeth packte einen karierten Rock für ihre Tochter aus, dazu eine warme Winterjacke, obschon draußen die Sonne schien und es beinahe 28 Grad warm war. Außerdem Schuhe für Elisabeth und Rosemarie, ein paar Pullis für die Kleine, Strumpfhosen und Strümpfe, Socken und Hausschuhe. Für Hedda hatte Thomas ein warmes Tuch eingepackt, dazu eine Flasche Kölnischwasser und eine große Bonbonniere.

Elisabeth bestaunte die Dinge, seufzte auf, als sie sah, dass Thomas auch ein paar Tuben Zahnpasta eingepackt hatte, denn daran mangelte es gerade. Sie fühlte sich beschämt durch all diese Schätze.

Sie stand vor dem Doppelbett, betrachtete die Gaben, als Wolfgang nach Hause kam.

Er betrat das Schlafzimmer und ließ sich schwer auf die Bettkante fallen. Er wirkte angespannt und angestrengt.

»Was ist los?«, wollte Elisabeth wissen. »Kommst du gerade aus der Kirche?«

Wolfgang seufzte und nickte. »Wir hatten heute eine Versammlung für die Konfirmanden des nächsten Jahres angesetzt. Dreiunddreißig Jugendliche sind im Konfirmationsalter.«

»Und wie viele sind gekommen?«

»Acht. Und noch nicht einmal freiwillig.«

Elisabeth hob die Brauen. »Nur acht? Was ist denn los mit den anderen?«

»In der Schule hat man ihnen erklärt, dass Konfirmationen klassenfeindlich, rückschrittlich und reaktionär sind. Ein Pionier sollte die Jugendweihe erhalten.«

»Geht denn nicht beides?«

Wolfgang schüttelte den Kopf. »Die Jugendstunden in Vorbereitung der Jugendweihe haben bereits begonnen. Da machen sie Ausflüge, Wettkämpfe und Spiele. Da können wir mit unserer Bibellehre nicht mithalten. Man hat ihnen gesagt, die Teilnahme an der Jugendweihe wäre ein Bekenntnis zu unserem Staat. Die Konfirmation das Gegenteil davon.«

Er wirkte mutlos, wie er da auf der Bettkante hockte. Die Schultern nach vorn gefallen, den Kopf gesenkt. »Sie haben die Jugendlichen erpresst.«

Elisabeth wusste nicht, was sie dazu sagen sollte. Jeden Tag kam Wolfgang mit neuen schlechten Nachrichten nach Hause. Da wollten die Hinterbliebenen keinen Pfarrer am Grab, da ließen sich die jungen Leute nur noch im Standesamt trauen, da blieben die Bänke während der Gottesdienste halb leer. Sein Bischof aber verlangte, dass er die Leute aus den Fängen des Sozialismus zurück in die Kirche lockte. Wolfgang versank nicht gerade in Schwermut – da war es mit Hedda viel schlimmer –, aber er ließ es ihrer Meinung nach ein bisschen an Engagement fehlen. Nein, so war es nicht. Es war, als hätte er Angst, für sich als Pfarrer und seine Kirche einzutreten. Es war, als fehlten ihm Kraft, Mut und Zuversicht dafür. Die Tabletten, die Thomas geschickt und die Wolfgang so gut geholfen hatten, nahm er schon lange nicht mehr. »Antidepressivum«, hatte er von der Schachtel abgelesen. »Ich bin nicht verrückt.« Er hatte den Mülleimer geöffnet und die Schachtel hineingeschmissen. Und Elisabeth hatte Thomas gesagt, dass Wolfgang wieder ganz der Alte wäre, obschon das eine faustdicke Lüge war. Wolfgang, der früher so gern mit anderen im Gespräch war, der so gern gelacht hatte, hatte seine Sprache verloren. Saßen sie abends beieinander, las er oder starrte vor sich hin. Das konnte er stundenlang tun. Fragte Elisabeth, wie es ihm gehe, zuckte er mit den Schultern. »Es muss, das weißt du doch.« Er ließ Elisabeth weder an seinen Gedanken noch an seinen Gefühlen teilhaben, und Elisabeth fühlte sich zurückgewiesen.

Seine Predigten am Sonntag vor der halb leeren Kirche handelten ausschließlich von den Schrecknissen der Welt. Für den Trost hatte er gerade mal einen Satz übrig. Ein paar Schafe hatten seine Herde bereits verlassen und fuhren nach Naumburg zum Gottesdienst. Die Junge Gemeinde, Organisation der jungen Christen, funktionierte beinahe von selbst, denn die Jugendlichen hatten Ideen. Da wurde Tischfußball gespielt, da wurde über die Bibel diskutiert, da wurde die Frage nach dem Sinn des Lebens beleuchtet. Elisabeth wusste, dass Wolfgang diese Stunden mit den jungen Leuten Spaß machten.

Elisabeth legte eine Hand auf Wolfgangs Schulter. »Was liegt dir auf der Seele?«

Wolfgang seufzte und blickte hoch. »Ich fühle mich wie eine unerwünschte Person. Wenn ich durch die Stadt gehe, dann nicken mir einige verstohlen zu, andere wechseln die Straßenseite. Nur die alten Frauen grüßen nach wie vor.«

»Und wie ist es in den anderen Pfarreien? Du warst doch letzte Woche in Naumburg.«

»Alle berichten dasselbe. Wir sind Hirten ohne Herde. Ich weiß nicht, wie das weitergehen soll.«

»Es wird weitergehen. Es ist immer weitergegangen.«

Wolfgang blickte hoch: »Verstehst du nicht, Elisabeth, die Kirche geht unter. Es gibt das Christentum seit beinahe zweitausend Jahren. Es gab gute Zeiten und schlechte. Aber jetzt sieht es so aus, als würde das Christentum untergehen. So wie in Russland.«

Elisabeth schwieg. Was sollte sie auch dazu sagen. Sie musste aufpassen, sich von Wolfgangs schlechter Stimmung nicht runterziehen zu lassen.

»Die Leute wagen es vielleicht nicht, in die Kirche zu gehen, aber den Glauben werden sie nicht verlieren.«

»Doch. Genau das befürchte ich. Der Staat setzt ihnen nämlich einen anderen Glauben vor. Den Glauben an den Kommunismus. Da gibt es den Himmel schon auf Erden.«

Wenig später trommelte jemand mit beiden Fäusten gegen die Eingangstür des Schlösschens. Elisabeth wollte zur Tür eilen, aber Wolfgang hielt sie fest. »Lass jemand von den Flüchtlingen gehen, die leben ja jetzt auch hier. Wir erwarten niemanden.«

Die Flüchtlinge. Seit drei Jahren wohnten sie nun schon unter einem Dach, aber Wolfgang nannte sie noch immer »die Flüchtlinge«. Dabei hatten sie Namen, hießen Otter oder Liebrecht oder Matureit. Und plötzlich spürte sie Ärger in sich hochsteigen. Ärger auf Wolfgang, aber auch auf ihre Mutter. Sie stemmten sich bockig wie Esel gegen das Neue. Sie klammerten sich an die Zeiten vor dem Krieg, glaubten wohl, alles müsse wieder so werden wie vor 1933. Aber das ging nicht. Die Welt hatte sich weitergedreht, die Deutschen hatten sich selbst mit Dreck beworfen. Niemand konnte so weitermachen wie vor dem Krieg. Im Namen des Sozialismus hatte man ihnen die Weinberge und das Schlösschen genommen. Aber das, was die Russen wollten, war doch nicht nur schlecht. Frieden für alle, Gleichberechtigung, das Recht auf Arbeit. Den Armen war gegeben worden, ganz so, wie die Bibel es verlangte. Und den Reichen genommen. Na und? Ging es ihr deswegen schlechter? Nein. Die Regale im Lebensmittelgeschäft waren für sie ebenso leer wie für die Flüchtlinge.

Wie sollte man denn rauskommen aus den Zerstörungen des Krieges, aus der Schuld, wenn so viele sich weigerten, dabei mitzuhelfen?

Rosemarie ging in die zweite Klasse. Seit über einem Jahr drängte die Pionierleiterin das Kind dazu, den Pionieren beizutreten. Und Rosemarie bedrängte ihre Eltern bald jeden Tag.

»Alle Kinder aus meiner Klasse sind Pioniere. Warum darf ich nicht auch? Sie treffen sich jeden Mittwochnachmittag und spielen und singen zusammen. Und morgens sagt die Lehrerin: ›Für Frieden und Sozialismus – seid bereit.‹ Und dann antworten die Pioniere: ›Immer bereit.‹ Es gibt Lehrer, die sagen mir dann als Einziger ›Guten Morgen‹, andere tun so, als würden sie mich gar nicht sehen.«

Sie blickte Elisabeth so traurig an, als sie das erzählte, dass ihr schier das Herz brach. »Möchtest du wirklich so gern Pionier sein? Was ist mit der Kirche? Dort singt ihr doch auch im Kindergottesdienst«, fragte sie und nahm die Hände ihrer Tochter in ihre.

»Die Kirche ist nicht für den Fortschritt. Die Pioniere sind es, und ich möchte dabei sein. Das wünsche ich mir zum Geburtstag und zu Weihnachten und zu Ostern. Nur das, ihr braucht mir sonst nichts zu schenken.«

Elisabeth wusste genau, dass Wolfgang das nicht dulden würde, und sie machte sich auf gehörigen Ärger gefasst. Aber sie wollte nicht, dass sich ihre Tochter ausgeschlossen fühlte.

»Bring mir den Antrag mit, ich unterschreibe. Ab nächsten Mittwoch kannst du auch zum Pioniernachmittag gehen.«

Elisabeth erhob sich und besuchte ihre Mutter im ehemaligen Salon, der Hedda nun auch zum Schlafen diente.

»Du hast das Fuhrwerk gesehen, nicht wahr?«, fragte sie.

Hedda nickte.

»Willst du gar nicht wissen, was gebracht wurde?«

Hedda zuckte mit den Schultern.

Elisabeth legte das warme Tuch, das Kölnischwasser und die Bonbonniere neben sie auf den kleinen Tisch. »Da, das schickt dir Thomas.«

Hedda warf nur einen kurzen Blick auf die Gaben. »War ein Brief für mich dabei?«

»Nein, aber etwas anderes.«

Hedda blickte auf, doch Elisabeth sah, dass ihre Augen wie erloschen wirkten. »Er hat dir Stecklinge geschickt. Einhundert Stück. Damit kannst du die Weinberge bepflanzen. Du kannst noch einmal neu anfangen.«

Hedda zögerte einen Augenblick, dann schüttelte sie den Kopf. »Wo soll ich denn die Stecklinge setzen? Wir besitzen kein Land mehr.«

»Ich habe mit Karline Otter gesprochen. Sie und einige andere Flüchtlinge würden dir ihr Land verpachten.«

»Ha! Geld soll ich bezahlen für mein eigenes Land? Verpachten wollen sie, was mir gehört?«

Da reichte es Elisabeth. Sie hatte keine Lust mehr, ihren Mann zu trösten, ihre Tochter und ihre Mutter.

»Du kannst hier sitzen bleiben, bis der Tod dich holt. Du kannst aber auch aufstehen und neu anfangen. Ich dachte immer, du bist eine Kämpferin. Aber da habe ich mich wohl getäuscht. Wenn Thomas dich so sehen könnte!«

Da fuhr Hedda auf. »Thomas. Er sieht mich aber nicht. Er ist nach Frankfurt gegangen, hat mich verlassen, kaum, dass wir uns wiedergefunden hatten. Ich arbeite daran, ihn ein für alle Mal zu vergessen.«

»Du könntest auch zu ihm gehen. Er ist geschieden. Du weißt, dass er auf dich wartet. Aber du willst nicht. Du willst gar nichts mehr. Du bist wütend auf das Leben, aber das Leben kümmert sich nicht darum.«

Elisabeth verstummte. War sie zu weit gegangen?

»Das hier ist meine Heimat. Hier gehe ich nicht weg. Niemals.«

»Gut. Aber dann fang bitte wieder an zu leben.«

Mit diesen Worten drehte sich Elisabeth um und ging.

Kapitel 10

Am nächsten Nachmittag schon brachte Rosemarie den Antrag mit. Elisabeth füllte ihn aus und unterschrieb.

»Du freust dich ja gar nicht«, stellte sie fest.

Rosemarie zuckte mit den Schultern.

»Was ist los? Hat jemand was gesagt zu dir?«

Die Kleine nickte. »Die Lehrerin hat gesagt: ›Du fragst einfach nach dem Antrag. Bist du denn sicher, dass die Pioniere dich haben wollen, wo du doch an Gott und nicht an den Sozialismus glaubst? Sollen wir die Klasse einmal fragen?‹«

Rosemarie hatte nicht gewusst, was sie antworten sollte. Bislang war noch nie gefragt worden.

Die Lehrerin wandte sich an die Klasse: »Also: Wollt ihr Rosemarie, die in der Kirche betet, in der Pioniergruppe haben?«

Rosemarie hielt den Atem an. Sie war weder beliebt noch unbeliebt in der Klasse. Sie hatte zwei Freundinnen, Kerstin und Uta, und war mit niemandem verfeindet.

Zögernd hoben sich die Arme von Kerstin und Uta, dann folgten nacheinander ein paar weitere. Die Lehrerin zählte laut die Arme, dann wandte sie sich schließlich an Rosemarie. »Da hast du aber Glück gehabt. Einer mehr als die Hälfte möchte, dass auch du Pionier wirst. Sag deinen Eltern, sie sollen dir ein Pionierhalstuch und eine Pionierbluse kaufen.«

Elisabeth stockte der Atem. »Das hat sie wirklich gesagt? Und sie hat die Klasse gefragt?«

Rosemarie nickte. Sie knibbelte mit den Händen an ihrem Rocksaum herum. »Ich hatte so Angst, dass sie mich nicht wollen«, flüsterte sie.

Elisabeth nahm ihre Tochter in die Arme. »Das kann ich mir vorstellen. Aber zum Glück haben deine Mitschüler dich besser gekannt als die Lehrerin. Darüber solltest du dich freuen.«

Der nächste Morgen war ein Samstag. Elisabeth saß mit Rosemarie und Wolfgang am Frühstückstisch. Sie tranken echten Bohnenkaffee, den Reni bei offenem Fenster kochen musste, weil Elisabeth Angst hatte, dass die Mitbewohner den Duft riechen. Gerstenkaffee und manchmal Malzkaffee mussten die anderen trinken, und Elisabeth konnte sich gut vorstellen, dass sie neidisch waren.

»Und?«, fragte Elisabeth und bestrich ein Stück Graubrot mit ein wenig Margarine und einem halben Löffel Marmelade. »Was wirst du morgen im Gottesdienst predigen?«

Wolfgang zuckte mit den Achseln. »Worüber soll ich denn predigen? Wie soll ich erklären, dass im Westen die Geschäfte voll sind und hier leer? Das ist es nämlich, was die Leute interessiert.«

»Dann musst du ihnen sagen, dass es noch mehr gibt als volle Geschäfte.«

Wolfgang schnaubte. »Das macht schon die Partei.«

Elisabeth, die sich seit dem Aufwachen ein unechtes Lächeln ins Gesicht geklebt hatte, um die allgemeine Stimmung ein wenig aufzulockern, schwieg. Ihr Lächeln verschwand.

Rosemarie fragte, ob sie aufstehen dürfe, und Elisabeth nickte. Als die Tochter den Raum verlassen hatte, platzte es aus Elisabeth heraus: »Ich will noch ein Kind.«

Sie erschrak selbst über ihre Worte, aber nun waren sie gesagt.

»Ein Kind? In diesen Zeiten?«

»Ja, Wolfgang.«

Er seufzte. »Es ist nicht der richtige Augenblick.«

Elisabeth griff nach seinem Arm, aber ohne jede Zärtlichkeit. »Ich glaube, du hast mich nicht verstanden. Du leidest am Leben und lässt uns alle an deinem Leid teilhaben. Meine Mutter macht es nicht anders. Ich will nicht, dass meine Tochter in einem Jammertal aufwächst. Ein Kind könnte die Fröhlichkeit zurückbringen.«

Wolfgang betrachtete sie. »Darum geht es dir? Um die Fröhlichkeit?«

»Du weißt, dass das nicht alles ist.«

Er stand auf, und Elisabeth lehnte sich enttäuscht im Stuhl zurück.

Wolfgang blieb in der Tür stehen. »Du bist undankbar«, stellte er fest.

»Undankbar? Ich?«

»Ja.«

»Wie kommst du denn auf so etwas?«

»Viele andere Frauen haben ihre Männer im Krieg verloren. In Leipzig kommen auf einen Mann sechs Frauen. Du hast deinen Mann noch. Aber Dankbarkeit dafür kann ich nicht erkennen.«

Er verzog das Gesicht, als hätte er Schmerzen. Elisabeth blickte betroffen auf den Tisch und rührte mit ihrem Löffel in der Kaffeetasse herum, als Wolfgang die Tür hinter sich zuschlug.

Sie wusste nicht, wie lange sie sitzen blieb und vor sich hin starrte. Der Frieden, was hatte er ihr gebracht bisher? Sie hatten das Gut verloren, das Schloss. Sie hatte sich auf Wolfgangs Rückkehr so sehr gefreut. Sie hatte an einen Neuanfang und an die Liebe geglaubt. Und nun nannte er sie undankbar. Als wäre es allein ihre Schuld, dass er nicht mehr der Mann sein konnte, der er einmal vor dem Krieg gewesen war.

Sie erhob sich und begab sich zum Zimmer ihrer Mutter. Sie erwartete, dass Hedda mit einem Buch im Sessel am Fenster saß, aber der Sessel war leer, über der Lehne hing das warme Tuch von Thomas.

Verblüfft ging Elisabeth in die Küche zu Reni. »Weißt du, wo meine Mutter ist?«, fragte sie.

Reni schüttelte den Kopf. »Ich muss mit Ihnen reden, Frau Wächter.«

Du nicht auch noch, dachte Elisabeth, doch sie setzte sich auf die Küchenbank. »Ich höre.«

»In unserer sowjetischen Besatzungszone gibt es keine

Herren und keine Mägde mehr«, sprach sie, als hätte sie die Worte auswendig gelernt. »Wir sind alle gleich.«

»Das habe ich auch gehört«, erwiderte Elisabeth. »Was willst du mir damit zu verstehen geben, Reni?«

»Da war ein Mann. Der hat mir gesagt, dass ich nicht mehr bei Ihnen arbeiten muss. Ich soll in die Fabrik gehen, in die Kellerei. Da würde ich mehr verdienen und würde der Arbeiterklasse besser dienen.«

»Aha. Und? Warst du in der Kellerei? Hast du dort nach Arbeit gefragt?«

Reni schüttelte den Kopf.

Elisabeth stand auf. »Dann schlage ich vor, das machst du erst einmal. Und dann reden wir weiter. Aber wenn du weggehst, müssen deine Mutter und du aus dem Gartenhäuschen ausziehen. Denn das Häuschen ist mit der Anstellung verbunden.«

Reni schüttelte den Kopf. »Nein. Das ist jetzt alles Volkseigentum. Ich kann da wohnen bleiben, wenn ich will.«

»Das hat dir der Mann auch erklärt?«

»Ja.«

»Und wer war der Mann?«

»Er hat gesagt, er wird bald Bürgermeister. Er heißt Peter Gießler.«

»Aha. Dann warten wir vielleicht erst einmal ab, bis er wirklich Bürgermeister ist.«

Elisabeth seufzte. Der Gießler Peter war ihnen also noch immer in Feindschaft verbunden, hatte die Sache damals mit dem gefälschten Wein nicht verwunden. Da muss er aber höllisch aufpassen, dachte Elisabeth, dass vor der Wahl nicht noch herauskommt, dass er ein Weinfälscher ist. Sie hatte nicht vor, ihn oder irgendjemand anderes darauf hinzuweisen. Sie war nicht nachtragend. Aber dann sollte der Gießler Peter sie gefälligst auch in Ruhe lassen. Doch das Problem musste warten. Jetzt ging es erst einmal darum, Hedda zu finden.

Im Vestibül traf Elisabeth auf Karline Otter.

»Ihre Mutter ist heute ja schon sehr früh auf den Beinen«, stellte sie fest.

»Sie wissen, wo sie ist?«

Karline Otter nickte. »Sie ist vor Tau und Tag in die Weinberge gegangen. Zuvor hat sie mich aus dem Schlaf geklopft. Wissen wollte sie, ob ich ihr tatsächlich meinen Anteil am Weinberg verpachte und was sie dafür bezahlen muss.«

Als Elisabeth das hörte, strahlte sie. »Danke, Frau Otter, das ist eine wirklich gute Nachricht.«

Sie stieg in ihre Arbeitsschuhe, nahm ein Kopftuch aus der Kommode in der Halle, band es um ihr Haar und stürmte davon. Eine Viertelstunde später hatte sie ihre Mutter entdeckt. Hedda kniete auf dem Boden und brachte ganz behutsam einen Setzling in die Erde. Elisabeths Lächeln wurde breiter. Sie kniete sich neben ihre Mutter, nahm einen Setzling aus der Kiste, grub ein Loch und setzte den kleinen Trieb dort hinein.

Hedda wischte sich mit dem Unterarm eine Haarsträhne aus der Stirn. »Ich frage mich, ob sie angehen, die Setzlinge. Wir haben schließlich schon Sommer. Im Herbst werde ich sie mit Lappen umwickeln, damit sie ein wenig geschützt sind.«

»So viele Lappen haben wir nicht, Mama.«

»Du hast recht. Ich werde heute Nachmittag mal zum Bauer Olbricht gehen. Kann sein, dass er ein wenig Stroh übrig hat.«

Kapitel 11

Der Beginn des Jahres 1951 war von Wellen gekennzeichnet, schien es Elisabeth. Im Westen gab es die Fresswelle und die Konsumwelle, im Osten bekam man beim Friseur kaum eine Dauerwelle, dafür aber jede Menge Agitationswellen.

Noch immer arbeitete sie in einem Zimmer mit Hildegard Fischer und Frau Öhme. Die Öhme war die Einzige im Büro, die Mitglied in der SED war. Jeden Montag kurz vor drei stülpte sie die Abdeckung über ihre Rechenmaschine und machte sich auf zur Parteiversammlung. Mittwochs folgte dann das Parteilehrjahr, in dem sie lernte, wie man weitere Parteimitglieder gewinnt und auf kritische Fragen zum Sozialismus, zur Partei oder zur Regierung antwortet. Am Donnerstag probierte sie ihr neues Wissen an den beiden Kolleginnen aus. Sie beugte sich über ihren Schreibtisch und fragte: »Was sagt ihr denn dazu, dass im imperialistischen Staat Bundesrepublik der ›Wohlstand für alle‹ ausgerufen wurde.«

Frau Fischer zuckte mit den Schultern. »Was soll man dazu schon sagen?«

»Und Sie, Frau Wächter?«

»Ich kann nichts Schlechtes daran finden.«

»Sie wissen schon, wie dieser Wohlstand geschaffen wird, nicht wahr? Auf den Schultern der ausgebeuteten Arbeiterklasse.«

Halt den Mund, beschwor sich Elisabeth im Stillen. Sei einfach ruhig. Aber dann konnte sie sich doch nicht beherrschen. »Die meisten Arbeiter in Ost und West interessiert nicht, wie ihre Arbeit genannt wird. Sie muss getan werden. Das Wichtigste ist wohl, was sie am Ende des Monats in der Geldbörse haben und was sie dafür kaufen können.«

Frau Öhme bekam hektische rote Flecken am Hals. »Aus Ihnen spricht die Bourgeoisie.« Sie sprach das Wort »Bourgeoisie« so aus, als verursache es ihr Brechreiz. Bourgeoisie – das war ein Schimpfwort. Wer bourgeois genannt wurde, der war kein Freund der gerade erst zwei Jahre alten Deutschen Demokratischen Republik.

Elisabeth zuckte nur mit den Schultern.

»Und dann noch Pfarrersfrau!« Auch diesen Satz spuckte die Öhme Elisabeth geradezu vor die Füße.

Elisabeth kümmerte sich nicht weiter darum, sondern tippte Zahlen in ihre Rechenmaschine und schrieb das Ergebnis in ein Rechnungsbuch.

Später, nach der Mittagspause, ließ Herrn Johns Sekretärin Elisabeth in sein Büro rufen. Die Öhme grinste hämisch.

»Sie müssen aufpassen, Frau Wächter«, teilte ihr Jürgen John mit. »Es wird über Sie geredet.«

»Dafür kann ich nichts.«

»Ich weiß. Aber worüber geredet wird, wenn man über

Sie redet, dafür können Sie sehr wohl etwas. Mir ist zu Ohren gekommen, dass Sie der Arbeiterklasse ihren politischen Gestaltungswillen abgesprochen haben.«

»Habe ich das?«

»Nun, soviel ich weiß, sagten Sie: ›Am Ende zählt, was man in der Lohntüte hat und was man davon kaufen kann.‹«

»Stimmt das etwa nicht?«

»Sie sind eine kluge Frau, Frau Wächter. Ich muss Ihnen dazu nichts erklären. Ich bitte Sie nur, sich auf die Vorteile des Sozialismus zu konzentrieren und über seine Schwächen zu schweigen. Wir sind ein junges Land. Wir machen Fehler. Wir können von der Sowjetunion lernen, aber hier sind die Bedingungen andere. Geben Sie dem Land und sich eine Chance.«

»Danke, Herr John«, erwiderte Elisabeth, und sie war ihm wirklich dankbar. Allein, damit er keinen Ärger bekam, würde sie versuchen, ihre Zunge zu hüten. Sie mochte ihn. Er war keiner, der ständig die neuesten Beschlüsse des Zentralkomitees der Sozialistischen Einheitspartei Deutschlands auf der Zunge trug. Er war ein Mann der Praxis, wusste genau, wo im Betrieb was lief, wie er die Mitarbeiter nehmen musste. Gern hätte Elisabeth gewusst, wie er mit Frau Öhme sprach, aber bislang hatte sie das noch nicht erlebt.

»Und? Was war?«, wollte die Öhme neugierig wissen.

»Alles in Ordnung, liebe Kollegin Öhme«, erwiderte Elisabeth, aber sie war sich dessen nicht ganz sicher.

Nach drei Jahren trugen die jungen Rebstöcke die ersten Früchte. Hedda umsorgte und pflegte sie, als wären sie

Säuglinge. Sie war aus ihrem tiefen Loch mühevoll herausgeklettert, und noch immer gab es Tage, an denen sie wieder hineinstürzte. Aber die Stecklinge, die Hege und Pflege der jungen Rebstöcke hatten wieder ein wenig Freude in ihr Leben gebracht.

»Es ist gleichgültig, wem die Stöcke gehören«, sagte sie. »Hauptsache ist, dass es sie überhaupt gibt.« Elisabeth wusste, wie schwer ihr dieser Satz gefallen war.

Nach und nach hatten auch die anderen Neuwinzer Hedda ihr Land verpachtet, sodass sie beinahe die Hälfte ihres alten Besitzes bewirtschaftete. Einzig zur Lese ließ Hedda die Besitzer kommen, teilte sie zum Ernten, zum Entstielen und zum Pressen ein. Zwei Wochen lang jeden Nachmittag. War die Lese vorüber, der Wein auf Flaschen gezogen, kamen die Neuwinzer und holten sich ihren Anteil. Hedda hatte die ersten Flaschen mit dem Etikett Saale-Premium beklebt, aber kurz darauf war Hugo Blitz bei ihr vorstellig geworden. »Das darfst du nicht. Der Wein gehört nicht mehr dem Gut«, teilte er mit.

Hedda stemmte die Hände in die Hüften. »Der Weinberg bleibt derselbe. Die Kunden wissen, was sie bekommen. Wer soll denn eine Karline-Otter-Blume kaufen oder wie immer du sie nennen willst? Ich weiß sehr genau, dass mir die Weinberge nicht mehr gehören. Aber das ändert nichts am Wein.«

»Es geht ums Bewusstsein«, erklärte Hugo Blitz. Er war 1945 verhaftet worden, weil er der NSDAP angehört hatte und der Vorsitzende der Winzergenossenschaft gewesen war. Jetzt arbeitete er für die Genossenschaft als Verwalter und sorgte dafür, dass die Winzer genau nach Vorschrift kelterten.

»Außerdem kannst du den Wein nicht frei verkaufen. Es ist deshalb überflüssig, die Flaschen mit Etiketten zu bekleben, ja, es ist sogar überflüssig, sie auf Flaschen zu ziehen. Du verschwendest damit Volkseigentum. Es wurde beschlossen, dass alle Winzer im Saale-Unstrut-Tal ihren Wein an die Volkseigene Sektkellerei zu verkaufen haben.«

Da ließ Hedda die Arme sinken, zuckte mit den Schultern und ließ Hugo Blitz einfach stehen.

»Warum mache ich mir die Mühe mit den Reben, wenn letztendlich aller Wein zusammengegossen wird, um Sekt daraus herzustellen?«, fragte sie Elisabeth.

»Weil du nicht anders kannst«, lautete die Antwort, und Hedda wusste, dass ihre Tochter damit recht hatte.

Und dann kam der Anruf, der alles veränderte. Elisabeth, Wolfgang und Hedda saßen in dem kleinen Salon, der ihnen noch verblieben war, und hörten ein Hörspiel im Radio. Da klingelte plötzlich das Telefon.

Hedda blickte auf die Uhr, deren kleiner Zeiger die zehn bereits hinter sich gelassen hatte. »Um die Zeit? Wer ist das?«

Elisabeth erhob sich. »Das werde ich gleich feststellen. Vielleicht ist der Anruf gar nicht für uns.«

Das Telefon hing in der Eingangshalle an der Wand, und jeder, der wollte, konnte damit telefonieren. Als der Gießler Peter Bürgermeister geworden war, hatte er ihnen das Telefon wegnehmen wollen, doch da das Haus voller Flüchtlinge und sechs Kilometer von Freyburg entfernt war, beschloss der Stadtrat, das Telefon zu belassen. Niemand wollte schuld sein, wenn etwas passierte dort oben und nicht schnell genug Hilfe herbeigeholt werden konnte.

Elisabeth nahm den Hörer ab. »Weinschlösschen Freyburg«, meldete sie sich.

»Elisabeth, bist du das?«, hörte sie eine Stimme am anderen Ende der Leitung und wusste auf der Stelle, dass sie Thomas Hirsch gehörte.

»Du klingst so aufgeregt, was ist passiert, Thomas?«

»Franz. Ich habe ihn gefunden.«

»Franz. Wann? Wo? Ist er gesund? Wie geht es ihm?« Tränen der Freude stiegen in Elisabeth hoch, rannen über ihre Wangen.

»Im Rheingau habe ich ihn gefunden. Keine fünfzig Kilometer von Frankfurt entfernt.«

»Warum hat er sich nicht gemeldet?«

Thomas lachte. »Das ist eine zu lange Geschichte fürs Telefon. Nur so viel: Er war am Kopf verletzt und hat sein Gedächtnis verloren. Die Engländer haben ihn wieder aufgepäppelt. Und nach seiner Entlassung fand er im Rheingau Arbeit in einem Weinberg. Diese Arbeit kam ihm vertraut vor, und nach und nach erinnerte er sich, dass auch er aus einem Winzerhaushalt kam. Er ging zum Roten Kreuz, um zu fragen, wo ein Winzer vermisst wird. So habe ich ihn gefunden.«

»Das ist ... das ist toll ... ich weiß nicht ... oh Thomas.« Elisabeth weinte jetzt hemmungslos.

»Ich rufe morgen wieder an, Elisabeth. Dann habt ihr

euch beruhigt. Wie wäre es denn, wenn wir uns alle in Berlin treffen? Was hältst du davon?«

»Ja! Ja! Ja!«, rief Elisabeth.

»Dann bis morgen. Gib Hedda einen Kuss von mir. Und Rosemarie auch.«

Elisabeth hängte das Telefon ein und blieb regungslos in der kleinen Halle stehen, während ihr noch immer die Tränen über die Wangen rannen. »Franz«, flüsterte sie. »Franz, mein lieber kleiner Bruder Franz.«

Sie atmete mehrmals bewegt tief ein und aus, dann breitete sich nach und nach ein Lächeln über ihr Gesicht und ließ es leuchten, wie die Sonne im Frühjahr die Rebstöcke leuchten ließ.

Dann ging sie in den Weinkeller, holte die letzte Flasche des legendären Jahrgangs 1921 hoch. Die Flasche war mit Staub bedeckt, aber Elisabeth pustete ihn ab.

Als sie mit der Flasche in der Hand in den Salon trat, blickte Hedda auf, sah die Flasche und strahlte. »Franz?«, fragte sie.

»Ja«, erwiderte Elisabeth und fiel ihrer Mutter um den Hals. »Er ist wieder da. Er war verletzt und in englischer Gefangenschaft. Er hatte sein Gedächtnis verloren. Er hat Thomas gefunden und ist jetzt bei ihm. Wir sollen alle nach Berlin kommen.«

Das waren zu viele Informationen für Hedda. Wolfgang nahm seiner Frau die Flasche aus der Hand und öffnete sie behutsam. Er schnupperte am Korken, nickte, dann goss er drei Gläser voll.

Hedda aber ließ wie Elisabeth den Tränen freien Lauf.

Wolfgang reichte die Gläser herum und sagte: »Auf den wiedergefundenen Sohn. Auf Franz.«

Er hob sein Glas an die Lippen, aber Hedda unterbrach ihn. »Gieß ein viertes Glas voll.«

»Warum das? Für wen denn?«

»Für Juliette. Er ist ihr Sohn.«

Hedda nahm das vierte Glas, eilte aus dem Salon durch die Halle hinaus auf die Obstwiese, Elisabeth und Wolfgang folgten ihr. Dort, unter dem ersten Apfelbaum, hatte Juliettes Mutter ihr Grab gefunden, und dort stand auch ein Gedenkstein für Juliette. Wo Juliettes Leiche geblieben war, nachdem sie von der SS erschossen worden war, wusste niemand. Hedda goss das Glas über den kleinen Gedenkstein und flüsterte: »Juliette, unser Franz ist wieder da. Jetzt wird alles gut.«

Kapitel 12

Kurze Zeit später fuhren Elisabeth und Hedda endlich nach Westberlin. In der DDR sah man diese Besuche im Westen sehr ungern und hatte sogar ein Besuchsverbot für Berlin verhängt, das nur in dringenden Fällen aufgehoben wurde. Die Sonne sollte nur über den östlichen Teilen Deutschlands scheinen, der Westen sollte den Ostlern grau und leer vorkommen.

Aber nun saßen sie im Zug von Leipzig nach Berlin. Hedda zupfte ununterbrochen an ihren Haaren herum vor lauter Aufregung. Sie war extra für Thomas noch einmal beim Friseur gewesen.

»Hast du in der Kellerei Bescheid gesagt, dass du nach Westberlin fährst?«

»Auf keinen Fall. Sie dürfen das nicht wissen. Du weißt ja, wie Frau Öhme ist. Sie hätte daraus einen Sabotageakt gemacht. Nein, ich habe erzählt, wir fahren zu Verwandten ins Brandenburgische. Immerhin ist jetzt Spargelzeit, und der Beelitzer Spargel ist berühmt. Ich muss sehen, dass ich irgendwo noch Spargel auftreibe, damit sie mir glauben.«

Je näher sie Berlin kamen, umso aufgeregter wurden sie.

Schließlich hielt der Zug an, und zwei Mitarbeiter der DDR-Transportpolizei gingen von Abteil zu Abteil.

»Ausweise bitte!«, herrschte eine übergewichtige Polizistin Hedda an. Hedda schluckte. Früher hätte sie sich einen solchen Ton niemals bieten lassen, aber sie hatte inzwischen gelernt, dass die Obrigkeit in der DDR diesen Ton gegenüber ihren Bürgern für vollkommen normal hielt.

Nervös kramte sie in ihrer Tasche herum, obschon der Pass in ihrem Schoß lag. Schließlich war es Elisabeth, die beide Pässe der Polizistin reichte.

»Zweck der Reise?«

»Mein Sohn. Er war verschollen. Jetzt ist er wieder aufgetaucht.«

»Ihr Sohn. Aha. Und warum ist er nicht in der Deutschen Demokratischen Republik aufgetaucht?«

»Das wissen wir nicht.«

»Gepäck öffnen.«

Elisabeth holte ihren kleinen Reisekoffer aus dem Gepäcknetz und öffnete ihn auf dem Sitz. Die dicke Polizistin wühlte in ihrer Unterwäsche, sodass Elisabeth die Augen abwenden musste und nach draußen blickte.

»Wie lange bleiben Sie in Westberlin?«

»Drei Tage.«

»Wo werden Sie wohnen?«

Elisabeth griff bei dieser Frage nach der Hand ihrer Mutter. Sie würden in einem Hotel am Ku'damm wohnen. Thomas hatte das arrangiert, und er würde die Kosten übernehmen, denn weder Hedda noch Elisabeth besaßen Westgeld. Das aber würde der Obrigkeit sicher suspekt vorkommen,

deshalb hatten sie vereinbart, eine imaginäre Tante in Westberlin vorzuschieben.

»Bei Tante Cielchen. Das ist die Schwester meiner Mutter. Kriegswitwe, wie meine Mutter. Es geht ihr nicht allzu
gut da drüben.«

»Das ist kein Wunder«, erklärte die Polizistin, gab Elisabeth mit einer Handbewegung zu verstehen, dass sie den
Koffer wieder zuklappen könnte. Dann reichte sie die Pässe
zurück und verschwand ohne Gruß.

Hedda musste sich vor lauter Aufregung danach das Gesicht mit einem Taschentuch und drei Tropfen Kölnischwasser abtupfen. Ihre Hand zitterte leicht.

»Ich weiß nicht, wieso, aber diese Leute jagen mir eine
ungeheure Angst ein. Und einen Ton haben die am Leib! Als
wären wir alle Verbrecher.«

»Psst!«, machte Elisabeth und blickte auf den Mann, der
mit ihnen im Abteil saß und so tat, als würde er schlafen.

Endlich waren sie am Bahnhof Zoo angekommen. Ein
Zeitungsjunge rief die Neuigkeiten der *Berliner Morgenpost*
aus. Ein Kiosk auf dem Bahnsteig warb für Coca-Cola. Überall hingen Werbeplakate, die Menschen schienen bunter
und fröhlicher als die Bewohner der Deutschen Demokratischen Republik.

Unsicher blickte Hedda sich auf dem Bahnsteig um, aber
Elisabeth hatte Thomas bereits entdeckt. Er stand neben der
Treppe, und Franz lehnte neben ihm an der Wand. Sie flog
auf Thomas zu, flog an ihm vorbei und in die Arme ihres
Bruders. Sie umschlang ihn, so fest sie konnte. »Franz«,
flüsterte sie. »Franz!«

Dann war Hedda an der Reihe. Auch sie hielt ihn umschlungen, und dabei rannen ihr die Tränen und tropften auf seine Windjacke. »Dass ich das noch erleben darf!«, flüsterte sie. »Dass ich dich noch einmal wiedersehe, mein lieber, lieber Franz.«

Endlich waren die ersten Tränen versiegt. Franz nahm Hedda ihren Koffer ab und legte ihr einen Arm um die Schulter. Er war beinahe einen Kopf größer als die Frau, die er Mutter nannte. Wenig später nahmen sie Quartier im Hotel Herbst auf dem Kurfürstendamm. »Macht euch erst einmal frisch«, schlug Thomas vor. »In einer halben Stunde treffen wir uns zum Mittagessen im Hotelrestaurant.«

Hedda und Elisabeth kamen pünktlich. Obschon Elisabeth ihr schönstes Kleid trug, kam sie sich gegenüber den anderen Gästen vor wie Lampenputzers zwölftes Kind. Die Damen trugen schwingende Röcke, während ihr Rock noch nach der Kriegsmode geschneidert war und ihr eng anliegend bis zu den Knien reichte. Darüber trug sie eine himmelblaue Schluppenbluse, während die anderen Damen kleine weiße Kragen an ihren Kleidern und Blusen hatten. Auch ihre Schuhe – drei Zentimeter Blockabsatz und aus braunem Rindsleder – waren alles andere als modern. Die westdeutsche Frau trug spitze Schuhe mit Pfennigabsätzen.

Sie hoffte, dass Franz und Thomas sich nicht mit ihnen schämten.

Franz saß neben Hedda, hatte eine Hand auf ihre gelegt und wirkte entspannt und froh.

»Was wollt ihr trinken? Als Aperitif vielleicht ein Glas Champagner?«

»Champagner. Es ist ein halbes Leben her, dass ich einmal Champagner getrunken habe«, erzählte Hedda. »Damals, als ich bei Juliette in Frankreich war.«

Sie drehte sich zu Franz. »Weißt du, was mit deiner Mutter geschehen ist?«

Franz nickte. »Ich habe sie Juliette genannt. Meine Mutter warst immer nur du.«

»Sie konnte dich nicht großziehen, das weißt du ja. Sie und ihr Mann gehörten der Résistance an.«

»Was ist nun mit dem Champagner?« Thomas lächelte.

Hedda nickte und Elisabeth ebenfalls. Dann wurde der Champagner gebracht, und Franz erhob das Glas. »Ich trinke auf die beiden Frauen, die ich am meisten liebe auf der Welt und die ich sogar vermisst habe, als ich nicht einmal mehr meinen Namen wusste.« Sie stießen an und tranken.

»Wie meinst du das?«, wollte Elisabeth wissen.

»Das kann ich nicht genau erklären. Es war einfach so, dass ich tief im Inneren immer gewusst habe, dass es euch gibt. Dass ich geliebt worden bin.«

Elisabeth stiegen bei diesen Worten schon wieder die Tränen in die Augen, und dabei hatte sie sich doch vorgenommen, nicht mehr zu weinen an diesem wunderschönen Tag, der vom Himmel regnen ließ, was er konnte.

Später aßen sie eine Rinderbrühe, Rehbraten mit Kartoffeln und Bohnen und zum Dessert einen Reispudding mit Früchten und Himbeergeist, der hier im Hotel »Trauttmansdorff« genannt wurde.

Nach dem Essen wollten Hedda und Thomas spazieren

gehen, und Elisabeth und Franz tranken an der Bar noch einen Kaffee. Danach wollten sie über den Ku'damm bummeln.

»Was möchtest du kaufen, Elisabeth? Such dir etwas aus. Ein Kleid und neue Schuhe vielleicht? Oder ein Schmuckstück? Du kannst dich ruhig trauen, ich habe geerbt.«

»Geerbt?«

Franz nickte. »Juliette hatte ein Konto in Frankreich für mich eingerichtet und jeden Monat ein wenig Geld darauf eingezahlt. In Deutsche Mark umgerechnet sind das ungefähr zehntausend.«

»Eine Menge Geld.«

»Warte!«

Er öffnete sein Jackett. »In ihrem Nachlass war auch ein Brief für dich und einer für Hedda. Deinen habe ich dabei.«

Er holte den Brief heraus und übergab ihn Elisabeth. »Ein Brief an mich? Ich kannte sie doch kaum.«

»Du bist meine Schwester.«

Elisabeth öffnete vorsichtig den Umschlag, faltete einen Briefbogen auseinander.

Meine liebe Elisabeth,

das Leben hat es nicht erlaubt, dass wir uns näher kennenlernen. Das bedaure ich sehr. Ich habe oft an Dich gedacht und war glücklich darüber, dass François eine so gute große Schwester in Dir gefunden hat.

Du hast vielleicht auf manches verzichten müssen, deshalb vererbe ich Dir ein wenig Geld. Gib es verschwenderisch aus. Kauf Dir Sachen, die Du eigentlich nicht brauchst.

In Liebe
Juliette

Elisabeth ließ den Briefbogen sinken. »Was hat das zu bedeuten?«

»Es lag ein Scheck dabei. Ich habe mir erlaubt, ihn für dich einzulösen und das Geld in D-Mark zu wechseln.«

Er reichte ihr zehn nagelneue Hundertmarkscheine.

Ohne es zu wollen, rechnete Elisabeth den Betrag sogleich in Mark der DDR um. Fünftausend. Ein Vermögen. Ein Jahresverdienst.

Verwirrt betrachtete sie die Scheine. »Was soll ich damit?«

Franz lachte. »Ausgeben. Einfach ausgeben. Gönn dir etwas. Das hat sich Juliette für dich gewünscht.«

»Aber die Kontrollen im Zug.«

»Alles schon geklärt. Du übergibst die Sachen an Thomas, und er schickt sie dir über die Army nach Freyburg. Army-Pakete dürfen nicht kontrolliert werden. So ist es wenigstens noch im Augenblick. Also los, trink deinen Kaffee aus. Ich möchte mit meiner Schwester bummeln gehen.«

Und plötzlich fühlte Elisabeth die Leichtigkeit wieder, die sie früher immer gespürt hatte, wenn sie mit Franz zusammen war.

Sie hakte sich bei ihm ein, dann schlenderten sie hinaus.

»Weißt du, was ich mir wünsche? Ich möchte ins KaDeWe, ins Kaufhaus des Westens. Früher war ich schon einmal da, aber daran erinnere ich mich kaum.«

»Dann los!« Franz schwenkte Elisabeth einmal herum,

und wenig später bummelten sie durch das berühmte Kaufhaus.

Elisabeth hatte Mühe, nicht Augen und Mund aufzusperren. Eine solche Pracht hatte sie ewig nicht mehr gesehen. Das lag nicht nur an den zahlreichen Kronleuchtern, die von der Decke strahlten, nicht am roten Teppich und an der Werbung. Es lag an den Frauen. Und an dem Duft. Es roch nach Blumen. Nein, nicht nach Blumen. Es roch nach französischem Parfüm. Plötzlich hatte Elisabeth eine solche Sehnsucht nach Luxus, dass ihr beinahe schwindelig wurde davon. Sie atmete ein-, zweimal tief durch, sog den Duft ganz tief in ihre Lungen und hoffte, dass ein klein wenig davon auf sie abfärbte.

»Was schaust du so?«, fragte Franz, als sie die Parfümabteilung durchschritten und Elisabeth die anderen Kundinnen musterte.

»Jede Frau«, erklärte Elisabeth, »vergleicht sich automatisch mit den anderen Frauen. Sie sieht eine Frau, und ihr Blick gilt zuerst dem Gesicht. Ist sie geschminkt oder nicht? Passt das Make-up zu ihr? Ist der Lippenstift verschmiert oder an den Zähnen hängen geblieben? Dann kommt das Haar. Ist der Haarschnitt passend und modern? Dann geht es weiter mit der Figur.«

Franz lachte. »Das glaube ich nicht. Das ist ja die reinste Inquisition.«

Elisabeth zuckte mit den Achseln. »Es ist so.«

»Bringen euch das eure Mütter bei?«

Jetzt lachte Elisabeth. »Aber nein, das ist einfach so.« Und schon musterte sie die nächste Frau, die so elegant gekleidet war, dass sich Elisabeth schon wieder schäbig ange-zogen fühlte.

Am wichtigsten für Elisabeth aber war, ob der Büsten-halter richtig saß. Kniff er am Rücken und unter den Ar-men? Hielt er die Brüste dort, wo sie sein sollten? Und weiter ging es mit den Strümpfen. Saß die Naht gerade? Quetschte der Hüfthalter die Hüfte ein? Und dann die Schuhe. War die Spitze vorn abgestoßen, der Absatz abgelaufen? Das alle er-klärte sie Franz nicht. Ein Mann musste nicht alles wissen. Und ein Bruder schon gar nicht.

Elisabeth streifte durch die Damenabteilung, befühlte hier einen Stoff, hielt da ein Kleid vor sich, betrachtete sich mit einem neuen Hut im Spiegel, schlüpfte in ein Paar Schuhe aus Lammleder. Aber sie kaufte nichts.

»Warum?«, wollte Franz wissen. »Du hast Geld, du kannst dir alles leisten.«

»Genau«, erwiderte Elisabeth. »Du hast mir so viel Geld gegeben. Das will ich nicht für Kleidung und Putz ausgeben. Das wäre hinausgeschmissen.«

Doch Franz hatte die sehnsüchtigen Blicke der Schwes-ter bemerkt. Er lotste sie in eine kleine Cafeteria, und als sie an einem kleinen Zweiertisch saßen und ihren Kaffee tran-ken, fragte er noch einmal.

»Wofür hebst du das Geld auf?«

»Stell dir vor, du findest einen Schatz. Eine Truhe voller Gold. Nimmst du da ein wenig davon und kaufst dir Dinge, die bald kaputtgehen? Oder hebst du den Schatz auf, weil du schon jetzt weißt, dass du ihn einmal brauchen wirst? West-geld zu haben öffnet in der DDR so manche Tür.«

»Das verstehe ich«, nickte Franz. »Aber du könntest dir wenigstens einhundert Mark nehmen und sie auf den Kopf hauen.«

Er lächelte, und sie lächelte zurück. »Ja, vielleicht mache ich das. Ganz bestimmt mache ich das sogar, aber nicht hier. Anderswo ist es sicher günstiger.«

Sie verließen Arm in Arm das Kaufhaus. An der Tür drehte sich Elisabeth noch einmal um, betrachtete die ganze Pracht und seufzte.

»Denkst du nicht, dass ihr in der DDR bald auch solche Kaufhäuser haben werdet?«

Elisabeth lachte auf. »Wir sind froh, wenn wir auf unsere Lebensmittelmarken alles bekommen, was uns zusteht. Nein, im Sozialismus sind wir alle gleich. Da ist kein Platz für Pracht und Luxus in unseren Köpfen und Herzen. Da sollte nur Platz sein für den Aufbau des Sozialismus. Und der kommt nun einmal ohne französisches Parfüm und ohne Seidenstrümpfe daher.«

»Du meinst, der Sozialismus sieht aus wie eine russische Traktoristin?«

Da lachte Elisabeth. Lachte, bis ihr die Tränen kamen. »Ja, so ungefähr«, prustete sie.

Und dann kauften sie ein. Elisabeth erwarb für Rosemarie ein leichtes Sommerkleid, eine Nietenhose und ein paar rote Lederschuhe. Für Frau Fischer kaufte sie eine Packung Jacobs-Kaffee, für Wolfgang zwei Bücher und eine Strickjacke. Und für sich? Sie suchte lange, sie konnte sich einfach nicht entscheiden. Da, die Bluse, die hatte genau ihre Farben. Und dort, der Rock, der schwang so schön um die

Beine. Schließlich leistete sie sich den größten Luxus, den sie sich vorstellen konnte: ein französisches Parfüm. Keines von Dior oder Chanel. Dafür reichte ihr Mut nicht und auch nicht das Geld. Ein kleines Fläschchen nur, das »L'air du temps« hieß. Doch bevor sie es bezahlte, fragte sie Franz: »Hat Mutter auch etwas von Juliettes Erbe bekommen?« Sie würde ihrer Mutter das Parfüm schenken, wenn es nicht so war. Aber Franz winkte ab. »Ja, sie hat.«

»Genug?«

»Mehr als genug.«

Zum Mittagessen trafen sie sich wieder im Hotel.

»Und, habt ihr eingekauft?«, wollte Thomas wissen.

Franz nickte. »Aber zuerst einmal haben wir einen umfangreichen Frauenvergleich gemacht.«

Hedda nickte, aber Thomas fragte: »Einen was?«

Elisabeth winkte ab. »Das erkläre ich dir nicht, das versteht ihr Männer sowieso nicht.« Und dann zählte sie ihre Einkäufe auf und bog ihren Kopf zu Hedda, damit sie an ihrem Hals riechen konnte.

»Und ihr? Was habt ihr gemacht?«

Hedda lächelte, griff nach Thomas' Hand. »Wir haben von früher gesprochen. Von damals, als du noch ein Kind warst.«

»Und was habt ihr sonst noch gemacht?«, fragte Elisabeth weiter.

»Wir haben über die Zukunft gesprochen und eine Entscheidung getroffen.«

Heddas Ton war so ernst, dass Elisabeth ein wenig Furcht bekam.

Kapitel 13

Hedda blickte jetzt zu Elisabeth, legte eine Hand auf die Hand der Tochter. »Ich habe viel Geld geerbt von Juliette«, erklärte sie. »Meine Schwester hat ihr Vermögen zwischen Franz und mir aufgeteilt. Das war noch, bevor sie zurück nach Freyburg gekommen ist. Sie hat ihr Geld bei einer Schweizer Bank angelegt. Jetzt habe ich zehntausend D-Mark.«

»Zehntausend?« Elisabeth riss die Augen auf. Das waren fünfzigtausend DDR-Mark, das waren mehr als zehn Jahresverdienste!

»Was hast du damit vor?«, wollte sie wissen.

»Darüber wollte ich mit euch sprechen. Mit dir und mit Franz.«

Elisabeth lehnte sich zurück. Der Kellner kam, räumte die Teller ab. »Haben Sie noch einen Wunsch?«

Elisabeth sah rasch zu Thomas. »Brauche ich einen Schnaps?«

Thomas lächelte. »Vielleicht.« Dann wandte er sich an den Kellner. »Vier Gläser Cognac, bitte. Vom besten des Hauses.«

Sie schwiegen, bis der Kellner zurückkam.

Erst als die Gläser vor ihnen standen, ergriff Hedda erneut das Wort. »Franz wird in Westdeutschland bleiben. Das kann ich gut verstehen, ich kann ihm auch nicht raten, zurück nach Freyburg zu gehen. Was soll er da? In der Kellerei arbeiten? Mitglied der Partei werden? Nein. Er ist ein Winzer, er hat Wein im Blut. Und er ist jung.«

Sie wandte sich an ihren Sohn. »Und jetzt solltest du weitererzählen.«

»Tja, also. Ich möchte gern wieder als Winzer arbeiten. Das könnt ihr sicher verstehen. Nun hat sich vor Kurzem die Gelegenheit ergeben, ein kleines Weingut in Ingelheim am Rhein zu kaufen. Ingelheim ist eine Kleinstadt, nur wenig größer als Freyburg und von Weinbergen umgeben. Eine Spezialität dort ist der Rotwein.« Er machte eine Pause, als Elisabeth ihr Glas Cognac hob und es auf einen Zug austrank.

Sie hatte Tränen in den Augen.

»Warum weinst du?«, wollte Franz wissen.

»Ich hatte dich so sehr vermisst. Und kaum habe ich dich wieder, wirst du erneut weggehen. Vielleicht werde ich dich nie wiedersehen. Und da soll ich nicht weinen?«

Sie schnäuzte sich herzhaft die Nase, dann versuchte sie ein klägliches Lächeln. »Es ist nicht so, dass ich es nicht verstehen würde. An deiner Stelle würde ich wohl dasselbe machen.«

»Da nennst du einen Punkt, über den wir ebenfalls gesprochen haben.« Thomas sah sich um, beugte sich dann über den Tisch und fragte leise: »Und wenn ihr alle nun rüberkommt? Wir bewirtschaften zusammen das Weingut in Ingelheim. Wie wäre das?«

Elisabeth stockte der Atem. Die Frage traf sie mitten ins Herz. Sie hatte sich schon oft vorgestellt, wie es wäre, in den Westen zu gehen, da zu leben. Auch mit Wolfgang hatte sie schon darüber gesprochen. Leichter wäre es allemal für ihn, aber er hatte stets strikt abgelehnt. »Meine Eltern sind alt. Sie haben niemanden mehr außer mir. Ich kann sie nicht allein lassen. Und mitkommen? Nein, das geht nicht. Sie hängen an ihrer Heimat. Außerdem: Einen alten Baum verpflanzt man nicht.«

»Gibst du mir bitte eine Zigarette?«, bat sie Thomas, ließ sich Feuer geben, paffte ein paar Züge. Eigentlich rauchte Elisabeth nicht, aber jetzt brauchte sie einfach etwas, an dem sie sich festhalten konnte. Sie starrte vor sich hin auf die Tischdecke. Noch einmal neu anfangen, dachte sie. Wieder in den Weinbergen arbeiten. Ein neues Gut. Saale-Premium auferstanden, nur vielleicht als Rhein-Premium. Rosemarie könnte in die Schule gehen, ohne Pionier sein zu müssen. Sie könnten sich die Welt angucken, müssten nicht mehr stundenlang um Lebensmittel Schlange stehen. Das Leben wäre leichter, aufregender, bunter. Aber sie müsste Wolfgang verlassen. Er hatte sich im Krieg verändert. Früher hatte er oft gelacht. Sie hatten gemeinsam Bücher gelesen, hatten darüber gesprochen. Jetzt war er schweigsam, seufzte nur hin und wieder aus tiefstem Herzen.

Sie nahm das Cognacglas in die Hand und spielte damit herum.

»Möchtest du noch einen?«, fragte Thomas.

Sie nickte. Dann trank sie auch dieses Glas in einem Zug aus, wartete, bis sie den Cognac warm durch ihren Körper laufen spürte. Sie blicke auf, sah zuerst Thomas an, dann Hedda und zum Schluss Franz.

»Nein«, sagte sie mit einer Stimme, die leicht zitterte. »Ich muss in Freyburg bleiben. Ich bin die Frau des Pfarrers. Für immer und ewig, in guten wie in schlechten Zeiten.«

Hedda nickte: »Das habe ich mir gedacht, aber ich habe es mir anders gewünscht.« Sie seufzte. »Auch ich werde in Freyburg bleiben, weil ich dort sein möchte, wo meine Tochter und meine Enkelin sind.«

Sie brach ab, räusperte sich. »Das Geld von Juliette allerdings werde ich in Franzens Weingut investieren. Franz und ich werden je zehntausend Mark dafür bezahlen. Thomas wird als mein Treuhänder fungieren. Ich übergebe nach dem Kaufabschluss meinen Anteil zur Hälfte an Franz und zur Hälfte an dich, Elisabeth. Du wirst dann 25 Prozent des Ingelheimer Gutes besitzen. Franz wird dir jedes Jahr deinen Anteil am Gewinn auszahlen. Wie das genau vonstattengeht, müssen wir noch herausfinden.« Sie erhob sich, und Elisabeth fand, dass sie ungeheuer traurig aussah. »Ich werde mich jetzt ein wenig hinlegen. Und danach werden wir sehen, was Berlin uns alles bieten kann.«

Als sie das Restaurant verließ, hatte Elisabeth den Eindruck, dass sie leicht schwankte, aber sie hoffte, sich getäuscht zu haben.

Zwei Tage später saßen sie im Zug von Berlin nach Leipzig. Ihre Einkäufe hatten sie Thomas übergeben, der sie ihnen schicken würde. Ihr Geld hatte Elisabeth unter ihre Schuhsohle gelegt und einen Schumacher gebeten, die Sohle an den Rändern fest anzukleben. Doch die Kontrolle dieses Mal fiel freundlicher und kürzer aus als auf der Hinfahrt.

Hedda wirkte blass und entsetzlich traurig. Elisabeth nahm ihre Hand. »Es ist dir sehr schwergefallen, mit mir zurückzufahren, nicht wahr?«

Hedda nickte.

»Du kannst es dir jederzeit anders überlegen. Ich könnte dich verstehen.«

Sie erhob sich. »Ich gehe in die Mitropa. Was soll ich dir mitbringen?«

»Eine Flasche Wasser, bitte«, bat Hedda, doch als Elisabeth das Abteil verließ, brach sie in bittere Tränen aus.

Ihre Tochter wusste nicht, welches Opfer sie wirklich für sie gebracht hatte. Thomas und sie hatten über ihre alte Liebe gesprochen und sie zaghaft wiederaufleben lassen, eine Liebe, die wohl immer da gewesen war, die Sehnsüchte hervorgerufen hatte. Sie hatte sich so gewünscht, dass Elisabeth mit nach Ingelheim ging, aber tief in ihrem Inneren hatte sie gewusst, dass die Tochter in Freyburg bleiben würde. Sie hatte die Hoffnung noch nicht aufgegeben. Längst wusste sie, dass es um die Ehe zwischen Elisabeth und Wolfgang nicht zum Besten stand. Schließlich wohnten sie alle im selben Haus. Ihre Tochter brauchte sie, auch wenn sie selbst es nicht wusste. Vielleicht würde die Ehe zerbrechen. Scheidungen waren mittlerweile nicht mehr verpönt. Viele Männer waren nach dem Krieg so verändert, dass ihre Frauen nicht mehr mit ihnen leben wollten oder konnten. Und wenn Elisabeth sich trennte, dann könnten sie vielleicht doch noch alle nach Ingelheim ziehen. Alle, außer Wolfgang.

Es hatte ihr so wehgetan, Thomas zu verlassen. Schon einmal hatte sie ihn verlassen müssen. Damals, im ersten Krieg. Da hatten sie sich so geliebt. Doch dann war Heddas Mann Hanno nach Hause zurückgekehrt, und Thomas war nach Amerika gegangen. Hanno war ihr ein guter Mann gewesen. Geschäftstüchtig, liebevoll. Sie hatten eine gute Ehe geführt, aber geliebt hatte Hedda immer nur Thomas. Sie hatte nicht geglaubt, ihn jemals wiederzusehen. Und als es dann doch geschah, da war er verheiratet. Nun war er geschieden, war in Wiesbaden stationiert, hatte ein gutes Einkommen. Aber es ging nicht. Sosehr sie Thomas auch liebte, ihre Tochter liebte sie ein wenig mehr. Nein, sie konnte Elisabeth nicht allein lassen. Und sie hing an den Weinbergen, die ihr nicht mehr gehörten. In Freyburg war sie zu Hause. Sie verstand den Dialekt der Leute, hatte dort Wurzeln und Flügel bekommen. Sie hatte nie weggewollt. Die Liebe war es, die sie nach Ingelheim zog.

Sie wischte sich die Tränen von den Wangen, putzte sich die Nase, und als Elisabeth das Abteil betrat, konnte sie sogar schon wieder lächeln.

Kapitel 14

Das Leben ging weiter in West und Ost. Franz hatte Fotos von seinem Weingut geschickt, und Elisabeth war ein wenig gerührt, dass er einen kleinen Teil seines Rotweins »Elisabeths Lächeln« genannt hatte. Es war ein Spätburgunder, und Elisabeth hatte ihn auch einmal kosten können. Hedda fuhr jedes halbe Jahr nach Westberlin, um Thomas dort zu treffen. Er hatte eine Bescheinigung besorgt, auf der stand, dass Hedda sich um Erbangelegenheiten kümmern musste, sodass ihren Reisen nichts im Wege stand. Einmal wollte Elisabeth sie begleiten, doch die Reise war ihr verboten worden. Man hatte sie einfach an der Grenze aus dem Zug geholt. Niemand hatte ihr einen Grund genannt, die Transportpolizei hatte sie einfach in den nächsten Zug zurück nach Leipzig gesetzt, und damit basta. Auf ihre Fragen hin hatte man ihr geantwortet, dass man kein Auskunftsbüro wäre.

Im Juni 1952 fand die Zweite Parteikonferenz der SED statt, auf der verkündet wurde, dass man nun endgültig den Aufbau des Sozialismus in Angriff nehmen würde. In den Läden war davon nichts zu spüren. Fleisch, Fett, Zucker, Eier und Milch waren noch immer rationiert. Auf Marken gab es monatlich 1.300 Gramm Fleisch, 900 Gramm Fett und 1.200 Gramm Zucker. Wenn es denn Fleisch und Fett und Zucker überhaupt gab.

Auch in Freyburg hatte jetzt ein HO-Geschäft eröffnet, ein Laden, in dem man markenfreie Waren kaufen konnte. Eine Tafel Schokolade gab es dort für 20 Mark, die anderen Angebote waren um mindestens die Hälfte teurer als in den Konsum-Verkaufsstellen. Schuhe ohne Bezugsschein kosteten in der HO zwischen 120 und 300 Mark, ein Herrenanzug um die 600 Mark. Und das bei einem durchschnittlichen Monatslohn von 200 Mark.

Wolfgang verdiente als Pfarrer sogar noch weniger. 180 Mark bekam er jeden Monat, während Elisabeth 240 Mark mit nach Hause brachte. Es ging ihnen nicht schlecht, aber gut auch nicht. Thomas schickte nach wie vor Pakete, und auch von Franz kamen Sendungen mit Onko-Kaffee, Lux-Seife, Strümpfen, Schokolade, Kakao und Kleidung für Rosemarie.

Manchmal brachte Elisabeth Frau Fischer etwas von ihren Schätzen mit, ein Stückchen Seife zum Geburtstag, im Dezember Sultaninen, Mandeln oder Orangeat für den Weihnachtsstollen. Zutaten, die es weder in der HO noch im Konsum zu kaufen gab.

Frau Öhme betrachtete die Geschenke mit Argusaugen, aber sie kniff nur die dünnen Lippen fest aufeinander und schwieg ansonsten.

Elisabeth arbeitete gern in der Buchhaltung, aber am liebsten arbeitete sie mit Jürgen John zusammen. Er hatte sie mit zu einem besonderen Projekt abgeordnet. Es ging um die Auslandsgeschäfte der Sektkellerei. Elisabeth kannte sich aus mit der D-Mark, wusste Bescheid über die gängigen Zinsregelungen und konnte sogar zwischen den Ost- und Westprodukten vergleichen.

Frau Öhme hatte in der Parteigruppe Stimmung gegen Elisabeth gemacht: »Wir können doch nicht zulassen, dass eine, die Verwandte im Westen hat, auch noch Verwandte mit einem Weingut, dass so eine hier die Abrechnungen für das nichtsozialistische Ausland macht.«

Einige der Mitglieder hatten zustimmend genickt, aber John hatte argumentiert: »Warum soll der Sozialismus das Wissen, das aus dem Kapitalismus kommt, nicht für seine Zwecke nutzen?«

Und dann nahm er sie im Juni 1953 mit auf einen Lehrgang nach Leipzig. Nur ausgewählte Kader durften diesen Lehrgang besuchen, denn wieder ging es um die Abrechnungen und Abführungen von Valuta. Dollar, Pfund Sterling, französische Francs, die Deutsche Mark. Die DDR brauchte dringend Valuta, denn nur damit konnte sie auf dem Weltmarkt Maschinen und Geräte für die heimische Produktion einkaufen.

»Jede Flasche Rotkäppchen, die in Westberlin über den Ladentisch geht, bringt uns Geld für Dinge, die wir nicht im eigenen Land produzieren können. Erdöl zum Beispiel. Wir haben keine Vorkommen, auch mit Steinkohle sieht es schlecht aus, aber die Hüttenindustrie benötigt Steinkohle«, erklärte ihr Jürgen John beim ersten Kaffee im Leipziger Gästehaus der Partei.

Elisabeth nickte, sah dabei auf seinen Mund. Er hatte einen wundervoll geschwungenen Amorbogen, von dem Elisabeth plötzlich ganz gefangen war. Sie hörte nicht auf seine Worte, sondern betrachtete Jürgen John mit den womöglich gierigen Augen einer Frau, die sich nach Liebe sehnte.

»Hörst du mir überhaupt zu?«, fragte er, und Elisabeth schreckte aus ihren Betrachtungen hoch.

»Natürlich höre ich zu.« Er hatte sie geduzt, das hatte sie deutlich gehört, und sie freute sich darüber, als hätte er ihr ein Geschenk gemacht. War das Angebot des Du nicht wirklich ein Geschenk? Das hieß doch, dass man sich mochte, respektierte, gern zusammen war. Schließlich war sie keine Genossin.

»Duzen wir uns jetzt?«, fragte sie deshalb nach.

Jürgen lachte auf, sah sich nach links und rechts um. »Ja, wenn du das willst, dann duzen wir uns jetzt.«

»Obwohl ich keine Genossin bin?«

»Darüber wollte ich mit dir sprechen.« Er beugte sich nach vorn, stützte die Ellbogen auf den Resopaltisch. »Nach dem Lehrgang bist du außer mir in der Buchhaltung die Einzige, die Einsicht in unsere Geschäfte mit dem NSW hat.«

»NSW?«

»Parteijargon, verzeih. Es heißt Nichtsozialistisches Wirtschaftsgebiet. Ich wollte die Beste dafür haben. Und das bist du. Die Parteileitung hat in Abstimmung mit der Geschäftsleitung gefordert, dass diese besondere Stellung von einem Parteimitglied besetzt wird.«

»Was heißt das genau?«, wollte Elisabeth wissen und hatte den Amorbogen vergessen.

»Das soll heißen, dass ich dich persönlich herzlich darum bitte, in die SED einzutreten.«

Elisabeth schüttelte den Kopf. »Mein Mann ist Pfarrer.«

»Das weiß ich, aber es gibt mittlerweile in der Partei auch Pastoren. Christentum und Sozialismus schließen einander doch nicht aus.«

Für Wolfgang ist das so, dachte Elisabeth, aber Jürgen sprach schon weiter.

»Es geht doch nicht nur um die persönlichen Befindlichkeiten des Einzelnen. Du musst das vom großen Ganzen her betrachten. Der Sozialismus ist keine schlechte Sache. Frieden, Völkerfreundschaft, Gleichberechtigung. Das sind doch Werte, für die du sicher auch einstehen kannst.«

Elisabeth schluckte. »Natürlich bin ich für den Frieden. Und die Gleichberechtigung gefällt mir auch.«

»Aber?«

Elisabeth überlegte, aber sie musste gründlich nachdenken, bevor sie etwas sagte. Jürgen John führte hier mit ihr ein Kadergespräch, das auf jeden Fall zu den Akten kam.

»Ich muss mir das in Ruhe durch den Kopf gehen lassen«, versuchte sie, Zeit zu schinden.

»Mach das.« Jürgen sah auf seine Uhr und erhob sich. »Der Lehrgang beginnt gleich. Wir sollten los.«

Der Lehrgang zog sich. Elisabeth hatte erwartet, in die Zinspolitik der Staaten eingeweiht zu werden, die von der Sektkellerei beliefert wurden. Doch stattdessen musste sie sich anhören, wie viel ihr Staat schon geleistet hatte, wie überlegen der Sozialismus allen anderen Gesellschaftsformen war, wie die Lehren von Marx, Engels und Lenin auf die heutige Zeit anzuwenden waren. Sie langweilte sich unsäglich.

Neben ihr saß Jürgen John. Er schrieb eifrig mit, und Elisabeth fragte sich im Stillen, wie er wohl wirklich dachte. Es hieß von ihm, dass er im Krieg zu den Russen desertiert wäre, aber das war ein Gerücht.

In der Pause gab es Kaffee. Keinen Malzkaffee, keinen Muckefuck, sondern richtigen Bohnenkaffee, den man nur zu sehr hohen Preisen in der HO kaufen konnte. Elisabeth kannte nur wenige Leute in Freyburg, die sich HO-Kaffee leisteten.

Jürgen brachte ihr ungefragt eine Tasse, stellte sie vor sie hin. »Soweit ich weiß, trinkst du deinen Kaffee mit einem Stück Zucker und ohne Milch.«

Elisabeth zog erstaunt die Augenbrauen hoch. »Woher weißt du das?«

»Ich habe es schon öfter in der Kantine der Sektkellerei gesehen.«

»Ich trinke nur Malzkaffee mit Zucker, Bohnenkaffee mag ich schwarz lieber.«

»Hast du schon nachgedacht?«, drängte Jürgen.

Elisabeth schüttelte den Kopf.

»Ich brauche deine Antwort bald.«

»Wieso?«

»Du sollst nach dem Lehrgang die Buchhaltung für das NSW übernehmen. Du arbeitest direkt mit mir zusammen.«

»Warum ich? Warum nicht Frau Öhme? Sie ist in der Partei.«

Jürgen lächelte, spielte mit seinem Löffel, ließ ihn auf

die Untertasse klirren. Er hatte sich lässig in seinem Stuhl zurückgelehnt und die Beine von sich gestreckt.

Die anderen Tische der Kantine waren von den restlichen Lehrgangsteilnehmern besetzt. Es hatte eine Vorstellungsrunde gegeben, und Elisabeth hatte gestaunt, wie viele Betriebe mit dem Westen Geschäfte machten. Buntgarnwerke Leipzig, Eisenhüttenwerk Stalinstadt, Filmfabrik Wolfen, Grafische Betriebe Leipzig und und und. Sie hatte sich nicht alles merken können. Nur der junge Delegierte der Grafischen Betriebe Leipzig war ihr aufgefallen. Er war noch sehr jung und trug als Einziger ein FDJ-Hemd. An manchen Jackettaufschlägen hatte sie das »Bonbon« entdeckt, das Abzeichen der SED.

»Frau Öhme«, wiederholte Jürgen und schüttelte den Kopf. »Frau Öhme hat mit den Lohnabrechnungen zu tun. Sie hat sich da gut eingearbeitet. Und da sie außerdem Mitglied der Kaderleitung ist, passt das recht gut.«

Er setzte sich auf, grüßte einen Mann, der an ihrem Tisch vorüberging. Dann sprach er weiter: »Ich wollte dich für diese Stelle.«

»Warum?«

»Weil du es kannst. Dein Blick ist nicht so eingeschränkt wie der von Frau Öhme. Ihr hattet ein Weingut, du weißt, worauf es ankommt. Wenn uns die Franzosen Grundwein anbieten, bist du in der Lage, ein solches Geschäft zu beurteilen. Ist der Wein seinen Preis wert? Kommt er von den richtigen Lagen?«

»Das wissen viele im Betrieb. Mehr als die Hälfte der Freyburger Winzer arbeitet bei Rotkäppchen.«

»Aber nicht allen können wir vertrauen.«

Er lächelte sie an. »Und dann ist da noch etwas.«

»Ich höre.«

»Deine Mutter. Sie bearbeitet die Weinstöcke, die den Flüchtlingen gehören.«

»Weil die Flüchtlinge das nicht können. Sie kommen nicht aus Weingegenden.«

»Das ist richtig. Aber es kann nicht angehen, dass deine Mutter weiter so wirkt wie immer. Die Welt hat sich gedreht.«

»Wäre es euch lieber, die Weinberge würden verrotten? Auf eigene Kosten hat meine Mutter Stecklinge besorgt und zu Reben aufgezogen. Die Sektkellerei profitiert davon. Der Wein meiner Mutter ist hervorragend. Er wird für die Jahrgangssekte benutzt.«

»Wir schätzen die Arbeit deiner Mutter, aber es wird weitere Veränderungen geben. Der Rat des Bezirks hat beschlossen, die Winzergenossenschaft umzustrukturieren. Die Weingüter werden sich zusammenschließen, werden zu einem großen Weingut.«

Elisabeth lachte auf. »Und du denkst, das machen die Winzer mit?«

»Sie werden nicht anders können. Es wird ein wenig dauern, aber am Ende wird jeder Winzer ein Mitglied der Genossenschaft sein.«

»Und was hat das jetzt mit meiner Mutter zu tun?«, wollte Elisabeth wissen.

»Sie könnte die Winzergenossenschaft leiten. Natürlich nicht allein; es wird ein Leitungskollektiv geben. Aber sie wäre ein wichtiger Teil dieses Kollektivs, die Kellermeisterin sozusagen.«

Plötzlich gab es einen Aufruhr in der Kantine. Ein Sekretär der Parteileitung war erschienen und rief: »Es gibt einen Aufstand. Die Bauarbeiter der Stalinallee in Berlin haben ihre Arbeit niedergelegt. Eine von kapitalistischer Seite provozierte Konterrevolution ist im Gange.«

»Was?« Jürgen sprang auf. »Woher weißt du das?«

»Ich habe mit Berlin telefoniert. Der Aufstand greift auch auf andere Städte über. Morgen wird es in Leipzig Demonstrationen geben.«

»Demonstrationen wogegen?«, wollte eine Frau wissen, die von der Filmfabrik in Wolfen delegiert worden war.

»Gegen die von der Partei beschlossenen Normerhöhungen.«

Elisabeth verschränkte die Arme vor der Brust. Auch in Freyburg war von diesen Normerhöhungen die Rede gewesen. Die Arbeiterinnen in der Abfüllerei hatten sich deswegen beschwert. »Wenn wir schneller arbeiten, leidet die Qualität. Es wird mehr Bruch geben«, hatte Karline Otter befürchtet. Und auch aus den anderen Abteilungen hatte es Kritik gehagelt. »Wein braucht Ruhe«, hatte der Kellermeister erklärt. »Der Wein schert sich nicht um eure Normen. Er muss in aller Ruhe reifen.«

Der junge Mann im FDJ-Hemd seufzte und nickte. »Die Arbeiter schaffen die Normen nicht. Die Partei sollte sie zurücknehmen.«

»Was sagst du da?«, rief ein anderer, und schon wurde der junge Mann niedergebrüllt.

Rasch hatten sich zwei Lager gebildet. Die einen wollten, dass die Normen zurückgenommen würden, die anderen wollten den Aufbau des Sozialismus beschleunigen. Jeder versuchte, sich so laut wie möglich Gehör zu schaffen. Ein Tumult war entstanden. Der junge Mann im FDJ-Hemd wurde am Kragen gepackt und geschüttelt, eine Frau war auf den Tisch gestiegen und schrie: »Was die Sowjetmenschen können, das werden wir ja wohl auch können.«

Elisabeth blickte zu Jürgen. Der war sitzen geblieben, hatte sich lediglich eine Zigarette angezündet und betrachtete das Geschehen von seinem Tisch aus.

»Was sagst du dazu?«, wollte Elisabeth wissen, die ohne es zu wollen von der allgemeinen Aufregung angesteckt worden war.

»Was soll ich dazu sagen?« Jürgen wandte sich ihr zu. »Die, die die neue Norm für die Sektkellerei beschlossen haben, waren noch nie in unserem Betrieb. Niemand hat unsere Arbeiter befragt. Aber es geht nur mit den Arbeitern, nicht ohne sie.«

»Also denkst du auch, dass die Normen zurückgenommen werden sollen?«, fragte Elisabeth. Jürgen sah plötzlich müde und erschöpft aus. Der Überdruss stand ihm ins Gesicht geschrieben.

»Es darf nicht sein, dass die Regierung gegen die Interessen der Arbeiter handelt.«

Kaum hatte er diesen Satz gesagt, blickte er Elisabeth erschrocken an. »Das habe ich nicht so gemeint. Verstehst du, die Regierung hat sich etwas dabei gedacht.«

Aber was?, fragte sich Elisabeth im Stillen.

Kapitel 15

Den ganzen Tag über wurde diskutiert und debattiert. Männer mit hochroten Köpfen und gelockerten Schlipsen schrien andere Männer mit hochroten Köpfen und gelockerten Schlipsen an. Im Unterricht ging es nicht mehr um die neuesten Beschlüsse der SED, sondern um die Arbeiter in der Stalinallee. Plötzlich wurde die Tür aufgerissen, ein Sekretär stürmte herein: »Es kam gerade im Radio. Die Regierung hat die Normerhöhung zurückgenommen.«

Jubel ertönte, einige klatschten Beifall.

»Das ist gut«, flüsterte Jürgen. »Aber wichtiger noch ist, ob sie die Arbeiter aufhalten können.«

In diesem Augenblick begriff Elisabeth, dass Jürgen an den Sozialismus glaubte. Ihm war es wichtig, dass die Arbeiter gehört wurden, weil es ihr Land, ihr Staat, ihre Regierung war. Jürgen war keiner, der aus Karrieregründen Mitglied der Sozialistischen Einheitspartei Deutschlands geworden war. Er war Genosse, weil er es für richtig hielt, eine Gesellschaft aufzubauen ohne Ausbeutung. Er wollte keine Reichen und keine Armen mehr, er wollte, dass jeder das gleiche Recht und die gleichen Pflichten hatte. Sie sah ihn an, sah seine geröteten Wangen, sein zerrauftes Haar. Und plötzlich fühlte sie sich unvollständig. Sie beneidete Jürgen um seinen Glauben.

Und jetzt, da sie darüber nachsann, erkannte sie auch, was genau es war, das Wolfgang so verändert hatte: Er hatte seinen Glauben verloren. Einmal nur hatte er darüber gesprochen, da war er gerade zwei Monate aus dem Krieg zurück. »Was Menschen anderen Menschen antun, das ist so furchtbar, dass mir der Glaube abhandengekommen ist. Ein Gott, der zulässt, dass man ein Mädchen an die Wand nagelt, ist ein Gott, dessen Existenz ich am liebsten leugnen würde.« So hatte Wolfgang gesprochen, und Elisabeth hatte ihm über den Rücken gestrichen und gesagt: »Die Zeit heilt alle Wunden.«

Wie unsensibel war sie gewesen! Sie hatte Wolfgangs Not nicht erkannt. Er hatte nicht nur den Glauben an Gott verloren, sondern auch den Glauben an die Menschen. Er stand mit leeren Händen da, wie ein Kind im bröselnden Windhaus.

Und sie selbst? Was war mit ihrem Glauben? Als Kind hatte sie an Gott geglaubt, aber das tat sie schon lange nicht mehr. Sie hatte an das Weingut geglaubt und daran, dass die Familie es immer und immer weiterführen würde.

Jetzt hatte sie keinen Glauben mehr, und umso glühender beneidete sie Jürgen. Sie ließ den Blick über die erregten Menschen schweifen. Sie hatten etwas, woran sie glauben konnten, wofür sie streiten konnten.

Sie hatte nichts. Und dieser Unterschied bewirkte, dass sie sich unter den anderen einsam und allein fühlte.

Sie rief leise Jürgens Namen, doch er hörte sie nicht. Schließlich tippte sie ihm auf die Schulter.

»Ich möchte Mitglied deiner Partei werden. Ich habe es mir überlegt«, sagte sie. Sie hatte erwartet, dass Jürgen lächeln würde, dass er seine Freude zeigen würde, aber Jürgen schüttelte den Kopf.

»Es ist nicht ›meine‹ Partei, Elisabeth.«

»Was dann?«

»Die Partei der Arbeiter und Bauern. Und solange du die Partei mir zuordnest, willst du nicht für den Sozialismus kämpfen, sondern nur für dich.«

Sie wich zurück. Er hatte recht.

Am Abend hatte Elisabeth Kopfschmerzen von dem Geschrei und dem Qualm unzähliger Zigaretten.

»Ich gehe mir ein wenig die Beine vertreten«, erklärte sie nach dem Abendbrot. Sie war noch immer beschämt über das, was Jürgen gesagt hatte. Sofort erhob er sich.

»Ich komme mit.«

Elisabeth schüttelte den Kopf, hatte plötzlich Lust, ihn zu verletzen, so, wie er sie verletzt hatte. »Ist die Partei auch Aufpasser und Kindermädchen?«

»Rede keinen Unsinn, Elisabeth. Es herrscht Ausnahmezustand. Es ist nicht sicher da draußen.«

»Hast du Angst vor den eigenen Arbeitern?« Sie reckte das Kinn, drehte sich um und verschwand mit geradem Rücken und steifen Schritten. Sie wusste, dass Jürgen ihr folgen würde.

Draußen blieb sie stehen. Es war ein lauer Sommerabend. Sie hörte ein paar Amseln singen. Wie schön wäre es jetzt, in einem Weingarten zu sitzen! Wie schön wäre es, verliebt im nahen Park zu spazieren.

»Wohin?«, fragte Jürgen neben ihr.

»In ... in den Park.« Sie stammelte, weil es ihr schon leidtat, ihn verletzt zu haben.

Stumm liefen sie nebeneinanderher. Auf einer kleinen Brücke, die einen Teich querte, blieb sie stehen. »Entschuldige«, sagte sie.

»Entschuldige du auch. Man kämpft ja immer in erster Linie für sich selbst. Ich würde mich freuen, wenn du Genossin werden würdest.«

Wieder betrachtete sie seine Lippen und verspürte solche Sehnsucht danach, geküsst zu werden, dass sie die Augen schließen musste.

Und da fühlte sie plötzlich seinen Mund auf ihren Lippen. Hauchzart, als würde er mit einem Rosenblatt darüberstreichen. Dann tastend, unsicher, schließlich fester. Seine Hände umschlossen ihr Gesicht, hielten sie fest und sicher. Da öffnete sie den Mund, ließ seine Zunge ein, ließ sich auf diesen Kuss ein, schmiegte sich an ihn.

Danach lachte Jürgen ein wenig verlegen. »Es ... es tut mir leid. Wird nicht mehr vorkommen.«

Elisabeth blickte auf die Spitzen ihrer Schuhe. Dieser Kuss hatte ihre Sehnsucht noch entfacht. Sie wollte begehrt werden, wollte das Begehren eines Mannes auf der Haut spüren. Sie sah auf. »Du musst dich nicht entschuldigen.«

»Dann ist ja gut.« Er fuhr sich durch die Haare, sah verlegen aus. Da umarmte sie ihn und küsste ihn wieder. Und dann konnten sie überhaupt nicht mehr damit aufhören. Sie hielten sich fest umschlungen, stolperten küssend zu einer Bank, setzten sich darauf nieder, doch dann zog Jürgen sie in die Höhe, nahm ihre Hand und rannte schier mit Elisabeth zurück zum Gästehaus der Partei.

Im Foyer und auf den Fluren herrschte bereits Ruhe. Es war ein aufregender Tag gewesen, aber nun waren keine Neuigkeiten mehr zu erwarten. Die Tür der Bar schwang auf, laute Stimmen und Gelächter fluteten das Foyer. Ein Mann lief vorüber. »Na, ihr zwei. Wo kommt ihr denn jetzt her?«, wollte er wissen und ging weiter, ohne eine Antwort abzuwarten. Die Tür der Bar fiel zu, die Stimmen verklangen.

»Komm!«, flüsterte Jürgen. »Wir nehmen die Treppe.« Vor seinem Zimmer suchte er fahrig nach dem Schlüssel, bekam ihn kaum ins Schloss. Dann zog er Elisabeth in sein Zimmer, stieß die Tür mit dem Fuß zu und fiel regelrecht über sie her. Sie rissen sich die Kleider vom Leib, sanken auf das schmale Bett, umschlangen sich, lagen Herz an Herz und Haut auf Haut.

Kapitel 16

Langsam und immer langsamer lief Elisabeth den Hügel hinauf zum Weinschlösschen. Der kleine Koffer in ihrer Hand wurde mit jedem Schritt schwerer. Ebenso die Last auf ihren Schultern. Sie hatte ihren Ehemann betrogen. Sie hatte mit einem anderen geschlafen, und es war so schön wie nie zuvor gewesen. Sie hatte noch lange nicht genug von Jürgens Händen, seinen Küssen, seiner Haut.

Erst jetzt begriff sie das ganze Ausmaß ihrer schon fast verlorenen Ehe. Da ging es nicht nur um die Dinge, die bei Dunkelheit geschahen, da ging es auch um Gespräche. Wann hatte sie das letzte Mal wirklich mit Wolfgang gesprochen? Mehr als über die Alltagsdinge, über Rosemarie, die evangelische Gemeinde. Sie konnte sich nicht erinnern. Abends, wenn sie von der Arbeit nach Hause kam, aßen sie Abendbrot, dann ging Rosemarie ins Bett, und sie saßen meist mit Hedda im kleinen Salon zusammen und hörten Radio. Gegen halb elf zog sich Hedda zurück, Wolfgang und sie tranken noch ein kleines Glas Wein und lasen dabei. Wolfgang die Zeitung, Elisabeth ein Buch. Wenn die Standuhr die elfte Stunde schlug, erhoben sie sich und gingen zu Bett. Dort lagen sie stumm nebeneinander, Rücken an Rücken, und schliefen, sobald das Licht gelöscht war. Sie lebten nebeneinanderher, interessierten sich nicht füreinander. Wolfgang, fand Elisabeth, jammerte nur, und das bereitete auch ihr eine schlechte Stimmung. Nie fragte er, wie es auf der Arbeit gewesen war, welches Buch sie las, worüber die Leute in der kleinen Stadt redeten.

Und auch Elisabeth fragte nicht, was es Neues in der Gemeinde gab, welches Thema die Sonntagspredigt hatte. Warum Wolfgang ihr keine Fragen stellte, das wusste sie nicht.

Sie selbst fragte nicht, um sein Gejammer nicht hören zu müssen. So verhielt sich keine Ehefrau. Und eine Pfarrersfrau gleich gar nicht. Einmal hatte Wolfgang sie gefragt, ob sie nicht in der Kirche mitmachen wolle. Es gab zwei Hauskreise, einen Frauenverein, den Kirchenchor, die Kinderbetreuung. Doch sie hatte sich immer damit rausgeredet, dass sie ja arbeiten gehen musste, sich obendrein noch um den Haushalt und Rosemarie kümmern musste und ab und zu sogar Hedda in den Weinbergen half. Wolfgang war ein attraktiver Mann. Großgewachsen und sehr schlank, dabei mit melancholischen Augen. Es gab in der Gemeinde sicher eine Frau, die ihm nur zu gern zur Hand gehen würde. Vielleicht gab es sogar schon eine.

Und dann war sie noch Genossin geworden, nein, richtig hieß es: Kandidatin der Sozialistischen Einheitspartei. Jürgen hatte für sie gebürgt und ein Mann von der SED-Bezirksleitung, den sie vom Sehen kannte. Zwei Jahre lang würde sie Kandidatin bleiben, und danach würde entschieden, ob sie würdig war, der Staatspartei als Vollmitglied bei-zutreten.

Elisabeth blieb stehen. Sie hätte gern geweint, aber sie schluckte die Tränen hinunter. Sie war Wolfgangs Frau. Sie hatte ihn betrogen. Das würde sie ihm nicht beichten, aber sie würde sich bemühen, in Zukunft eine bessere Ehefrau zu sein.

Endlich war sie am Schlösschen angelangt. Die Sonne beschien den Junisamstag, die Vögel zwitscherten, die Bäume auf der Obstwiese zeigten die ersten Fruchtansätze. Jemand hatte einen Tisch unter den Apfelbaum gestellt, eine weiße Decke darübergelegt und vier Stühle drum herum platziert. Auf dem Tisch stand eine Vase, in der eine Hortensienblüte prangte. Plötzlich freute sie sich auf zu Hause. Darauf, unter dem Apfelbaum Kaffee zu trinken, Kuchen zu essen. So, wie sie es früher immer getan hatten, als Elisabeth ein Kind war.

Aus der Küche drang der Duft von Bohnenkaffee, die Standuhr schlug die dritte Nachmittagsstunde.

Elisabeth stellte ihren Koffer ab, blätterte die Post durch. Da war ein Brief von der Evangelischen Synode, der an ihren Mann gerichtet war. Eine Karte von Franz, der ins Elsass gereist war, und die Zeitung des Frauenbundes, in den sie eingetreten war, weil Frau Öhme ausgerechnet dort noch nicht Mitglied geworden war. Ganz unten fand sich ein Brief von Rosemaries Schule. Ernst-Thälmann-Schule hieß sie jetzt. Früher, als Elisabeth diese Schule besucht hatte, hatte sie einfach Gartenschule geheißen, weil sie in der Gartenstraße lag. Sie öffnete den Brief und las:

Sehr geehrte Eltern Wächter,
Rosemaries derzeitige Entwicklung weist einige Probleme
auf. Um diese zu klären, bitten wir Sie am Montag zu einem
Gespräch.

Elisabeth runzelte die Stirn. Rosemarie hatte nichts von Ärger in der Schule erzählt. Eigentlich hatte sie gar nicht mehr über die Schule gesprochen. Sie war zu Beginn der achten Klasse FDJlerin geworden. Sie war konfirmiert worden, aber sie hatte außerdem an der Jugendweihe teilgenommen. Wolfgang war dagegen gewesen, doch Elisabeth und Rosemarie hatten sich durchgesetzt. Die Konfirmation hatten sie groß gefeiert. Thomas und Franz waren gekommen, und sie hatte mit beiden am Abend auf der Obstwiese getanzt. Die Jugendweihe war nicht feierlich begangen worden. Elisabeth war zur Feierstunde in der Aula der Schule gegangen. Anschließend hatten sie zu Hause zu Mittag gegessen, und am Abend war Rosemarie zum Jugendweihetanzabend in den Speisesaal der Schule aufgebrochen.

Eigentlich hatten sie doch immer alles so gemacht, wie es sich im Sozialismus gehörte. Was wollte die Lehrerin denn von ihr?

Nun, sie würde ihre Tochter heute beim Kaffee befragen.

Aus der Küche rief Hedda nach ihr. Elisabeth begrüßte ihre Mutter.

»Mach dich frisch, der Kaffee ist fertig«, bat Hedda und schnitt einen Streuselkuchen vom Blech auf.

Karline Otter kam in die Küche, warf einen Blick auf den Kuchen, sog den Kaffeeduft ein.

»Möchten Sie auch ein Stück Kuchen?«, fragte Hedda freundlich.

Karline erwiderte: »Wir sind zwölf. Haben Sie zwölf Stück Kuchen für uns?«

Ohne eine Antwort abzuwarten, verließ sie die Küche, in der Hand einen Krug mit Leitungswasser. Hedda blickte ihr kopfschüttelnd nach. »Ich werde diese Frau nie verstehen«, erklärte sie. »Auf der einen Seite sind wir uns ähnlich, und dann tut sie wieder, als wäre es unsere Schuld, dass sie ihr Hotel verloren hat. Manchmal spricht sie mit mir, erzählt mir etwas, an anderen Tagen kriegt sie die Zähne kaum zu einem Gruß auseinander. Und das, obschon wir jetzt bereits acht Jahre unter einem Dach leben.«

»Vielleicht nicht mehr für lange«, sagte Elisabeth. »Hinter der Sektkellerei sind zwei Häuser gebaut worden. Es heißt, die Flüchtlinge sollen die Wohnungen darin bekommen. Dann haben wir unser Schlösschen wieder ganz für uns.«

»Abwarten«, mahnte Hedda. »Im Sozialismus hast du gar nichts mehr für dich.«

Kurze Zeit später saß die Familie am Kaffeetisch. Elisabeth hatte ihren Mann mit einem Kuss auf die Wange begrüßt, hatte Rosemarie umarmt und ihr das gewünschte Badesalz aus Leipzig übergeben.

»Was ist in der Schule los, Rosemarie? Wir haben einen Brief bekommen und müssen zu einem Gespräch.«

Rosemarie blickte ihre Mutter erstaunt an. »Es ist nichts los. Alles ist wie immer.«

»Hast du irgendetwas gesagt?«

Rosemarie schürzte die Lippen und schüttelte den Kopf. »Hattest du Streit?«

Wieder verneinte die Fünfzehnjährige, und Elisabeth beschloss, die Sache bis zum Gespräch auf sich beruhen zu lassen.

Nach dem Kaffeetrinken bat Elisabeth ihren Mann: »Gehen wir spazieren?«

Wolfgang zog die Stirn kraus. »Ich muss noch an der Sonntagspredigt arbeiten.«

»Nur eine halbe Stunde, und du kannst mir erzählen, worüber du morgen predigen willst.«

Elisabeth sah sehr wohl Wolfgangs erstaunten Blick, aber sie kommentierte ihn nicht.

Nebeneinander durchquerten sie die Obstwiese, liefen die Weinberge hinunter bis zu der Stelle, an der Saale und Unstrut zusammenflossen. Dort setzten sie sich ins Gras und blickten auf den Fluss.

»Wolfgang, wir müssen reden«, begann Elisabeth.

Wolfgang riss einen Grashalm ab, kaute darauf herum. »Worüber?«

»Über uns.«

»Da gibt es nichts zu reden.«

»Doch«, beharrte Elisabeth. »Einmal müssen wir es tun. Wir sind nicht mehr glücklich miteinander. Ich habe den Eindruck, dass wir einander aus den Augen verloren haben, dass wir nebeneinanderher leben, außer Rosemarie nichts mehr gemeinsam haben.«

Wolfgang seufzte, biss weiter auf dem Grashalm herum. »Es ist, wie es ist«, sagte er schließlich.

»Aber es muss nicht so bleiben. Wir können etwas ändern, Wolfgang. Wir können noch einmal ganz neu anfangen.«

Es kam Elisabeth ein wenig bizarr vor, ihrem Mann einen Neuanfang vorzuschlagen, obschon ihre Haut noch von den Händen eines anderen glühte. Aber sie sprach die Worte nicht leichtfertig. Durch Jürgen war ihr klar geworden, was sie vermisste in ihrer Ehe. So schön die Nacht mit Jürgen auch gewesen war, sie wollte ihren Mann nicht verlieren.

Wieder schwieg Wolfgang. Schließlich erhob er sich, klopfte sich die Hose ab. »Es hat keinen Zweck, Elisabeth. Der Krieg. Er hat einen anderen aus mir gemacht.«

»Rede mit mir. Erzähl mir, was im Krieg noch geschehen ist. Sprich mit mir darüber, wie es dir heute geht. Worüber denkst du nach? Was beschäftigt dich? Und auch ich will dir erzählen, was mich umtreibt, worüber ich nachdenke.«

Wolfgang stand vor ihr, betrachtete sie, und Elisabeth sah Mitleid in seinen Augen.

»Arme Elisabeth«, sagte er leise und strich ihr eine Haarsträhne aus der Stirn. »Ich kann dir nicht helfen.«

Dann drehte er sich um und stieg durch die Weinberge den Hügel hinauf.

»Doch!«, schrie Elisabeth hinter ihm her. »Du musst! In guten wie in schlechten Zeiten! Das bist du unserer Ehe schuldig.«

Wolfgang verharrte nicht, drehte sich nicht einmal um, und Elisabeth wusste, dass sie ihren Mann verloren hatte und dass es nicht allein ihre Schuld war.

Am Montag nahm sie sich am Morgen zwei Stunden frei, um in die Schule zu gehen. »Begleitest du mich?«, fragte sie ihren Mann. Sie hatten seit dem Samstag kaum miteinander gesprochen. »Reichst du mir bitte das Salz?« »Kann ich die Zeitung haben?« Sie gingen miteinander um, als wären sie rohe Eier. Nicht einmal, als sich Elisabeth am Samstagabend in den Schlaf geweint hatte, hatte Wolfgang reagiert. Da kam keine Hand, die ihren Rücken streichelte, ihr über das Haar strich. Elisabeth fühlte sich so einsam wie nie zuvor in ihrem Leben. Sie dachte an Jürgen, daran, dass sie ihn bald wiedersehen würde. Jeden Tag bei der Arbeit. Er war verheiratet, genau wie sie. Wie sollte es weitergehen mit ihnen? Ging es überhaupt weiter? Sie hatte sich in Jürgen verliebt, trotzdem hatte sie ihre Ehe retten wollen und erfahren müssen, dass es nichts zu retten gab. Aber, Herrgott noch mal, sie war eine junge Frau, sie hatte Bedürfnisse.

Doch jetzt ging es erst einmal um Rosemarie.

»Natürlich komme ich mit«, sagte Wolfgang, zog sich sein Tweedsakko mit den Lederflecken am Ärmel über, das ihm Thomas geschickt hatte.

Frau Gatzsch erwartete sie schon. »Schön, dass Sie kommen konnten. Bitte nehmen Sie Platz.«

Die Lehrerin setzte sich hinter den Schreibtisch und faltete die Hände vor sich, während Wolfgang und Elisabeth im Klassenzimmer in der ersten Bank Platz nahmen.

»Worum geht es denn eigentlich?«, wollte Wolfgang wissen.

Frau Gatzsch seufzte. »Es ist schwierig. Drei Mädchen aus der Klasse, deren Eltern aktiv in Ihrer Kirche sind, haben sich von den anderen abgesondert. Das allein wäre nicht schlimm, es gibt immer diese kleinen Cliquen. Aber Rosemarie, Isabel und Karin bringen westliche Konsumprodukte mit in die Schule. Sie tragen diese schrecklichen Nietenhosen. Sie essen Kaugummi, obwohl ich es verboten habe, sie reden über Nutella, und Karin hat sogar den RIAS nachgemacht.«

»Den RIAS?«, fragte Elisabeth

»Eine freie Stimme der freien Welt. Sie kennen das sicher.«

Elisabeth und Wolfgang schwiegen, denn sie hörten vorrangig diese freie Stimme.

»Ich bin nicht naiv«, fuhr Frau Gatzsch fort. »Auch in anderen Haushalten läuft der RIAS. Aber Ihre Tochter und ihre Freundinnen haben keinerlei Unrechtsbewusstsein deswegen. Und als ich sie darauf angesprochen habe, wussten sie nicht einmal, was sie falsch gemacht hatten. Aber der Einfluss des Feindsenders ist gefährlich. Im Staatsbürgerkundeunterricht letzte Woche wollte ich wissen, wie die Fluggesellschaft der Deutschen Demokratischen Republik heißt, und Rosemarie antwortete im Brustton der Überzeugung ›Das ist die Lufthansa.‹ Sie werden verstehen, dass ich das nicht dulden kann.«

Elisabeth nickte und brauchte einen Augenblick, sich darauf zu besinnen, dass die DDR-Fluglinie Interflug hieß. Auch sie hätte spontan Lufthansa gesagt.

»Was erwarten Sie von uns?«, wollte Wolfgang wissen.

»Ich bin nicht naiv« wiederholte die Lehrerin, und Elisabeth fragte sich, warum ihr das so wichtig war. »Ich weiß, dass Sie als Pfarrersfamilie einen anderen Blick auf unsere Gesellschaft haben. Aber ich kann es nicht dulden, dass dieser andere Blick zum Maßstab in meiner Klasse wird.«

»Sie sagten, es handelt sich um drei Mädchen insgesamt. Wie können die drei das Bewusstsein der anderen beeinflussen? Wie können sie ihre Mitschüler dazu bringen, Lufthansa zu sagen, wenn sie Interflug denken?« Wolfgang hatte sich kerzengerade aufgerichtet.

»Ich will es gar nicht erst so weit kommen lassen«, erklärte die Lehrerin. »Sie wissen selbst, wie die Jugendlichen heutzutage sind. Auf der anderen Seite des Gartens ist das Gras immer grüner.«

»Vor allem, wenn es wirklich so ist«, gab Wolfgang zu bedenken. »Ich kann nichts dafür, dass die Milka-Schokolade besser schmeckt als unsere Vollmilchschokolade.«

»Jetzt wollen wir doch mal sachlich bleiben, Herr Wächter. Es geht hier nicht um Schokolade oder um Fluglinien, es geht um das sozialistische Bewusstsein. Und da zeigt Ihre Tochter erhebliche Schwächen. Schwächen, die wir den anderen Schülern zuliebe nicht dulden können.«

»Was schlagen Sie vor?«, mischte Elisabeth sich jetzt ins Gespräch ein.

»Ich schlage vor, dass Sie Ihrer Tochter erklären, warum der Sozialismus die bessere Gesellschaftsordnung für alle ist. Schließlich hat der Marxismus dies bereits wissenschaftlich bewiesen. Die Frage, woran Rosemarie glaubt, sollte mit ›an den Sozialismus‹ beantwortet werden und nicht mit ›an Gott‹. Des Weiteren sollte sie aufhören, mit den Westprodukten zu prahlen.«

»Rosemarie prahlt nicht«, unterbrach Elisabeth. »Diese Art Kind ist sie nicht. Das hat sie noch nie getan.«

»Sie hatte kürzlich Kaugummis dabei.«

»Gut. Wir werden in Zukunft darauf achten, dass Rosemarie keine westlichen Produkte mit in die Schule bringt. War es das nun?«

»Sie hat einen Pelikanfüller, während alle anderen mit einem Heikofüller schreiben.«

»Was ist ein Heikofüller?«, fragte Wolfgang nach.

Frau Gatzsches Hals färbte sich rot. »Der Heikofüller ist ein Erzeugnis unserer sozialistischen Produktion.«

Elisabeth erhob sich. »Gut. Wir werden ihr einen Heikofüller kaufen. Aber wir werden unsere Tochter nicht zum Lügen anstiften. Sie glaubt an Gott. In der Verfassung der DDR von 1949 wird die Religionsfreiheit festgeschrieben. Wenn Sie ihr das nicht erlauben, verstoßen Sie gegen geltende Gesetze.«

Elisabeth legte Wolfgang eine Hand auf die Schulter. »Es ist alles gesagt, denke ich. Lass uns gehen.«

»Musste das sein?«, fragte Wolfgang, als sie vor der Schule standen.

»Was denn?«

»Das mit dem Verstoß gegen geltende Gesetze. Du hast die Lehrerin gegen Rosemarie aufgebracht.«

Da platzte Elisabeth der Kragen. »Dass du nicht für unsere Ehe kämpfen willst, das tut weh. Dass du uns keine Chance mehr gibst, ebenso. Kämpfe wenigstens für deine Tochter!«

Kapitel 17

Zeit war vergangen, viel Zeit seit ihrer ersten intimen Begegnung im Juni 1953 in Leipzig.

Acht Jahre war es her, dass sich Elisabeth und Jürgen nähergekommen waren. Niemand ahnte etwas von dieser heimlichen Liebe, obschon Jürgen darauf drang, alles öffentlich zu machen. Er hatte keine Furcht davor, sich von seiner Frau scheiden zu lassen. Die beiden Kinder waren groß, waren aus dem Haus, die Ehe so erloschen wie die Ehe von Elisabeth und Wolfgang.

»Wir könnten zusammenleben, meinetwegen auch heiraten. Wir könnten jeden Tag gemeinsam aufwachen und einschlafen.«

»Es geht nicht, Jürgen. Mir gefällt es auch nicht, dass wir uns nur so selten treffen. Nur, wenn Lehrgänge anstehen. Im Sommer in deinem Auto im Wald.« Sie lachte. »Wie Teenager, dabei sind unsere Kinder schon aus dem Alter heraus. Mein Gott, Rosemarie ist schon dreiundzwanzig Jahre alt.« Sie schüttelte ungläubig den Kopf.

Jürgen griff nach ihrer Hand.

»Das muss nicht so bleiben, Elisabeth. Noch sind wir

jung genug für einen Neuanfang. Du bist gerade sechsundvierzig.«

»Deine Karriere wäre zu Ende. Ich habe einen Bruder im Westen, ich gehöre der evangelischen Kirche an.«

»Meine Karriere ist mir gleichgültig, Elisabeth. Ich will nur dich.«

Elisabeth seufzte. Wie oft hatten sie dieses Gespräch schon geführt. Wie oft hatte sie versucht, Jürgen zu erklären, warum sie bei Wolfgang blieb. Sie blieb, weil er niemanden hatte außer ihr. Seine Eltern waren beide gestorben, Geschwister hatte er nicht und Freunde ebenfalls nicht. Die einen mieden ihn, weil die Freundschaft mit einem Pfarrer berufliche Nachteile bringen konnten. Die anderen mieden ihn, weil sie nicht an dasselbe glaubten wie er. So sagte jedenfalls Wolfgang, aber Elisabeth befürchtete noch einen weiteren Grund. Wolfgangs Traurigkeit, die an manchen Tagen so schlimm war, dass er kaum das Bett verlassen konnte. Depressionen, dazu Angstzustände, Panikattacken, bei denen er glaubte, einen Herzinfarkt zu bekommen. Es gab Tabletten dagegen. Aber Wolfgang weigerte sich, welche zu nehmen. »Ich lasse meinen Kopf nicht manipulieren«, beharrte er. »Ich lasse mir meine Seele nicht kaputt machen.«

»Deine Seele ist kaputt. Und du machst nicht nur dich kaputt, sondern auch mich.«

»Du kannst mich jederzeit verlassen«, bot er an.

»Ich werde dich nicht verlassen. Was soll aus dir werden, wenn ich gehe?«

Darauf wusste Wolfgang keine Antwort.

Auch Rosemarie machte Elisabeth Kummer. Sie war vor

Jahren nicht zur Erweiterten Oberschule und damit zum Abitur zugelassen worden, weil sie aus einem christlichen Elternhaus kam. Jetzt trat sie in die Fußstapfen ihres Vaters und studierte an der Theologischen Fakultät in Naumburg. Sie würde Pfarrerin werden wie ihr Vater. Elisabeth hatte diese Entscheidung ihrer Tochter Bauchschmerzen bereitet. Es war schwer, Pfarrer zu sein in dieser sozialistischen DDR. Außerdem hatte Elisabeth Angst, dass Rosemarie wie so viele andere das Land verlassen würde, um im Westen zu leben. Da drüben, da galt der Pfarrer noch etwas, stand in einer Reihe mit Ärzten und Lehrern. Hier fristete er ein kärgliches Dasein aufgrund des geringen Lohnes. Das Ansehen eines Pfarrers war in der DDR noch geringer als sein Lohn. Er oder sie stand stets im Verdacht, gegen den Sozialismus zu sein und eine zu enge Beziehung zu den Christen in der BRD zu haben. Und tatsächlich hatte Wolfgangs Gemeinde St. Marien eine Partnergemeinde in Ingelheim. Thomas hatte sich dafür eingesetzt, und Wolfgang und Elisabeth waren mit Hedda schon mehrfach dort gewesen.

Eigentlich durfte Elisabeth nicht in das kapitalistische Ausland reisen; sie war eine sogenannte Geheimnisträgerin, da sie noch immer die Exportgeschäfte der Sektkellerei betreute. Doch sie war einfach gefahren. Pfarrer wurden nicht besonders streng kontrolliert.

Elisabeth konnte auf diese Reisen nicht verzichten; es war die einzige Möglichkeit, ihren Bruder zu sehen. Franz war mittlerweile zweiundvierzig Jahre alt. Sein Weingut lief großartig, wenn auch der Mehltaubefall im letzten Jahr eine Ernte vernichtet hatte. Er war verheiratet mit Petra, einer jungen Winzerin. Die beiden hatten zwei Kinder: Melanie und Julia.

Auch jetzt saß Elisabeth mit Wolfgang und Hedda im Zug auf dem Weg nach Frankfurt am Main.

Hedda war gerade Rentnerin geworden. Sie hatte in den letzten Jahren der Volkseigenen Winzergenossenschaft Freyburg als Weinbaudirektorin vorgestanden und dafür gesorgt, dass die Weinberge in Schuss gehalten wurden und immer so viel Grundwein ergaben, wie die Sektkellerei brauchte.

Sie hatte sich an die üblichen Fünfjahrespläne gehalten, obschon sie diese unsinnig fand. »Hier steht, dass wir in vier Jahren 8.000 Hektoliter Grundwein liefern müssen. Aber was, wenn die Ernte schlecht ist, weil der Sommer verregnet war?«

»Das ist Ihr Problem«, hatte der kaufmännische Direktor der Winzergenossenschaft erwidert. »Sorgen Sie dafür, dass der Plan erfüllt und übererfüllt wird. Alles andere interessiert niemanden.«

»Soll das heißen, dass ich auch noch für das Wetter verantwortlich bin?«, wollte Hedda ergrimmt wissen. »Vielleicht lassen sich Industrieprodukte in Fünfjahresplänen nach dem Willen der Partei produzieren, Wein nicht.«

»Ich bin froh, dass das vorbei ist«, sagte Hedda jetzt und betrachtete die Landschaft, die an ihrem Zugfenster vorüberzog.

Elisabeth wusste auf der Stelle, was Hedda meinte. »Du bist verdiente Aktivistin geworden.«

»Pfft! Die Auszeichnung können sie sich an den Hut stecken. Ich bin Aktivistin geworden, weil ich getrickst habe. So wie alle anderen auch. Das vorletzte Jahr war so gut gewesen, dass wir mehr als die erforderliche Menge Grundwein hätten liefern können. Habe ich aber nicht. Ich habe den zusätzlichen Wein einfach in unserem Weinkeller gelagert. Und als im letzten Jahr die Ernte so schlecht war, da habe ich den Grundwein vom vorletzten Jahr dazugenommen. So haben wir unseren Plan erfüllt.«

»Immerhin als einzige Genossenschaft im ganzen Saale-Unstrut-Tal.«

Sie hatten inzwischen die Grenze passiert, fuhren in Richtung Bad Hersfeld. Die Transportpolizei hatte Wolfgangs Ausweis verächtlich zurückgegeben, Heddas Ausweis gleichgültig, nur bei Elisabeths Pass hatten sie sich aufgehalten. »Was wollen Sie in der Bundesrepublik?«

Elisabeth hatte die Augen bescheiden niedergeschlagen. »Ich begleite meinen Mann zu unserer Brudergemeinde.«

»Noch so eine Betschwester«, bemerkte der Polizist. »Mir soll's recht sein. Mir wäre es sogar recht, wenn ihr drüben bliebet. Betschwestern und Brüder brauchen wir hier nicht.«

Elisabeth fuhr auf, wollte sich empören, doch Wolfgang fasste nach ihrem Arm. »Lass es sein.«

Nach einer Stunde fuhr der Zug endlich in den Frankfurter Hauptbahnhof ein. Franz wartete am Gleis, umarmte Hedda und Elisabeth, drückte Wolfgang die Hand.

Dann stiegen sie in seinen Wagen, einen Opel-Kombi, und fuhren am Frankfurter Flughafen vorbei nach Ingelheim. Franz sah sehr gut aus, fand Elisabeth. Seine Schläfen

zeigten das erste Grau, doch er war schlank und sonnenge-
bräunt durch die Arbeit in den Weinbergen.

»Wie war die Reise?«, wollte Franz wissen, als sie bei
Mainz den Rhein überquerten. Hedda, die vorn neben ihm
saß, legte kurz eine Hand auf seinen Arm. »Wie immer. Die
Transportpolizei frech und anmaßend, die Polizei von euch
höflich und zuvorkommend.«

»Thomas wartet schon auf dich. Er war letzte Woche extra noch beim Friseur.«

Hedda lächelte und befühlte kurz ihr Haar. Auch sie war
gestern noch beim Friseur gewesen. Der Termin hatte sie
eine Packung Jacobs-Kaffee gekostet, aber das war ihr
gleichgültig gewesen.

Endlich fuhren sie von der Autobahn ab und hinein in
das kleine Rotweinstädtchen mit der Kaiserpfalz. Sie fuhren
an schmucken Fachwerkhäusern vorüber, querten kleine
Gassen und zahlreiche Häuser, an denen draußen das Schild
»Straußenwirtschaft« hing. Endlich kamen sie zu Franzens
Haus. Petra stand schon auf der Straße, neben ihr die Töch-
ter Melanie und Julia.

Sie umarmte Hedda, umarmte Elisabeth, reichte Wolfgang die Hand, genauso, wie Franz es getan hatte. Er ist
auch hier in meiner Familie nicht angekommen, dachte Elisabeth kurz. Selbst hier, bei den Verwandten, wagt er keine
Umarmung.

Mitleid stieg in ihr auf, großes, großes Mitleid. Sie hätte
Wolfgang am liebsten unter ihren Pullover gesteckt, hätte
gern geflüstert: »Alles ist gut. Hab keine Angst.«

Petra führte sie in ihr Wohnzimmer. Der Esstisch war

mit Weingläsern und Platten mit köstlich duftender Wurst und Käse gedeckt. In einem Korb lagen frische Brötchen.

»Greift zu. Ihr müsst Hunger haben nach der langen Fahrt.«

»Wo ist Thomas?«, wollte Hedda wissen.

Petra schluckte, blickte zu Franz. Der räusperte sich. »Thomas ist im Militärkrankenhaus in Wiesbaden.«

Hedda fuhr auf. »Warum? Was ist passiert?«

Petra legte ihr begütigend eine Hand auf den Unterarm. »Es geht ihm gut. Er hatte einen Herzinfarkt.«

»Einen Infarkt?«

»Es geht ihm schon viel besser. Wahrscheinlich wird er morgen entlassen werden.«

Hedda stand auf. »Ich möchte zu ihm.«

Auch Petra erhob sich. »Das dachten wir uns. Ich fahre dich.«

Elisabeth und Wolfgang erhoben sich ebenfalls, aber Hedda winkte ab. »Ich fahre allein. Wenn er morgen entlassen wird, seht ihr ihn dann.«

Elisabeth musste lächeln. Hedda wollte mit Thomas allein sein. Sie hatten so wenig Zeit miteinander gehabt, dass Hedda mit jeder Minute geizte.

Nachdem sie gegessen und getrunken hatten, bat Franz seine Schwester und Wolfgang in sein Arbeitszimmer. Er nahm einen Ordner aus dem Regal, legte ihn vor Elisabeth und Wolfgang auf den Tisch. »Wir haben gutes Geld verdient, obwohl die letzte Ernte nicht besonders gut war. So wie bei euch. Ein zu kalter Sommer, zu viel Regen. Hier sind die Kontoauszüge, die Abrechnungen, der Geschäftsbericht des letzten Jahres.«

Elisabeth war es ein wenig peinlich, dass Franz vor ihr Rechenschaft ablegte, aber ein Viertel des Gutes gehörte ihr ja. Als sie die Zahl auf dem Kontoauszug sah, riss sie die Augen auf. Sie hatte ein Vermögen von 11.300 D-Mark.

»So viel Geld, Franz.«

»Ich sagte ja, wir hatten Glück.«

Elisabeth blickte zu Wolfgang. »Hast du das gesehen?«

Wolfgang nickte.

»Man bekommt schon beinahe ein kleines Haus dafür. Die Einkünfte werden in diesem Jahr rund 6.000 D-Mark betragen. Was wollt ihr mit dem Geld machen?«

Elisabeth zuckte mit den Schultern. »Ein paar kleine Wünsche habe ich schon. Einen neuen Mantel vielleicht, Schuhe, so etwas. Rosemarie hat mir eine Liste geschrieben. Und Wolfgang? Was brauchst du?«

»Ich hätte gern ein kleines Auto. Meine Gemeinde ist größer geworden, ich habe ein paar umliegende Dörfer dazubekommen. Wenn dort jemand im Sterben liegt und nach mir fragt, wäre es gut, ein Auto zu haben.«

»Wir könnten uns einen Wartburg kaufen«, überlegte Elisabeth. »Über die Genex.«

»Genex?«, fragte Franz nach.

»Ja. Petra weiß darüber Bescheid. Es ist ein Geschenkdienst. Ein Unternehmen der DDR. Es gibt einen Katalog. Er heißt *Geschenke in die DDR*. Man zahlt in D-Mark. Es gibt dort Autos. Natürlich nur aus der DDR-Produktion, aber man spart sich die Wartezeit darauf, wenn man in Westgeld bezahlt.«

Franz nickte. »Wie viel kostet ein Wartburg?«

Franz drehte sich um, suchte in einem Regal und förderte tatsächlich einen Genex-Katalog zutage. Er reichte ihn Wolfgang, und der begann darin zu blättern. »Ein Wartburg 353 kostet 9.000 Westmark. Die Wartezeit beträgt genau vier Wochen. Im Osten wartest du mindestens zwölf Jahre und bezahlst 20.000 DDR-Mark.«

Er blickte zu seiner Frau. »Viel Geld. Und wenn du die 9.000 D-Mark in DDR-Mark umrechnest, kommst du auf 45.000 Mark der DDR. Wenn wir das Auto über den Katalog kaufen, müssten wir mehr als das Doppelte dafür bezahlen.«

Elisabeth machte eine wegwerfende Handbewegung. »Wir haben das Geld. Also werden wir uns am Montag darum kümmern, diesen Wagen zu kaufen. Stell dir vor, du bekommst einen Wartburg, noch bevor die nasse Jahreszeit beginnt. Keine ewigen Fahrradfahrten mehr im Herbst und Winter.«

Sie drückte Wolfgangs Hand. »Freust du dich nicht?«

Sie sah, wie Wolfgang schluckte. »Doch. Ich freue mich.« Sein Gesicht aber war traurig, nicht das kleinste Lächeln war darin zu finden.

Kapitel 18

Am Abend saßen sie alle zusammen und probierten den Spätburgunder-Rotwein, der Elisabeths Namen trug. Danach kosteten sie einen Dornfelder, ebenfalls vom eigenen Weinberg.

Elisabeth fragte Hedda: »Wie geht es Thomas?«

Hedda war ungewohnt blass und knüllte unablässig ein Taschentuch in den Händen.

»Es geht ihm ganz gut. Aber er ist nicht mehr der Jüngste.« Sie blickte zu ihrer Tochter. »Ich möchte hierbleiben. Hier in Ingelheim. Thomas und ich wollen uns ein kleines Häuschen kaufen.«

Elisabeth prallte zurück. »Du ... du willst im Westen bleiben?«

Hedda nickte. »Ich liebe Thomas schon mein ganzes Leben lang. Aber wir waren niemals richtig zusammen. Jetzt könnten wir es endlich sein. Viel Zeit werden wir nicht mehr gemeinsam haben, ich bin vierundsiebzig, Thomas ist zwei Jahre älter. Deshalb will ich jede Stunde ausnutzen.«

Sie schluckte, und Elisabeth sah, dass ihr Tränen in die Augen stiegen.

»Ich habe so lange darauf gewartet. Aber ich habe ihm gesagt, dass ich nur hierbleibe, wenn du damit einverstanden bist.«

Elisabeth nahm die Hand ihrer Mutter, schmiegte für einen Augenblick ihr Gesicht hinein.

»Natürlich bin ich einverstanden. Aber du wirst mir sehr fehlen. Nicht nur mir, auch Rosemarie.«

Sie lachte auf. »Selbst Frau Karline Otter wird dich vermissen.«

»Und was sagst du dazu, Schwiegersohn?«, wandte sich Hedda an Wolfgang.

Wolfgang zündete sich umständlich eine Zigarette an, blickte einem Rauchring hinterher. »Ich würde auch gern hierbleiben«, sagte er leise und wich dabei Elisabeths Blick aus.

»Das wäre wunderbar!«, rief Franz aus. »Dann wären wir alle wieder zusammen.«

»Nein!« Elisabeth schrie das Wort beinahe. »Nein, das geht nicht.«

Verwundert zog Franz die Augenbrauen in die Höhe. »Warum nicht? Du hast eine schöne Summe Geld hier. Ihr könntet euch ebenfalls ein kleines Haus kaufen. Wolfgang würde als Pfarrer sicher rasch eine Anstellung finden. Und du? Du könntest mit mir auf dem Gut arbeiten. Schließlich gehört dir ein Teil davon.«

»Rosemarie!« Elisabeth stieß das Wort wie einen Hilfeschrei hervor.

»Sie könnte nachkommen. Ruf sie an. Sie könnte morgen hier sein. Ihr Studium könnte sie in Mainz beenden. Ich habe gehört, dass einige Theologiestudenten dort ihre Ausbildung abgeschlossen haben.«

Elisabeth schüttelte den Kopf. Wieder und wieder. »Nein, nein, nein!«, flüsterte sie. Dann erhob sie sich und ging hinaus.

Neben der Haustür stand eine Bank zwischen zwei Blumenkübeln. Elisabeth setzte sich, zündete sich eine Zigarette an, rauchte in raschen Zügen. Sie dachte an Jürgen. Nein, sie konnte nicht hierbleiben. Sie liebte Jürgen. Ihn nie mehr zu sehen, seine Haut nicht mehr zu fühlen, nie wieder mit ihm sprechen zu können, die Vorstellung war mehr, als sie verkraftete. Sie war bei Wolfgang geblieben. Weil er sie brauchte. Weil sie es versprochen hatte. Aber ohne Jürgen würde ihr Leben sinnlos sein. Sie hatte doch schon auf so viel verzichtet, hatte keine weiteren Kinder bekommen, obschon sie sich weitere Kinder so sehr gewünscht hatte. Sie leitete einen Bibelkreis, ohne den rechten Glauben daran zu haben. Sie sang im Kirchenchor. Sie hatte alles für Wolfgang getan, was sie nur konnte. Das hatte sie nur geschafft, weil es Jürgen gab. Er gab ihr die Kraft dafür, dieses Leben, diese Ehe zu führen. Auch, wenn sie nicht wusste, wie das alles einmal enden sollte.

Sie hatte die Zigarette gerade ausgedrückt, als Petra sich zu ihr setzte.

»Warum willst du nicht herkommen?«, fragte die Schwägerin leise.

»Es … es ist etwas Persönliches. Freyburg ist meine Heimat. Niemand verlässt seine Heimat ohne Not.«

»Tausende tun das gerade. Tausende fliehen aus dem Osten zu uns. Ärzte, Wissenschaftler, auch Pfarrer. Ihr seid noch nicht alt, ihr könnt euch hier ein neues Leben aufbauen. Ein Leben in Freiheit. Ihr könntet reisen, euch die Welt ansehen. Du müsstest niemals wieder vor einem Konsum Schlange stehen. Rosemarie würde in Freiheit leben können.«

»Nein. Nein, es geht nicht«, wiederholte Elisabeth.

Petra reichte ihr eine neue Zigarette, gab Feuer. Einen Augenblick lang rauchten die beiden schweigend.

»Rosemarie hat in der DDR keine Zukunft. Das weißt du selbst genau. Was ist so stark, dass es schwerer wiegt als die Zukunft deiner Tochter?«

»Du warst immer hier. Hier, wo du geboren bist, wo du Freunde hast. Hier ist deine Heimat. Würdest du weggehen von hier?«

»Nein«, erwiderte Petra. »Aber mehr noch als meine Heimat bedeutet mir die Freiheit. Wenn ich also in deiner Lage wäre, ja, dann würde ich gehen. Für meine Tochter.«

»Rosemarie ist dreiundzwanzig Jahre alt. Wenn sie gehen will, dann kann sie das tun. Sie käme ja nicht zu Fremden, sie käme zu ihrer geliebten Großmutter. Nein, Petra, ich enthalte Rosemarie nicht die Freiheit vor. Sie kann selbst entscheiden. Aber ich werde zurück nach Freyburg gehen.«

»Sogar, wenn Wolfgang bleiben würde?«

»Ja. Auch dann.«

»Es ist ein anderer Mann, nicht wahr?« Petra schnippte die Asche von ihrer Zigarette.

So oft hatte sich Elisabeth gewünscht, einmal mit jemandem über Jürgen reden zu können. Mit ihren Freundinnen ging das nicht, es war zu gefährlich. Käme ihre Affäre ans Licht, würde sich Jürgen vor der Partei verantworten müssen. Sie würden nicht mehr zusammenarbeiten können, wahrscheinlich würde er sogar den Betrieb verlassen müssen. Sollte sie sich jetzt Petra anvertrauen? Ihrer Schwägerin?

Sie nickte. »Ja. Da ist ein Mann. Schon seit acht Jahren.«

Petra seufzte. »Weiß Wolfgang davon?«

»Nein. Niemand weiß etwas.«

»Hast du nie an Scheidung gedacht?«

»Nein. Wolfgang braucht mich. Aber ich brauche Jürgen. Ohne ihn würde ich meine Ehe nicht aushalten.«

»Es ist mittlerweile auch für eine Pfarrersfrau nicht mehr so anstößig, sich scheiden zu lassen.«

»Vielleicht hier nicht, Petra. Aber Freyburg ist eine Kleinstadt. Die Kirche steht ohnehin ständig in der Kritik. Eine Scheidung kommt nicht infrage. Außerdem braucht Wolfgang mich. Was soll aus ihm werden, wenn ich gehe?«

Petra legte eine Hand auf Elisabeths Schulter. »Ich verstehe dich«, sagte sie leise. »Ich sehe, wie Wolfgang sich verändert. Er wird von Mal zu Mal verschlossener. Es gibt keine liebevollen Worte zwischen euch, keine vertrauten Berührungen.«

»Aber er ist mein Mann.«

»Und du glaubst nicht, dass eure Ehe wiederbelebt werden könnte, wenn ihr erst einmal hier seid?«

»Nein, Petra. Das glaube ich nicht.«

Sie kauften den Wartburg, und Elisabeth erlebte Wolfgang

für ein paar Stunden lang weniger verschlossen. Ja, er lachte sogar einmal über etwas, das Franz gesagt hatte. Franz. Immer wieder bemerkte Elisabeth seinen forschenden Blick. Früher hatte es zwischen ihnen nie Geheimnisse gegeben. Aber sie konnte ihm nicht sagen, wie es um ihre Ehe, wie es um sie selbst stand. Sie hatte sich Petra anvertraut, hatte Verständnis erlebt. Das würde sie von Franz nicht bekommen. Für ihn war die Familie das Wichtigste.

Und dann kam er schließlich zu ihr. Als sie draußen vor dem Haus auf der Bank saß und eine Zigarette rauchte. Die Situation ähnelte der mit Petra so sehr, dass Elisabeth leise auflachte.

»Hat sie mit dir gesprochen?«

»Wenn du Petra meinst, nein, hat sie nicht. Aber ich sehe, dass es dir nicht gut geht. Deshalb möchte ich dir einen Vorschlag machen: Wie wäre es, wenn du die komplette Buchhaltung des Weingutes übernimmst und dazu den kleinen Weinberg, auf dem ich versuche, neue Sorten zu züchten?«

Elisabeth zog hastig an ihrer Zigarette. Ein kleiner Versuchsweinberg. Das wäre etwas für sie. Probieren, ob sich süßere Sorten züchten lassen. Nach dem Krieg hatte sich der Weingeschmack verändert. Süße Weine waren seither gefragt. Als ob die Leute die Entbehrungen des Krieges aufholen wollten. Der Fünfjahresplan der DDR für die Jahre 1960 bis 1965 sah ebenfalls vor, neue, süßere Sorten zu züchten. Aber es fehlte an Sonne im Saale-Unstrut-Tal. Dort würde es nur trockene Weine geben. Das wusste jedes Kind in Freyburg, nur die Partei glaubte es nicht.

Sie legte ihrem Bruder eine Hand aufs Knie. »Lass es, Franz. Ich gehe zurück nach Freyburg.«

»Ich verstehe es nicht. Hier wäre alles besser für euch.«

»Nicht alles, Franz. Nicht alles.«

»Du könntest neue Freunde finden. Jemanden, der dir etwas bedeutet.«

Hatte Petra doch von Jürgen erzählt?

Elisabeth schüttelte den Kopf. »Ich kann nicht.« Sie stand auf und ging zurück ins Haus, ging in die Küche und half der Schwägerin bei der Vorbereitung des Mittagessens.

Der Abschied war schmerzlich. So sehr, dass Elisabeths Herz brach. Sie musste sich von Hedda verabschieden. Sie würden sich wiedersehen, man war ja nicht aus der Welt. Aber Hedda würde fehlen. Jeden Tag. Mit wem sollte sie sich jetzt unterhalten? Wem von ihren Sorgen erzählen? Wer außer ihr wusste, wie man am besten mit Wolfgang umging?

Sehr bald schon kämen sie wieder zusammen. Die Weihnachtseinkäufe würde man zusammen in Westberlin erledigen. Und Weihnachten würden alle nach Ingelheim kommen, auch Rosemarie. Dann konnte sie selbst entscheiden, wo sie in Zukunft leben wollte.

Sie beteuerten sich gegenseitig, dass es genauso und nicht anders werden würde, aber Elisabeth glaubte nicht daran.

Als sie am 12. August 1961 den Bahnhof von Freyburg betrat, die Koffer voller Dinge, die es in der DDR nicht zu kaufen gab, da war sie froh und traurig zugleich. Froh, Jürgen wiederzusehen. Und traurig, Thomas, Hedda und Franz und

Petra so bald nicht wiederzusehen. Das schmerzte mehr, als sie gedacht hatte. Sie hing an ihrer Familie. Aber wichtiger, stärker war ihre Liebe zu Jürgen.

»Ich wäre lieber drüben geblieben«, seufzte Wolfgang, als sie sich vor dem Bahnhof nach einem Taxi umsahen.

»Du kannst nicht alles haben«, erwiderte Elisabeth schroff.

»Niemand kann das.«

Einen Tag später begriff sie erst, was und wie viel sie wirklich verloren hatte. Die Polizei und die Angehörigen der Nationalen Volksarmee hatten zwischen den beiden Berliner Sektoren eine Mauer gebaut. Niemand kam mehr nach Westberlin, niemand kam mehr nach Westdeutschland. Ein »antifaschistischer Schutzwall«, der die vielen, vielen DDR-Bürger daran hindern sollte, in den Westen zu gehen.

Elisabeth saß wie gelähmt vor dem Fernseher, sah, wie verzweifelte Menschen vor und hinter der Mauer standen, nass geweinte Taschentücher in der Hand. Sie sah, wie ein Soldat versuchte zu fliehen, sah, wie er daran gehindert wurde. Und sie sah die Bilder aus Thüringen, erlebte, wie auch dort die Maschendrahtzäune zwischen Ost und West verstärkt wurden. Sie waren gefangen.

Elisabeth wurde ganz starr.

Wolfgang, der neben ihr im kleinen Salon saß, erhob sich. Sein Gesicht war weiß. »Da hast du es. Wir haben die letzte Möglichkeit versäumt.«

»Das konnte niemand ahnen«, stieß Elisabeth hervor. »Woher hätte ich das wissen sollen?«

»Hätte es denn etwas geändert?«, wollte Wolfgang wissen.

Elisabeth schüttelte langsam den Kopf. »Nein. Rosemarie ist hier. Sie ist der wichtigste Mensch in meinem Leben. Ich möchte dort sein, wo sie ist.«

Tränen rannen ihr über die Wangen. Sie weinte so bitterlich um den Verlust ihrer Mutter und ihres Bruders, dass sie sich kaum beruhigen konnte. »Du ... du hättest in Ingelheim bleiben können«, stieß sie schluchzend hervor.

»Nein, das hätte ich nicht«, erwiderte Wolfgang. »Ich liebe dich nämlich und möchte sein, wo du bist.«

Mit diesen Worten verließ er den Raum, und Elisabeth saß wie erstarrt. Wolfgang liebte sie. Wie lange hatte sie diese Worte nicht mehr aus seinem Mund gehört. Das letzte Mal musste gewesen sein, bevor er in den Krieg gezogen war. Da hatte sie ihn auch noch geliebt. Was sollte sie anfangen mit seiner Liebeserklärung? Jetzt, wo sie schon seit Jahren Jürgen liebte und für Wolfgang nur noch Fürsorge und Freundschaft empfand.

In der Halle klingelte das Telefon. Elisabeth wischte sich das Gesicht trocken, dann begab sie sich hinaus.

»Wächter. Guten Tag«, sagte sie und hörte selbst, wie kläglich ihre Stimme klang.

»Elisabeth. Gott sei Dank, du bist da!«

Als sie Jürgens Stimme hörte, wurde Elisabeth augenblicklich von einem warmen Gefühl durchströmt. »Ja. Wo sollte ich denn sonst sein?«

»Du glaubst, niemand weiß, dass du im Westen gewesen bist.«

Elisabeth erschrak. Es war verboten, in den Westen zu reisen. Nur Wolfgang und Hedda hatten das gedurft.«

»Wir müssen reden. Dringend. Noch heute.«

Elisabeth spürte, wie ihre Knie weich wurden. »Es ist Sonntag.«

»Ich weiß. Wir müssen uns sehen, bevor du morgen zur Arbeit kommst.«

»Gut. Um 17 Uhr am Weinbergshäuschen.«

Sie sah ihn schon von Weitem und blieb stehen. Er lehnte am Weinbergshäuschen, die Fußknöchel überkreuzt. Sein helles Hemd leuchtete in der Abendsonne. Er scharrte mit der Fußspitze auf dem Boden herum, fuhr sich durch das dichte dunkelbraune Haar, das erste graue Strähnen zeigte.

Ich liebe ihn, dachte Elisabeth und hatte zum ersten Mal in ihrer gemeinsamen Zeit das Gefühl, diese Liebe vor sich selbst bestätigen zu müssen. Ich liebe ihn, dachte sie. Wenn es nicht so wäre, wäre alles umsonst. Sie erschrak über diese Gedanken, aber die hatten sich in ihrem Kopf festgesetzt. Jürgens Liebe. Sie musste stärker sein als der Verlust von Hedda und Franz, musste stärker sein als ihre Zuneigung zu Wolfgang. Diese Liebe musste alles für sie sein. Ihr Herz schlug in raschen Schlägen, als wollte es aus ihrem Brustkorb springen.

Als Jürgen ihre Schritte hörte, blickte er auf. Ein Lächeln überzog sein Gesicht. »Elisabeth!« Er kam auf sie zu, nahm sie in den Arm, hielt sie ganz fest. »Da bist du ja endlich. Da bist du ja, meine Liebe, meine Liebste.«

Elisabeth hörte seine Worte, ließ sie wie eine warme Dusche über ihren Körper rinnen. »Da bin ich. Wo sollte ich denn sonst sein?«

Später liefen sie den Hügel hinab zum Ufer des Flusses, setzten sich dorthin, wo vor Zeiten Elisabeth und Wolfgang gesessen hatten.

Jürgen nahm ihre Hand in seine, strich mit der anderen über ihr Gesicht. »Die Mauer in Berlin. Es musste sein.«

»Ich verstehe das nicht«, antwortete Elisabeth. »Walter Ulbricht hat doch gesagt: Niemand hat die Absicht, eine Mauer zu errichten.«

»Politische Rhetorik. Hör zu, Elisabeth. Morgen Nachmittag um 15 Uhr wird die Parteigruppe tagen. Sie werden dich vorladen. Du sollst dich für deine Westreise rechtfertigen. Es wird eine Strafe verhängt werden. Noch weiß ich nicht, wie sie aussieht. Im schlimmsten Fall stecken sie dich in die Abfüllerei. ›Bewährung in der Produktion‹ nennen sie das.«

Elisabeth schüttelte den Kopf. »Ich gehe nicht in die Abfüllerei. Und überhaupt: Wie können sie mich denn bestrafen wollen, wenn ich doch zurückgekommen bin?«

»Sie können es. Und sie werden es.«

»Hedda ist drüben geblieben. Thomas hatte einen Herzinfarkt. Sie will bei ihm sein.«

Jürgen fuhr sich durch die Haare.

»Auch das noch. Sie war eine gute Vorsitzende der Genossenschaft. Vielleicht wird man unterstellen, dass sie unsere Genossenschaftsgeheimnisse an den Klassenfeind verrät.«

Elisabeth lachte auf. »Nie und nimmer. Sie ist aus Liebe

bei ihm geblieben. Thomas hat nichts mit Weinanbau zu tun.«

»Aber dein Bruder. Du weißt genau, dass wir auf unserem Versuchsfeld die Versüßung der Trauben ausgetestet haben. Diese Ergebnisse kennt deine Mutter sehr genau.«

»Es ist nichts geworden damit.«

»Ja, aber unsere Fehlschläge könnten den Vorsprung ausmachen. Was wir falsch gemacht haben, müssen die im Westen nicht wiederholen.«

Elisabeth fiel ein, dass Franz auch von einer Veredelung seiner Trauben gesprochen hatte, von einer Versüßung. Er würde Hedda zurate ziehen. Und Hedda würde ihm alles erzählen, was sie darüber wusste. Aber, Herrgott, Franz war ein Winzer mit 120 Hektar. Er würde den Absatz des Rotkäppchensekts im Westen gewiss nicht schmälern.

»Was soll ich tun, Jürgen?«

Er schluckte. »Da gibt es mehrere Möglichkeiten.« Er reckte einen Finger: »Erstens, du gehst zur Bewährung in die Produktion. Es muss ja nicht bei Rotkäppchen sein.«

»Zweitens?«

»Zweitens: Du unterschreibst eine Selbstverpflichtung, dass du den Kontakt zu deinen Verwandten im Westen abbrichst.«

»Niemals!«

»Elisabeth, lass mich ausreden. Es gibt noch eine dritte Möglichkeit, bei der alles so bleiben kann, wie es gerade ist. Wir arbeiten weiter zusammen, du bleibst Geheimnisträgerin.«

»Was ist das für eine Möglichkeit?«

»Du arbeitest für das Ministerium für Staatssicherheit. Zunächst als inoffizielle Mitarbeiterin, später wird man weitersehen. Diese Möglichkeit halte ich in der gegenwärtigen Situation für die beste.«

Elisabeth blickte Jürgen an, als habe sie ihn noch nie zuvor gesehen.

»Du schlägst allen Ernstes vor, ich soll meine Kollegen und Freunde bespitzeln und Berichte über sie schreiben? NEIN! Das kommt für mich nicht infrage.«

»Es geht nicht um Freunde und Kollegen. Es geht um Wolfgang und seine Gemeinde.«

Elisabeth riss die Augen vor Entsetzen auf. »Das kommt noch weniger infrage! Wolfgang ist mein Mann. Seine Gemeinde vertraut ihm. Und überhaupt: Wieso weißt du so gut Bescheid darüber?«

»Sei nicht naiv. In meiner Position als Hauptbuchhalter und kaufmännischer Leiter der Sektkellerei arbeite ich natürlich mit dem Ministerium für Staatssicherheit zusammen. Das ist wohl kaum ein Geheimnis.«

»Hast du mich auch bespitzelt?« Elisabeth begann zu zittern, aber nicht vor Kälte.

»Ich habe dir nie geschadet. Das weißt du. Ich habe auch nichts über deine Westreise verlauten lassen. Dafür haben die Kollegen von der Transportpolizei gesorgt.«

Elisabeth erhob sich, schlug Jürgens Hand weg, die nach ihr griff. »Am besten, du gehst jetzt«, sagte sie, und ihre Stimme kam ihr fremd und rau vor.

»Elisabeth, denk nach. Überlege dir gut, was du tust.«

»Genau dafür will ich allein sein.«

»Gut.« Jürgen streckte seine Arme nach ihr aus, wollte sie an sich ziehen, doch Elisabeth wich aus. Da wandte er sich um und stieg den Weinberg hinauf, verschwand zwischen den Reben.

Die Sonne stand nicht mehr hoch am Himmel, doch ihre Strahlen waren goldener geworden. Sie fielen auf den Fluss, ließen ihn leuchten.

In Elisabeth jedoch sah es grau und leer aus. Sie fühlte sich so einsam und verlassen wie nie zuvor in ihrem Leben. Hatte sie ihre Liebe vergeudet? War Jürgen nur ein einziger großer Fehler gewesen? Was sollte sie jetzt tun?

Kapitel 19

»Hast du sie so weit?« Der Mann, der das fragte, nannte sich Michael. Er saß in Naumburg in einer kleinen Wohnung, die sich konspirativ nannte und nur selten benutzt wurde. Meist zu den geheimen Treffen zwischen den inoffiziellen Mitarbeitern und ihren Führungsoffizieren. Sie saßen in einer improvisierten kleinen Küche an einem Tisch, Kaffeetassen vor sich, Zigarettenschachteln daneben. Im Aschenbecher lagen schon vier Stummel.

»Ob du sie so weit hast, habe ich gefragt«, wiederholte Michael.

Jürgen John, Hauptbuchhalter und kaufmännischer Leiter der Volkseigenen Sektkellerei Rotkäppchen, fuhr sich mit dem Zeigefinger zwischen Hals und Hemdkragen. Er hatte den Eindruck, dass die Luft hier drin zum Schneiden dick war.

»Das ist nicht so einfach, wie ihr euch das ausgedacht habt. Elisabeth Wächter ist meine beste Mitarbeiterin. Ja, sie hat Verwandte in der Bundesrepublik, und ja, ihr Mann ist Pfarrer. Das weiß ich alles selbst. Ich habe sie jedoch immer für eine vorbildliche Buchhalterin und Genossin gehalten,

194

und zwar in jeder Beziehung. Ihr Wissen ist für uns notwendig. Niemand kennt sich in den Valutageschäften so gut aus wie Elisabeth.«

»Sie ist Genossin und war trotzdem unerlaubt im Westen.«

»Sie ist Pfarrersfrau. Sie hat ihren Mann begleitet.«

»Sie hätte nicht mitfahren dürfen.«

»Ich sage es noch einmal: Sie ist die Frau des Pfarrers. Daraus ergeben sich Verpflichtungen.«

»Darum geht es hier nicht.«

»Doch. Darum geht es auch. Wir brauchen Elisabeth im Betrieb. Auch, wenn sie Pfarrersfrau ist.«

Der Mann Michael angelte sich eine neue Zigarette aus der F6-Packung und zündete sie an.

»Sie ist vielleicht keine direkte Bedrohung, aber die Gefahr besteht, dass sie unserem Staat in den Rücken fällt.«

»Das ist Quatsch«, erwiderte Jürgen heftiger, als er wollte. »Sie war im Westen. Ja, es war eine ungenehmigte Reise. Aber sie ist wiedergekommen. Und das allein zählt.«

»Wer weiß, warum.«

»Sie ist wiedergekommen, weil sie an unseren Staat glaubt. Das liegt doch auf der Hand.«

Michaels Hand krachte auf den Tisch, dass die Tassen flogen. »Klartext jetzt, Mensch. Wir lassen uns doch von dir nicht verarschen. Du hast eine Affäre mit ihr. Eine billige Affäre. Seit sieben Jahren. Oder sind es mittlerweile acht?«

Jürgen John schluckte, dann nickte er.

»Unsere ›Affäre‹, wie du es nennst, hat meiner Arbeit nie geschadet. Im Gegenteil. Gerade, weil wir uns vertrauen, arbeiten wir so gut zusammen. Wir haben einen nicht geringen Teil an Valuta eingebracht. Elisabeth ist es zuletzt sogar gelungen, die Preise einer Supermarktkette für unseren Sekt hochzuhandeln. Das war auf der letzten Leipziger Frühjahresmesse.«

»Bei diesen Verhandlungen sollte eine Buchhalterin nicht anwesend sein. Und schon gar nicht eine wie Elisabeth Wächter.«

Jürgen nickte und dachte sich seinen Teil. Es gab natürlich einen Verkaufsleiter in der Kellerei. Doch der war von seinen Parteigenossen auf seinen Sessel gehievt worden und war nicht gerade ein Verkaufsgenie. Deshalb hatte Jürgen ihn vorrangig in Verhandlungen mit den sozialistischen Brudervölkern eingesetzt, und Elisabeth und er hatten die nichtsozialistischen Verhandlungen übernommen.

»Ich mache es kurz, Jürgen. Du hast deine Aufgabe nicht erfüllt. Und so, wie ich es einschätze, wird das auch nichts mehr. Ich ziehe dich ab von Elisabeth Wächter. Das hat natürlich Konsequenzen.«

»Welche?«, wollte Jürgen wissen und konnte nicht verhindern, dass es ihm kalt über den Rücken lief.

»Nun, eine weitere Beförderung wird es nicht geben. Du weißt, du solltest die stellvertretende Leitung des Betriebes übernehmen. Das geht jetzt natürlich nicht mehr. Vielleicht ziehen wir dich auch ganz ab von dort.«

Jürgen nickte. Damit hatte er gerechnet.

»Des Weiteren wirst du dich vor deiner Parteigruppe wegen deiner Affäre mit Elisabeth verantworten müssen.«

»Das geht niemanden etwas an.«

»Da täuschst du dich, Jürgen. Als Genosse bist du auch in moralischer Hinsicht ein Vorbild. Heute Nachmittag wird Frau Öhme diesen Punkt auf die Tagesordnung setzen.«

Jürgen spürte Wut in sich aufsteigen, doch er konnte nichts ausrichten, gar nichts. Er stand auf, nickte knapp. »Dann kann ich wohl jetzt gehen.«

»Ja.«

Michael machte keine Anstalten, Jürgen die Hand zu geben.

Der Direktor der Sektkellerei Joachim Worch war ein umsichtiger Mann. Vor allem aber hatte er einen Blick für die größeren Zusammenhänge, den er bei manchen seiner Mitarbeiter vermisste. Er lud den Parteisekretär vor der Parteiversammlung zu sich ins Büro.

»Genosse, ich sehe, dass eine Verwarnung für Elisabeth Wächter und Jürgen John auf der Tagesordnung steht. Habt ihr euch das gut überlegt? In den Händen ausgerechnet dieser beiden liegt ein großer Teil der Verantwortung für unseren Betrieb.«

»Genau deshalb.«

»Was geschieht, wenn die beiden nicht mehr an ihren Stellen arbeiten? Wenn Frau Wächter tatsächlich zur Bewährung in die Produktion versetzt wird? Ausgerechnet jetzt, wo die Genossen den Bau der Mauer erklären müssen. Meinst du nicht, da wird Staub aufgewirbelt, der gar nicht da ist?«

Der Parteisekretär holte tief Luft. »Das kam nicht von mir, das kam von oben. Kreisleitung. Vielleicht sogar Bezirksleitung.«

»Ich kümmere mich darum«, erklärte der Betriebsdirektor. »Und in der Parteiversammlung möchte ich zunächst kein Wort über eine Bewährung in der Produktion hören. Frau Wächter gilt für unsere westdeutschen Kunden als Ansprechpartnerin. Nun, dass das so ist, entspricht nicht den Regeln, das wäre die Aufgabe des kaufmännischen Leiters oder des Verkaufsleiters. Aber es ist, wie es ist, und wir beide wissen auch, warum das so ist. Haben wir uns da verstanden?«

Der Parteisekretär nickte. Er wusste, dass der Betriebsleiter recht hatte. Aber ungeschoren konnten die beiden trotzdem nicht davonkommen.

Am 14. August 1961 um 15 Uhr fand im Speisesaal der Sektkellerei die Parteiversammlung statt.

Die Genossen saßen an den Tischen. Ein paar hatten Thermoskannen vor sich stehen und tranken daraus Kaffee, denn die Kantine hatte bereits geschlossen. Erregtes Gemurmel war zu hören. Alle unterhielten sich über das, was gestern geschehen war: der Bau des antifaschistischen Schutzwalls.

Elisabeth stand neben der Tür, den Rücken an die Wand gelehnt. Sie lauschte aufmerksam den Gesprächen.

Ein junger Mann vom Fuhrpark fuchtelte mit den Händen in der Luft herum.

»Das können die da oben doch nicht machen. Das müssen die zurücknehmen. Ich habe meine Schwester im Westen.«

Ein anderer Mann aus dem Versand rief dagegen: »Richtig so. Es kann ja nicht sein, dass alle in den Westen abhauen. Dafür haben wir doch im Krieg nicht gekämpft!«

»Du hast für Hitler gekämpft«, schrie der Erste, der Zweite erwiderte: »Für den Frieden habe ich gekämpft. Dafür, dass es allen Menschen danach besser geht.«

Eine ältere Frau, die Elisabeth nicht kannte, weinte. Neben ihr saß eine ebenfalls ältere Frau mit grauen Locken, die sonst immer an der Pforte saß, und sprach leise auf die Weinende ein.

Elisabeth warf einen Blick zu Jürgen, der ihr zulächelte. Sie erwiderte sein Lächeln nicht, fühlte sich noch immer verraten von ihm, benutzt, auch wenn sie nicht genau sagen konnte, wofür er sie benutzt haben könnte.

Elisabeth sah auf die große Uhr, deren Zeiger gerade auf drei Uhr vorrückte. Die Tür flog auf, und der Parteisekretär des Betriebes, Sarkowski, stürmte in den Raum. Unter dem Arm hielt er eine Mappe, aus der oberen Tasche seines Sakkos ragten zwei Stifte. Ihm folgte der Betriebsdirektor, ebenfalls mit einer Mappe unter dem Arm. Die beiden nahmen oben auf dem Podium Platz, dazu gesellten sich noch die Kaderleiterin und die Vorsitzende der Betriebsgewerkschaftsleitung.

Im Speisesaal entstand Geraune.

»Ganz großes Besteck heute«, flüsterte ein Arbeiter aus der Abfüllerei.

»Es gibt ja auch einiges zu erklären«, fügte sein Nachbar hinzu.

»Genossen, bitte!« Der Parteisekretär klopfte mit dem Stift auf den Tisch. »Ich bitte um Ruhe!«

Allmählich erstarb das Gemurmel. »Wir haben heute einiges zu besprechen, denke ich. Deshalb verlese ich jetzt erst einmal die Tagesordnung.«

Der junge Mann mit der Schwester im Westen sprang auf. »Die Tagesordnung, Genosse, kannst du dir an den Hut stecken. Wir alle wollen wissen, was es mit dieser Mauer auf sich hat.«

Der Parteisekretär blickte zum Betriebsleiter und zu den beiden anderen. Die Gewerkschaftsvorsitzende kritzelte Männchen auf ein Blatt Papier, die Kaderleiterin ließ ihren Blick über die Menge schweifen und machte sich Notizen.

Wieder war Gemurmel entstanden. Ein weiterer Arbeiter erhob sich. »Warum wurde diese Mauer gebaut, will ich wissen. Noch im Juni hat Ulbricht verkündet: ›Niemand hat die Absicht, eine Mauer zu errichten.‹«

»Ruhe! Ruhe bitte!« Der Parteisekretär war aufgestanden. »So kommen wir doch nicht weiter, Genossen. Natürlich müssen wir debattieren, aber doch nicht um Dinge, die bereits geschehen sind. Lasst uns zur Tagesordnung übergehen.«

Wieder sprang der Mann mit der Westschwester auf. »Ich weiß nicht, ob du mich kennst, Genosse. Ich bin der Erik Pfalzgraf, ein Lkw-Fahrer. Ich war im Krieg, im Volkssturm noch die letzten Tage. Und schon 46 in der Partei, weil ich ein Leben in Frieden und Gleichheit wollte. Was da aber am Sonntag in Berlin geschehen ist, das kann ich nicht gutheißen. Wir wollen ein Staat der Arbeiter und Bauern sein. Unsere Republik heißt ›demokratisch‹. Warum sind wir nicht dazu befragt worden? Wieso hat man uns diese

Mauer vor die Nase gesetzt? Eine Mauer, die Familien zerreißt und Freunde trennt?«

»Genosse, du siehst das nur von deiner privaten Warte aus. Aber es geht hier um mehr. In den letzten Jahren hat der Westen Hunderttausende Arbeiter, Bauern und Angehörige des Handwerks und der Intelligenz mit Versprechungen angelockt. In unseren Betrieben fehlen Ingenieure und Techniker, Facharbeiter und Handwerker. Es geht dem Westen darum, unsere Errungenschaften in den Abgrund zu ziehen. Wie, das frage ich dich, Genosse Erik, hätten wir dieser Sabotage Einhalt gebieten sollen?«

Einen Moment herrschte Schweigen. Alle Blicke waren auf Erik Pfalzgraf gerichtet. Der junge Mann blickte unbeirrt nach vorn. »Das weiß ich nicht, das ist auch nicht meine Aufgabe. Aber dass ihr uns alle einsperrt, kann nicht die Lösung sein.«

Wieder herrschte Schweigen. Die Kaderleiterin tauschte mit der Gewerkschaftsvorsitzenden einen Blick und machte sich Notizen. Der Betriebsleiter trank einen Schluck aus der Kappe seiner Thermoskanne. Der Parteivorsitzende war blass geworden. »Eingesperrt? Du fühlst dich eingesperrt, Genosse?«

»Ja. Wie soll ich es denn anders nennen, wenn ich die Sowjetzone nicht mehr verlassen kann? Bin ich dann noch frei, wenn man mir verbietet, meine Schwester zu besuchen oder einfach nur mal so nach Frankfurt am Main zu fahren? Oder in den Rheingau, um die dortigen Sekte zu kosten.«

Zustimmendes Gemurmel erhob sich. An einem Tisch, an dem die Versandmitarbeiter saßen, wurde auf den Tisch geklopft. Der Tisch mit den Mitarbeitern vom Rüttelpult dagegen schwieg, während alle anderen tuschelten.

»Ruhe!«, rief Sarkowski wieder. »Du verdrehst die Tatsachen, Genosse. Wir mussten uns und unsere Errungenschaften schützen. Nicht wir sind eingesperrt, nein, nein. Die anderen sind ausgesperrt.«

»Errungenschaften. Was für Errungenschaften sollen wir denn schützen?«, rief jetzt ein anderer, sehr junger Mann, von dem es hieß, er hätte früher im Westen gelebt und wäre eigens hergekommen, um den Sozialismus aufzubauen. »Drüben gibt es alles zu kaufen. Obst, Gemüse, Fleisch. Man kann jederzeit in ein Geschäft gehen und Kinderschuhe erstehen. Man kann reisen, wohin man will. Man kann lesen, was man will. Was es bei uns zu kaufen gibt, wisst ihr alle selbst, und vor allem auch, was es nicht zu kaufen gibt. Wir haben Hochsommer, aber der Konsum hat schon seit Wochen nur Möhren und Rotkohl im Angebot. Letzte Woche gab es kein Toilettenpapier. In dieser Woche gibt es keine Zahnpasta. Also, von welchen Errungenschaften sprechen wir hier?«

Wieder wurde Gemurmel laut. Ein älterer Mann, der mit dem Kellermeister zusammenarbeitete und früher selbst Weinberge besessen hatte, hieb mit der flachen Hand auf den Tisch. »Recht hat er. Meine Enkelin braucht neue Schuhe. Meine Schwiegertochter ist bis Leipzig gefahren, um welche zu kriegen. Hat sie welche gekriegt? Nein, hat sie nicht. Also haben wir Westgeld getauscht, um in Westberlin Schuhe für die Kleine zu kaufen. Für den fünffachen Preis, aber wir hatten Schuhe.«

Andere stimmten zu, und für einen Augenblick kam es Elisabeth vor, als kippte die Stimmung. Jeder übertönte seinen Nachbarn bei der Aufzählung der Dinge, die es gerade nicht gab.

Elisabeth stand noch immer an die Wand gelehnt und wartete. Sie wagte es nicht, die Parteiversammlung, zu der sie schriftlich geladen worden war, zu verlassen. Aber sie hatte den dringenden Verdacht, dass heute hier nicht über ihre Verfehlungen verhandelt werden würde.

Die hitzige Debatte dauerte beinahe zwei Stunden, doch sie hatte nicht das Gefühl, dass die kritischen Stimmen nun schwiegen.

»Wir stehen doch erst am Anfang«, hatte der Parteivorsitzende Sarkowski seine Genossen beschworen. »Ihr müsst Geduld haben, Genossen.«

Aber die Geduld schien zwölf Jahre nach Gründung der DDR aufgebraucht zu sein.

Als die Versammlung endlich beendet war, wollte Elisabeth nur noch weg von hier, aber Jürgen machte ihr ein Zeichen, dass sie auf ihn warten sollte. Sollte sie das wirklich? Oh, sie sehnte sich so danach, dass zwischen ihnen alles wieder gut werden würde. Sie sehnte sich nach der Bestätigung, dass es richtig war, nicht in Ingelheim zu bleiben, von der Hälfte ihrer Familie getrennt zu sein. Aber konnte sie Jürgen noch vertrauen?

Kapitel 20

Zwei Jahre später war Jürgen John geschieden. Nach der spektakulären Parteiversammlung hatte er um Elisabeth kämpfen müssen, ihr Vertrauen zurückgewinnen müssen.

Doch nun stand seine noch immer heimliche Beziehung zu ihr erneut auf dem Spiel: Die Stadtverordnetenversammlung der kleinen Stadt Freyburg, in der er für die Finanzen zuständig war, hatte beschlossen, die Bewohner des Weinschlösschens umzuquartieren, denn das Gebäude wurde anderweitig gebraucht. Jürgens Aufgabe war es, ein entsprechendes Schreiben an die Bewohner aufzusetzen.

Er saß zu Hause an seinem Schreibtisch und sah aus dem Fenster auf die Birke, deren Blätter leise im Wind raschelten. Es war Spätsommer, die Abende schon kühl, tagsüber aber kletterten die Temperaturen noch hin und wieder auf über 20 Grad Celsius. Jürgen hatte sich noch immer nicht an sein neues Zuhause gewöhnt. Seine Frau hatte nach der Scheidung die gemeinsame Wohnung zugesprochen bekommen. Er wohnte zur Untermiete in zwei winzigen Zimmern bei Frau Wolle. Das Haus hatte papierdünne Wände, und so konnte Jürgen genau hören, worüber sich Frau Wolle und ihre Nachbarin bei einem abendlichen Glas Wein unterhielten. Heute ging es um die Preise in der HO, die auch für seine Begriffe viel zu hoch waren. 500 Gramm Röstfein für 40 DDR-Mark, das war mehr, als sich viele leisten konnten. Trotzdem war er regelmäßig ausverkauft.

>> »Beim Konsum keine Tante,
bei der HO keine Verwandte,
aus dem Westen kein Paket,
und da fragen Sie,
wie's mir geht?«,

hörte Jürgen Frau Wolle rezitieren. Er hatte den Spruch schon so oft gehört, dass er genervt die Mundwinkel verzog. »Gebt dem Volk Brot und Spiele«, hatte schon der römische Dichter Juvenal gesagt, und dieser Ausspruch galt auch heute noch. Der Sozialismus war zwar gut und schön, aber die Familie und deren Versorgung kamen zuerst. Wenn es schon mal Bananen gab, rannte die Hälfte der Belegschaft während der Arbeitszeit zum Konsum. Eine Aktivistennadel war nicht halb so viel wert wie ein Kilo Südfrüchte. Jürgen verstand die Leute. Gingen sie erst nach der Arbeitszeit zum Geschäft, stünden dort nur noch leere Kisten. Aber jetzt musste er endlich mit diesem Schreiben fertig werden.

Liebe Bewohner, schrieb er und zerknüllte den Zettel sofort wieder.

Werte Mieter des volkseigenen Grundstücks Weinschlösschen, schrieb er und war zufrieden.

Eigentlich gehörte das Weinschlösschen der Kommunalen Wohnungsverwaltung, aber hin und wieder waren selbst sie gezwungen, ein Objekt abzugeben.

Der Stadtrat der Stadt Freyburg hat gemeinsam mit der Bezirksleitung Halle beschlossen, das Weinschlösschen ab 1. Januar 1964 dem VEB Elektrochemisches Kombinat Bitterfeld und der Farbenfabrik Wolfen als Ferienheim zur Verfügung zu stellen. Das Gebäude ist von Ihnen bis zum 30. November 1963 zu räumen. Bitte melden Sie sich bei der Kommunalen Wohnungsverwaltung, um eine anderweitige Unterkunft zugewiesen zu bekommen.

Er legte den Stift zur Seite und fuhr sich durch die Haare. Dann trank er einen Schluck aus seiner Bierflasche.

Das wird Elisabeth niemals dulden, dachte er und war froh, dass endlich auch das Pfarrhaus der Marienkirche saniert worden war, sodass sie mit ihrer Familie ein relativ komfortables neues Zuhause hatte. Das Geld für die Sanierung war von der Evangelischen Synode gekommen, und Jürgen John wusste ganz genau, dass da Westgeld geflossen war.

Nun aber verfügte das Pfarrhaus nicht nur über einen Pfarrsaal und weitere Räume, sondern auch über ein Pfarrbüro und eine Pfarrküche. Die Vierzimmerwohnung des Pfarrers lag obendrüber im ersten Stock.

Es hatte Diskussionen gegeben wegen der vier Zimmer für drei Personen, aber Jürgen hatte gekonnt argumentiert: »Pfarrersfamilien haben normalerweise mehr Kinder. Deswegen die vier Zimmer. Außerdem müssen sie Gäste beherbergen.«

Er spannte ein Blatt der Freyburger Stadtverwaltung in seine Maschine, schrieb, eine Zigarette im Mundwinkel, den Text herunter, unterzeichnete mit seinem Namen und stand auf. Es war noch nicht spät. Gerade hatte die Kirchturmuhr die siebte Abendstunde verkündet. Er würde hochlaufen zum Schlösschen und den Brief selbst übergeben. Die Bezirksverwaltung hatte strikte Order erlassen, keine Diskussionen zu dulden, aber Jürgen dachte an Elisabeth.

Auf der Straße begegnete er einigen Kollegen aus der Kellerei, die auf dem Weg in den Künstlerkeller waren. Der Kegelklub traf sich einmal die Woche zu einem Glas Wein. An anderen Tagen hatte der Friedrich-Ludwig-Jahn-Sportverein das kleine Vereinszimmer gemietet, danach kamen der Verein der Modelleisenbahner und die Münzsammler.

Jürgen John stieg den Hügel hinauf, den Brief in der Tasche seines Sakkos. Er dachte darüber nach, was in den letzten beiden Jahren passiert war.

Gleich nach der Parteiversammlung war der junge Erik Pfalzgraf über die Grenze zwischen Thüringen und Hessen in den Westen geflohen. Andere waren ihm gefolgt. Es waren unruhige Zeiten gewesen. Jürgen wusste, dass Mitarbeiter des Ministeriums für Staatssicherheit danach im Betrieb gewesen waren. Sie hatten mit der Kaderleitung gesprochen. Danach hatte es im Betrieb einige personelle Umstrukturierungen gegeben. Zwei Mitarbeiter aus der Verwaltung waren zur Bewährung in die Produktion geschickt worden und klebten jetzt Etiketten auf die Sektflaschen.

Frau Öhme war von der Buchhaltung in die Kaderleitung versetzt worden. An ihrer Stelle arbeitete nun eine junge Frau, die zwar von der Buchhaltung praktisch nicht die geringste Ahnung, aber die Kreisparteischule mit Bestnoten abgeschlossen hatte.

Praktisch leitete Elisabeth nun die Auslandsdevisenabteilung. Die Parteiaussprache wegen ihrer Westreise hatte nicht stattgefunden. Man wolle nicht noch Öl ins Feuer gießen, hatte es geheißen. Von ihm hatte die Partei verlangt, Ordnung in seine privaten Angelegenheiten zu bringen. Was das hieß, wusste er genau: Trennung von Elisabeth oder wenigstens die Scheidung von seiner Frau. Er hatte sich scheiden lassen.

Als die Sonne die Blätter der Weinberge mit einem goldenen Mantel überzog, kam er oben an. Elisabeth fand er im Garten, sie kniete vor dem Beet mit dem Salat und sammelte Schnecken ab.

Als sie ihn sah, stand sie auf, strich sich mit dem Unterarm eine Haarsträhne aus der Stirn. »Jürgen, was machst du denn hier? Ist etwas passiert?«

Jürgen verzog das Gesicht. »Ich habe Neuigkeiten.«

»Gute oder schlechte?«

»Für euch auf jeden Fall gute.«

Elisabeth wischte die Hände an der Kittelschürze ab. »Dann lass uns hineingehen. Schließlich werden deine Neuigkeiten auch Wolfgang betreffen.«

»Nicht nur ihn, sondern alle Bewohner des Hauses.«

Elisabeth warf ihm einen Blick aus hochgezogenen Augenbrauen zu. Jürgen aber sah sich um, und als er niemanden entdeckte, nahm er Elisabeths Gesicht in beide Hände und küsste sie.

Elisabeth machte sich los. »Lass das. Wenn uns jemand sieht!«

Jürgen seufzte. Er hatte gehofft, dass sich Elisabeth nach seiner Scheidung auch von Wolfgang scheiden ließ, aber da hatte er sich getäuscht. »Für immer und ewig. In guten wie in schlechten Tagen«, hatte sie gesagt und war dabei geblieben.

Sie gingen gemeinsam zurück zum Haus, vor dessen Tür Wolfgangs dunkelgrauer Wartburg stand. In der Halle zog Elisabeth ihre Holzpantinen aus und schlüpfte in die Hausschuhe.

Dann klopfte sie mit dem Regenschirm an die Decke und rief laut: »Frau Otter, Besuch ist da.«

Gleich darauf steckte Karline Otter den Kopf über das Geländer. »Wer ist es denn?«

»Die Obrigkeit, Frau Otter. Sagen Sie bitte auch den anderen Bescheid?«

Elisabeth rief auch nach Wolfgang, dann blickte sie sich hilflos um. »Früher hatten wir hier große Zimmer. Aber jetzt gibt es nur noch kleine Kammern. Am besten ist es, wir setzen uns in die Küche, die ist am größten.«

Sie ging voraus, und Jürgen folgte ihr. Eine Tür klappte, dann erschien Wolfgang. Er trug eine Hose, der man ansah, dass sie nicht im Osten gekauft worden war. Dazu ein Hemd und darüber eine Strickjacke. Er hielt eine Zeitung in der Hand, und Jürgen sah, dass es sich dabei um die Zeitung handelte, die die evangelische Kirche herausgab.

»Was gibt es Neues?«, fragte er leutselig und deutete auf die Zeitung.

Wolfgang zuckte mit den Schultern. »Nichts Besonderes. Neue Anregungen für Predigten und so.« Er strich über die Zeitung und verschwieg, dass auch die erfolgreichen Absolventen des theologischen Seminars in Naumburg aufgeführt waren. Rosemarie war unter ihnen, und das machte ihn stolz. Aber nicht so stolz, dass er seine Freude mit Jürgen John teilen wollte.

Elisabeth beobachtete die beiden Männer genau. Sie war sich sicher, dass Wolfgang von ihrer Affäre wusste, obschon sie nie darüber gesprochen hatten. Doch wenn Elisabeth an manchen Abenden das Haus verließ, fragte Wolfgang nicht, wo sie hinging. Und sie selbst sprach mit Jürgen nie über ihren Ehemann.

Jetzt kamen auch Frau Otter und die anderen Bewohner in die Küche. Sie drängten sich auf der Küchenbank zusammen, belegten alle Stühle, sodass Jürgen stehen musste.

Er holte den Brief aus seiner Tasche und übergab ihn an Elisabeth. Doch die schob das Schreiben weiter zu Karline Otter.

Die Frau aus Ostpreußen öffnete den Umschlag und las laut vor. Als sie geendet hatte, herrschte einen kleinen Augenblick Stille, dann brach Empörung los.

Elisabeth aber sagte kein Wort, sondern blickte Jürgen nur mit brennenden Augen an.

In der Nacht brannte das Weinschlösschen lichterloh. Die Bewohner versuchten, den Brand zu löschen, doch das Gebäude brannte aus. Noch Tage danach war der Geruch des Feuers bis hinunter nach Freyburg zu riechen.

Niemand konnte etwas retten. Die Flüchtlinge waren wieder so arm wie damals, als sie nach Freyburg gekommen waren.

Elisabeth, Wolfgang und Rosemarie hatten alles verloren, was sie je besessen hatten. Rosemarie glaubte, ihre Mutter würde in einem Meer aus Tränen ertrinken, doch das tat sie nicht. Sie lehnte am Morgen nach dem Brand am Apfelbaum, betrachtete die geschwärzten Fensterhöhlen, die ausgekohlte Haustür und lächelte dabei.

Rosemarie blickte sie zweifelnd an. »Warum lächelst du?«

Elisabeth antwortete nicht, sondern stieß sich vom Baumstamm ab und sagte: »Jetzt kann es wirklich einen Neuanfang geben. Jetzt ist nichts mehr da, das am Alten festhält.«

Und dann lief sie zum Küchengarten, riss raus, was da wuchs, zerriss die Kohlköpfe und zertrampelte den Kräutergarten, riss die Tomaten aus ihren Töpfen und warf sie auf den Abfallhaufen, sie trat auf die Gurkenpflanzen, riss an den Bohnen.

Rosemarie sah ihr voller Entsetzen dabei zu, als hätte sie eine Verrückte vor sich. »Mama«, rief sie. »Mama, hör auf damit!«

Da hielt Elisabeth inne, strich sich mit dem Unterarm über die verschwitzte Stirn und sagte: »Alles muss weg. Alles, was mit uns zu tun hatte, muss weg von hier oben. Auf dem Hügel soll nichts von uns bleiben als unsere Toten.«

Natürlich gab es Ermittlungen. Die Polizei kam, die Experten von der Feuerwehr. Tagelang strichen sie im Haus umher. Unten in Freyburg war man sich sicher, dass das Feuer gelegt worden war. Aber von wem? Viele kamen nicht infrage. Elisabeth und alle anderen ehemaligen Bewohner mussten Verhöre über sich ergehen lassen.

»Wo waren Sie, als das Feuer ausgebrochen ist?«

»Ich war im Bett, lag neben meinem Mann.«

»Wie sind Sie wach geworden?«

»Ich weiß es nicht mehr. Vielleicht vom Rauch, vielleicht vom Lärm. Ich hätte nie geglaubt, dass ein Feuer einen solchen Krach veranstalten kann.«

»Und danach?«

»Habe ich meinen Mann und meine Tochter geweckt. Auf der Treppe trafen wir schon auf Frau Otter. Wir sind alle raus. Mein Mann hat gezählt: Alle waren da.«

»Und dann?«

»Wir haben versucht zu löschen. Mit dem Wasser aus den Regenfässern. So lange, bis die Feuerwehr kam.«

»Und dann?«

»Das wissen Sie doch. Die Feuerwehr hat den Brand gelöscht. Danach hat man uns in die Turnhalle der Schule gebracht, wo wir den Rest der Nacht verbrachten. Heute werden wir ins Pfarrhaus ziehen, die anderen sind noch in der Turnhalle und warten.«

»Sie hängen an dem Schlösschen, nicht wahr? Sie sind dort aufgewachsen.«

»Ich hänge nicht an Dingen, ich hänge an Menschen.«

Kapitel 21

Die Familie Wächter zog ins Pfarrhaus, noch am selben Tag. Elisabeth trug ein Bild unter dem Arm, das früher im Salon gehangen hatte und seit Jahren im Weinkeller verstaubt war. Es zeigte die Ansicht des Weinschlösschens an einem sonnigen Frühlingstag. Unter dem anderen Arm klemmte eine Flasche Wein. Die nun wirklich allerletzte des Jahrgangs 1921.

Sie reichte Bild und Flasche an Wolfgang weiter, der an der offenen Kofferraumklappe des Wartburgs stand. »Ist das alles?«, fragte er.

Elisabeth nickte. »Ja, das ist alles. Das ist alles, was wir noch besitzen.«

Sie schaute über die Wiese, an deren Rand das Gartenhäuschen stand. Karline Otter klopfte davor eine Matratze aus, und es schien Elisabeth, als wäre sie dabei, da Quartier zu beziehen.

Sie winkte ihr, stieg in den Wagen und fuhr mit Wolfgang zum Pfarrhaus, während Rosemarie mit dem Fahrrad nach Naumburg ins Internat fuhr, um dort die nächste Zeit zu schlafen.

Am Abend saßen sie im leeren Wohnzimmer des Pfarrhauses auf dem Boden. Wolfgang hatte den Wein geöffnet, hatte im nahen Künstlerkeller um zwei Gläser gebeten. Die Wirtin hatte ihm außerdem noch zwei Teller, zwei Tassen und zwei Bestecke eingepackt. Er goss die Gläser voll, reichte eines seiner Frau.

»Worauf wollen wir trinken?«, fragte er, der den ganzen Tag kaum ein Wort gesprochen hatte, der den Brand so emotionslos hatte über sich ergehen lassen wie ein Unglück, das man doch nicht abwenden konnte.

»Hast du gebetet?«, wollte Elisabeth wissen, ohne auf seine Frage zu achten.

»Wofür gebetet?«

»Ich weiß nicht. Vielleicht dafür, dass wir nicht mit leeren Händen ins Pfarrhaus ziehen müssen. Dafür, dass das Weinschlösschen den Brand überlebt.«

»Ich habe nicht darum gebetet.«

»Worum dann? Dass ich mit verbrenne und du endlich in den Westen gehen kannst?«

»Elisabeth, bitte!« Sein Ton klang scharf.

Elisabeth lehnte mit den Rücken an der Wand, drehte das Weinglas in den Händen.

»Ich habe für uns gebetet. Darum, dass der Herr uns behüten möge.«

»Und hast du wirklich daran geglaubt? An den Herrn, meine ich.«

Sie saßen sich gegenüber. Elisabeth lehnte an der einen Wand, Wolfgang an der gegenüber. Zwischen ihnen war nichts. Nur das frisch versiegelte Parkett.

»Ich glaube nicht mehr. Nicht an den Herrn, nicht an die Kirche.«

»Wirklich? Ich dachte, deine Zweifel nach dem Krieg wären weniger geworden.«

»Nein.«

»Und trotzdem betest du?«

Wolfgang hob die Schultern. »Ich bin daran gewöhnt. Und ich denke, dass ein Pfarrer beten muss.«

»Auch, wenn er den Glauben verloren hat?«

»Gerade dann.«

»Armer Wolfgang«, sagte Elisabeth, und sie meinte es auch so. »Wie schwer muss dir dein Beruf gefallen sein. Wie schwer die Predigten und vor allem die letzten Stunden bei Sterbenden. Sie haben sicher von dir wissen wollen, ob es den Himmel gibt, das Weiterleben nach dem Tod. Was hast du ihnen gesagt?«

»Ich habe gesagt, was sie hören wollten.«

Da begann Elisabeth zu lachen. Sie lachte erst leise, dann immer lauter, schließlich warf sie den Kopf nach hinten und lachte, lachte, lachte aus vollem Hals.

»Warum lachst du?«, fragte Wolfgang ein wenig beleidigt.

»Ich lache über uns. Du bist der Pfarrer, der sagt, was die Gläubigen hören wollen, und ich bin die Valutabuchhalterin und sage, was die Partei hören will.« Sie wurde ernst, ihr Gesicht zog sich zusammen. »Wissen möchte ich, welchen Schaden unsere Seele dabei nimmt. Du nicht auch?«

Wolfgang zuckte mit den Schultern. Er streckte entspannt die Beine von sich, trank einen Schluck Wein. »Die

Seele. Gibt es die überhaupt? Oder ist das, was die Leute meinen, wenn sie Seele sagen, ihr Gewissen? Ein Gewissen, das zur Hälfte aus Konventionen besteht und zur anderen Hälfte aus dem Strafgesetzbuch, das natürlich und Gott sei Dank auch irgendwie die Zehn Gebote beinhaltet.

»Warum hörst du nicht auf, Pfarrer zu sein, wenn du nicht mehr glaubst?«

»Was soll ich denn sonst tun? Pfarrer ist das Einzige, das ich gelernt habe. Den Leuten ist es gleichgültig, ob ich glaube oder nicht. Hauptsache, ich tue so.«

Elisabeth schüttelte den Kopf. »Das glaube ich nicht, Wolfgang. Die Leute wollen von dir in ihrem Glauben bestätigt werden. Jeder will an irgendetwas glauben. Die einen an Gott, die anderen an den Sozialismus, die Dritten an den Westen.«

»Wir sind ein Volk von Lügnern, denke ich. Wir sind nicht die Einzigen, Elisabeth. Wie viele von den Genossen glauben tatsächlich an den Sozialismus und nicht nur an die eigene Karriere? Was meinst du?«

»Oh, es gibt schon ein paar, die wirklich und wahrhaftig an die DDR glauben.«

»Und ein paar Gottgläubige. Die Mehrheit allerdings nicht.«

Elisabeth streckte die Beine aus, stellte das Weinglas neben sich ab. »Ich wusste nicht, dass du es so schwer hast, Wolfgang. Du hast nie mit mir darüber gesprochen.«

»Was hätte ich dir denn sagen sollen?«

»Sieh dir an, wie wir hier sitzen. Ein Ehepaar, für das der größte und schönste Teil des Lebens vorüber ist. Ein Ehepaar, das nichts mehr hat. Gar nichts mehr. Hätten wir einen Glauben, woran auch immer, dann wäre es leichter.« Sie nahm ihr Glas, trank einen Schluck und starrte zum Fenster, vor dem die Dämmerung ein graues Tuch gespannt hatte.

»Ich glaube an dich, Elisabeth. Ich habe immer an dich geglaubt.«

Elisabeth lachte auf. »Du lieber Himmel, was meinst du damit?«

»Ich weiß es nicht genau. Du hast irgendwie immer gewusst, wie es weitergeht. Du weißt, was du willst und was du nicht willst. Du hast eine Meinung zu allen Dingen, die mit dir zu tun haben.«

»Du nicht?«

»Nein. Seit dem Krieg warte ich darauf, dass mir jemand sagt, was ich tun soll: du, der Kirchenvorstand, der Landesbischof, die Synode. Ich bin ganz leer, Elisabeth. Vollkommen hohl. Jeder kann etwas in mich hineinschütten, das ich dann wieder ausspucke.«

»Und was ist mit mir, Wolfgang? Brauche ich nicht auch jemanden, der mir sagt, was ich tun soll? Jemanden, der mich stützt und der mir Kraft gibt?«

Er zuckte mit den Schultern. »Du hast so jemanden.«

Elisabeth schwieg, sah zu Boden. Nach einer Weile sagte sie leise: »Wäre das nicht so, wäre ich schon lange verzweifelt.«

»Denk nicht, dass ich dich nicht verstehe. Ich verstehe dich besser, als du glaubst. Eigentlich müsste ich sogar froh sein, dass es da jemanden gibt, der dich mit Kraft erfüllt. Jemanden, der das für dich tut, was ich nicht für dich tun kann. Und trotzdem will ich es nicht. Ich will nicht, dass du einen Liebhaber hast, weil ich dich nämlich liebe.«

Elisabeth blickte auf. »Du weißt es?«

»Schon lange. Ich bin nicht blind und nicht taub, Elisabeth.«

Teil 3

Die 1970er

Sekt-Kaffee

12 Eiswürfel
6 Tassen Kaffee
240 ml Sekt
6 TL Zuckersirup
200 ml Tonic Water
6 Scheiben Zitrone

Eiswürfel in die Gläser füllen und diese bis zur Glasmitte mit Kaffee auffüllen. Sekt und Zuckersirup dazugeben. Mit Tonic auffüllen und mit Zitronenscheiben garnieren.

Kapitel 22

Hedda und Thomas starben gemeinsam. Franz sagte, sie hatten nicht ohne einander leben wollen und können. Bei Hedda hatte man Krebs festgestellt, Blutkrebs. Unheilbar und schmerzhaft. Und Thomas hatte den zweiten Herzinfarkt gerade so überlebt. Sie hatten eine Pflegerin gebraucht im letzten Jahr. Und dann waren sie gemeinsam gestorben. Hand in Hand hatten sie im Bett nebeneinandergelegen, die leeren Tablettenröhrchen noch auf dem Nachttisch.

Elisabeth hatte nicht zur Beerdigung fahren dürfen. Sie hatte einen Antrag gestellt, der abgelehnt worden war. Am Tag der Beerdigung war sie hoch auf das Weinschlösschen gefahren, hatte vor dem Grab von Juliettes Mutter und dem Gedenkstein für Juliette geweint.

Rosemarie, inzwischen fünfundzwanzig Jahre alt, ging nach Leipzig an die Nikolaikirche. Sie hatte weggewollt aus Freyburg. »Das Leben hier macht mich ganz krank. Jeden Tag dasselbe. Ich kenne jeden Pflasterstein, jeden einzelnen Spatz hier.« Von ihren beiden Cousinen aus Ingelheim war eine Postkarte aus New York gekommen, und Elisabeth hatte gesehen, wie sehnsüchtig Rosemarie das Empire State Building darauf betrachtet hatte. Auf der Stelle bekam sie ein schlechtes Gewissen. Die Tochter hätte in den Westen gehen sollen. Aber Rosemarie hatte die Eltern nicht verlassen wollen. Das hatte sie gesagt, aber Elisabeth hatte vermutet, dass sie nicht hinter ihren beiden Cousinen zurückstehen mochte. Der doofe Ossi aus Freyburg, der weder die Lieder von Elvis Presley kannte noch die Beatles. Die arme Cousine aus dem Saale-Unstrut-Tal, die noch immer altmodische Pullunder über weißen Blusen trug und dazu Röcke, die über das Knie reichten.

So war es nicht. Rosemarie trug tatsächlich auch Miniröcke wie alle anderen jungen Frauen, dazu ein buntes Band im Haar oder ein Häkeltuch um die Schultern. Sie hörte heimlich Radio Luxemburg und sah sich im Fernsehen die Musiksendungen an. Aber sie war schüchtern. Oder vielleicht nicht schüchtern, sondern zurückhaltend. Sie sprach nicht viel, hatte nur eine Freundin und saß am liebsten an ihrem Schreibtisch und büffelte. Sie hatte nach der zehnten Klasse zuerst das Kirchliche Proseminar in Naumburg besucht und ein Abitur abgelegt, das sie dazu berechtigte, am Katechetischen Oberseminar in Naumburg Theologie zu studieren. Dort hatte sie im Internat gelebt, und Elisabeth hatte gehofft, dass sich ihre Zurückhaltung legen würde, wenn sie mit anderen jungen Leuten zusammen war. Aber Rosemarie ähnelte in diesen Dingen Wolfgang, sie blieb für sich.

Nach Ende des Studiums war sie nach Leipzig gegangen, um an der Nikolaikirche eine Zusatzausbildung in der Jugendarbeit zu machen. Elisabeth hatte sich darüber gewundert. Sie konnte sich ihre Tochter gut am Bett eines Sterbenden vorstellen. Als Pfarrerin auf einer Kanzel. Aber als Jugendreferentin? Offensichtlich hatte es ihr dort gefallen, denn ein Jahr später kam sie zurück und übernahm die Jugendarbeit im Saale-Unstrut-Kreis. Sie war für die Gemeinden in Freyburg, in Nißmitz, in Groß- und in Kleinjena verantwortlich.

Beinahe zehn Jahre lebten Elisabeth und Wolfgang nun schon im Pfarrhaus. Es war ein schönes Haus, doch Elisabeth fehlten die Obstwiese, der Garten und die Weinberge. Das Pfarrhaus lag in der Nähe des Marktes direkt hinter der Marienkirche. Zentral. Und das hatte Nachteile. Wann immer es einer älteren Frau beim Einkaufen einfiel, dass der Herr Pfarrer ja mal wieder über die Erbsünde predigen sollte, eilte sie mit schwerem Henkelkorb zum Pfarrhaus und klingelte den Pastor herbei. Dann ging es noch um ihren hohen Blutdruck und um die Rückenschmerzen ihres Mannes, darum, dass die Nachbarin ihre Schlüpfer nicht, wie es sich gehörte, ganz hinten auf die Wäscheleine hängte, sondern so, dass jeder sie sehen konnte. Und dann kam eine andere ältere Frau vorbei, die die Erste dort mit dem Pfarrer stehen sah, und dann fiel der noch ein, dass die junge Frau Fritzsche nicht zum Kirchenchor kommen konnte. Ohrenschmerzen. Mittelohrentzündung womöglich. Und so ging es den ganzen lieben langen Tag.

»Du solltest Sprechstunden einführen«, schlug Elisabeth vor.

Rosemarie war noch immer allein, der rechte Mann wollte sich einfach nicht finden. Aber sie war Mutter geworden. Elisabeth hatte eine kleine Enkelin, die 1964 geboren und nun sieben Jahre alt war. Wer Heikes Vater war, das wusste Elisabeth nicht. Sie hatte Rosemarie mehr als einmal danach gefragt, aber die Tochter hatte geschwiegen. Sie war damals einfach nach Hause gekommen, im Februar 1964 war das gewesen. Elisabeth erinnerte sich noch genau an den Tag. Es hatte geschneit, die Straßen waren spiegelglatt gewesen. Rosemarie hatte sich am Nachmittag Wolfgangs Wartburg ausgeliehen und war damit nach Leipzig gefahren. Erst abends nach zehn war sie endlich nach Hause gekommen.

»Ich bin schwanger«, hatte Rosemarie beim Reinkommen gesagt. »Im September kommt das Kind zur Welt.«

»Wie bitte? Du bist schwanger?« Elisabeth musste sich einen Cognac zur Beruhigung einschenken. »Von wem denn? Ich wusste gar nicht, dass du einen Freund hast.«

»Habe ich auch nicht.«

»Wie kann das sein? Von wem bist du dann schwanger?«

»Ich denke, du weißt selbst, wie man schwanger wird.«

Wolfgang ließ die Zeitung sinken. »Du bekommst ein Kind, aber du hast keinen Mann dazu. Ist das soweit richtig?«

»Genau so ist es. Und jetzt gehe ich ins Bett. Gute Nacht zusammen.«

Sie verschwand und ließ ihre verblüfften Eltern zurück.

»Hast du etwas gewusst?«, fragte Elisabeth ihren Mann. Wolfgang und Rosemarie hatten einen guten Draht zueinander, standen sich viel näher als Mutter und Tochter. Das lag womöglich daran, dass Wolfgang früher meist zu Hause gewesen war, wenn Rosemarie aus der Schule nach Hause kam. Er hatte ihr das Mittagessen warm gemacht, hatte ihr bei den Hausaufgaben geholfen. Sie hatten miteinander geredet. Kam Elisabeth am Nachmittag nach Hause, waren bereits alle Probleme gelöst.

Jetzt wohnte Rosemarie im Pfarrhaus von Nißwitz, aber Heike war die meiste Zeit bei den Großeltern, weil sie in Freyburg zur Schule ging. Elisabeth war es recht, sie liebte Heike. Früher hätte sie alles dafür getan, dass aus Heike eine gute Winzerin wurde, die das Gut eines Tages weiterführte und im Schlösschen lebte. Doch dieses Erbe gab es nicht mehr.

Dafür den Friedenszirkel, den Wolfgang ins Leben gerufen hatte und der Elisabeth ein Dorn im Auge war. Einmal in der Woche trafen sich ein Dutzend Friedensfreunde im Pfarrhaus und diskutierten über die Freiheiten in der DDR. Das war gefährlich, das musste nicht sein, zumal ja durch einen Friedenszirkel nichts geändert wurde.

Und auch das Wasser in Saale und Unstrut wurde nicht sauberer, wenn man Proben nahm. Denn das Ergebnis der Proben war verheerend. Elisabeth befürchtete, dass Wolfgang noch schwermütiger dabei wurde, aber seltsamerweise geschah das Gegenteil. Im Friedenskreis blühte er auf und engagierte sich.

Rosemarie fuhr einmal in der Woche nach Leipzig in die Nikolaikirche. Dort tagten die jungen Vikare zum Thema »Junge Gemeinde«. Wenn sie dann Heike abholte, war sie aufgekratzt. So kannte Elisabeth sie gar nicht. »Was genau macht ihr da in Leipzig?«, wollte sie wissen.

Rosemarie zuckte mit den Schultern. »Wir reden darüber, wie wir die Jugendarbeit attraktiver machen können. Der Kirchenvorstand von St. Nikolai plant, einen Liedermacher einzuladen.«

»Einen Liedermacher? Den Biermann etwa?«

Rosemarie schüttelte den Kopf. »Der ist zu alt. Wir wollen Guntram Schröder. Ein Leipziger. Der hat allerdings wie Biermann Auftrittsverbot. Doch daran müssen wir uns ja nicht halten, schließlich sind wir die Kirche.«

Elisabeth nickte, aber wohl war ihr nicht dabei.

Am Abend verließ Elisabeth das Haus. »Ich gehe!«, rief sie Wolfgang zu, der in seinem Arbeitszimmer eine Kindstaufe am Wochenende vorbereitete. »Ja, geh nur. Viel Spaß.« Das sagte er stets, wenn Elisabeth fortging, und sie fragte sich jedes Mal, ob er tatsächlich wusste, wohin sie fuhr. Sie nahm die Schlüssel des Wartburgs von der kleinen Kommode und fuhr nach Naumburg. Dort hatte Jürgen eine kleine Wohnung bekommen. Sogar einen Parkplatz hinter dem Haus gab es, sodass der Wartburg des Pfarrers nicht vor aller Augen auf der Straße stehen musste.

Es war ein relativ neuer Wagen, kaum zwei Jahre alt. Franz hatte ihn wieder über den Genex-Katalog gekauft, ebenso die Waschmaschine, den Kühlschrank, den Fernseher. Auf Elisabeths Konto in Ingelheim hatte sich wieder eine größere Geldsumme angesammelt, doch sie hatte keine Gelegenheit, es auszugeben. Zwar kaufte Petra immer wieder Kleidung für die Familie in Freyburg ein, schickte viele Pakete mit Kaffee und Strümpfen, mit Kakao und all den anderen Dingen, die es in der DDR gerade nicht gab, doch das Konto wurde nicht leerer.

Sie parkte den Wartburg im Hinterhof und betrat den Hausflur, in dem das Licht wieder einmal kaputt war. Jürgen hatte zwei Zimmer unter dem Dach, die Toilette eine halbe Treppe tiefer. Doch vor dem Haus stand ein prächtiger Kastanienbaum.

Elisabeth blieb stehen und nahm ihre Finger vom Handlauf der Treppe. Sie war sechsundfünfzig Jahre alt und hatte nie mit dem Mann, den sie liebte, zusammengelebt. Sie wusste genau, dass Jürgen heute wieder mit ihrer Scheidung von Wolfgang anfangen würde. Sie verstand ihn. Seufzend erklomm sie die restlichen Stufen bis unter das Dach und klingelte.

»Du brauchst nicht zu klingeln«, sagte Jürgen, als er ihr die Tür öffnete. »Du hast einen eigenen Schlüssel. Du bist hier zu Hause.«

Elisabeth zuckte mit den Schultern. Was Jürgen sagte, stimmte nicht. Sie war im Pfarrhaus zu Hause. Nie würde sie auf die Idee kommen, einfach Jürgens Schlüssel zu benutzen.

Sie trat ein, stellte ein Netz auf den Tisch, packte Westkaffee, Zigaretten, Schokolade und eine Flasche Cognac aus, die sie im Intershop an der Transitautobahn gekauft hatte.

»Du sollst diese Sachen nicht mitbringen.« Jürgen nahm das Päckchen F6 vom Tisch und zündete sich eine Zigarette an. Die Stange Camel-Zigaretten bedachte er mit keinem Blick.

»Warum nicht? Ich habe mehr Geld im Westen, als ich ausgeben kann. Lass mir die Freude.«

Sie nahm zwei Gläser aus dem Schrank, goss für Jürgen und sich Cognac ein. Sie saßen sich am Küchentisch gegenüber, tranken und rauchten schweigend.

»Elisabeth, ich kann das nicht mehr.« Jürgens Stimme klang bitter. »Ich werde krank an uns.«

Elisabeth nickte. Sie wusste, dass er litt, aber sie konnte ihm nicht helfen. »Was willst du tun?«

Jürgen schluckte. »Ich habe jemanden kennengelernt«, sprach er leise weiter. »Aber ich liebe dich, Elisabeth. Dich. Nicht die andere. Nur leben kann ich nicht mit dir. Ich kann nicht mit dir ins Kino gehen, nicht mit dir in den Urlaub fahren. Wenn wir uns in Freyburg zufällig treffen, grüßen wir uns knapp, obschon ich dich am liebsten küssen würde. Ich habe mich scheiden lassen für dich, bin hierhergezogen für dich. Nun ist es an der Zeit, dass sich etwas Entscheidendes ändert. Du solltest etwas ändern.«

Elisabeth rann ein eisiger Schauer den Rücken hinab. Wusste Jürgen nicht, dass sie ihr Leben nur so leben konnte, weil sie ihn hatte? Er war ihre Stütze, Halt, Ansporn. Nein, sie durfte ihn nicht verlieren.

Sie stand auf, beugte sich über ihn. »Ich liebe dich, Jürgen.« Dann küsste sie ihn, setzte sich auf seinen Schoß, wühlte in seinem Haar. »Ich liebe dich so sehr«, wiederholte sie. Jürgen fing ihre Hände, hielt sie fest. »Du musst dich entscheiden, Elisabeth.«

Sie lachte ein wenig grell auf. »Du weißt, dass ich das nicht kann.«

»Und ich kann nicht so weitermachen.«

Sie sahen sich an, und Elisabeth bemerkte ein wütendes Funkeln in seinen Augen. »Hasst du mich?«, fragte sie erschrocken.

»Ja«, gab Jürgen zu. »Manchmal hasse ich dich. Dafür, dass du mir dieses heimliche Leben, diese auf ewig unerfüllte Liebe abverlangst.«

Sie erhob sich von seinem Schoß, sah verletzt aus, die Lippen zusammengepresst. »Oh!«, sagte sie, setzte sich zurück an ihren Platz am Küchentisch, legte die gefalteten Hände vor sich.

»Ich habe gewartet, bis Rosemarie aus der Schule war. Dann habe ich gewartet, bis sie ihr Studium beendet hatte. Dann habe ich gewartet, bis Heike in den Kindergarten kam. Jetzt kann ich nicht mehr warten. Ich will leben, Elisabeth, verstehst du? Ich möchte im Sommer mit einer Frau in einem Weingarten sitzen. Ich möchte mit ihr an die Ostsee in den Urlaub fahren. Ich möchte neben ihr aufwachen. Jeden einzelnen Tag.«

»Ich weiß«, erwiderte Elisabeth. »Was soll ich tun?«

»Lass dich endlich scheiden. Wenn du morgen die Papiere einreichst, bist du in einem Monat geschieden. Wir könnten heiraten, aber das muss nicht unbedingt sein. Es würde mir schon reichen, mit dir offen zusammenzuleben. Wir müssten nicht einmal hierbleiben. Wir könnten zum Beispiel nach Leipzig ziehen, noch einmal ganz von vorn anfangen.«

Da begann Elisabeth zu weinen. Die Tränen rollten ihr still über das Gesicht, versickerten in ihrer Bluse. Sie schluchzte nicht und seufzte nicht, sondern saß ganz ruhig da und ließ die Tränen rinnen.

Jürgen streckte eine Hand nach ihr aus, aber kurz bevor er ihren Arm berühren konnte, zog er sie zurück. Er atmete tief ein und aus und schwieg ebenfalls.

Es schien, als hätten sie die Worte verloren, die zärtlichen Gesten, die liebevollen Blicke.

Elisabeth suchte nach einem Taschentuch, fand keines, nahm das, welches Jürgen ihr über den Tisch reichte. Sie wischte sich das Gesicht ab, putzte sich die Nase. Dann stand sie auf. Stand da und ließ ihren Blick durch die Küche schweifen. Da waren die weißen Schränke, die Bilder von der Sektkellerei an der Wand. Der Tisch mit den beiden Stühlen. Sie schloss die Augen, sah eine Frau an der Spüle stehen und Geschirr waschen. Sie sah Jürgen am Tisch sitzen, der die Frau liebevoll betrachtete. Sie sah, wie er ihr eine Zigarette anzündete, sie ihr zwischen die Lippen steckte. Da nahm sie ihre Handtasche und ging.

Sie fuhr zum Weinschlösschen hinauf, das immer noch mit eingefallenem Dach und geschwärzten Mauern auf dem Hügel stand. Niemand hatte es instand gesetzt; es gehörte der Stadt, und die Stadt hatte kein Geld für so etwas. Neue Häuser mussten gebaut werden, damit die Jugend nicht in die Stadt abwanderte. Neue Häuser auch für die, die noch immer in kriegsbeschädigten Gebäuden wohnte mit der Toilette eine halbe Treppe tiefer. Die Partei hatte auf dem letzten Parteitag die Einheit von Sozial- und Wirtschaftspolitik beschlossen, und das Angebot im Konsum und in der HO wurde reichlicher. Vor Weihnachten hatte es sogar so viele

Apfelsinen gegeben, dass man nicht dafür anstehen musste. Es waren Apfelsinen aus Kuba, faserig und trocken, aber immerhin. Einmal hatte es sogar Ananas gegeben und Rotkäppchensekt. Und die Leute waren aus der Sektkellerei hinüber zur HO gelaufen, um endlich einmal den Sekt zu erwischen, den sie täglich herstellten.

»Du gehst gar nicht mehr weg«, stellte Wolfgang eines Abends fest. Sie saßen gemeinsam im Wohnzimmer, an der Decke hing ein Herrnhuterstern, im Fenster stand ein Schwibbogen aus dem Erzgebirge, und im Radio lief leise das *Weihnachtsoratorium* von Bach. Wolfgang trug einen schwarzen Rollkragenpullover, dicke Socken an den Füßen und eine warme Strickjacke.

»Ja«, erwiderte Elisabeth.

»Kann ich etwas für dich tun?«

Sie schüttelte den Kopf, ließ das Strickzeug sinken, griff nach dem Glas Glühwein, das auf einem Tischchen neben ihr stand, und trank einen kräftigen Schluck. Heike hatte sich einen langen roten Schal zu Weihnachten gewünscht.

Ihr Blick fiel auf den roten Teppich zu ihren Füßen, auf die Bücherregale an der Wand, den Schreibtisch mit der Wagenfeld-Lampe. Sie hatte es schön hier. Schön und gemütlich. Während sie dasaß, stellte sie fest, dass sie Jürgen nicht so sehr vermisste, wie sie es geglaubt hatte.

Elisabeth wartete, dass Wolfgang noch etwas sagte, dass sein Gesicht ein wenig Häme oder Genugtuung zeigte, aber so war es nicht. Er blickte sie an, liebevoll beinahe, und Elisabeth lächelte ihn an.

Kapitel 23

Eine Woche später schneite es. Die Flocken fielen eine ganze Nacht, und am Morgen war Freyburg wie mit Zucker bestäubt. Die Kinder bauten auf dem Weg zur Schule Schneemänner, bewarfen sich mit Schneebällen. Elisabeth genoss die sanfte, beinahe zärtliche Stille, unter der die Stadt nun lag. Sie lief über den Marktplatz hinauf zur Sektkellerei, betrat die Eingangshalle, schüttelte den Schnee aus ihrem Haar, vom Kragen. Kollegen kamen an ihr vorbei. Elisabeth grüßte fröhlich, doch ihre Grüße wurden nur knapp erwidert. Irgendetwas war los, da war sich Elisabeth sicher. Als sie auf Karline Otter traf, hielt sie sie am Arm fest. »Was ist hier los, Frau Otter? Warum gucken die Leute so komisch, warum grüßen sie mich so knapp?«

Karline Otter zog die Schultern hoch. »Waren Sie schon in der Kantine, um sich Kaffee zu holen?«

Elisabeth schüttelte den Kopf. »Frau Fischer und ich kochen unseren Kaffee selbst.«

»Na, dann lassen Sie das heute mal und gehen in die Kantine.« Frau Otter nickte ihr zu, dann verschwand sie nach draußen.

Elisabeth schlug den Weg zur Kantine ein. Vor dem Schwarzen Brett, über dem die Losung »So wie wir heute arbeiten, werden wir morgen leben« prangte, standen fünf, sechs Leute zusammen und starrten auf ein Foto, das da hing. Eine Frau sagte laut: »Das haben wir doch sowieso alle gewusst. Das ist keine Überraschung.«

Eine andere lachte auf: »Aber peinlich ist es. Oh Gott, wenn mir das passieren würde, ich würde weggehen und niemals wiederkommen.«

Ein Arbeiter machte eine wegwerfende Handbewegung. »Nicht, dass ich das gutheiße, was die da machen, aber eine Schweinerei ist diese öffentliche Zurschaustellung schon.« Und ein vierter Mann, der für die Werbung zuständig war, erklärte: »Die Frage ist doch, wer hat das Bild dort hingehängt und warum?«

Elisabeth trat näher, die Leute stoben auseinander, als hätten sie den Teufel erblickt. Und da erst sah Elisabeth, was den kleinen Aufruhr veranlasst hatte: Es war ein Foto von Jürgen John und ihr aus dem Sommer. Sie waren am Abend schwimmen gewesen. Sie waren extra bis hinter Naumburg gefahren an einen kleinen See, der mitten im Wald lag. Sie hatten nackt gebadet, hatte sich kreischend wie die Kinder mit Wasser bespritzt. Niemand außer ihnen war dort gewesen. Das hatten sie jedenfalls gedacht. Nun aber hing ein Foto am Schwarzen Brett, das sie und Jürgen John in aller Pracht nackt zeigte. Elisabeth spürte, wie ihr die Hitze die Wangen rot färbte. Sie riss an ihrem Schal, riss am Rollkragen des Pullovers. Sie bekam kaum Luft. Das Foto verschwamm vor ihren Augen. Sie hob die Hand und riss es ab, zerriss es in hundert kleine Teilchen, stopfte sie in ihre Manteltasche. Sie rang nach Luft, hörte aus der Kantine das Gelächter der Kollegen und war sicher, dass es ihr galt. Am liebsten wäre sie umgedreht und aus der Halle gerannt. Am liebsten hätte sie sich in ihrem Bett verkrochen und wäre niemals wieder aufgestanden. Doch das ging nicht. Also atmete sie mehrmals tief ein und aus, dann straffte sie die Schultern und den Rücken und begab sich hocherhobenen Hauptes in den ersten Stock zu ihrem Büro.

Sie öffnete die Tür und erblickte als Erstes Frau Fischers Gesicht, in dem Mitleid stand. »Ich habe schon Kaffee gekocht, Elisabeth.«

»Danke.«

Frau Rockstroh, die Kollegin mit dem wunderbaren Abschluss der Parteischule, grinste. »Heißer Sommer in diesem Jahr. Da glüht noch einiges nach.«

Elisabeth schluckte. »Wenn Sie mir etwas zu sagen haben, dann tun Sie es.«

»Ich? Nein, ich habe nichts zu sagen. Es heißt ja immer, die Bilder sprechen für sich.«

Elisabeth beachtete sie nicht weiter. Sie setzte sich an ihren Schreibtisch, nahm sich die zu bearbeitenden Akten vor, zog die Abdeckung von der Rechenmaschine. Aber sie konnte sich nicht konzentrieren. Sie dachte an das Foto, dachte an das, was die Kollegen sagen und denken würden. Sie war nicht mehr jung, auch das hatte man auf dem Foto deutlich gesehen. Diese Blicke, diese wertenden, abschätzigen Blicke, die sie würde ertragen müssen, verletzten sie bis ins Mark.

Am Mittag fragte Frau Fischer: »Kommst du mit in die Kantine?«

»Das traut sie sich nicht«, vermutete Frau Rockstroh.

Da stand Elisabeth auf. »Natürlich komme ich mit. Warum sollte ich heute etwas anders machen als sonst?« Sie zog den Rock gerade, strich sich über das Haar, nahm ihre Essbestecktasche aus der Schublade des Schreibtisches und folgte Frau Fischer.

Elisabeth trug den Kopf hoch in der Kantine. Sie sah über all die forschenden, mitleidigen und hämischen Blicke hinweg, verschloss auch die Ohren.

Nur in der Schlange vor der Essensausgabe hörte sie, wie eine junge Frau aus der Abteilung Einkauf zu ihrer Kollegin sagte: »Nacktbilder sind immer peinlich, aber wenn du so eine alte Frau siehst, das ist schon beinahe eklig.«

Elisabeth empfing diese Worte wie Schläge. Das Alter ist eine einzige Kränkung, dachte sie und hielt sich an diesem Gedanken fest, um der jungen Frau nicht an den Hals zu springen. Früher, dachte Elisabeth, war ich vielleicht nicht schön. Aber meine Haut war fest, mein Haar dicht und glänzend. Ich war schlank. Jetzt bin ich es nicht mehr. Schon lange nicht mehr.

Eigentlich müsste ich für Männer längst unsichtbar sein, und das bin ich natürlich auch. Als ich neulich im Versand war, fragte mich ein junger Mann, ob ich neu in der Kellerei sei, er hätte mich noch nie hier gesehen. Dabei bin ich ungefähr einmal pro Woche im Versand, um die Papiere zu kontrollieren. Und dann der Autofahrer, der mich letzte Woche beinahe umgefahren hätte. Er habe mich nicht gesehen, hat er gesagt. Vielleicht war das ja auch so. Vielleicht bin ich auch schon so grau wie die Häuser, verschmelze damit, bis ich nicht mehr von ihnen zu unterscheiden bin.

Nur nicht für Jürgen. Aber das ist nun vorbei, und ich bin froh darum.

Sie war dran, nahm den Teller mit dem Kartoffelbrei, dem Sauerkraut und dem Bratwürstchen entgegen, trug das Tablett zu ihrem Tisch, an dem Frau Fischer schon saß.

»Lass es dir schmecken«, sagte Frau Fischer. »Guten Appetit trotz allem.«

Elisabeth aß, ohne etwas zu schmecken. Die Kränkung, die Verletzung, die öffentliche Demütigung hatte sich tief in ihr Inneres gefressen. Jetzt hielt sie den Blick gesenkt, wäre am liebsten unsichtbar geworden.

»Achtung!«, raunte Frau Fischer ihr zu. »Der John ist im Anmarsch.«

Elisabeth schnitt ein Stück von ihrem Würstchen ab.

»Elisabeth, wir müssen reden.«

Sie sah es nicht, aber sie spürte ganz deutlich, dass alle Blicke auf sie beide gerichtet waren. »Worüber sollen wir reden?«

»Hast du das Foto nicht gesehen?«

»Doch, das habe ich.«

»Wie sollen wir damit umgehen?«

»Gar nicht.« Sie schob ihren Teller von sich, stand langsam auf.

»Bitte entschuldige mich, ich habe noch viel Arbeit auf dem Tisch.«

Sie drängte sich an ihm vorbei, und plötzlich schossen

ihr Tränen in die Augen. Sie eilte, so rasch sie konnte, zur Toilette, schloss sich dort ein und weinte hemmungslos.

Die Stunden bis zum Feierabend zogen sich endlos dahin. »Morgen wird schon über etwas anderes geredet«, tröstete Frau Fischer, dann lachte sie ein bisschen. »Du hast mit dem Foto gewiss auch Neid erregt. Jürgen John ist ein attraktiver Mann. Ich möchte nicht wissen, wie viele unserer Kolleginnen sich an deine Stelle gewünscht haben.«

»So siehst du das?«

»So kann man es sehen.«

Elisabeth drückte Frau Fischer die Hand. »Ich danke dir.«

Sie hatte gedacht, sie würde nach Hause rennen, so eilig hatte sie die Sektkellerei verlassen wollen. Aber jetzt verlangsamten sich ihre Schritte. Vor der Arztpraxis blieb sie stehen. Soll ich mich krankschreiben lassen?, überlegte sie. Alles in ihr drängte in die Praxis, drängte nach einer Krankschreibung, doch dann ging Elisabeth mit schweren Schritten weiter. Nein, ich lasse mich nicht unterkriegen. Von nichts und niemandem.

Zu Hause stellte sie ihre Handtasche auf den kleinen Schrank im Flur, auf dem immer die Post lag. Sie hängte ihren Schlüssel ans Brett, schaute in den Spiegel. Blass war sie, mit dunklen Ringen unter den Augen, die sie heute Morgen noch nicht gehabt hatte.

Aus dem Arbeitszimmer hörte sie Wolfgangs Stimme. Wahrscheinlich telefonierte er. Elisabeth ging in die Küche, setzte Wasser im Kessel auf, nahm die Kaffeekanne aus dem Schrank. Sie löffelte das Kaffeepulver in den Filter, goss einen kleinen Schwapp Wasser darauf, gab eine winzige Prise Salz dazu und einen Löffel Kakaopulver. Seit Heike die Woche über bei ihnen lebte, hatten sich die Wächters angewöhnt, am späten Nachmittag gemeinsam Kaffee zu trinken. Erst danach kümmerte sich Elisabeth um den Haushalt. Die Einkäufe erledigte sie auf dem Weg von der Arbeit. Heute allerdings hatte sie sich nicht in die Geschäfte getraut, sodass die Kaffeesahne fehlte.

Sie hörte die Tür vom Arbeitszimmer klappen, dann stand Wolfgang neben ihr. »Wie war dein Tag?«

Kurz überlegte Elisabeth, ob sie Wolfgang von dem Foto erzählen sollte. Sie hatte Angst, ihn damit zu kränken. Andererseits würde er es ohnehin erfahren, Freyburg war eine kleine Stadt.

»Da hing ein Foto von mir am Schwarzen Brett. Es zeigt Jürgen und mich nackt beim Baden.«

»War es dieses Foto?« Wolfgang hielt ihr das Bild vor die Nase.

»Oh Gott, ja. Woher hast du es?«

»Es hing im Schaukasten der Gemeinde. Direkt neben den Zeiten für die Gottesdienste.«

Elisabeth drehte sich um. »Das tut mir leid, Wolfgang. Das tut mir wirklich leid.«

Wolfgang verzog ein wenig den Mund, aber es wurde kein Lächeln draus. »Wenigstens habe ich so das Thema für die nächste Sonntagspredigt: ›Was siehst du aber den Splitter in deines Bruders Auge, den Balken aber in deinem Auge bemerkst du nicht?‹«

Elisabeth drückte ihm die Hand, war unendlich froh und

erleichtert, obschon sie die Kränkung und Demütigung auch in Wolfgangs Gesicht lesen konnte.

Heike kam nach Hause, knallte die Haustür zu, warf ihren Ranzen in die Ecke. Elisabeth erstarrte. Heike war ein ausgeglichenes Kind, aber heute schien sie wütend zu sein.

»Hoffentlich hat sie nichts davon gehört«, flüsterte Elisabeth.

Heike saß vor dem Schuhschrank und zerrte verbissen an ihren Schnürsenkeln herum. »Soll ich dir helfen?«, wollte Elisabeth wissen.

»Nein.«

»Was hast du?«

»Lass mich!«

»Was ist passiert?«

»Du bist eine Nutte.« Die Kleine spuckte das Wort vor Elisabeths Füße.

Elisabeth hockte sich neben Heike, nahm sie in den Arm. Zuerst sträubte sich das Mädchen, aber dann sank sie gegen Elisabeth und schmiegte sich an sie.

»Wer hat das gesagt?«

»Silke Bodenstein.«

Elisabeth hatte den Namen noch nie gehört und ging davon aus, dass sie nicht zu Heikes Freundinnen zählte.

»Willst du wissen, was eine Nutte ist?«

»Oma, ich bin zwölf Jahre alt, ich weiß, was eine Nutte ist.«

»Und was ist es?«

»Es ist ein Schimpfwort. Nutte sagen manche zu einer Frau, die viele Liebhaber hat.«

»Ja, das ist richtig.«

»Hast du viele Liebhaber, Oma?« Elisabeth seufzte. Wie sollte sie das erklären?

»Ich hatte einen Liebhaber. Aber manchmal funktioniert das Leben nicht so, wie es sein sollte. Liebe passiert, Heike. Du kannst dir nicht aussuchen, in wen du dich verliebst, wann du dich verliebst.«

Heike nickte, als würde sie es verstehen. Doch ihre Traurigkeit blieb und zerriss Elisabeths Herz.

Am Abend, als die Kleine im Bett lag und schlief, fragte Wolfgang: »Wer war das? War das Jürgen? Hat er die Fotos aufgehängt?«

Elisabeth schüttelte den Kopf. »Jürgen? Wieso er? Er schadet sich doch selbst damit.«

»Wer sonst?«

»Ich weiß es nicht. Ich weiß es doch auch nicht.«

Am nächsten Tag kam Rosemarie, obwohl erst Donnerstag war.

»Die ganze Stadt redet über dich«, klagte sie. »Was soll ich denn den Jugendlichen sagen? Hast du bei deiner Affäre auch nur einmal an Papa und mich gedacht? Oder an Heike?«

»Ja, das habe ich.« Elisabeth zwang sich, ruhig zu bleiben. Was wusste Rosemarie schon? Sie war behütet aufgewachsen.

»Du weißt selbst, dass Dinge passieren, die man so nicht geplant hat. Du bist eine alleinstehende Mutter. Wir wissen bis heute nicht, wer Heikes Vater ist.«

»Das ist unfair. Ich habe mich entschlossen, alleine zu leben. Ich habe niemanden betrogen, keiner den Mann ausgespannt.«

»Jürgen ist geschieden.«

»Aber du bist es nicht. Hast du dir überlegt, wie Papa jetzt dasteht? Der Pfarrer, dem seine Frau Hörner aufgesetzt hat. Wie soll er das seiner Gemeinde erklären? Wie dem Bischof?«

»Das geht nur Papa und mich etwas an.«

»Das denkst du, aber so ist es nicht. Die Leute lachen über unsere Familie. Die Jugendlichen nehmen mich nicht ernst. Überall diese Blicke, die Gespräche, die verstummen, sobald ich irgendwo auftauche.«

Elisabeth hatte es so satt, sich zu erklären, sich zu rechtfertigen. Sie war so müde. »Zu einem Ehebruch gehören immer zwei«, sagte sie. »Papa ist nicht so schuldlos, wie du glaubst.«

Kapitel 24

»Hat das sein müssen?« Jürgen stürmte in die konspirative Wohnung, in der er sich mit Michael verabredet hatte.

»Was denn?«

»Das Foto im Betrieb und vor dem Pfarrhaus.«

Michael zündete sich eine Zigarette an.

»Das wart ihr doch!« Jürgen ließ sich schwer auf einen Küchenstuhl fallen.

Michael lachte auf, dann erhob er sich, öffnete den Kühlschrank. »Bier?«, fragte er.

»Schnaps!«, antwortete Jürgen.

Michael holte eine Flasche Weinbrand aus seiner Aktentasche, fand zwei Wassergläser im Schrank, goss jedem drei Fingerbreit ein.

Jürgen nahm einen Schluck, knallte das Glas auf den Tisch. »Ich weiß, dass ihr das wart.«

»Wen in aller Welt meinst du?«

»Die Stasi. Wen sonst?«

»Die Stasi, die Stasi. Immer, wenn etwas geschieht, das euch nicht passt, ist es die Stasi. Frag doch lieber mal nach den Gründen. Aber nein, du schaust nicht über den Tellerrand. Um dich herum kann die Feindestätigkeit grünen und blühen, aber du bekommst davon nichts mit.«

»Was für eine Feindestätigkeit?«

»Es geht nicht um dich, Jürgen. Und auch nicht um deine Liebste. Es geht um den Pfarrer. Um Wolfgang Wächter.«

»Was hat der denn jetzt damit zu tun?«

»Er hat einen Friedenskreis gegründet. Jeden Dienstag treffen sich im kleinen Saal im Pfarrhaus Leute, die gegen unseren Staat, unsere Partei und unsere Regierung hetzen. Ausreisewillige sind dabei.«

»Das wusste ich nicht.« Jürgen trank einen Schluck aus seinem Glas, stellte es ab, doch dieses Mal leiser.

»Das wusste ich wirklich nicht.«

»Wolfgang Wächter steht unter Beobachtung. Ein OV, ein operativer Vorgang, wurde eingeleitet. Wir sind dabei, einen inoffiziellen Mitarbeiter in den Friedenskreis einzuschleusen. Er soll das Vertrauen des Pfarrers erringen, soll uns berichten.«

»Mit welchem Ziel?«

»Mein Gott, Jürgen. Du bist doch nicht erst seit gestern dabei.«

Jürgen zündete sich eine neue Zigarette an. »Ich habe von der neuen Richtlinie gehört. Nr. 1/76. Operative Zersetzung. Was genau bedeutet das für die Wächters?«

»Das musst du nicht wissen. Wir können dir in dieser Hinsicht nicht vertrauen.«

»Michael, ich weiß, was operative Zersetzung bedeutet. Du hast recht, ich bin lange genug dabei. Verleumdung, Psychoterror, Manipulation.«

Michael antwortete nicht. Erst nach einer ganzen Weile sagte er: »Du hast in der letzten Zeit gute Arbeit geleistet. Aufgrund deiner Berichte konnte eine Republikflucht verhindert werden.«

Jürgen winkte ab. »Eine Flucht verhindert. Eine einzige. Was ist das schon.«

»Mehr, als wir alle gedacht haben. Es ging um Unterlagen, die für uns äußerst wichtig sind. Proben aus unseren Flüssen, Bodenproben. Der Westen hätte Informationen bekommen, die strengster Geheimhaltung unterliegen. Dafür hast du dir etwas verdient.«

Jürgen lachte unfroh auf. »Kriege ich jetzt den Trabant, für den ich mich vor zehn Jahren angemeldet habe?«

Michael schüttelte den Kopf. »Du bekommst eine Reise. Jugoslawien. Im nächsten Sommer. Es gibt eine Delegation verdienter Mitarbeiter. Vierzehn Tage Adria. Wie klingt das?«

Jürgen seufzte. »Das klingt nicht schlecht. Das weißt du selbst. Wer würde nicht gerne an die Adria fahren.«

»Es gibt eine Bedingung dabei.«

Jürgen reckte das Kinn. »Welche?«

»Keinen Kontakt zu Elisabeth Wächter.«

»Wir haben keinen Kontakt mehr.«

»Bist du nicht erst noch gestern in der Kantine bei ihr gewesen?«

»Das war ein Satz.«

»Ein Satz zu viel.«

»Moment mal, Michael. Stehe ich jetzt auch schon unter Beobachtung?«

Michael zuckte mit den Schultern. »Wir schlafen genauso wenig, wie der Feind es tut.«

»Ich bin nicht euer Feind. Ich lebe und arbeite für unseren Staat, für den Sozialismus.«

»Wissen wir, wissen wir. Aber Vorsicht ist die Mutter der Porzellankiste.« Er trank seinen Weinbrand aus. »Das war's dann wohl für heute. Oder hast du noch etwas auf dem Herzen?«

»Nein. Oder anders gesagt: Ich habe viele Fragen.«

»Fragen, die ich dir nicht beantworten kann. Ist dir deine Aufgabe noch klar?«

»Selbstverständlich. Alle vierzehn Tage eine Zusammenkunft mit den inoffiziellen Mitarbeitern im Betrieb. Berichte über Kollegen und so weiter.«

»Na also. Dann ist ja alles in bester Ordnung. Und vergiss nicht: Halte dich von Elisabeth Wächter fern. Sie ist nicht mehr deine Aufgabe.«

Kapitel 25

Eine Woche später kam Frau Rockstroh mit ernstem Gesicht direkt zu Elisabeths Schreibtisch. »Was ist mit Ihnen los, Frau Wächter?«

»Was soll los sein?«

»Ihre Monatsabrechnung. Die stimmt hinten und vorne nicht.«

Elisabeth runzelte die Stirn. »Das kann nicht sein. Ich habe alles mehrfach durchgerechnet. Die Zahlen haben gestimmt.«

Elisabeth beugte sich nach unten zu ihrem Papierkorb. »Warten Sie, ich habe hier noch meine Schmierzettel.«

Doch der Papierkorb war leer, obschon die Reinigungsfrau nur alle zwei Tage in ihrem Büro war und das letzte Mal eben gestern.

Elisabeth blickte auf.

»Mein Papierkorb ist leer.« Sie wandte sich an Frau Fischer. »Deiner auch?«

Frau Fischer guckte unter ihren Schreibtisch und schüttelte den Kopf.

»Das ist merkwürdig«, fand Elisabeth.

»Statt sich über geleerte Papierkörbe zu wundern, sollten Sie sich lieber über Ihre fehlerhafte Arbeit wundern.«

»Zeigen Sie mir, was ich falsch gemacht habe.« Elisabeth spürte einen weiß glühenden Ärger in sich aufsteigen. Sie war sich sicher, keine Fehler gemacht zu haben.

Frau Rockstroh ging an ihren Schreibtisch zurück, nahm das große Rechnungsbuch zur Hand. »Hier, sehen Sie. Die Zahlen stimmen nicht.«

Elisabeth schaute in das Buch, nahm es mit zu ihrem Schreibtisch, tippte Zahlenkolonnen in ihre Rechenmaschine.

Die Rockstroh hatte recht; die Zahlen stimmten nicht. Aber es waren nicht die Zahlen, die Elisabeth gestern eingegeben hatte.

»Ich weiß nicht, was da passiert ist, aber diese Zahlen habe ich nicht eingetragen. Sehen Sie, das ist gar nicht meine Schrift.«

Frau Rockstroh lachte auf. »Fehler passieren, auch wenn sie nicht passieren sollten. Aber dann sollte man wenigstens dazu stehen.«

Elisabeth schüttelte den Kopf. »Ich kann mir das nicht erklären, ich kann Ihnen das nicht erklären, aber ich war das nicht.«

Frau Rockstroh schnaubte unwillig. »Und wer soll das Ihrer Meinung nach gewesen sein? Ich etwa? Oder Frau Fischer?«

»Nein, nein. Das nicht. Es muss jemand von außen gewesen sein.«

Frau Rockstroh schüttelte den Kopf. »Ich bin enttäuscht

von Ihnen, Frau Wächter. Wie gesagt: Fehler macht jeder mal. Schlimm wird es erst, wenn der Fehler verschwiegen, vertuscht oder auf andere abgewälzt werden soll. Oder, Frau Fischer?«

»Na ja, jeder irrt mal. Wir sollten vielleicht keine große Sache draus machen«, meinte Frau Fischer. Und zu Elisabeth gewandt: »Mach's einfach noch mal.«

Elisabeth schluckte heftig. Sie spürte die Tränen aufsteigen. So hilflos und ohnmächtig hatte sie sich schon lange nicht mehr gefühlt. »Aber ich weiß, dass ich die richtigen Zahlen eingegeben habe«, flüsterte sie. »Ich kann mir das nicht erklären.«

Frau Rockstroh konnte nur den Kopf schütteln über so viel Uneinsichtigkeit.

Beim Mittagessen in der Kantine fragte Elisabeth Hildegard Fischer: »Du glaubst mir doch, oder?«

Frau Fischer legte kurz ihre Hand auf die von Elisabeth. »Denk nicht so viel darüber nach. Du bringst es ja wieder in Ordnung.«

»Ich habe diese Zahlen nicht geschrieben. Das weiß ich genau.«

»Das ist doch jetzt egal«, meinte Frau Fischer, und Elisabeth sah, dass die Kollegin ihr nicht glaubte.

Am Abend erzählte sie Wolfgang davon. Er goss ihr ein Glas Wein ein. »Das kann jedem mal passieren«, sagte er, nahm sich selbst ein Glas und ging zur Tür. »Ich muss noch arbeiten.«

Elisabeth nickte. Seit der Sache mit dem Foto ging Wolfgang ihr aus dem Weg. Er sprach mit ihr, aber nur über allgemeine Dinge. Kein Wort fiel über Jürgen, kein Wort über Rosemarie und Heike.

Rosemarie hatte Heike in dieser Woche nicht zu den Großeltern gebracht. Angeblich hätte die Kleine eine Erkältung, aber Elisabeth wusste, dass das nicht stimmte.

Weihnachten stand vor der Tür, und Elisabeth hoffte, dass sich bis dahin alle wieder ein wenig beruhigt hatten.

Am Heiligen Abend war sie ganz allein. Wolfgang war in der Kirche und hielt zwei Weihnachtsgottesdienste und die Christmette ab. In der Zeit dazwischen blieb er in der Kirche, redete mit denen, die nicht gehen wollten, weil auch sie allein zu Hause wären. Rosemarie war mit Heike in Nißwitz geblieben, und Elisabeth saß allein neben dem geschmückten Weihnachtsbaum.

Das Telefon klingelte, und Elisabeth ging ran. »Fröhliche Weihnachten, Schwesterchen«, rief Franz gut gelaunt. »Wie geht es euch? Habt ihr schon die Bescherung hinter euch? Du, ich habe mich so über den Kunstband von Max Beckmann gefreut. Und Petra über die erzgebirgischen Schnitzereien. Du sollst doch aber nichts schicken. Ist das Auto für Rosemarie schon da?«

Elisabeth schluckte, als sie die fröhlichen Stimmen aus Ingelheim hörte.

»Nein, wir haben erst heute die Benachrichtigung bekommen, dass wir es in Leipzig abholen können. Rosemarie weiß noch nichts davon.«

Wieder lachte Franz. »Jetzt weiß sie es aber. Sie ist doch bei euch, oder?«

»Nein. Ich bin allein. Wolfgang ist in der Kirche, Rosemarie und Heike wollten ohne uns feiern.«

»Warum? Ist alles in Ordnung bei euch?«

Elisabeth hätte ihrem Bruder so gern erzählt, was in den letzten Wochen geschehen war, aber sie wusste, dass viele Gespräche in den Westen abgehört wurden. Also antwortete sie: »Alles in Ordnung. Du, ich muss jetzt Schluss machen, muss rüber in die Kirche.«

»Auf bald, auf bald!«, rief ihr Bruder, dann legte sie den Hörer auf.

Sie betrachtete die liebevoll eingepackten Geschenke, die unter dem Weihnachtsbaum lagen. Sie hatte ihr Westkonto geplündert, hatte über Petra einen Kassettenrekorder für Heike gekauft, für Wolfgang eine elektrische Schreibmaschine und für Rosemarie den Trabant, der in Leipzig auf seine Abholung wartete. Sie hätte Frau Fischer auch gern etwas geschenkt. Nicht viel, vielleicht eine Packung Pralinen, doch sie hatte den Eindruck, dass Frau Fischer sie mied. Sie gingen zwar noch gemeinsam zu Tisch, doch den privateren Gesprächen war sie ausgewichen. Frau Fischer hatte erzählt, dass sie noch vor den Feiertagen nach Leipzig fahren wollte, ins Delikatgeschäft. Dort gab es zu spektakulär hohen Preisen Dinge, die es bei der HO und im Konsum nicht zu kaufen gab. Eine Dose Ananas für 18 Mark oder Döbelner Salami, die ein bisschen wie die ungarische schmeckte. Oder Schokolade aus den Halloren-Werken, die normalerweise samt und sonders in den Export ging. Sogar Rotkäppchensekt gab es im Delikat. Frau Fischer sagte auch: »Ach, warum erzähle ich dir das eigentlich alles. Du hast sicher wieder große Pakete aus dem Westen bekommen.« Da hatte Elisabeth geschwiegen und gewusst, dass auch Frau Fischer nicht mehr auf ihrer Seite stand.

Und so saß Elisabeth allein in ihrer Wohnstube. Aus dem Radio erklangen Weihnachtslieder, von draußen hörte sie die Kirchenglocken läuten. Sie wäre heute gern zum Weihnachtsgottesdienst gegangen, aber Wolfgang hatte sie gebeten, zu Hause zu bleiben.

Sie stand auf, richtete da eine Schleife, dort einen Geschenkanhänger. Dann wusste sie nicht, was sie tun sollte. Es war Weihnachten, der Heilige Abend. Da konnte sie sich doch kein Buch nehmen und lesen. Sie stellte sich ans Fenster, sah zu, wie die Leute in die Kirche strebten. »Fröhliche Weihnachten«, »Frohes Fest!« schallte es über den Kirchplatz. Frauen hakten sich bei ihren Männern ein, Mütter nahmen ihre Kinder bei der Hand. Omas richteten Kragen und strichen Enkelhaare glatt. Die Kinder zappelten vor Aufregung herum, und aus den Kirchenfenstern drang Kerzenschein.

Je länger Elisabeth dort stand, umso trauriger wurde sie. Habe ich das wirklich verdient?, fragte sie sich. Was, in Herrgotts Namen, habe ich eigentlich verbrochen? Ich habe ein wenig Liebe gesucht, die mir mein depressiver Mann nicht geben konnte. Ein wenig Nähe, Zärtlichkeit. War das wirklich so schlimm, dass ich nun an Weihnachten allein am Fenster stehe?

Jemand schaute zu ihr herauf, winkte. Elisabeth hob die Hand, winkte zurück, dann verließ sie ihren Platz am Fenster. Sie ging in die Küche. Kartoffelsalat hatte sie gemacht, so wie es der Brauch war. Kartoffelsalat und Würstchen. Im Ofen schmorte schon die Gans für morgen.

Elisabeth kostete vom Kartoffelsalat, schnitt noch einen halben Apfel hinein, legte die Würstchen in den Topf, damit sie schnell warm wurden, wenn Wolfgang endlich nach Hause kam. Sie öffnete den Kühlschrank, und ehe sie wusste, was geschehen war, hatte sie einen kleinen Eimer mit heißem Wasser vor sich stehen und putzte den Kühlschrank.

Als das Telefon erneut klingelte, wollte sie erst nicht rangehen. Es würde Rosemarie sein, und Elisabeth wusste nicht, was sie ihrer Tochter sagen sollte außer: »Es tut mir alles so leid.« Diesen Satz hatte sie in den letzten Wochen so oft gesagt, aber er hatte keine Wirkung gezeigt. Das Telefon klingelte hartnäckig weiter. Also warf Elisabeth den Putzlappen in den Eimer, wischte sich die Hände an ihrer Schürze ab und ging zum Telefon. Es war Jürgen.

»Frohe Weihnacht, Elisabeth«, wünschte er.

»Du sollst mich doch nicht anrufen«, fauchte Elisabeth, die nun plötzlich in Jürgen die Quelle allen Übels sah. Er war schuld, dass sie heute allein war. Er war schuld an dem Foto, er war schuld an allem.

»Ich weiß, dass du allein bist, Elisabeth. Ich war gerade in der Kirche und habe dich dort nicht gesehen.«

»Na und? Ich wollte meine Ruhe haben. Ganz besonders vor dir.«

»Du musst aufpassen, Elisabeth.«

»Worauf?«

»Auf dich. Auf die, die du liebst.«

»Was soll das heißen?«

»Es bedeutet, dass die Dinge manchmal anders liegen, als sie sich darstellen.«

»Du bist ein Lump, Jürgen. Ich bereue jede Sekunde, die ich mit dir verbracht habe«, fauchte Elisabeth und empfand in diesem Augenblick wirklich so.

»Es tut mir leid, Elisabeth.«

»Ja, mir auch.« Sie knallte den Hörer auf die Gabel, und endlich konnte sie weinen.

Zwischen den Jahren fuhr sie mit Wolfgang nach Leipzig, um das Auto für Rosemarie abzuholen. Am ersten Weihnachtsfeiertag war Rosemarie mit Heike da gewesen. Die Kleine hatte sich über ihren Kassettenrekorder und den Schal so gefreut, doch Rosemarie hatte nur genickt, als Elisabeth ihr sagte, dass sie ihr Weihnachtsgeschenk später bekommen würde.

Sie selbst hatte ihrer Mutter warme Hausschuhe geschenkt. Von Heike hatte Elisabeth zwei selbst gehäkelte Topflappen erhalten, die sie gleich in der Küche zum Einsatz brachte, als sie die Gans aus dem Ofen holte.

Jetzt aber saß sie neben Wolfgang im Auto auf dem Weg nach Leipzig. Sie waren schon eine knappe halbe Stunde unterwegs, aber Wolfgang hatte noch kein Wort gesagt.

»Warum redest du nicht mit mir?«, fragte Elisabeth und hörte selbst, wie gequält ihr Ton klang.

»Worüber soll ich reden?«

»Ich weiß es nicht. Es ist doch nicht normal, dass ein Ehepaar schweigend zusammen im Auto sitzt.«

»An unserer Ehe ist vieles nicht normal.«

Da schwieg Elisabeth, blickte aus dem Fenster auf die flache Landschaft der Leipziger Tieflandsbucht. Endlich tauchte am Horizont das Völkerschlachtdenkmal auf, endlich hatten sie die Karl-Heine-Straße gefunden und kurz darauf auch das Auslieferungslager in einer Nebenstraße.

Der mürrische Verkäufer studierte den Abholschein sehr genau, dann führte er die Wächters auf einen Parkplatz zu einem grauen Trabant, der recht schmutzig aussah.

»Das hier isser.«

»Nein, das kann nicht sein«, erwiderte Elisabeth. »Wir hatten einen blauen Trabant bestellt.«

Der Mann studierte noch einmal gründlich die Papiere, die er in der Hand hatte, dann schüttelte er den Kopf. »Blaue gibt's erst in einem halben Jahr wieder. Wenn Sie so lange warten wollen ...«

»Schon gut, wir nehmen den hier mit.«

Der Mann nickte und reichte Wolfgang einen Schlüssel. »Die Fahrzeugpapiere finden Sie im Handschuhfach.«

Kurze Zeit später tuckerte Elisabeth hinter Wolfgang her. Sie fuhren direkt zu Rosemarie. Wolfgang klingelte, und als Rosemarie öffnete, reichte er ihr den Schlüssel und die Papiere. »Dein Weihnachtsgeschenk«, sagte er und strahlte über das ganze Gesicht.

»Oh Papa!« Rosemarie fiel ihm um den Hals, während Elisabeth wartend danebenstand. Es war ihr Geld, mit dem dafür bezahlt worden war. Ihre Schwägerin hatte den Wagen gekauft. Und den Dank dafür erhielt Wolfgang.

Elisabeth war weder engherzig noch geizig, war sie nie

gewesen, und doch schmerzte es, dass Rosemarie ihr lediglich die Hand reichte und »Danke« sagte, während Wolfgang umarmt wurde.

Dann rief Rosemarie nach Heike. Sie zogen sich Anoraks an, hüpften in das neue Auto und drehten eine Runde, während Wolfgang und sie zurück nach Hause fuhren.

Elisabeth steckte den Schlüssel ins Schloss und meinte, einen kleinen Widerstand zu spüren. Einen Widerstand, der ihr neu war. Sie öffnete die Tür zu ihrer Wohnung und schnupperte. »Riecht es hier nach Zigarettenrauch?«, wollte sie wissen.

Wolfgang zuckte mit den Schultern. Er hatte Herzprobleme und rauchte seit zwei Jahren nicht mehr. Elisabeth rauchte nur bei besonderen Gelegenheiten, das letzte Mal am Heiligen Abend. Dieser Rauch war längst verflogen, und doch hing jetzt ein leichter Tabakgeruch in der Luft. Sie zog ihren Mantel aus, hängte ihn an die Garderobe und ging ins Wohnzimmer. Wie erstarrt blieb sie stehen: Die Bilder an der Wand hingen nicht wie gewohnt. Der Druck von Chagall hatte über der Couch gehangen und der Druck von Kandinsky über dem Fernseher. Seit Jahren hatten die Bilder so gehangen. Jetzt aber hing der Chagall über dem Fernseher und der Kandinsky über der Couch.

Elisabeth musste schlucken. Sie betrachtete die vertauschten Bilder, als könnten sie jeden Augenblick explodieren. Dann rief sie nach Wolfgang.

»Was ist denn?«

»Sieh dir die Bilder an«, forderte sie ihn auf.

»Was ist damit?«

»Sie sind vertauscht.«

»Ich habe nie so recht darauf geachtet«, bemerkte Wolfgang. Er betrachtete sie prüfend. »Was ist los mit dir, Elisabeth? Du hast Ärger auf deiner Arbeit, weil du dich verrechnet hast. Letzte Woche hast du behauptet, das Auto unter der Straßenlaterne geparkt zu haben, gefunden haben wir es vor dem Künstlerkeller. Am Heiligen Abend hast du die Küche geputzt, und nun behauptest du, dass die Bilder falsch hängen. Du solltest mal zum Arzt gehen. Normal ist das nämlich nicht.«

Mit diesen Worten verließ er das Wohnzimmer.

Elisabeth schleppte sich zur Couch, ließ sich darauf fallen und weinte so herzzerreißend, dass Wolfgang es im Nebenzimmer hören konnte. Da stützte er die Ellbogen auf den Tisch, ließ den Kopf in die Hände sinken und weinte ebenfalls.

Ihr Leben – so glaubte sie – lag als Scherbenhaufen vor ihren Füßen. Ihre Ehe war hoffnungslos geworden. Sie erfüllte die Anforderungen ihrer Arbeit nicht mehr. Mit Rosemarie hatte sie auch kein gutes Verhältnis. Sie hatte gedacht, alles würde sich zum Guten wenden, als sie Jürgen verließ. Sie hatte ein Opfer gebracht. Ja. Er hatte sie verletzt, aber sie liebte ihn auch. Noch immer. Ihn jeden Tag im Betrieb zu sehen war mehr, als sie leichten Mutes ertragen konnte. Zu allem Unglück war er auch noch der Abteilungsleiter und wusste natürlich, dass Elisabeth bei der Arbeit immer öfter Fehler machte. Fehler, die sie sich nicht erklären konnte. So, als gäbe es da jemanden, der heimlich die Zahlen vertauschte, heimlich die Bilanzen in Unordnung brachte, das

Kassenbuch fälschte. Und sie ahnte längst, dass Frau Rockstroh der Meinung war, sie bräuchte einen anderen Arbeitsplatz. Einen, an dem Fehler nicht so schwer wogen wie in der Valutaabteilung.

Kapitel 26

Gleich Anfang Januar ging Elisabeth zum Arzt. »Ich weiß nicht, was mit mir los ist«, begann sie und erzählte alles, was ihr passiert war. Der junge Arzt betrachtete sie aufmerksam. »Hören Sie Stimmen, die andere nicht hören?«

»Nein. Nein, ich höre keine Stimmen.«

»Fühlen Sie sich verfolgt?«

Elisabeth schluckte. »Herr Doktor, ich bin nicht verrückt. All diese Sachen sind wirklich geschehen.«

Der Doktor erhob sich, leuchtete ihr in die Augen, prüfte ihre Reflexe. Dann setzte er sich zurück an den Schreibtisch und füllte ein paar Formulare aus. »Ich überweise Sie an einen Psychiater. In Naumburg hat ein sehr angesehener Arzt seine Praxis.«

»Sie glauben also wie mein Mann, dass ich verrückt bin?« Elisabeth war drauf und dran, erneut in Tränen auszubrechen.

»So kann man das nicht nennen, Frau Wächter. Vielleicht sind Sie überarbeitet. Zu viel Stress, verstehen Sie. Dazu die Feiertage. Da kommt so manches hoch.«

Zwei Wochen später saß Elisabeth in Naumburg in der

Praxis des Psychiaters, der sich als Psychiaterin heraus-
stellte. Frau Sandweg war jünger als Elisabeth. Sie trug das
dunkelbraune Haar kurz geschnitten, ihre braunen Augen
wurden von einer schwarzen Brille umrahmt. Frau Dr. Sandweg saß hinter ihrem Schreibtisch, Elisabeth auf dem Stuhl
davon.

»Jetzt erzählen Sie mal.« Frau Sandweg nickte ihr freundlich zu. Und Elisabeth erzählte erneut, was ihr passiert war.

»Wie ist das Verhältnis zu Ihrem Mann?«, fragte Frau Dr.
Sandweg.

Elisabeth schwieg einen Augenblick, ehe sie antwortete.
»Wir hatten keine leichten Jahre. Wolfgang ist sehr verschlossen und seit dem Krieg schwermütig. Depressiv. Und
Rosemarie nimmt mir übel, dass ich ihren Vater betrogen
habe.« Sie brach wieder ab, kramte ein Taschentuch aus der
Handtasche. »Sie sind alle Opfer, verstehen Sie? Mein Mann
ist ein Opfer des Krieges, meine Tochter Opfer der Untreue
ihrer Mutter. Sie tun, als wäre ich ihnen etwas schuldig. Als
würde ich ihnen etwas verwehren, das sie dringend brauchen. Aber sie fragen nie, was ich brauche.«

Frau Dr. Sandweg nickte. »Das geht vielen Frauen so.
Obwohl wir ja die Gleichberechtigung haben, sind in den
Köpfen noch die alten Denkmuster verankert. Eine Frau
heutzutage muss Vollzeit arbeiten gehen, den Haushalt erledigen, sich um die Kinder und um die Verwandtschaft kümmern. Das schafft keine Frau.«

»Sie denken also nicht, dass ich verrückt bin?« Elisabeth
schöpfte allmählich Hoffnung.

»Nein, das denke ich nicht. Ich kann Ihnen natürlich

nicht sagen, wer das Foto ausgehängt, ob Ihr Auto wirklich unter der Straßenlaterne gestanden und ob jemand die Bilder in ihrem Wohnzimmer umgehängt hat. Ich deute diese Dinge als Erschöpfungssyndrom.«

»Was kann ich dagegen tun?«

»Ich schreibe Ihnen zunächst einmal ein leichtes Beruhigungsmittel auf. Nehmen Sie es am Abend, damit Sie besser schlafen können. Dann denke ich, dass Sie wirklich mal ein paar Tage ausspannen sollten. Ich schreibe Sie für zwei Wochen krank. Gehen Sie spazieren, aber grübeln Sie nicht. Und dann schlage ich vor, dass Sie Ihren Mann zu mir schicken.«

Elisabeth schüttelte den Kopf. »Er wird nicht kommen. Er hat noch mehr Angst davor, verrückt zu werden, als ich.«

»Dann kommen Sie beide. Sagen Sie ihm, dass Sie Ihr Leben ändern müssen. Das betrifft schließlich auch ihn. Und, Frau Wächter, das war kein Spruch. Sie müssen Ihr Leben wirklich ändern, sonst werden Sie mir noch richtig krank.«

Frau Dr. Sandweg reichte ihr ein Rezept. Elisabeth erhob sich, gab der Ärztin die Hand. »Ich danke Ihnen sehr, Frau Doktor. Das Gespräch hat mir gutgetan.«

Frau Dr. Sandweg winkte ab. »Ich verstehe Sie, Frau Wächter. Auf unseren Schultern liegen manchmal Lasten, die einfach zu schwer sind. Sorgen Sie dafür, dass es Ihnen gut geht. Sorgen Sie für sich. Das können die wenigsten Frauen.«

Als Elisabeth die Praxis verließ, war ihr, als wäre eine schwere Last von ihren Schultern genommen. Sie hatte seit

Langem wieder das zaghafte Gefühl, dass sich vielleicht doch noch alles zum Besseren wenden würde.

Der Tag war kalt und grau. Elisabeth zog die Mütze tiefer ins Gesicht, kuschelte sich in ihren Schal. Sie kaufte ein paar Dinge ein, die sie brauchten: Milch, Brot, Butter und Senf. Beim Fleischer bekam sie gekochten Schinken und freute sich darüber. Gekochten Schinken gab es nicht immer. Dann fuhr sie zurück Richtung Freyburg. Als sie an der kleinen Straße vorüberkam, die hinauf zum Weinschlösschen führte, bog sie ein, fuhr den Hügel hoch, stellte das Auto vor dem Gebäude ab.

Noch immer war das Haus eine Brandruine; es war sich selbst und der Natur überlassen. Die Fenster waren ohne Scheiben, die Haustür hing an nur einer Angel, und als Elisabeth in die Halle hineinspähte, sah sie die Blätter von vielen Herbsten. Wo früher die Bank gestanden hatte, wuchs ein junger Birkenspross. Elisabeth seufzte. Es tat ihr weh, das Haus ihrer Kindheit so zu sehen. Vor Jahren war sie einmal beim Bauamt der Stadt gewesen, hatte gefragt, warum man das Schlösschen so verfallen ließ. Ein neues Gebäude zu bauen wäre kostengünstiger, hatte es da geheißen. Und im Übrigen wären Schlösser ja eindeutige Relikte der ausbeuterischen Kapitalistengesellschaft.

Sie schlenderte hinüber zum Küchengarten. Die Beete waren zerstört, doch die satte feuchte Erde duftete.

Unter dem Apfelbaum zupfte sie die Gedenksteine frei von Unkraut und strich zärtlich mit der Hand darüber. Dann überquerte sie die Wiese und sah sich die Weinberge an. Sie standen gut da, aber sie waren nicht so gepflegt wie damals, als ihre Mutter hier noch gewirkt hatte. Die Triebe waren nicht ordentlich beschnitten, zwischen den Rebstöcken wucherte Gras. Elisabeth setzte sich am Weinbergshäuschen auf die Bank und roch den satten erdigen Geruch des Weinberges. Hier war sie geboren worden. Hier, zwischen den Rebreihen. Sie hatte immer Wein machen wollen. So wie ihre Mutter Hedda, wie ihre Großmutter Aenne, wie ihr Bruder Franz. Jetzt hockte sie in einem Büro und zitterte jeden Tag vor Angst, neue Fehler gemacht zu haben oder ein neues Foto am Schwarzen Brett zu sehen. Wer weiß, dachte sie grimmig. Vielleicht hat mich ja heute wieder jemand fotografiert, wie ich die Praxis der Psychiaterin verlassen habe. Dann wissen morgen alle, dass ich nicht nur schamlos und schluderig bin, sondern obendrein noch verrückt. Sie musste lachen bei diesen Gedanken, aber ihr Lachen klang schrill.

Ein paar Krähen kreisten über dem Weinberg, der Fluss unten lag grau und schwer wie ein Fließband in der Landschaft. Elisabeth fror, aber sie hatte noch keine Lust, nach Hause zu fahren. Sie stand auf, spazierte zwischen den Rebstöcken umher und wünschte sich eine Rebschere in die Hand. Als sie an der Stelle anlangte, an der sie geboren worden war, erblickte sie den kleinen weißen Stein, den Hedda vor Jahren dorthin gelegt hatte, damit sie immer wusste, wo sie herkam. Sie bückte sich, nahm den Stein in die Hand – und plötzlich wusste sie, was sie tun musste.

Den Weg zurück zum Auto rannte sie beinahe. Jetzt, wo sie wusste, was sie wollte, durfte sie keine Zeit mehr verlieren.

Frau Dr. Sandweg hatte gesagt, sie müsse ihr Leben ändern. Nun, dies war der erste Schritt.

Sie stieg ins Auto, fuhr den Hügel hinab durch die Stadt, fuhr an der Sektkellerei vorbei und hin zur Winzergenossenschaft. Sie parkte das Auto, betrat das Gebäude. Der Pförtner grüßte sie freundlich; er war ein alter Mann, den Elisabeth ihr Leben lang kannte.

»Na, Mädchen, wohin willst du denn?«, fragte er.

Elisabeth lachte. Sie lachte, weil sie glücklich war, weil sich alles gut und richtig anfühlte. »Fragen wollte ich, ob ihr einen Arbeitsplatz für mich habt.«

Der Pförtner wiegte bedenklich den Kopf. »In der Verwaltung gibt es derzeit keine freien Stellen. Aber ich kann dir Bescheid sagen, wenn sich etwas ergibt.«

»Nein, nicht in die Verwaltung, in die Weinberge will ich.« Sie eilte weiter, hörte nicht mehr, dass ihr der Pförtner viel Glück wünschte. Sie klopfte an die Tür der Kaderabteilung, konnte kaum abwarten, hineingerufen zu werden. Sie setzte sich ganz vorn auf die Kante des Stuhles. »Ich möchte in den Weinbergen arbeiten«, sagte sie.

»Haben Sie denn Erfahrungen mit der Winzerei?«, wollte der Mann hinter dem Schreibtisch wissen. Elisabeth hatte gehört, dass er aus Halle nach Freyburg gekommen war, doch sie kannte ihn nur dem Namen nach.

»Ja, das habe ich. Hedda Wiebrecht war meine Mutter. Sie hat früher hier gearbeitet.«

»Hedda Wiebrecht war also Ihre Mutter. Von ihr habe ich schon gehört. War nicht das Weingut Saale-Premium einst in ihrem Besitz?«

»Ja, das war es. Ich bin in den Weinbergen geboren. Buchstäblich.«

Der Kaderleiter lehnte sich im Stuhl zurück, verschränkte die Arme. »Sind Sie derzeit berufstätig?«

»Ja, natürlich. Ich arbeite bei Rotkäppchen in der Buchhaltung.«

»Eine gute Arbeit. Warum wollen Sie dort weg?«

»Weil ich schon viel zu lange in einem Büro gehockt habe. Weil ich in die Weinberge will. Ohne Rebstöcke und Trauben ist das Leben für mich nicht vollständig.«

Der Kaderleiter lächelte, fragte nicht nach Parteizugehörigkeit, nicht nach FDGB, nicht nach DSF, nicht nach dem Frauenbund. »Wann können Sie anfangen?«

Ohne lange darüber nachzudenken, antwortete Elisabeth: »Am 1. Februar. Spätestens dann müssen die Triebe geschnitten werden.« Sie dachte nicht darüber nach, wie lange wohl ihre Kündigungsfrist im VEB wäre. Sie wusste nur, dass sie nie wieder einen Fuß in die Buchhaltung setzen wollte.

Der Kaderleiter reichte ihr die Hand. »Dann herzlich willkommen bei der Volkseigenen Winzergenossenschaft Freyburg. Wir sehen uns dann am 1. Februar um 7 Uhr. Bringen Sie bitte Ihre Unterlagen mit.«

Elisabeth strahlte über das ganze Gesicht. »Ich freue mich darauf.«

Dann lachte sie noch einmal auf und ging mit leichten Schritten zum Parkplatz. Im Auto beschloss sie, gleich Nägel mit Köpfen zu machen, und hielt vor der Sektkellerei. Sie begab sich auf direktem Weg in die Kaderabteilung, wartete nicht auf das Herein nach dem Klopfen, sondern riss ungestüm die Tür auf.

Frau Öhme schreckte zusammen. »Anständige Leute warten, bis sie zum Eintreten aufgefordert werden.«

»Ich war lange genug anständig«, verkündete Elisabeth und baute sich vor dem Schreibtisch auf.

»Na ja, wenn Sie das sagen. Von mir hing jedenfalls kein Foto am Schwarzen Brett.«

»Ich kündige«, erklärte Elisabeth ohne Umschweife. »Sofort. Ich komme nicht mehr. Die Kündigungsfrist beträgt zwei Wochen. Hier ist meine Krankmeldung. Machen Sie mir bitte meine Papiere fertig.«

»Hui«, sagte Frau Öhme. »Dass ich das noch erleben darf. So richtig haben Sie ja nie hierhergepasst mit Ihrem Dünkel der ehemaligen Weingutsbesitzerin. Darf ich fragen, wo Sie untergekommen sind? Sie hatten ja immer gute Beziehungen.«

»Nein, das dürfen Sie nicht fragen, das geht Sie nämlich nichts an. Aber ich sage es Ihnen trotzdem. Ich werde als Weinbergsarbeiterin für die Winzergenossenschaft arbeiten. Sie denken an meine Papiere?«

Damit drehte sie sich um und eilte in den ersten Stock in ihr Büro.

»Wo warst du denn?«, wollte Frau Fischer wissen. »Es ist schon bald Mittag.«

»Ich war beim Arzt, bin krankgeschrieben, und ich habe gekündigt. Ich bin nur hier, um meine persönlichen Sachen abzuholen.«

Sie öffnete ihren Schreibtisch, nahm ihre Essbesteckta-

267

sche, den Mitgliedsausweis der Gewerkschaft, ein Päckchen Pfefferminz, ein Geschirr- und ein Handtuch heraus. Neben der Kaffeemaschine stand ihre Tasse, die sie einsteckte. Dann nahm sie noch das Foto von Heike vom Schreibtisch und packte alles in ihre Tasche. Sie überlegte, ob sie Frau Fischer die Hand geben und ihr alles Gute wünschen sollte, als Frau Rockstroh mit ein paar Unterlagen unter dem Arm das Büro betrat.

»Wie schön, dass Sie auch noch kommen«, bemerkte sie sarkastisch.

»Ich bin nur gekommen, um zu gehen«, erwiderte Elisabeth fröhlich. »Ich habe gekündigt.«

Frau Rockstroh klappte die Kinnlade runter. »Gekündigt? Aber wir brauchen Sie doch. Der Jahresabschluss muss gemacht werden.«

»Tja, dabei werde ich nicht mehr helfen. Sehen Sie es doch mal positiv: Wenn ich nicht mehr da bin, gibt es keine Fehler mehr.«

Mit diesen Worten ging sie zu Frau Fischers Schreibtisch: »Auf Wiedersehen, Hildegard. Ich wünsche dir alles Gute. Ich habe immer gern mit dir zusammengearbeitet.«

Frau Fischer hielt Elisabeths Hand fest. »Ich wünsche dir auch nur das Beste. Mach's gut. Vielleicht sieht man sich ja mal in der Stadt.«

Als sie nach Hause kam, war Wolfgang nicht da. Elisabeth ging in die Küche, packte ihre Einkäufe aus, schälte Kartoffeln, putzte Möhren. Sie wunderte sich, dass Wolfgang ihr keinen Zettel hingelegt hatte. Das tat er sonst immer. Hoffentlich war mit Heike und Rosemarie alles in Ordnung. Sie begann gerade, sich ernsthaft zu sorgen, als sie Wolfgangs Schlüssel im Türschloss hörte.

»Wolfgang, ich bin in der Küche«, rief sie. Einige Minuten später saß Wolfgang auf einem der Küchenstühle.

»Wie war es beim Arzt?«

Elisabeth war noch immer so glücklich, dass sie ihren Mann umarmte. Doch als sie seine Steifheit spürte, wusste sie, dass ihr neues Leben schwierig werden würde.

»Ich bin nicht verrückt, sagt Frau Dr. Sandweg. Aber ich muss mein Leben ändern. Wir haben nächste Woche gemeinsam einen Termin bei ihr.«

»Was soll ich da?«

»Wenn ich mein Leben ändere, betrifft das auch dich.«

Wolfgang runzelte die Stirn. »Willst du mich verlassen? Bist du wieder mit Jürgen zusammen?«

Elisabeth setzte sich. Sie war enttäuscht. Sie hatte ihr neues Leben begonnen, und Wolfgang hörte sich noch so nach dem alten Leben an. »Nein, ich will dich nicht verlassen. Und ich bin auch nicht mit Jürgen zusammen. Das ist vorbei. Ein für alle Mal.«

»Und was soll ich dann bei der Psychiaterin? Mit ihr über unsere Ehe sprechen?«

»Über dich. Über uns.«

Wolfgang schüttelte den Kopf. »Ich brauche kein Therapiegespräch.«

Elisabeth spürte, wie ihr der Mut sank. »Und wenn ich dich darum bitte?«

Wolfgang antwortete nicht.

»Ich habe übrigens gekündigt. Am 1. Februar fange ich bei der Winzergenossenschaft als Weinbergsarbeiterin an.«

Wolfgangs Kopf fuhr herum. Wenn er jetzt etwas dagegen sagt, dann hat es mit uns wahrscheinlich doch keinen Sinn mehr. Sie faltete unter dem Tisch die Hände und betete: Sag das Richtige, Wolfgang, damit ich noch an uns glauben kann, damit ein neues Leben eine kleine Chance hat.

»Als Weinbergsarbeiterin, ja?«

»Ja.«

»Das willst du wirklich?«

»Ja. Mehr als alles andere.«

Wolfgang erhob sich.

»Wo gehst du hin?«, fragte Elisabeth, und die Enttäuschung machte ihre Stimme klein und blass.

»Gummistiefel für dich kaufen. In der Stadt gibt es gerade welche.«

Da sprang Elisabeth auf, umarmte ihren steifen Mann und küsste ihn. »Danke«, murmelte sie an seinem Hals. »Ich habe so gehofft, dass du das verstehen würdest.«

Behutsam machte sich Wolfgang los. »Du bist wieder da, wo du herkommst. Du bist ein Winzermädchen. Das habe ich immer gewusst.«

Kapitel 27

Im März 1980 feierte Elisabeth ihren 65. Geburtstag. Alle waren gekommen. Alle, die sie eingeladen hatte: Wolfgang, Rosemarie und Heike natürlich, aber auch ihre Kollegen von der Winzergenossenschaft, Kurt, Lothar und Sabine. Sie brachten einen Geschenkkorb, für den alle Kollegen ein wenig Geld beigesteuert hatten. Elisabeth war gerührt von dieser Freundlichkeit. Freundlichkeit – sie hatte sie so bitter nötig. Sie hätte schon lang in die Rente gehen können, aber das wollte sie nicht. Sie konnte sich nicht vorstellen, allein mit Wolfgang zu sein. Mit ihrem Ehemann, der immer weniger sprach, der meist – auch lange nach Feierabend – in seinem Arbeitszimmer hockte und nachdachte, dabei Pfeife rauchte und Notizen in ein dünnes Heft schrieb. Elisabeth wusste nicht, was er da notierte. Sie wollte es auch gar nicht mehr wissen. Es ging ihr gut; sie hatte sich gewöhnt. Irgendwann gewöhnte man sich wohl an alles einmal. Wolfgang und sie lebten wie zwei Mieter nebeneinanderher, nur dass Elisabeth seine Wäsche wusch und bügelte, für ihn kochte und putzte.

Vor Jahren waren sie bei Frau Dr. Sandweg gewesen. Zusammen. Doch der Psychiaterin gelang auch nicht, was Elisabeth nicht gelang: Wolfgang sprach nicht, gab seine Gedanken und Gefühle nicht preis. »Sie haben eine Verpflichtung Ihrer Ehefrau gegenüber«, hatte sie ihn erinnert.

»Sie ist erwachsen. Sie kann tun und lassen, was sie will.«

»Sie will Sie. Verstehen Sie das nicht? Was ist es, das Sie von Ihrer Frau fernhält?«

Da war Wolfgang aufgestanden und gegangen, und Elisabeth hatte mit dem Bus zurück nach Freyburg fahren müssen.

Danach hatte sie überlegt, ob sie ihre Beziehung zu Jürgen wieder aufnehmen sollte. Doch dann hatte sie ihn gesehen, in der Buchhandlung in Freyburg, neben ihm eine Frau, wohl zwanzig Jahre jünger als er und hochschwanger. Da wusste sie, sie hatte wieder einmal alles verloren.

Ein paar Wochen lang hatte sie um ihre Ehe getrauert, sich dann aber entschieden, bei Wolfgang zu bleiben. Weil Wolfgang sie brauchte. Auch, wenn er es nicht zeigte, wusste sie es. War sie nicht da, lauschte er bei jedem Geräusch, ob es nicht ihr Schlüssel im Türschloss war. Sang sie beim Bügeln, kam er in die Küche, setzte sich auf die Küchenbank und hörte ihr zu. War sie krank, hockte er die ganze Nacht auf ihrer Bettkante und legte ihr feuchte Tücher auf die Stirn. Und trotzdem kam sie ihm einfach nicht näher. Weil er das Wichtigste vor ihr geheim hielt: die Gedanken und Gefühle.

Manchmal blickte sie ihn an, und Wut stieg in ihr auf. Wut darüber, dass er noch immer so kalt zu ihr war. Nun war sie es müde, sich um ihn zu bemühen. Sie sorgte für ihn, alles andere konnte er machen, wie er wollte.

Das Winzerkollektiv aber hatte sie froh und glücklich gemacht. Wie schwer waren ihr die ersten Wochen gefallen, als sie die körperliche Anstrengung nicht mehr gewohnt war. Sie hatte einen solchen Muskelkater gehabt, dass sie kaum laufen, kaum die Arme heben konnte. Jetzt hatte sie dort, wo die Rebschere in ihren Händen lag, Hornhaut bekommen, und die Füße taten ihr auch schon lange nicht mehr weh. Sie genoss es, mit den anderen in den Weinbergen zu sein. Ihre Finger um die zarten Triebe zu legen, die Schnitte auszuführen. Sie liebte die Scherzworte, die zwischen den Reihen hin- und herflogen, sie liebte die gemeinsamen Mahlzeiten. Dann saßen alle zusammen. Jeder hatte seine Brotdose und Thermoskanne dabei. Manchmal brachte jemand Puddingstückchen oder Pfannkuchen vom Bäcker mit. Würde jemand sie fragen, so würde sie sagen, dass diese Brigade ihre Familie war. Letztes Jahr waren sie sogar Aktivisten der Sozialistischen Arbeit geworden. Es hatte 200 Mark Prämie gegeben und einen Urlaubsplatz an der Ostsee auf der Insel Hiddensee. Elisabeth war mit Heike gefahren, die im September ihren 16. Geburtstag feiern würde. Es war ein schöner Urlaub gewesen, auch, wenn Heike am Strand Freunde gefunden hatte, die Elisabeth nicht geheuer gewesen waren. Im FDGB-Ferienheim hatte es geheißen, dass einige dieser jungen Leute nachts versuchen wollten, in den Westen zu kommen, nach Dänemark. Und in Elisabeth war ihre alte Angst vor der Staatssicherheit neu erwacht. Doch nach ein paar Tagen hatte sich Heike einem Mädchen angeschlossen, das mit seinen Eltern im selben Ferienheim untergebracht war. Allerdings in einem anderen Durchgang. Alle Feriengäste waren in »Durchgänge« eingeteilt. So nannte man die Essenszeiten. Der 1. Durchgang durfte von 7 bis 7.30 Uhr frühstücken, der 2. Durchgang von 7.30 bis 8.00 und der 3. Durchgang von 8.00 bis 8.30. Dann schloss der Speisesaal für drei Stunden, um 11.30 mit dem Mittagessen des ersten Durchgangs wieder zu öffnen. Beim Abendbrot war es ebenso, nur die Veranstaltungen danach waren für alle offen. Da gab es Lichtbildervorträge über die Schönheiten der Insel, da gab es eine Modenschau vom Nähzirkel der Insel, dann las mal ein Dichter. Am beliebtesten aber waren die wöchentlichen Tanzabende.

Elisabeth mied diese gesellschaftlichen Angebote. Sie ging gern nach Sonnenuntergang an den Strand, der zu dieser Zeit leer war. Sie setzte sich in einen Strandkorb und sah aufs Meer. Manchmal kam Heike mit.

»Worüber denkst du nach, Oma?«, wollte sie wissen.

»Über mein Leben, Schatz. Was ich richtig gemacht habe, was falsch und ob ich das Falsche noch ändern kann.«

»Und? Hast du viel falsch gemacht?«

»Ja, Heike. Sehr viel. Aber einiges davon hat sich richtig angefühlt. Ob es das auch wirklich war, weiß ich bis heute nicht.«

»Warum ... ich meine ... wieso sind wir in Freyburg geblieben?«

»Wie kommst du auf diese Frage, Heike?«

»Michaela hat mich das gefragt. Sie ist auch in der Jungen Gemeinde, hat aber keine Verwandten im Westen. »Ich haue ab, sobald ich achtzehn bin«, hat sie gesagt.«

»Das ist nicht so einfach, Heike. Man geht nicht nur fort, sondern man lässt auch viel zurück. Menschen, die man liebt, die Heimat, all das.«

»Bist du deshalb nicht gegangen? Obwohl Opa es so dringend wollte?«

Elisabeth fuhr herum. »Wer sagt das?«

»Mama. Stimmt es?«

Elisabeth seufzte. »Ja, es stimmt. Wäre es nach Opa gegangen, würden wir jetzt alle in Ingelheim leben. Aber dann gäbe es dich nicht. Und ich denke, das ist den Preis wert.« Sie lächelte, legte den Arm um ihre Enkelin, und Heike schmiegte sich an sie.

Danach hatte sie immer mal wieder darüber nachgedacht, ob sie bei Erreichung des Rentenalters in den Westen zu ihrem Bruder gehen sollte. Rentner ließ man problemlos gehen, schließlich sparte man sich da einen Haufen Geld. Sie könnte noch ein paar Jahre auf dem Weingut leben, das ihr zu einem Viertel gehörte. Wolfgang könnte mitkommen oder es lassen. Aber Rosemarie und vor allem Heike würde sie vermissen, also blieb sie.

Rosemarie hatte eine Pfarrstelle in der Naumburger Wenzelskirche bekommen. Die Stadtkirche lag mitten im Zentrum der kleinen Stadt, und vom Turm aus hatte man einen traumhaften Ausblick auf die Umgebung. Außer ihr gab es noch zwei weitere Pastoren in St. Wenzel. Da sie die Jüngste war und obendrein noch eine Frau, hatte man ihr die Gottesdienste in den umliegenden kleinen Dorfkirchen überantwortet, in denen manchmal nicht ein einziger Gläubiger am Sonntag in der Bank saß. Aber Rosemarie hatte sich vorgenommen, das zu verändern.

Heike war ein eher stiller Teenager. Selten lachte sie laut und albern wie die anderen Mädchen in ihrem Alter. Sie las am liebsten, oder sie ging an den Fluss, um zu zeichnen. Doch wenn sie lachte, dann erstrahlte ihr Gesicht und brachte alle Umstehenden zum Lächeln. Elisabeth hoffte, dass sie nicht auch noch Pfarrerin werden wollte. Diese Arbeit fraß einen auf, das konnte man an Rosemarie sehen. Oder sie machte trübsinnig, wie es bei Wolfgang der Fall war. Hätte man Elisabeth gefragt, so hätte sie für Heike den Beruf der Buchhändlerin vorgeschlagen. Und Heike hatte sich tatsächlich an der Buchhändlerschule in Leipzig um einen Ausbildungsplatz bemüht. Ihre Zensuren waren in den meisten Fächern sehr gut; sie hätte durchaus das Zeug dazu gehabt, ein Studium aufzunehmen. Doch das hatte man ihr verwehrt, indem man ihr den Besuch der Erweiterten Oberschule, an der man das Abitur ablegen konnte, verweigert hatte. Elisabeth hoffte so sehr, dass sie den Ausbildungsplatz bekam.

Kapitel 28

Rosemarie überlegte, ob sie sich anstellen sollte. In der Kaufhalle gab es Tomatenketchup. Die Schlange war riesig, aber Heike liebte Nudeln mit Ketchup. Sie sah auf die Uhr. Bis zum Friedenskreis hatte sie noch eine Stunde Zeit. Sie seufzte und stellte sich an. Vor ihr stand ein Mann in mittleren Jahren. Er wandte sich zu ihr um. »Hoffentlich dauert es nicht so lange, ich habe heute noch etwas vor.«

Rosemarie war nicht nach einem Gespräch zumute, deshalb lächelte sie verhalten und sagte: »Schön. Ich hoffe, es wird ein netter Abend für Sie.«

Sie sah sich um. Vor ihr und hinter ihr standen Frauen mit grauen, müden Gesichtern. Sie kamen alle von der Arbeit, hatten daheim noch den Haushalt zu erledigen, die Hausaufgaben der Kinder zu kontrollieren, das Abendbrot herzurichten. Aber all das wog eine Flasche Tomatenketchup nicht auf. Es gab sie einfach zu selten. Die Schlange rückte langsam vor. War man einmal im vorderen Bereich der Kaufhalle gelangt, musste man auf einen Korb warten. Ohne Korb kein Eintritt, selbst wenn man nichts sonst kaufen wollte.

Nach einer Dreiviertelstunde verließ Rosemarie die Kaufhalle und freute sich über ihre zwei Flaschen Ketchup. Heute Abend, nach dem Friedenskreis, würde sie für Heike und sich kochen. In diesem Augenblick fiel ihr auf, wie hungrig sie war. Sie kramte in ihrer Tasche herum. Irgendwo müsste doch noch ein Apfel sein. In diesem Augenblick fiel ihr das Netz mit dem Ketchup aus der Hand, die beiden Flaschen zerschellten am Boden.

Rosemarie starrte entsetzt auf die rote, dicke Flüssigkeit, die sich mit Glasscherben vermischte. Tränen stiegen in ihr auf. Tränen und kaum zu unterdrückender Ärger. So lange hatte sie gestanden, hatte auf eine Mahlzeit verzichtet deshalb, auf ein wenig Ruhe. Und jetzt das. Plötzlich fühlte sie neben dem Hunger noch ihre Erschöpfung. Sie versuchte, die Tränen hinunterzuschlucken, doch es gelang ihr nicht.

Auf einmal stand der Mann aus der Schlange vor ihr. »Oh, was für ein Pech!«, sagte er mitfühlend. Und während Rosemarie noch mit den Tränen kämpfte, hatte er aus der Kaufhalle schon einen Eimer Wasser geholt und spülte die Bescherung in den Rinnstein.

Rosemarie stand daneben und war für einen Augenblick weniger traurig. Da war einer, der sich kümmerte. Sie musste gar nichts machen.

Als der Mann den Eimer zurückgebracht hatte, holte er eine Flasche Ketchup aus seiner Tasche und reichte sie Rosemarie. »Da, nehmen Sie.«

»Nein, das kann ich nicht. Vielen Dank, das ist sehr freundlich, aber das wäre zu viel.«

Der Mann lächelte. »Sie sehen aus, als hätten Sie Kinder.

Und Kinder lieben Tomatensoße. Also zieren Sie sich nicht. Für mich bleibt ja die andere Flasche.«

Zaghaft streckte Rosemarie die Hand nach der begehrten Flasche aus. Sie verstaute sie sicher in ihrer Handtasche, holte ihre Geldbörse hervor und kramte darin.

»Nein, nein, ich will kein Geld dafür. Vielleicht treffen wir uns ja irgendwann einmal wieder, und Sie laden mich auf eine Tasse Kaffee ein?« Er lächelte sie noch einmal an, dann verabschiedete er sich: »Ich muss los. Das hier hat länger gedauert, als ich dachte.«

Rosemarie blickte ihm nach.

Seine Freundlichkeit hatte sie so sehr getröstet, dass sie lächelte. Mit langen Schritten entfernte sich der Mann. Groß war er und schlank. Sein Haar war an den Schläfen bereits ergraut, aber sein Gesicht strahlte Freundlichkeit und Heiterkeit aus.

Rosemarie hoffte, dass sie ihn wirklich einmal wiedertraf, um sich mit dem Kaffee zu revanchieren.

Ihr Blick fiel auf ihre Armbanduhr. Schon zehn Minuten vor sechs. Sie musste sich beeilen. Mit dem Auto war sie schnell in Nißwitz. Sie öffnete die Tür zum Pfarrhaus und hörte schon Stimmen aus dem kleinen Saal, in dem der Friedenskreis tagte.

Sie stellte die Einkäufe in die Ecke, strich sich noch einmal über ihr braunes Haar, das ihr bis zur Schulter reichte, und betrat den kleinen Saal, der eigentlich eher ein großes Zimmer war.

»Guten Abend, Leute«, sagte sie und setzte sich in den Stuhlkreis. Dann ließ sie ihre Blicke von einem zum anderen wandern. Plötzlich erstarrte sie: Ihr genau gegenüber saß der Mann von der Kaufhalle.

Er lächelte sie an und sagte: »Dass wir uns so schnell wiedersehen, hatte ich nicht zu hoffen gewagt.« Und wieder lächelte er so breit, dass auch Rosemarie die Mundwinkel nach oben ziehen musste.

»Vielleicht machen wir zuerst eine Vorstellungsrunde«, schlug sie vor. »Wollen Sie anfangen?«

»Mein Name ist Matthias Dürrmann. Ich bin achtundvierzig Jahre alt, lebe in Naumburg und arbeite als Tierarzt in der Rindermastanlage. Wie ihr vielleicht wisst, ist diese Anlage die größte im Land. Ich bin hergekommen, weil mich die Umweltzerstörung in unserem Land umtreibt. Ich möchte etwas dagegen tun.«

»Danke schön, Matthias. Das wollen wir hier alle.« Rosemarie stellte sich ihm vor, dann folgten nacheinander die anderen Mitglieder des Friedenskreises. Sie waren heute zu zwölft.

»Es ist gut, dass du das sagst, Matthias«, fand Gerold. »Wir haben vor einem halben Jahr Bodenproben in der Nähe der Mastanlage genommen. Der Boden war vollkommen von Gülle verseucht. Die Nitratwerte waren abenteuerlich hoch.«

Matthias nickte. »Ich weiß. Und genau dagegen möchte ich etwas tun. Der Mist aus den Ställen wird wahllos auf die Felder verteilt. Wir haben seit ein paar Jahren sogar einen Rückgang der Feldtiere beobachtet. Aber niemand unternimmt etwas dagegen.«

Nacheinander meldeten sich alle Teilnehmer zu Wort,

und am Ende fragte Rosemarie: »Wilfried, wie sieht es aus mit deinem Ausreiseantrag?«

Wilfried zuckte mit den Schultern. »Sie haben Viola aus dem Kindergarten geworfen. Jetzt haben wir beide keine Arbeit mehr. Ich weiß nicht, wie es weitergehen soll. Und unser Antrag ist erst einmal abschlägig beschieden worden.«

Rosemarie nickte. »In der Pfarrei meines Vaters wird ein Friedhofsgärtner gesucht. Die Bezahlung ist lausig. Aber er würde dich nehmen. Ich habe schon mit ihm gesprochen.«

»Wirklich?«

»Du weißt, die Kirche ist für dich da. Wir lassen euch nicht allein.«

Dann wandte sie sich an eine junge Frau mit blassem Gesicht, die ein Palästinensertuch um den Hals trug. »Und bei dir, Sophie?«

Sie zuckte mit den Schultern. »Ich warte auch noch.« Sie klang mutlos, sodass Rosemarie ihr eine Hand auf die Schulter legte.

Vor vier Jahren war Sophies Verlobter von einer Konzertreise des Gewandhausorchesters, in dem er Cello spielte, nicht zurückgekommen. Seitdem hoffte sie auf eine Familienzusammenführung, die sich besonders schwierig gestaltete, weil sie nicht verheiratet waren.

Dann war der Abend beendet, alle verabschiedeten sich. Nur Matthias blieb noch, half, die Stühle wegzustellen.

»Ich hatte nicht erwartet, Sie hier zu sehen«, stellte Rosemarie fest, die sich auf der Stelle die Zunge abbeißen wollte, denn so etwas hatte Matthias ja schon gesagt.

»Sind wir wieder beim Sie?«

»Nein, nein. Ich bin nur überrascht, dich hier zu sehen. Wie hast du überhaupt von uns erfahren?«

Er lachte. »Tatsächlich in der Buchhandlung. Zwei Frauen unterhielten sich dort. Ich habe ein bisschen gelauscht und dann einfach nachgefragt.«

»Du weißt, dass du das, was du hier hörst, nicht nach außen tragen darfst? Einige Mitglieder unseres Kreises werden von der Staatssicherheit beobachtet. Verschwiegenheit ist das oberste Gebot.«

Matthias nickte. »Natürlich weiß ich das. Ich bin auch sicher, dass nicht alle ihren richtigen Namen gesagt haben.«

Rosemarie lächelte. Sie fühlte sich wohl in seiner Gegenwart. »Ich muss jetzt hoch. Meine Tochter hat noch nicht zu Abend gegessen.«

»Oh, ich wollte dich nicht aufhalten. Obwohl ich es sehr schön finde, dich so schnell wiedergesehen zu haben.« Er zog seine Jacke über.

»Oder … ich meine, wenn du Hunger hast? Möchtest du vielleicht mit uns essen?«

Noch nie in ihrem ganzen Leben hatte Rosemarie sich bei einem Mann so weit vorgewagt. Und auch hier konnte sie es nur, weil sie in ihrem Pfarrhaus war. Ich muss ihn kennenlernen, rechtfertigte sie sich vor sich selbst. Ich muss wissen, ob er einer ist, dem man trauen kann.

»Oh, vielen Dank«, erwiderte Matthias. »Aber leider muss ich noch einmal in den Stall. Ein paar der Kühe sind kurz davor, zu kalben.«

Er reichte ihr die Hand und war schon verschwunden. Draußen hörte sie seinen Lada Niva wegfahren.

Sie stand in der Tür, die Arme um den Oberkörper geschlungen, und blickte ihm nach. In Rosemaries Leben gab es keine Männer, nur die, mit denen sie aufgrund ihrer Arbeit zu tun hatte. Sie war nicht hässlich, wenn auch keine ausgesprochene Schönheit. Sie hätte hin und wieder eine Affäre haben können, aber dafür war sie sich zu schade. Eine Ehe hatte sie nie angestrebt. Sie sah ja noch heute bei ihren Eltern, wie eine Ehe aussehen konnte. Da blieb sie lieber allein, auch wenn sie sich für Heike immer mal wieder einen Vater gewünscht hatte. Doch dieser Matthias gefiel ihr. Er war anders als all die anderen Männer, die sie kannte. Er schien fürsorglich zu sein, und er lachte gern. Er schien das Leben leichter zu nehmen als sie, als ihre Eltern. Er brachte sie zum Lachen. Hatte das zuvor jemals ein Mann geschafft? Sie konnte sich nicht erinnern.

Ihr wurde kalt, sie zog ihre Strickjacke am Hals zusammen. Der Lada Niva war längst nicht mehr zu sehen.

Kapitel 29

»Wie geht es dir? Du siehst so entspannt aus.« Elisabeth betrachtete ihre Tochter mit Freude. »Du hast sogar Lippenstift aufgelegt.«

Verlegen blickte Rosemarie zur Seite. »Nur weil ich Pfarrerin bin, muss ich ja nicht aussehen wie eine graue Kirchenmaus.«

»Da hast du recht. Ich freue mich, dich so zu erleben.«

Rosemarie folgte ihrer Mutter in die Küche, wo Elisabeth den Kaffee zubereitete.

»Gibt es einen bestimmten Grund für deinen Besuch?«, wollte Elisabeth wissen.

»Ich wollte sehen, wie es Papa geht.«

»Er ist unterwegs, macht Hausbesuche. Sonst geht es ihm gut, denke ich.«

»Du weißt, dass er einen Brief an den Landesbischof geschrieben hat, man möge ihn in Rente schicken?«

Elisabeth fuhr herum. »Nein, davon weiß ich nichts.«

»Es ist schon der zweite. Auf den ersten Brief hat der Bischof geantwortet, er möge noch ein wenig auf seinem Platz ausharren, es sei schwierig, einen Nachfolger zu finden.«

»Das wusste ich nicht.« Elisabeth wirkte betroffen. »Ich dachte immer, seine Arbeit wäre die einzige Freude in seinem Leben.«

»Offensichtlich hast du dich da getäuscht.«

»Und was beunruhigt dich daran so? Wolfgang ist siebenundsechzig, er hat ein Recht auf seine Rente.« Elisabeth schnitt einen Kuchen auf.

»Mich beunruhigt der Gedanke, Vater in Rente zu wissen. Was soll er dann tun den ganzen Tag lang? Du hast deine Seniorensportgruppe, hilfst hin und wieder bei der Winzergenossenschaft aus. Ich habe gehört, dass sie dort jetzt auch Weinproben anbieten.«

Elisabeth lächelte. »Ja, das tun sie. Und mich haben sie gefragt, ob ich nicht hin und wieder den Weinverkostern etwas über den Wein und seine Herstellung erzählen möchte.«

»Und? Tust du es?«

Elisabeth nickte.

»Siehst du, du hast immer eine Beschäftigung. Aber was soll Papa machen?«

Elisabeth dachte, dass er das selbst wissen müsse, dass er sich auch nicht darum schere, was sie tat, aber das würde Rosemarie nicht gern hören. Also fragte sie: »Was schlägst du vor?«

Rosemarie setzte sich an den Tisch, ohne auf die Frage zu antworten. »Ist dir auch aufgefallen, wie er sich verändert hat?«

»Was meinst du damit?«

»Wenn er aus dem Haus geht, sieht er sich nach allen Seiten um. Früher war der Gemeindeaushang immer offen, jetzt hat er den Kasten mit einem Schloss versehen, sodass niemand mehr daran kann. Letztens waren wir zusammen in Bad Kösen. Unterwegs hat er angehalten und alle Autos hinter uns vorbeifahren lassen. Als ich ihn gefragt habe, sagte er nur, man könne ja nie wissen, ob man nicht verfolgt würde. Mama, ich denke, Papa hat Angst.«

»Vor etwas Konkretem?«

»Ich weiß es nicht, ich kann nur Vermutungen anstellen. Er spricht nicht darüber.«

»Und was sollen wir tun?«, fragte Elisabeth und sah jetzt auch besorgt aus. Ihr fielen einige Dinge ein, die Wolfgang früher nicht gemacht hatte. Er ging nach 20 Uhr nicht mehr ans Telefon.

»Weißt du, was ich gehört habe?«, unterbrach Rosemarie Elisabeths Gedanken.

»Woher soll ich?«

»Eines Abends hat ihn jemand angerufen und zu einem Sterbenden gebeten. Drüben in Kleinjena. Er hat sich angezogen und auf den Weg gemacht. Als er bei der angegebenen Adresse ankam und sagte: ›Ich bin gekommen, um den letzten Segen zu erteilen‹, hat man ihn mit großen Augen angesehen. ›Bei uns liegt niemand im Sterben‹, hat er zur Antwort bekommen. Du weißt, was man hier in der Gegend sagt, nicht wahr? Wer einmal totgesagt, der stirbt alsbald.«

»Und wer war der Anrufer?«

»Keine Ahnung. In der Woche danach gab es wieder einen Anruf. Jemand hat eine Haustaufe bestellt. Papa ist hingefahren. Zu einem Ehepaar, das sich seit Jahren vergeblich ein Kind wünscht. Papa hat vor Scham nicht aus noch ein gewusst. Die Tür hat man ihm vor der Nase zugeschlagen, angedroht, sich beim Bischof zu beschweren.«

»Hat er dir das erzählt?«, fragte Elisabeth und musste schlucken. Es tat ihr weh, dass ihr Mann so litt.

»Nein. Nie im Leben würde Papa so etwas erzählen. Von den Gemeindemitgliedern habe ich es erfahren. Sie sind verärgert über Vater, und sie lassen es ihn spüren. Ich kann verstehen, dass er seinen Beruf aufgeben will, aber ich halte das nicht für gut.«

Elisabeth seufzte. »Was sollen wir tun, Kind?«

»Ich weiß es doch auch nicht. Ich weiß es wirklich nicht. Vielleicht solltet ihr wegziehen von hier.«

Obwohl weder Rosemarie noch Elisabeth das Wort Stasi in den Mund genommen hatten, wussten sie, wer gemeint war. Die Stasi, die war für solche Methoden bekannt. Rosemarie hatte von einem Pfarrer gehört, der krank wurde, nachdem man ihn mehrmals zu Terminen gerufen hatte, die gar nicht stattfanden. Oder als man ihm in der Wohnung die Handtücher weggenommen hatte.

Seine Frau hatte das Bad geputzt, wollte frische Handtücher hinhängen. Doch im Schrank waren keine mehr. Sie fragte ihren Mann, aber der wusste nichts von Handtüchern. Die Kinder ebenso. Als Rosemarie davon gehört hatte, hatte sie gedacht, dass diese Methode so boshaft war, so sehr die eigene Wahrnehmung erschütterte, dass sie sich wunderte, dass nicht die ganze Familie verrückt geworden war. War es da ein Wunder, dass ihr Vater endlich in Rente gehen wollte? Er hatte Angst, das wusste sie, das wusste auch Elisabeth. Aber sie wussten nicht, wie stark diese Angst war.

»Wegziehen? Nein. Wir werden das Pfarrhaus verlassen, sobald sich ein Nachfolger für Wolfgang findet. Aber ich denke schon, dass wir in Freyburg oder in der nahen Umgebung bleiben werden. Wo sollen wir hin? Wir haben immer hier gelebt.«

Ein Schlüssel wurde im Schloss gedreht. Wolfgang kam nach Hause.

»Kein Wort über das, was ich dir erzählt habe«, beschwor Rosemarie ihre Mutter, und Elisabeth nickte.

Als Wolfgang ins Wohnzimmer kam, sah Elisabeth, dass er sehr blass, beinahe bleich war. Selbst seine Lippen wirkten blutleer. Unter den Augen lagen dunkle Schatten, und Wolfgang ging gebückt und mit eingezogenen Schultern.

»Wie geht es dir?«, fragte Elisabeth und holte ein weiteres Kaffeegedeck aus dem Schrank. Wolfgang ließ sich mit einem Seufzer in einen Sessel fallen.

»Wie soll es mir gehen?«, sagte er. »Am liebsten gut.«

»Ist irgendetwas vorgefallen?«, drängte Elisabeth weiter.

Wolfgang schüttelte den Kopf, nahm sich ein Stück vom Streuselkuchen.

Rosemarie blickte auf ihre Uhr. »Oh, schon so spät. Ich muss mich beeilen, heute Abend ist Friedenskreis.«

»Hast du noch einen Augenblick?«, fragte Wolfgang.

»Ja.« Rosemarie setzte sich wieder hin. »Was ist denn?«

»Kannst du den Friedenskreis nicht jemand anderem übertragen?«

»Warum sollte ich? Die Arbeit dort macht mir Spaß. Es ist eine Form der Seelsorge.«

»Aber nicht ungefährlich. Man beobachtet euch.«

»Woher willst du das wissen?«

»Ich weiß es natürlich nicht genau, aber ich vermute es. Das Friedensgebet in der Leipziger Nikolaikirche wird von der Stasi beobachtet. Jeden Montag sitzen da die Leute von Horch & Guck. Pfarrer Führer hat es mir selbst erzählt. Ich habe Angst um dich und um Heike.«

»Das brauchst du nicht, Vater. Die Kirche untersteht nicht dem Ministerium für Staatssicherheit, und was wir tun, ist im Rahmen der geltenden Gesetze.« Sie erhob sich zum zweiten Mal. »Ich passe auf, Papa. Du sagst doch immer, ich hätte eine so gute Menschenkenntnis. Die wird mich auch dieses Mal nicht im Stich lassen.«

»Das gebe Gott«, erwiderte Wolfgang.

Rosemarie küsste ihren Vater auf die Wange, strich ihrer Mutter über die Schulter und war schon verschwunden.

Elisabeth wandte sich an Wolfgang. »Du hattest Ärger in der Gemeinde.«

»Nicht mehr als sonst.«

»Du hast mir nicht erzählt, dass man dich zu einer vermeintlichen Haustaufe zu einem kinderlosen Ehepaar bestellt hat, und auch nicht, dass du zu einem Sterbenden gerufen wurdest, der sich bester Gesundheit erfreut.«

»Was soll ich denn darüber reden? Es hilft doch nicht. Wenn ich wieder irgendwohin beordert werde, dann bitte ich, zurückrufen zu dürfen. Einmal hat man mir daraufhin den Hörer aufgelegt, ein anderes Mal war der Anruf echt, man hatte tatsächlich nach mir gerufen.«

Er erhob sich, trank im Stehen seinen Kaffee aus. »Ich muss noch arbeiten, Elisabeth.«

Sie griff nach seiner Hand. »Kann ich dir irgendwie helfen, Wolfgang?«

Da schüttelte er den Kopf und ging.

Rosemarie debattierte mit den Mitstreitern des Friedenszirkels. Sie hatte vorgeschlagen, recht bald eine Woche der Friedensgebete abzuhalten. Dazu sollten in jeder der Kirchen, die zu St. Wenzel gehörten, Friedensgottesdienste abgehalten werden.

Auch Heike war an diesem Abend dabei. »Friedensgebet klingt gut. Schließlich gibt es auf der Welt immer Krieg. Im Augenblick der Golfkrieg, der Krieg zwischen dem Irak und dem Iran unter Beteiligung der USA.«

»Wir sollten aber in unser Friedensgebet auch den Kalten Krieg zwischen Ost und West aufnehmen«, schlug Gerold vor.

»Und der Einmarsch der Sowjetunion in Afghanistan«, warf Matthias ein, der zu Rosemaries großer Freude wiedergekommen war.

»Um Gottes willen, nein«, beschwor Gerold. »Nichts gegen den großen Bruder. Damit holen wir nur die Staatssicherheit ins Haus.«

»Die ist doch schon längst da«, vermutete Matthias.

»Können wir es nicht allgemeiner halten?«, fragte Rosemarie. »Um uns und andere zu schützen?«

»Nein, die Kirche muss Farbe bekennen. Wer sonst sollte es tun in unserer DDR.« Die junge Frau mit Namen Sophie bekam rote Wangen bei dieser Wortmeldung.

»Wir müssen an die denken, die Ausreiseanträge laufen

haben. Und an alle anderen auch. Wir können uns nicht so weit aus dem Fenster lehnen wie die Leipziger. Passiert etwas in der Nikolaikirche, kann man sicher sein, dass die Westmedien darüber berichten. Das schützt die Gemeinde dort. Wir hier in Naumburg und Umgebung sind für die Westmedien nicht so wichtig.«

Sie diskutierten noch eine ganze Stunde lang, dann stand fest: Am kommenden Mittwoch würden alle Naumburger Kirchen die Glocken läuten lassen. Geläut für den Frieden. Am selben Tag würde in der Stadtkirche St. Wenzel um 17 Uhr ein Friedensgebet stattfinden, und um 18.30 Uhr würde man sich wieder in der Gruppe treffen.

Alle standen auf und gaben Rosemarie die Hand. Sophie sagte leise: »Wenn etwas ist mit Heike, ich würde mich kümmern. Falls das Friedensgebet nicht so friedlich abläuft. Du weißt schon, was ich meine.«

»Danke, das ist sehr lieb von dir, aber sie ist ja kein kleines Kind mehr. Außerdem wohnen meine Eltern ganz in der Nähe.«

Zum Schluss war nur noch Matthias da und half, den kleinen Saal aufzuräumen. Dann standen sie beide an der Tür, und Matthias' Blick lag auf ihrem Gesicht, sodass sie den Eindruck hatte, er würde sie mit Blicken streicheln.

»Du hast Sonnenblumenaugen«, sagte er leise. »In der Mitte die Pupille und ringsherum goldene Strahlen.«

Rosemarie schluckte. So etwas hatte noch nie jemand zu ihr gesagt. »Hast du heute auch schon etwas vor? Ich ... äh ... ich meine, ich könnte vielleicht etwas kochen«, fragte Rosemarie und schluckte. Sie hatte so wenig Erfahrung mit Männern. War das zu forsch? Oder hatte sie sich – noch schlimmer – in Matthias' Blicken getäuscht? Zu all den anderen war er doch auch freundlich. Was, wenn sie sich nur etwas einbildete? Nein, nein, das konnte nicht sein. Sonnenblumenaugen. Das schwatzte man nicht einfach so daher.

Jetzt schüttelte Matthias auch noch den Kopf, und Rosemarie spürte, wie ihr das Blut in die Wangen stieg. Da sagte er: »Findest du nicht, dass es bei unserem ersten Rendezvous ruhig etwas romantischer zugehen sollte? Ich habe vorsichtshalber einen Tisch in den Ratsstuben reservieren lassen.«

Rosemarie hob den Blick. Noch nie hatte sie ein Rendezvous gehabt. Sie wusste überhaupt nicht, wie man romantisch war. Das hatte sie immer nur in Filmen gesehen, und meist war es ihr albern vorgekommen. Überhaupt: Wie sie aussah! Sie hatte ihre langen Haare nachlässig zu einem lockeren Knoten gesteckt. Sie trug Jeans und einen einfachen Pulli, darüber eine Strickjacke. Sie zupfte am Ärmel ihrer Strickjacke. »Ich gehe mich umziehen, ich bin gleich zurück«, stammelte sie, doch Matthias hielt sie am Arm zurück. »Du brauchst dich nicht umzuziehen. Du bist schön, so, wie du bist.«

Das hatte außer ihren Eltern auch noch nie jemand zu Rosemarie gesagt. Dabei stimmte es, nur wusste sie es nicht. Die Strähnen, die aus dem lockeren Knoten herausgerutscht waren, umspielten ihr zartes Gesicht. Die braunen Augen hinter der Brille waren von langen, geschwungenen Wimpern überdacht, der Mund war blass, aber schön geschwungen. Sie war schlank, wenn auch nicht sehr groß.

Elisabeth sagte immer, sie habe schöne schlanke Fesseln und dass sie gut ein Kleid oder einen Rock tragen könnte, aber Rosemarie trug lieber Hosen. Sie hatte bis vor Kurzem nicht einmal einen richtigen Lippenstift besessen, nur schwarze Wimperntusche, die hoffentlich noch nicht eingetrocknet war. Parfüm dagegen trug sie immer. Da war sie wie ihre Mutter. Ohne Parfüm ging sie nicht aus dem Haus.

Matthias hob ihr Kinn, sodass sie ihm in die Augen sehen musste. Wieder spürte sie ihre Verlegenheit so deutlich, dass sie sich auf die Lippen beißen musste. »Lass uns gehen!«, bat Matthias, und Rosemarie dachte nicht länger darüber nach, was Romantik war und für was die Leute sie hielten. Sie nahm Matthias' Hand und stieg in seinen Lada.

Während der Fahrt schwiegen sie. Matthias, weil er sich wegen des Regens und der Dunkelheit konzentrieren musste, Rosemarie, weil sie nicht wusste, was sie sagen sollte. Ihr Herz schlug einen rascheren Takt als sonst. Sie war aufgeregt, hatte jetzt schon Angst, irgendetwas falsch zu machen, die falschen Fragen zu stellen, die falsche Auswahl der Speisen zu treffen, sich zu bekleckern. Sie glaubte, wenn sie schon einmal ein Rendezvous hatte, dann würde ihre Tollpatschigkeit, ihre Unsicherheit Männern gegenüber noch stärker zutage treten. Rosemarie befürchtete das Schlimmste, und als sie vor dem Restaurant hielten, wäre sie am liebsten zu Fuß zurück ins Nißwitzer Pfarrhaus gerannt.

Doch da hielt Matthias sie schon am Arm, legte eine Hand leicht zwischen ihre Schulterblätter und dirigierte sie in das Lokal und dort an einen schönen Tisch direkt am Fenster mit Blick auf den Dom.

Der Ober kam, und Matthias bestellte zuerst zwei Gläser Sekt.

Rosemarie stürzte den Sekt in einem einzigen Zug runter und fühlte sich gleich darauf ein wenig wohler. Der Rest des Abends war ganz einfach. So einfach, dass Rosemarie sich darüber wunderte. Matthias und sie waren sich so ähnlich. Sie liebten beide den trockenen Wein der Gegend, lasen gern die Klassiker der Literatur, mochten dieselben Filme. Er war verheiratet gewesen, doch die Ehe war schon seit zehn Jahren geschieden, seine Tochter wohnte oben in Greifswald in Ostseenähe und war dort Lehrerin an einer Polytechnischen Oberschule.

»Komisch, dass wir uns noch nie hier getroffen haben. Früher, meine ich«, stellte Rosemarie fest.

»Ich bin noch nicht so lange hier in Naumburg. Ich war vorher an der Leipziger Tierklinik beschäftigt. In der Forschung.«

»Was habt ihr erforscht?«

»Mein Gebiet ist die Rinderzucht und -haltung. Wir haben versucht, eine Methode zu entwickeln, wie Kühe mehr Milch geben.«

»Und? Habt ihr es herausgefunden?«

Matthias lächelte. »Deshalb bin ich hierhergekommen, in den großen Mastbetrieb. Ich erforsche an lebenden Tieren, was wir im Labor ersonnen haben. Aber ich rede nicht gern über mich. Viel lieber würde ich etwas über dich erfahren.«

Rosemarie zuckte mit den Schultern. »Mein Leben ist nicht besonders aufregend. Meine Arbeit kennst du. Ansonsten kümmere ich mich um meine Tochter, die mich immer weniger braucht.«

»Ich habe sie noch nie gesehen, würde sie aber gern kennenlernen.«

»Sie fährt oft nach Leipzig. Wenn alles klappt, wird sie nach dem Schulabschluss ganz dorthin ziehen und eine Lehre als Buchhändlerin machen.«

»Keine Theologie wie die Mutter und der Großvater?«

Rosemarie schüttelte den Kopf und spielte mit ihrem Weinglas. »Es ist schon komisch. Generationenlang war unsere Familie mit dem Wein beschäftigt. Als ich ein Kind war, besaß meine Familie ein großes Weingut. Stell dir vor, wir lebten sogar in einem Schlösschen. Immer ging es ums Geschäft, immer um den Wein. Es war sogar wichtiger, dass die Reben nicht froren, selbst wenn ich zitterte.« Sie lachte auf. »Ich dachte, dass ich eines Tages auch Winzerin werden würde. Was sonst? Etwas anderes konnte ich mir gar nicht vorstellen. Dann war der Krieg aus, und wir verloren alles: das Gut, das Schlösschen, das Erbe. Plötzlich stand meine Familie irgendwie im luftleeren Raum. Die Aufgabe der Familie, das Fundament, das Weingut, gab es nicht mehr. Meine Großmutter war eine großartige Winzerin gewesen. Ihre Weine haben so manchen Preis gewonnen. Meine Mutter ist sogar inmitten der Weinberge zwischen zwei Rebreihen geboren worden. Und dann war alles weg. Plötzlich waren wir aufgefordert, ein neues Leben für uns zu erfinden. Meine Großmutter konnte den Verlust jahrelang nicht verwinden. Erst als sie in der Winzergenossenschaft angefangen hat, ging es ihr besser. Und Mama. Sie ging gleich in die Buchhaltung bei Rotkäppchen. Aber dann kündigte sie dort ihre angesehene Stellung und ging ebenfalls zur Winzergenossenschaft. Als Weinbergsarbeiterin hat sie gearbeitet, da war sie schon über fünfzig Jahre alt. Zum Schluss hat sie neue Rebsorten entwickelt, so wie meine Großmutter vor ihr.« Rosemarie lächelte. »Na ja, es heißt, in unseren Adern würde Wein statt Blut fließen.«

»Das klingt nach einem interessanten Leben. Mir ist aufgefallen, dass du nur von den Frauen gesprochen hast. Was ist mit den Männern der Familie?« Matthias hatte einen Ellbogen auf den Tisch gestützt und das Kinn in die Handfläche gelegt.

»Mein Vater ist Pfarrer in Freyburg, das weißt du sicher schon. Er hat im Krieg schlimme Dinge erlebt, die er nicht verwinden konnte. Meine Mutter sagt, ihr eigentlicher Ehemann wäre im Krieg gefallen, nur sein Schatten wäre zurückgekommen. Mein Onkel hat ein Weingut im Westen.«

»Dann bist du eine der Glücklichen, die Westverwandte haben?«

Rosemarie lächelte. »Ja, das kann man wohl so sagen.«

Kurz überlegte sie, ob sie Matthias erzählen sollte, dass ihrer Mutter ein Viertel des Ingelheimer Weinguts gehörte, doch dann erinnerte sie sich daran, dass ihre Mutter ihr stets gepredigt hatte: Kein Wort zu niemandem. Das geht keinen etwas an.

»Und Heike? Hast du dich von ihrem Vater scheiden lassen?«

Wieder lächelte Rosemarie. »Nein, wir waren nie verheiratet. Wir waren ja nicht einmal zusammen.« Ihr Mund bekam einen harten Zug, als sie das sagte. »Es war eine Geschichte, die eine Nacht lang gedauert hat. Aber ich bereue sie nicht, schließlich ist Heike das Ergebnis davon.« Sie seufzte. »Und jetzt wird sie bald nach Leipzig gehen. Sie ist die Erste, die vollkommen ohne eine Bindung zum Wein aufgewachsen ist. Vielleicht ist das ihr Glück. Sie weiß nichts von Tradition und Bestimmung, weiß nichts von Besitz und Verpflichtung. Sie ist frei. So frei, wie man hier nur sein kann.«

In diesen Augenblick kam das Essen. Rosemarie hatte Hirschgulasch bestellt. Sie hatte noch nie Wild gegessen, und das Gericht stand auch nicht auf der Karte. Nachdem der Ober ihre Bestellung aufgenommen hatte, beugte sie sich über den Tisch und raunte: »Warum werden wir hier so bevorzugt bedient?«

Matthias lachte leise. »Ich bin Tierarzt, der Geschäftsführer ist Jäger. Er ist mir noch einen Gefallen schuldig.«

Rosemarie genoss die Aufmerksamkeit von Matthias, die sie so nicht gewohnt war. Sie war Pfarrerin, Seelsorgerin. Die meisten Leute kamen nur zu ihr, wenn es ihnen nicht gut ging. Sie konnte gut trösten, Hoffnung spenden, aber sie hatte nie gelernt, über sich zu sprechen, sich wichtig zu nehmen. Manchmal beneidete sie die Verkäuferin im einzigen Naumburger Schuhgeschäft. Auch zu ihr kamen Leute. Doch deren Probleme bestanden höchstens aus einem Hühnerauge oder einem Fersensporn. Die Verkäuferin suchte den richtigen Schuh für das Problem, und die Leute waren zufrieden, wenn sie ihn bekamen, oder unzufrieden, wenn nicht. Aber die Verkäuferin konnte ihre Kunden am Abend getrost vergessen. Am nächsten Tag würden neue Kunden kommen. Rosemarie sah immer wieder dieselben Leute, kannte deren Geschichte und Geschichten. Sie war eine Instanz, sie trug Verantwortung, und man erwartete von ihr Rat und Tat bei den existenziellen Dingen. Sie musste da sein, wenn es um Geburt und Tod ging.

»Ich bin froh, dass es den Friedenskreis gibt«, sagte sie nachdenklich. »Da bin ich mit jungen Leuten zusammen. Mit Leuten, die etwas wollen und nicht nur stumpf vor sich hin leben wie so viele andere.«

»Ist das im Westen nicht genauso? Gibt es dort nicht auch die große Masse derer, die einfach nur so vor sich hin leben?«

Rosemarie lächelte. »Da hast du wohl recht. Obwohl das Vor-sich-hin-Leben durch Milka-Schokolade versüßt wird. Und natürlich durch das Reisen. Aber nur das wäre mir auch drüben zu wenig.«

Matthias griff nach ihrer Hand, hielt sie fest. Sein Händedruck war warm und trocken. »Ich bin jedenfalls sehr froh, dass ich dich kennengelernt habe, dass du hier bei mir bist und nicht im Westen.«

Das war das Schönste, das Rosemarie je von einem Mann gehört hatte, und in diesem Augenblick verliebte sie sich in Matthias.

Kapitel 30

Elisabeth blickte auf ihre Uhr. Es war spät geworden, so lange hatte sie eigentlich gar nicht bleiben wollen. Frau Fischer hatte vorgestern Geburtstag gehabt, den siebzigsten. Elisabeth war nicht eingeladen gewesen, ja sie wusste nicht einmal, ob es überhaupt eine Feier gegeben hatte. Deshalb war sie heute zu ihrer früheren Kollegin zum Gratulieren gegangen. Sie hatte ein wunderschönes Alpenveilchen im Blumenladen erwischt, eine Pralinenschachtel steckte in ihrer Tasche.

»Komm rein, Elisabeth, komm rein. Ich freue mich, dich zu sehen«, hatte Hildegard Fischer gesagt, und dann hatte sie Kaffee gekocht, Likör auf den Tisch gestellt, und sie hatten geredet, geredet und geredet. Doch jetzt war *Die aktuelle Kamera* lange vorbei, und Elisabeth erhob sich. »Ich muss langsam. Wolfgang hatte noch kein Abendbrot.«

»Dann ruf ihn an, er soll herkommen. Mein Kühlschrank ist voll. Lauter Sachen aus dem Delikatladen in Leipzig.«

Ach, es wäre schön, wenn man Wolfgang so einfach anrufen könnte und er dann auch käme, dachte Elisabeth und seufzte insgeheim.

Hildegard schien ihre Gedanken erraten zu haben. »Probiere es einfach.«

Hildegard Fischer war eine der wenigen Freyburger, die einen privaten Telefonanschluss hatten. Ihr verstorbener Mann war sehr krank gewesen, sodass sie bevorzugt nach nur zehn Jahren Wartezeit das Telefon bekommen hatten.

»Meinst du wirklich?«, fragte Elisabeth. »Wolfgang ist nicht gerade eine Stimmungskanone.«

»Ich weiß. Ich mag ihn aber. Na los, das Telefon steht im Flur.«

Also wählte Elisabeth die Nummer vom Pfarrhaus. Sie ließ es lange klingeln, bald dreißig Mal. Dann legte sie auf. »Er geht nicht ran. Aber eigentlich müsste er zu Hause sein. Er hatte heute Nachmittag nur den Kirchenchor.«

»Vielleicht ist er zu einem Hausbesuch gerufen worden.«

Elisabeth nickte. »Wahrscheinlich. Und bestimmt hat er mir zu Hause einen Zettel auf den Küchentisch gelegt.«

Sie erhob sich, war plötzlich unruhig. Irgendetwas trieb sie nach Hause, trieb sie hastigen Schrittes durch die Straßen Freyburgs, die bereits leer waren. Das Kopfsteinpflaster glänzte regennass, hinter einigen Fenstern sah sie Fernsehbildschirme flimmern.

Sie schloss die Tür des Pfarrhauses auf, rief nach Wolfgang, doch niemand antwortete ihr. Sie eilte in die Küche und sah den Brief dort auf dem Tisch liegen. Eine eiskalte Hand griff nach ihrem Herzen. Sie bekam keine Luft. Rasch stürzte sie ein Glas Wasser hinunter, dann stand sie mit dem leeren Glas in der Küche. Sie ahnte, was der Brief zu bedeuten hatte. Wenn sie ehrlich war, wartete sie schon seit Jahren auf so einen Brief. Behutsam stellte sie das Glas auf die Anrichte, zog ihren Pullover glatt, strich sich über das Haar. Sie atmete in raschen Stößen. Wohin zuerst?, überlegte sie. Auf den Dachboden? Nein, der war wohl zu niedrig. In die Kirche. Ja, in der Kirche würde er sein.

Ihr Mund war wie ausgetrocknet. Sie füllte das Glas erneut, trank in langsamen Schlucken. Solange sie hier in der Küche stand, solange sie den Brief nicht öffnete, war alles in Ordnung.

Sie überlegte, ob sie Rosemarie anrufen sollte, doch sogleich verwarf sie den Gedanken wieder. Das hier war ihre Aufgabe.

Langsam, als ließe sich noch irgendetwas herauszögern, verließ sie das Pfarrhaus und ging hinüber zur Kirche. Sie hatte die Arme um sich geschlungen und merkte nicht, dass es wieder stärker regnete. Auf einem nassen Blatt kam sie ins Rutschen, doch sie fing sich wieder, ging weiter, den Blick fest auf die Kirchentür gerichtet. Durch die Kirchenfenster schimmerte Licht, aber so wenig, dass Elisabeth erkannte, dass die großen Lampen im Schiff nicht angemacht worden waren.

Vor der Tür blieb sie stehen. Sie legte die Hand auf die Klinke, spürte das kalte Metall unter den Fingern. Beinahe bekam sie die Tür nicht auf. Sie war so schwer, so unfassbar schwer. War das schon immer so gewesen?

In der Kirche war es dunkel und kühl. Nur auf dem Altar brannte ein Licht. Es roch, wie es immer hier roch. Ein wenig modrig, ein wenig nach Kerzenwachs, ein wenig nach dem alten Papier der Gesangbücher und ein wenig nach

Staub. Es roch in St. Marien wie in allen anderen evangelischen Kirchen auch. Es gab ihn, den evangelischen Geruch, der frei war von Weihrauch. Im Gegensatz zum katholischen Geruch. Kalt war es in der Kirche, obwohl sie die Heizungsrohre leise summen hörte. Sie schlang die Arme noch fester um sich, ging durch das Kirchenschiff, spähte dabei in jede Ecke, in jede Nische. Sie trat vor den Altar und sank auf die Knie. Sie hatte seit Jahren nicht mehr gebetet, aber jetzt tat sie es: »Lieber Gott, lass nicht zu, was ich befürchte. Halte deine Hand schützend über Wolfgang. Nimm ihm die Angst, gib ihm Kraft und Mut.« Sie erflehte Schutz für Wolfgang, aber im tiefsten Inneren wusste sie bereits, dass es dafür zu spät war. »Lieber Gott, gib auch mir Kraft und Zuversicht. Und Rosemarie und Heike. Gib ihnen deinen Schutz.«

Dann war das Gebet gesprochen, die Kirche durchsucht. Elisabeths Angst hatte sich noch verstärkt. Ihr Herz schlug rasend schnell. Auf ihrer Oberlippe standen trotz der Kälte kleine Schweißperlen, während eiskalte Schauer über ihren Rücken rannen. Die letzten Schritte zur Sakristei, die sich links neben dem Altar befand, ging sie wie auf Eiern. Ihre Knie wurden weich und immer weicher. Dann stieß sie die Tür auf. Ein Schrei wich aus ihrer Kehle. Sie presste die Faust auf den Mund und starrte Wolfgang an, der an einem Seil von der Decke hing.

Sie starrte und starrte, dann rutschte sie mit dem Rücken an der Wand in die Hocke. Sie konnte den Blick nicht von ihrem toten Mann lösen.

»Warum?«, flüsterte sie. »Warum hast du nie mit mir gesprochen? Warum nie mit irgendwem? Hast du wirklich so wenig Vertrauen in mich gehabt? In die anderen Menschen um dich herum?«

Sie schwieg, wartete auf die Tränen, die nicht kamen. Nur eine große, alles umfassende Leere. Am liebsten wäre sie hier bis in alle Ewigkeit sitzen geblieben. Am liebsten wäre sie mit Wolfgang gestorben.

»Ich habe immer um dich gekämpft«, sprach sie leise weiter. »Jeden Tag. Ich war immer da. Was war ich für dich? Eine Frau, die nicht loslassen wollte? Wie lieblos mein Leben gewesen wäre, hätte es Jürgen nicht gegeben. Ich glaube, du warst oft froh, dass ich mit ihm eine Affäre hatte. Er hat getan, was du nicht konntest. Und jetzt hängst du hier. Ohne ein Wort.«

Wieder brach sie ab, putzte sich die Nase und wartete auf Tränen, die nicht kamen.

»Du hast mich alleingelassen. Im Leben und auch jetzt.« Sie war lauter geworden, schrie beinahe. »Du hast mich verlassen, Wolfgang! Schon vor vielen, vielen Jahren. Und hast mich gleichzeitig an dich gekettet! Was hatte ich für ein Leben? Gestohlene Liebe. Ach!«

Sie erhob sich, fühlte die Wut auf Wolfgang in sich hochkochen wie Milch auf dem Herd. Sie stand vor ihm, ihre Augen in Höhe seiner Hüfte: »Was hast du mir angetan? Was hast du mit mir, aus mir gemacht? Habe ich ein solches Leben verdient? Ist dein Selbstmord jetzt die Strafe dafür, dass ich damals nicht mit dir in Ingelheim geblieben bin? Wärst du doch allein dageblieben! Vielleicht hätten wir beide noch einmal ganz von vorn anfangen können. Was bleibt mir von dir? Rosemarie. Ja. Sie bleibt, auch wenn sie immer mehr deine Tochter war. Sie wird mir die Schuld an deinem Tod geben. Sie hat mir immer die Schuld an allem gegeben. Vielleicht ist das so zwischen Müttern und Töchtern, ich weiß es nicht.

Was bleibt mir noch? Die Schuld. Die Schuld wegen deines Todes. Ja, ich habe mich an dir schuldig gemacht. Jeder macht sich am anderen schuldig. Aber die wenigsten werden so hart dafür bestraft wie ich. Ich konnte dich nicht retten. Vielleicht hätte das niemand gekonnt. Aber ich habe für dich getan, was ich konnte.«

Sie brach ab, fühlte sich vollkommen erschöpft und unsagbar müde. Was ist jetzt zu tun?, fragte sie sich. Dann strich sie sanft über Wolfgangs Bein.

»Mach's gut, Wolfgang. Ich habe dich immer geliebt, aber du hast mir diese Liebe nicht geglaubt. Hätte ich dich nicht geliebt, hätte ich nicht bei dir bleiben können. Ich hoffe, du hast jetzt endlich deinen Frieden gefunden.«

Sie verließ die Sakristei, verließ die Kirche, ging ins Pfarrhaus und zum Telefon. Sie rief die Polizei an. Sie wusste nicht, wer für solche Ereignisse zuständig war, die Polizei würde es wissen.

»Mein Mann ist tot«, erklärte sie, als auf der Wache jemand den Hörer abhob. »Er hängt in der Kirche.«

»In der Kirche? Da hängt er?«, fragte eine junge Männerstimme nach.

»Ja. Er ist der Pfarrer. Er hat sich in der Sakristei aufgehängt.«

»Wir kommen. Bitte warten Sie vor der Kirche.«

Elisabeth zog sich ihre wärmste Strickjacke an, kuschelte sich hinein, zog einen Mantel darüber, nahm den Schal. Es war nicht kalt in dieser Nacht, aber Elisabeth fror bis in die Knochen hinein.

Als die Polizei endlich kam, atmete sie auf. Elisabeth beschrieb dem jungen Polizisten den Weg, dann wurde sie aufgefordert, sich in den Wagen zu setzen und der Polizistin zu erzählen, was vorgefallen war.

»Hat er etwas hinterlassen? Einen Abschiedsbrief?«, fragte sie.

Elisabeth wusste nicht, warum, aber sie schüttelte den Kopf.

»Keine Notiz, kein Zettel?«

»Nein.«

Der junge Polizist kam aus der Kirche. »Wir müssen den Staatsanwalt informieren und den Arzt.«

»Im Pfarrhaus gibt es ein Telefon«, erklärte Elisabeth.

Kurze Zeit später saßen sie in der Küche um den Tisch herum. Elisabeth hatte Wolfgangs Brief rasch in ihre Manteltasche gesteckt. »Soll ich Kaffee kochen?«, fragte sie. Sie war jetzt vollkommen ruhig, sah alles überdeutlich, hörte noch den leisesten Ton. Alle ihre Sinne waren so scharf wie nie zuvor.

»Ja, Kaffee wäre gut«, antwortete die Polizistin.

Nach einer halben Stunde kam der Arzt. Es war derselbe, der Elisabeth zu einem Psychiater geschickt hatte. Wie lange das schon her war!

»Er ist tot. Meiner Ansicht nach besteht kein Zweifel an einem Suizid.« Er stellte seine Tasche ab, setzte sich kurz auf einen Küchenstuhl und schrieb den Totenschein aus. Er reichte Elisabeth die Hand: »Mein herzliches Beileid.« Dann ging er.

Der Rest der Nacht flog an Elisabeth vorbei wie Telefonmasten an einem Zugfenster. Der Staatsanwalt kam und bestätigte den Suizid.

»War Ihr Mann in letzter Zeit anders als sonst?«, wollte er von Elisabeth wissen.

Elisabeth schüttelte den Kopf. »Er war schwermütig. Seit Jahrzehnten.«

»Ist etwas vorgefallen, das seinen Selbstmord ausgelöst haben könnte?«

»Er wollte in Rente gehen. Der Landesbischof hat ihn gebeten, wenigstens noch so lange zu bleiben, bis ein Nachfolger gefunden ist.«

»Das war der Grund?« Der Staatsanwalt blieb skeptisch.

»Ich weiß keinen anderen«, erklärte Elisabeth und dachte an das, was Wolfgang in den letzten Wochen passiert war. Darüber konnte sie nicht sprechen. Der Staatsanwalt. Wer weiß, mit wem er zusammenarbeiten musste. Sie trug noch immer ihren Mantel, fror noch immer. Mit der Hand tastete sie nach dem Brief, der leise knisterte.

Kapitel 31

Elisabeth ließ die Beerdigung über sich ergehen wie eine lästige Krankheit. Sie stand an Wolfgangs Grab, in der Hand eine rote Rose, und starrte auf den Sarg, den sie nicht mit Wolfgang in Verbindung bringen konnte. Es regnete leicht, so wie an seinem Todestag. Der Pfarrer aus Naumburg war gekommen. Vorgestern hatte er mit ihr die Trauerrede abgesprochen. Dabei war Elisabeth aufgefallen, wie wenig sie doch über ihren Mann gewusst hatte. So viele Jahre waren sie zusammen gewesen, und am Ende reichten zwei Dutzend Sätze aus, um ein Leben zu beschreiben. Elisabeth war sehr wortkarg gewesen. Die Trauerrede kam ihr wie ein Urteil vor. Ein Urteil darüber, ob ein Leben lebenswert gewesen war oder nicht. Sie mochte dieses Urteil nicht fällen, sie konnte es nicht. Niemand konnte das.

Rechts neben ihr weinten Rosemarie und Heike. Neben Rosemarie stand ein fremder Mann, hatte seinen Arm um ihre Schulter gelegt.

Elisabeth hatte noch keine einzige Träne vergossen. Aber sie fror. Sie fror neben dem Ofen, fror im Bett, würde wohl sogar frieren, wenn sie im Fegefeuer stünde. Die Kälte war überall in ihr, belagerte jede Zelle, jeden Muskel. Sie hatte in ihrem ganzen Leben noch nie so gefroren.

An ihrer linken Seite stand Hildegard Fischer. Als der Sarg in die Erde gelassen wurde, ergriff sie Elisabeths Hand. Rechts neben ihr hielten sich Rosemarie und Heike umschlungen.

Hinterher hatte Elisabeth die gesamte Trauergesellschaft in den Künstlerkeller zum Leichenschmaus eingeladen.

Leichenschmaus, dachte sie auf dem Weg dorthin. Wie das klingt. Als Kind dachte ich immer, da wird die Leiche gegessen. Jetzt will ich nur noch, dass dies vorübergeht. Ich bin so unendlich müde, so zu Tode erschöpft.

Sie hatte kaum geschlafen seit Wolfgangs Tod. Schuld daran war sein Brief.

Mein liebe, meine einzige Elisabeth,
ich muss gehen, muss Dich verlassen. Es geht nicht mehr.

Ich war Dir kein guter Ehemann. Denke nicht, dass ich das nicht weiß. So gern wäre ich anders gewesen. So gern hätte ich Dich in den Arm genommen, hätte mit Dir gelacht und das Leben gefeiert. Aber das konnte ich nicht. Ich habe Dir so viel vorenthalten, dass Du an meiner Seite niemals glücklich werden konntest. Froh war ich, dass Du Jürgen John gefunden hattest. Einmal habe ich mich mit ihm getroffen. Wir haben über Dich gesprochen, darüber, wie sehr wir beide Dich lieben.

Ich habe Dich geliebt, Elisabeth. Mehr, als du jemals wissen wirst. Ohne Dich hätte ich das Leben niemals so lange ertragen. Ich habe es Dir schwer gemacht. Das weiß ich. Und ich bitte Dich um Verzeihung.

Verzeih mir, dass ich Dich nicht so geliebt habe, wie Du es gebraucht hast.

Verzeih mir, dass wir nicht zusammen lachen konnten.

Verzeih mir meine Schwermut. Verzeih mir, dass ich Dir nie gezeigt habe, wie nah ich mich Dir gefühlt habe. Verzeih, wenn Du kannst.

In Liebe

Wolfgang

Der Brief hatte sie so wütend gemacht, dass sie ihn zerrissen hatte. Was nützt mir denn all deine Liebe, wenn ich sie nie gespürt habe?, hatte sie im Stillen gewütet. Was nützen mir Worte, wenn ich Taten brauche? Zugleich war sie von der Trauer schier überwältigt. Wir hätten es so schön haben können, dachte sie. Was für eine grandiose Verschwendung.

Sie hatte Rosemarie gegenüber nichts von dem Brief erwähnt. Und Rosemarie hatte einfach immer und immer wieder gefragt: »Warum?«

»Das Leben war zu schwer für ihn«, hatte Elisabeth zu erklären gesucht. »Das Leben ist schwer. Das hast du selbst schon erfahren. Für deinen Vater war es ZU schwer. Er war nicht so stark, wie du es bist. Früher war er es. Aber der Krieg hatte alle seine Kräfte aufgezehrt.«

»Nein, Mutter.« Rosemarie musterte Elisabeth mit strengem Blick. »So einfach ist es nicht. Du warst ihm nie die Frau, die er gebraucht hätte. Du hast ihn betrogen. Jahrelang. Daran ist er zerbrochen.«

Elisabeth schluckte, aber sie widersprach ihrer Tochter nicht, weil sie das Bild nicht zerstören wollte, das Rosemarie von ihrem Vater hatte.

Endlich hatten sie den Künstlerkeller erreicht. Zehn Vierertische waren eingedeckt. Darauf Tabletts mit belegten Brötchen und Platten mit Streuselkuchen.

Elisabeth setzte sich und betrachtete die Leute, die hereinströmten. Auf dem Friedhof hatte sie dafür keinen Blick gehabt. Einige, die ihr am offenen Grab nicht die Hand gereicht hatten, kondolierten ihr jetzt. Elisabeth schüttelte Hände, nickte, dankte.

Alle Chormitglieder waren gekommen, die Nachbarn, der Kirchenvorstand, die Gläubigen, die Junge Gemeinde und sogar zwei Vertreter der Winzergenossenschaft. In der Aussegnungshalle hatten zahlreiche Kränze und Gestecke gelegen. Mehr, als Elisabeth je gesehen hatte. Auch sie hatte einen Kranz in Auftrag gegeben. Einen Kranz mit weißen Rosen und einer Schleife, auf der stand: »Ruhe in Frieden. Deine Elisabeth.«

Die Leute vom Künstlerkeller deckten rasch noch für zehn Leute nach, schmierten in der Küche weitere Brötchen mit Gehacktem und Zwiebeln.

Endlich hatte jeder einen Stuhl gefunden. Elisabeth saß neben Rosemarie, auf der anderen Seite hatten Franz und Petra, die extra aus Ingelheim gekommen waren, Platz genommen.

Elisabeth erhob sich, klopfte mit einem Löffel gegen die Kaffeetasse. Die Gespräche erstarben.

»Liebe Freunde«, begann sie.

»Ich bin sehr froh, in dieser schweren Stunde nicht allein zu sein.« Das war eine Lüge, aber Elisabeth hatte schon immer gewusst, was die Leute hören wollten.

»Und ich bin sicher, dass uns Wolfgang von irgendwo zusieht und dass auch er froh ist, so viele von euch hier zu sehen. Er war ein guter Mann, ein guter Pfarrer, guter Vater. Sein Leben war nicht immer leicht gewesen, und so manches Mal hatte er den Mut sinken lassen. Aber dann hatte er sich aufgerappelt, war da gewesen für seine Gemeinde, für die Menschen, die ihn umgaben. Sie alle hier haben sein Leben ein bisschen schöner gemacht. Dafür danke ich Ihnen von ganzem Herzen.«

Sie setzte sich hin, und Hildegard Fischer drückte wieder ihre Hand. »Eine wunderbare Rede.«

Rosemarie beugte sich zu ihr, raunte: »Lügen kannst du ja, das hast du immer gekonnt.«

Elisabeth fragte sich, womit sie sich den geballten Zorn ihrer Tochter eigentlich zugezogen hatte. Das Verhältnis mit Jürgen John hatte sie schon vor Jahren beendet, aber Rosemarie trug es ihr bis heute nach.

»Ob du es glaubst oder nicht: Ich bin auch in Trauer«, flüsterte sie Rosemarie zu, und da endlich wurde der Blick der Tochter ein wenig weicher.

Nach zwei Stunden löste sich die Gesellschaft auf. Auch Rosemarie und Heike befanden sich schon im Aufbruch. Die Bedienung packte die übrig gebliebenen Brötchen und den Streuselkuchen in Butterbrotpapier, verteilte die Päckchen an die Gäste. Wieder wurde Elisabeth umarmt, wieder wurde ihre Hand geschüttelt. Man wünschte ihr Kraft und

Stärke, Mut und Zuversicht, und Elisabeth fragte sich, woher sie das alles nehmen sollte.

Sie wollte gerade die Zeche bezahlen, da ging die Tür auf – und Jürgen John kam herein. Er war alt geworden. Sein Haar vollkommen ergraut. Und er hatte an Gewicht zugelegt. Aber den jungenhaften Ausdruck im Gesicht hatte er sich erhalten.

Er umarmte Elisabeth, und Elisabeth lehnte sich kurz an seine Brust. »Es tut mir so leid«, sagte er.

»Mir auch«, erwiderte Elisabeth, und endlich kamen die Tränen. Sie fiel auf einen Stuhl, wurde vom Schluchzen geschüttelte.

Rosemarie stand mit hängenden Armen dabei. Jürgen aber stellte sich hinter Elisabeth, legte beide Hände auf ihre Schultern, hielt sie fest, wie er sie immer festgehalten hatte.

Kapitel 32

»Hat das sein müssen? Geht ihr über Leichen?«

Jürgen knallte seine Tasse auf den Tisch in der konspirativen Küche.

Ihm gegenüber saß allerdings nicht Michael. Der war inzwischen in Rente gegangen. Jetzt musste sich Jürgen mit einem Mann auseinandersetzen, der dreißig Jahre jünger war als er. Heiko hieß der und war, wie er stolz berichtete, Absolvent der Stasi-Hochschule in Potsdam, an der auch das Fach Zersetzung gelehrt wurde.

Heiko zuckte mit den Schultern. »Jeder schaufelt sich sein eigenes Grab.«

»Menschenskind, ihr könnt doch nicht so mit den Leuten umgehen, dass sie sich schließlich das Leben nehmen.«

»Ich habe den Strick nicht geknüpft, an dem sich der Pfarrer aufgehängt hat.«

»Nein, aber du hast dafür gesorgt, dass der Bischof ihn nicht abberufen hat.«

»Da war ein operativer Vorgang, der kurz vor dem Abschluss stand. Mehr als vier Ausreisewillige hatte der in seinem Friedenskreis. Zum Glück ist es uns gelungen, jemanden von unseren Leuten bei seiner Tochter einzuschleusen. Das sind Feinde unseres Staates, begreif das doch endlich.«

Jürgen schluckte. Er wollte sagen, dass Wolfgang Wächter alles andere als ein Feind gewesen war. Ein gebrochener Mann war er gewesen, das hatten auch die Genossen vom Ministerium für Staatssicherheit gewusst.

»Du kannst ja jetzt die Witwe trösten«, sprach Heiko weiter. »Wäre gut zu wissen, was sie vorhat. Die Tochter jedenfalls werden wir zum Nachfolger ihres Vaters machen.«

»Diese Aufgabe obliegt dem Bischof.«

»Und der will weiter in den Westen reisen. Also!«

»Und wenn sie nicht will?«

»Sie will. Das Pfarrhaus in Nißwitz ist baufällig. Es muss gesperrt werden. Da kommt der Umzug nach Freyburg wie gerufen. In St. Wenzel ist die junge Wächter nur die zweite Besetzung. In Freyburg wäre sie die Stadtpfarrerin.«

»Und wenn sie trotzdem nicht will?«

»Da haben wir unsere Methoden. Du bist raus, Jürgen. Möglich, dass Michael dich noch weiter informiert hat, von mir war es heute das letzte Mal. Es wird keine Treffen mehr mit dir geben. Wir danken dir für deine Arbeit und so weiter und so fort, aber jetzt machen wir ohne dich weiter.«

Rat der Stadt Leipzig, Abteilung Berufsbildung. »Guten Tag, Sie sind Heike Wächter, nicht wahr?«

»Ähem, ja. Ich habe hier eine Vorladung bekommen.«

»Das ist richtig, junge Frau. Bitte nehmen Sie Platz. Mein Name ist übrigens Heiko Stammnitz. Ich bin für Sie zuständig.«

»Worum geht es eigentlich?«

»Nicht so eilig, Fräulein Wächter. Oder darf ich Heike sagen?«

»Ja, natürlich.«

»Also, Heike, möchten Sie etwas trinken? Einen Kaffee vielleicht oder eine Limonade?«

»Nein danke.«

»Rauchen Sie?«

»Ich bin Nichtraucherin, danke.«

»Sie haben sich an der Buchhändlerschule zu Leipzig beworben?«

»Das ist richtig.«

»Welche Bedeutung hat das Wort Ihrer Meinung nach?«

»Ich verstehe nicht, was Sie meinen.«

»Das Wort als Waffe.«

»Worte können schwerer verletzen als Waffen.«

»Ich spreche von geistiger Brandstiftung.«

»Ähm, ja.«

»Die Buchhändler in unserem Staat sind die Waffenhändler des Geistes.«

»Oh.«

»Ja, so sehen das die wenigsten. Deshalb müssen wir genau auswählen, wen wir in eine Buchhandlung lassen. Ihre Mutter ist Pfarrerin. Eine Pfarrerin, die sich weigert, eine Pfarrstelle in Freyburg anzunehmen. Sagen Sie selbst, Fräulein Wächter: Würden Sie sich mit diesem Hintergrund eine Lehrstelle als Buchhändlerin geben?«

»Meine Mutter hat Gründe. Sie will nicht im Schatten ihres Vaters stehen. Was habe ich damit zu tun?«

»Wir stellen hier die Fragen, mein Fräulein. Also: Sind Sie wirklich als Buchhändlerin geeignet?«

»Ich liebe Bücher, ich liebe die Literatur. Gerade auch die unserer Republik. Christa Wolf. Brigitte Reimann. Helmut Sarkowski, Jurek Becker, Irmtraud Morgner. Haben Sie das Buch *Guten Morgen, Du Schöne* von Maxi Wander gelesen?«

»Sie müssen hier nicht Ihr Wissen ausbreiten. Ich habe ein Studium abgeschlossen.«

»Sicher nicht in Literatur.«

»Mein liebes Fräulein, wir können auch anders. Ich muss hier nicht mit Ihnen reden, ich muss Ihnen keine Chance geben. Ich kann aufstehen und rausgehen, und dann können Sie sehen, was für eine Lehrstelle Sie bekommen. Fleischer werden gesucht. Und Bauarbeiter. Das geht ganz schnell. Ein Anruf genügt.«

»Entschuldigen Sie bitte.«

»Na ja, der Jugend dürfen schon mal die Pferde durchgehen. Du willst also Buchhändlerin werden. Ich sage jetzt einfach mal du, das klingt nicht so distanziert. Wir stehen ja auf derselben Seite.«

»Ja.«

»Ich kann dir helfen, deinen Traum zu erfüllen.«

»Was sollte ich dafür tun?«

»Sorge dafür, dass deine Mutter nach Freyburg geht, dann gehst du an die Buchhändlerschule.«

»Aber ich bin doch immer noch ein Kind. Wie kann ich denn meine Mutter von Dingen überzeugen, die sie gar nicht will?«

»Das ist deine Sache. Am 1. Januar wird das Pfarrhaus in

Nißwitz vom Bauamt geschlossen wegen des bedrohlichen Zustands.«

»Gut. Ich versuche es. Aber versprechen kann ich nichts.«

»Wenn du nichts versprechen kannst, kann ich auch nichts versprechen. Eine Hand wäscht die andere, du kennst ja das Sprichwort.«

»Ich werde meiner Mutter berichten, dass ich heute bei Ihnen war. Sie weiß ohnehin von der Vorladung.«

»Das ist gut, das ist sogar sehr gut. Wir wollen ja nicht, dass du lügst. Also, Heike. Dann wünsche ich dir mal viel Erfolg und hoffe, dass du im nächsten Jahr hier in Leipzig auf die Buchhändlerschule gehen kannst.«

Teil 4

1986

Birnen-Sekt-Kuchen

250 g Mehl • 2 TL Backpulver • 250 g Zucker •
100 g weiche Butter • 4 mittelgroße Eier •
1 kg Birnen aus der Konserve • 2 EL Grieß • 250 ml Sekt •
1 Pkt. Vanille-Puddingpulver • 250 g Schmand

Mehl, Backpulver, die Hälfte des Zuckers, Butter, 1 Ei zu einem glatten Teig kneten und ca. 20 Minuten kalt stellen.
Birnen in ein Sieb geben, 250 ml Saft auffangen.
Teig auf einer bemehlten Fläche ausrollen, in eine Springform geben. Den Teigboden mit Grieß ausstreuen, die Birnenhälften mit der Spitze zur Mitte in die Form legen.
Puddingpulver mit 3 EL Birnensaft verrühren. Sekt erhitzen, Puddingpulver einrühren, 1 Minute kochen lassen, sofort über die Birnen geben und 30 Minuten bei 180 Grad backen.
3 Eier trennen, Eiweiß und eine Prise Salz steif schlagen, Eigelbe und restlichen Zucker schaumig rühren, Schmand dazugeben. Eischnee unter die Eigelbmasse heben. Den Guss auf den vorgebackenen Kuchen geben, verstreichen und bei 180 Grad noch 20 Minuten backen.

Kapitel 33

Sechs Jahre war Wolfgang nun schon tot, doch jedes Mal, wenn Elisabeth nach Leipzig fuhr, musste sie an ihn denken. Sie saß in seinem Auto und bildete sich ein, noch einen leichten Hauch seines Geruchs zu spüren. Manchmal sprach sie sogar in Gedanken mit ihm. So wie heute: Schade, dass du das nicht mehr erleben kannst, Wolfgang. Heike hat eine kleine Tochter zur Welt gebracht. Gestern Nacht, Wolfgang, sind wir Urgroßeltern geworden. Ist das nicht wunderbar?

»An der nächsten Kreuzung müssen wir nach rechts«, erinnerte Matthias, der vorn neben Rosemarie saß, die das Auto lenkte. Sie hatten nach Wolfgangs Tod den Wartburg behalten und den Trabant verkauft. Neben Elisabeth saß Jürgen und hielt ihre Hand. Das tat er oft. Es war, als wolle er sie daran hindern, ihm ein zweites Mal davonzulaufen.

Er hatte nach Wolfgangs Tod lange um Elisabeth kämpfen müssen. Ein ganzes Jahr lang. Aber dann waren sie doch noch ein Paar geworden und wohnten zusammen in einer Wohnung am Freyburger Markt. Es war die Wohnung, in der einst Elisabeths Tante Juliette gewohnt hatte.

»Wie groß und schwer war die Kleine noch einmal?«,

fragte Elisabeth. Sie hatte diese Frage schon einmal gestellt, aber Rosemarie antwortete ihr geduldig: »2750 Gramm bei 48 Zentimetern. Ein Leichtgewicht.«

»Haben Heike und ihr Freund schon einen Namen ausgesucht?«

»Bisher noch nicht, Mutter. Aber das kannst du gleich alles selbst erfragen.«

Rosemarie fand einen Parkplatz unweit der Russischen Kirche. Gemeinsam liefen sie die paar Meter rüber zur Universitätsfrauenklinik.

Und dann standen sie an Heikes Bett und betrachteten den winzigen Säugling. Rosemarie nahm die Kleine in den Arm, strich ihr sanft mit dem Zeigefinger über die Wange. Elisabeth aber umarmte ihre Enkelin, setzte sich auf einen Stuhl neben ihr Bett, hielt Heikes Hand. »Bist du glücklich?«, fragte sie leise.

»Ja, Oma, das bin ich.«

Die Tür ging auf, und Heikes Freund Jens kam herein. In der Hand hielt er eine Blumenvase. »Ist sie nicht wunderhübsch, unsere Tochter?« Sein Gesicht glänzte vor Stolz.

»Das ist sie wirklich«, stimmte Jürgen zu.

»Wir werden sie Marlene nennen«, erzählte Heike.

Elisabeth sprach den Namen langsam aus, Buchstabe für Buchstabe. »M a r l e n e. Ein wirklich schöner Name.«

Heike lächelte. »Du schmeckst den Namen auf der Zunge, als wäre er Wein.«

»Ja, du hast recht. Wahrscheinlich tue ich das. Wir sind eben Weinmenschen. Und ich freue mich ja auch, dass du in der Winzergenossenschaft arbeitest und nicht Buchhändlerin geworden bist. Obwohl du die Lehrstelle hättest haben können.«

»Und dann habe ich selbst gemerkt, dass auch in meinen Adern Wein fließt. Wie gut, dass die Winzergenossenschaft mich genommen hat. Jetzt bin ich Winzerin. Wie meine Mutter, Großmutter, meine Urgroßmutter. Vielleicht wird ja sogar unsere kleine Marlene eine Winzerin.«

»Das warten wir noch ab. Sie ist ja gerade erst ein paar Stunden alt.« Jens strich dem Säugling, der fest und mit geballten Fäustchen schlief, sanft über das Haar.

Sie blieben nicht mehr lange. Heike war erschöpft, und sie wollte mit Jens allein sein.

»Wann heiraten die beiden endlich?«, wollte Elisabeth auf der Heimfahrt wissen.

Rosemarie, die jetzt neben Matthias saß, der das Auto lenkte, zuckte mit den Schultern. »Ich weiß es nicht. Es gibt viele, die nicht mehr heiraten. Wenigstens ist die Wohnung rechtzeitig fertig geworden.« Rosemarie lachte auf. »Ich habe kürzlich versucht, Franz zu erklären, was eine Ausbauwohnung ist. Er hat es nicht verstanden. ›Da bekommen junge Leute eine Wohnung zugewiesen, die sanierungsbedürftig ist, und müssen sie allein ausbauen? Sie müssen das Material beschaffen und die Handwerker und Dutzende Stunden Eigenleistung erbringen?‹, hat er immer wieder gefragt, und ich habe quasi durch das Telefon hindurch sehen können, wie er den Kopf geschüttelt hat.«

»Hauptsache, sie haben endlich eine eigene Wohnung. Es gibt so vieles, was die Westler nicht verstehen können«, warf Jürgen ein.

Am Abend saßen Rosemarie und Matthias gemeinsam im Freyburger Pfarrhaus im Wohnzimmer und stießen auf Heikes Tochter an. Seit fünf Jahren lebte Rosemarie nun schon hier. Sie hatte das nicht gewollt, sie hatte nicht im Schatten ihres Vaters arbeiten und leben wollen. Ihre Gemeinde in Naumburg war viel jünger gewesen, aber dann war sie doch nach Freyburg gegangen. Sie hatte ihrer Tochter keine Steine in den Weg legen wollen. Heike aber war eine starke junge Frau. Sie war schon als Kind stark gewesen. »Ich lasse mich nicht vor den Karren der Stasi spannen«, hatte sie gesagt, war zur Winzergenossenschaft gelaufen und hatte nach einem Ausbildungsplatz gefragt.

»Marlene ist wirklich wunderhübsch. Und Heike kann ein ganzes Jahr lang bei vollem Gehalt mit ihr zu Hause bleiben. Das gibt es auch nur in der DDR.«

»Ja«, stimmte Rosemarie zu. »Und wenn sie keinen Krippenplatz bekommt, kann sie bei voller Bezahlung weiter zu Hause bleiben, bis sich ein Platz findet. Es ist nicht alles schlecht bei uns.«

Matthias lächelte, stieß sein Glas gegen das von Rosemarie und trank genüsslich einen großen Schluck. Die alte Uhr, die noch aus dem Weinschlösschen stammte, schlug die achte Abendstunde. Matthias erhob sich. »Ich gehe dann mal, muss morgen früh raus. Aber zum Friedenskreis bin ich pünktlich da.«

»Du kannst auch hier übernachten«, schlug Rosemarie vor, aber Matthias schüttelte den Kopf. »Das ziemt sich nicht für eine Pfarrerin.«

»Wir leben in den Achtzigern.«

»In manchen Köpfen aber noch nicht.« Er beugte sich zu Rosemarie, küsste sie auf die Stirn und ging.

»Warte mal!« Rosemarie hielt ihn am Ärmel fest. »Und wenn wir, ich meine ... wir auch«

»Was meinst du?«

Rosemarie schluckte. »Was wäre denn, wenn wir heiraten? Dann könnten die Leute nicht mehr reden. Wir könnten zusammen hier wohnen.«

Matthias beugte sich zu Rosemarie hinunter, küsste sie leicht auf den Mund. »Wir werden heiraten, meine Liebe. Aber noch nicht jetzt.«

Kurze Zeit später hörte Rosemarie die Haustür klappen.

Sie goss sich noch ein Glas Wein ein und fragte sich zum wiederholten Male, was Matthias eigentlich gegen eine Heirat einzuwenden hatte. Es schien ihr, als gäbe es etwas in seinem Leben, von dem sie nichts wusste. Er nahm sie auch nie zu den jährlich stattfindenden Betriebsvergnügen mit, bei dem die Aktivisten ausgezeichnet wurden. Danach wurde getanzt und gezecht, und alle brachten ihre Partner mit. Nur sie blieb zu Hause. »Ich möchte mein Privatleben ganz gern privat lassen«, hatte Matthias ihr erklärt. »Es wird schon genug geklatscht und getratscht.«

»Na, und? Was ist schon dabei? Morgen reden sie über etwas anderes«, hatte Rosemarie gefunden.

»Ich möchte es aber nicht.«

Dabei war es geblieben.

Drei Wochen später, am 26. April 1986, ereignete sich im ukrainischen Tschernobyl die Nuklearkatastrophe. Es war der größte und schwerste Unfall, der sich je in einem Atomkraftwerk ereignet hatte. Die radioaktive Wolke war über Polen bis in die DDR und die Bundesrepublik gezogen. Während die ostdeutschen Medien das Ereignis herunterspielten, warnten die westdeutschen Medien vor dem Verzehr von frischem Gemüse.

Petra und Franz schickten sofort ein Paket mit Dosenobst: Pfirsiche, Erdbeeren, Ananas, dazu Trockenobst aus den Früchten des letzten Jahres. Rosemarie buk selbst Brot, brachte jede Woche zwei Laibe zu Heike, die nah bei ihr am Sportplatz in Freyburg wohnte. Zum Glück stillte Heike die kleine Marlene. Und sie hielt sich an die konservierten Früchte aus Ingelheim.

Matthias brachte frische Milch aus der Großmastanlage mit. Die Kühe standen in Ställen, hatten noch nie frische Luft geatmet. Von Tschernobyl waren sie nicht betroffen. Matthias war dabei gewesen, als die Leute vom Gesundheitsamt gekommen waren und mit einem Geigenzähler hantiert hatten.

Aber Gerold brachte zum Friedenskreis die Ergebnisse von Bodenproben mit, die in einem privaten Labor erstellt worden waren.

Es war verheerend. Die atomare Belastung der Böden in der Umgebung war so hoch, dass eine Bewirtschaftung gesundheitsschädlich war.

»Alles, was in diesem Jahr geerntet wird, kann krank machen«, fasste er die Ergebnisse zusammen. »Besondere Vorsicht ist bei Blattgemüse und Pilzen angesagt. Hört man darüber etwas in den Rundfunknachrichten? Haben Klaus

Feldmann und Klaus Ackermann von der *Aktuellen Kamera* gewarnt? Nein, alles, was vom großen Bruder kommt, ist gut. Selbst wenn es eine Atomwolke ist.«

Sophie brach in Tränen aus. »Aber das können die doch nicht machen. Wir müssen doch gewarnt werden. Was sollen wir denn jetzt tun?«

Matthias wiegte den Kopf. »Was soll die Regierung denn machen? Soll sie sagen: Ihr dürft nichts essen, was angebaut wurde? Wovon sollen wir uns ernähren?« Er schüttelte den Kopf. »Die Strahlendosis ist hoch, aber nicht lebensbedrohlich.«

»Aber warum wird dann im Westen gewarnt?«

Matthias zuckte mit den Achseln. »Das weiß ich nicht. Vielleicht ist die Konservenindustrie so mächtig, dass sie Einfluss auf die Politik hat?«

»Das glaubst du doch selbst nicht«, widersprach Gerold. »Hier passiert gerade etwas ganz Übles. Hier will der Staat dabei zusehen, wie sich seine Bevölkerung selbst vergiftet. Na klar, das hätte ja Vorteile, die Rentner sterben zuerst. Da spart man eine Menge Geld.«

»Gerold, bitte!« Rosemarie legte einen Zeigefinger auf die Lippen. »Sprich nicht so.«

»Warum denn nicht? Ich habe doch Vertrauen zu euch allen.«

»Das wissen wir, und das wissen wir auch zu schätzen. Trotzdem solltest du vorsichtig sein. Im Pfarrsaal von St. Wenzel wurden vor zwei Jahren Wanzen entdeckt.«

Gerold verstummte, die Arme vor der Brust verschränkt. Sophie aber, die zarte junge Sophie, erhob ihre Stimme: »Ich ertrage das alles nicht mehr!«, rief sie plötzlich und schlug die Hände vor das Gesicht. »Ich kann einfach nicht mehr.«

Gerold sprang auf, ging vor ihrem Stuhl in die Hocke, legte seine Arme um sie. »Pscht, ist ja gut. Das wird schon wieder.«

Sophie befreite sich aus seinen Armen. »Nichts wird wieder und schon gar nicht gut. Seit vier Jahren habe ich den Ausreiseantrag laufen. Viermal ist er abgelehnt worden. Und jetzt hat Sandro mir geschrieben, dass er eine andere Frau kennengelernt hat. Versteht ihr? Vier Jahre lang Drangsalierungen, Demütigungen, Arbeitsplatzverlust. Meine Eltern haben sich von mir losgesagt. Meine Mutter ist Lehrerin, sie hatte keine Wahl. Und nun ist alles umsonst? Was soll ich denn jetzt noch im Westen? Ich kenne da keinen. Ich habe Geschichte studiert. Damit bekomme ich drüben nie einen Arbeitsplatz, die haben dort nämlich eine andere Geschichte. Und hier kriege ich auch nichts mehr, selbst wenn ich den Antrag zurückziehe.« Sie brach in bittere Tränen aus, stürzte an Gerolds Brust, weinte seinen Pullover nass. Die anderen saßen und schwiegen. Was hätten sie auch sagen können? Es gab viele wie Sophie. Die meisten von ihnen hatten sich an die Antennen ihrer Trabis und Wartburgs weiße Bänder gebunden. Früher tat man das, wenn man zu einer Hochzeit eingeladen war. Jetzt bedeutete es, dass der Fahrer einen Ausreiseantrag laufen hatte. Je mehr weiße Bänder, umso weniger das Gefühl, allein zu sein.

Nach einer Weile räusperte sich Rosemarie. »Wollen wir Schluss machen für heute?«

Die anderen nickten, standen auf. Rosemarie trat zu Sophie, legte ihr eine Hand auf die Schulter. »Wenn du reden willst, ich bin für dich da.« Sophie nickte.

»Das weiß ich. Aber ich weiß nicht, ob ich dir vertrauen kann.«

»Wie kommst du denn darauf?« Rosemarie war verletzt.

»Ich bekomme hin und wieder Besuch von der Stasi. Letztens sprachen sie von Dingen, die wir hier im Friedenskreis besprochen hatten. Woher wussten die das?«

Rosemarie verengte ihre Augen. »Und da kommst du ausgerechnet auf mich?«

»Nicht nur auf dich. Auf jeden hier. Außer vielleicht Gerold.«

Rosemarie seufzte. Sie hatte gewusst, dass dies irgendwann einmal passieren würde. Dass sie einander nicht mehr trauen konnten. Aber sie war fest entschlossen weiterzumachen.

»Dann nimm dich in Acht bei dem, was du sagst«, riet sie, aber da krallte sich Sophie geradezu an Rosemaries Ärmel fest.

»Was soll ich denn machen? Ich habe niemanden mehr außer euch. Meine alten Freunde reden nicht mehr mit mir. Sie haben Angst, Ärger zu bekommen.«

Da nahm Rosemarie die junge Frau in den Arm. »Komm, wann immer du willst. Ich bin für dich da.« Mehr hatte sie nicht anzubieten. Ich bin für dich da, das war nichts. Nichts, wenn dieses Da-Sein ohne Vertrauen blieb.

Gerold drängte sich an Rosemarie und Sophie vorbei. »Kommst du mit auf ein Bier?«, fragte er Sophie. »Ich glaube, du könntest jetzt eins vertragen.«

Sophie nickte, hüllte sich in ihre Jacke und folgte Gerold nach draußen.

Rosemarie blickte den beiden hinterher. Sophies Frage hatte sie tiefer verletzt, als sie vor sich zugeben mochte.

Später saßen Matthias und Rosemarie noch bei einer Tasse Tee im Pfarrhaus zusammen. »Glaubst du, bei uns ist jemand ein inoffizieller Mitarbeiter?«, fragte sie ihn. »In unserem Friedenskreis?«

Matthias nickte. »Ja, das denke ich. Das kann man auch gar nicht verhindern. Wichtig ist nur, keine Angst zu zeigen, zu seiner Meinung zu stehen.«

Rosemarie schüttelte den Kopf. »Nein, so ist es nicht. Du kannst im Gefängnis landen für deine eigene Meinung. Das weißt du so gut wie ich. Wer ist es? Gerold? Der ist immer vorneweg mit seinen Ansichten, und noch nie ist ihm etwas passiert. Er schmuggelt Bodenproben in den Westen. Oder die Krüger-Zwillinge? Nein, die kenne ich schon seit Kindertagen. Die Eltern waren immer fromm. Die Zwillinge kommen, weil sie an Gott glauben. Kann sein, dass sie die Einzigen hier sind.«

»Außer dir.«

»Ja, außer mir. Wer könnte es sein? Volker vielleicht?«

Matthias schüttelte den Kopf. »Nein, Volker auch nicht. Er wirkt so offen und ehrlich, hält nie mit seiner Meinung hinter dem Berg. Denkst du, unser Friedenskreisspitzel ist alleinstehend? Ich stelle mir die Stasi immer als einen Verein unverheirateter Männer vor.«

»Ich weiß nicht, was ich denken soll«, gab Matthias zu. »Wie gesagt: Es könnte jeder von uns sein.«

Später, als Matthias gegangen war, blieb Rosemarie noch eine ganze Zeit lang in ihrem Sessel sitzen. Eigentlich hatte sie vorgehabt, noch an den Schreibtisch zu gehen. Der Quartalsbericht war fällig, die Einladungen für den Konfirmandenunterricht mussten raus, das Chorkonzert zum Kirchweihfest musste angekündigt werden, die Grabrede für Mathilde Meuser musste geschrieben werden, denn schon übermorgen früh war die Beerdigung. Aber Rosemarie konnte sich nicht dazu aufraffen. Sie holte sich die offene Flasche Rotwein aus der Küche, die Heike ihr neulich mitgebracht hatte, als sie mit Marlene zu Besuch war. Rosemarie goss sich ein Glas ein und dachte über das, was Matthias gesagt hatte, nach. Keiner mit Familie. Oder gerade die mit Familie. Gerold lebte allein, aber jeder wusste, dass er in Sophie verliebt war. Sollte er mit der Stasi zusammenarbeiten, um an sie heranzukommen? Nein! Rosemarie schüttelte den Kopf. So war Gerold nicht.

Kannte sie ihn wirklich so gut, um das einschätzen zu können? Wieder schüttelte Rosemarie den Kopf. Sie dachte an die Zwillinge, an Jutta Scherbaum, die immer teilnahm, aber nie eine Meinung äußerte. Kam sie, um zu horchen und zu gucken? Jutta war verheiratet. Ihr Mann fuhr einen Wagen der SMH, der Schnellen Medizinischen Hilfe. Da verdiente man nicht viel. Konnte es sein, dass Jutta auf diese Art etwas zum Familienbudget beitrug? Es hieß ja, die Spitzel würden gut bezahlt, erhielten zahlreiche Vergünstigungen. Nein, nein, nein! Jutta war schüchtern. Sie wagte es ja kaum, einem anderen in die Augen zu sehen. Unmöglich, dass sie mit denen zusammenarbeitete.

Und Matthias?, flüsterte plötzlich eine Stimme in ihrem Kopf. Was ist mit Matthias? Er ist allein. Seine Mutter lebte zwar noch, wusste aber nicht mehr, wer Matthias war. Die Ex-Frau weit weg, die Tochter ebenso. Kaum Kontakt zur Familie. Rosemarie kroch ein kalter Schauer über den Rücken. Alles passte. War Matthias der Spitzel? Rosemarie fiel ein, dass er die DDR oft schon verteidigt hatte. Und Rosemarie erinnerte sich daran, was Matthias zur Wehrpflicht gesagt hatte. Die Wehrpflicht betrug achtzehn Monate. Aber wer sein Abitur machen und hinterher einen Studienplatz bekommen wollte, musste sich für mindestens drei Jahre verpflichten. Nein, ein Gesetz dazu gab es nicht, aber jeder wusste, dass es so war. Auch da hatte Matthias gefragt: »Was ist schlimm daran, drei Jahre dem Vaterland zu dienen? Die Schulbildung ist kostenlos, das Studium auch. Jeder Student bekommt ein monatliches Stipendium, das er nicht zurückzahlen muss. Kann man nicht verlangen, dass gerade die, die studieren wollen, auch etwas für das Land tun?« Gerold hatte damals vehement widersprochen, und auch Rosemarie hatte sich über Matthias gewundert. Hieß das aber tatsächlich, dass er der Spitzel war?

Kapitel 34

Das Jahr 1988 endete ungewiss. So viel hatte sich in den letzten beiden Jahren verändert, und niemand wusste, wie es weitergehen würde. Überall standen die Zeichen auf Veränderung, nur die DDR klammerte sich an das Alte, Gewohnte.

Michail Gorbatschow, Generalsekretär des Zentralkomitees der Kommunistischen Partei der Sowjetunion, war mittlerweile gute drei Jahre an der Macht und hatte einen neuen Weg eingeschlagen. Glasnost und Perestroika hießen die Schlagworte der Zeit, Offenheit und Umbau. Die DDR-Obrigkeit beobachtete mit schmalen Mündern, was in der Sowjetunion geschah. Gorbatschow führte Abrüstungsverhandlungen mit den USA, erreichte so eine Annäherung an den Westen. Das jedoch war das Letzte, was die DDR-Funktionäre wollten. Auch mit der Offenheit hatten sie Probleme und mit dem Umbau sowieso.

Trotzdem herrschte im Land eine vorsichtige Aufbruchsstimmung. Bücher erschienen plötzlich, die nicht nur den Sozialismus bejubelten. Christoph Heins Buch *Der fremde Freund* war in dieser Hinsicht eine Sensation gewesen.

Da ging es nicht um eine glückliche sozialistische Familie, die mit dem Trabant von der Plattenbausiedlung in den Urlaub ins FDGB-Heim an die Ostsee fuhr, sondern um desillusionierte Menschen, die mit den Beinen noch in der DDR standen, mit dem Kopf aber längst ganz woanders waren. Rückzug ins Private. Da wurde hinter vorgehaltener Hand über die Umweltverschmutzung gesprochen, da wurde – leise zwar – Kritik laut. Den Bürgern war lange schon klar, was die Obrigkeit noch leugnete: So konnte es nicht weitergehen.

Marlene ging in die Kindergrippe, Heike arbeitete wieder. Auch ihr war, fast schon eine Familientradition, das Versuchsfeld der Winzergenossenschaft zugeteilt worden. Das war eine Auszeichnung, denn nur die besten Winzer durften dort Versuche anstellen. Ging es vor Jahren noch darum, dem Wein mehr Süße zu verleihen, wurde jetzt am höheren Ertrag der einzelnen Sorten geforscht. Noch immer ging der Grundwein an die Rotkäppchen-Kellerei, und allmählich fanden sich auch wieder Liebhaber, die den trockenen Saale-Unstrut-Wein zu schätzen wussten. Die großen Leipziger Hotels fragten nach, und auch so manche Weinhandlung wollte den ostdeutschen Wein ins Sortiment aufnehmen. In den Kaufhallen gab es viel zu selten Wein. Und wenn, dann den bulgarischen oder ungarischen Rotwein. Rosenthaler Kadarka war besonders beliebt oder auch die süßen Perlweine aus dem Delikatgeschäft.

Heike aber hatte sich von den ehemaligen Weinbergen des Familiengutes Saale-Premium Stecklinge geholt und versuchte, die alten Sorten auszubauen. Eine einzige Reb-

reihe war damit bestückt worden, mehr Fläche gab der Fünfjahresplan nicht her. Sie wollte versuchen, einen hochklas-
sigen Spitzenwein zu züchten. Einen Wein, wie ihn ihre Urgroßmutter angebaut und damit Preise gewonnen hatte.
Qualität statt Quantität. Sie setzte die Stecklinge der selte-
nen Sorte Weißer Riesling, die als Königin der Weißweine
bezeichnet wurde. Dazu kreuzte sie eine Wildrebe, die es auf
dem ehemaligen Gut Saale-Premium mittlerweile zu Hun-
derten gab, mit einem Traminer. Doch immer, wenn sie dort
oben auf dem Hügel war, überkam sie der Jammer. Die meisten Flächen des ehemaligen Gutes lagen brach. Die Weinberge waren so abschüssig, dass die Maschinen zur Lese und
zur Pflege dort nicht arbeiten konnten. Die Weinberge hätte
man nur wie früher von Hand bearbeiten können, doch dazu
fehlte die Zeit.

Ihr Vorgesetzter sah Heikes Versuche mit gerunzelter
Stirn. »Qualität statt Quantität«, murrte er. »Das lohnt sich
doch nicht. Unsere Devise lautet hier wie überall in der
DDR: Höher, schneller, weiter.« Aber er ließ Heike machen.

Jens arbeitete als Bauingenieur im Bauamt der Stadt
Freyburg. Immer mal wieder brachte er das Weinschlösschen ins Gespräch, denn wenn er auch nie darin gelebt
hatte, so konnte er es doch nicht ertragen, dass der Fami-
liensitz seiner Frau so verfiel. Es fehlte an Wohnraum, es
fehlte an jeglichem Raum. Aber auch die Mittel fehlten.

»Wenn wir schon bauen, dann Neubauten. Die Platten-
bauweise ist effektiv und kostengünstig«, hieß es vom Stadtrat. »Wir brauchen kein Weinschlösschen, wir haben die
Neuenburg. Das reicht an altem Gemäuer.«

Das Silvesterfest feierte die Familie auf der Obstwiese vor der Ruine des Weinschlösschens. Jens hatte darauf bestanden.

»Was hast du nur immer mit dem Schlösschen?«, fragte Elisabeth, als sie um eine Feuerstelle herumstanden und Heike Glühwein aus der Thermoskanne ausschenkte.

Jens lachte verlegen. »Du wirst es mir nicht glauben, aber ich denke, dass Bauwerke eine Seele haben. Und dieses Bauwerk trägt die Spuren eurer Familie, eurer Vergangenheit. Ein Teil eurer Seele steckt in den Mauern, in den Fensteröffnungen, in den Räumen.«

»Sollen wir deshalb hier oben Silvester feiern? Um uns an unsere abhandengekommene Seele zu erinnern?« Elisabeth zog ihren Schal ein Stück höher, sodass ihr Mund damit bedeckt war.

»Die Zukunft kann nicht ohne die Vergangenheit existieren. Heike weiß das. Warum sonst müht sie sich mit den Reben so ab?«

Rosemarie wärmte ihre Hände an der Tasse mit dem Glühwein. »Ich habe nichts mit Wein zu tun, mich verbindet nichts mit diesem Schlösschen.«

»Da muss ich dir widersprechen, meine Liebe.« Matthias legte einen Arm um ihre Schulter. »Auch du bist geprägt hiervon, ob du das willst oder nicht.«

»Ich bin Pfarrerin.«

Heike lachte: »Und als solche schenkst du Messwein aus.«

»Ich möchte das Schlösschen wieder bewohnbar machen«, fuhr Jens fort. »In Eigenleistung natürlich, anders würde es gar nicht gehen. Das schaffe ich aber nur mit eurer Hilfe.«

»Was können wir dabei schon helfen?«, erkundigte sich Elisabeth.

»Du hast bereits geholfen, indem du Heike hilfst, den Weißen Riesling wieder zum Leben zu erwecken. Der Weiße Riesling war es, der eurer Familie Ruhm eingebracht hat.«

»Ruhm, na ja«, bemerkte Rosemarie. »Das bisschen davon ist längst Geschichte. So eine Ruine wieder aufzubauen kostet immens viel Zeit und Geld. Wie sollen wir das machen? Nein, Jens, das schaffen wir nicht.«

»Warum eigentlich nicht?«, fragte Elisabeth. »Seit einigen Jahren schon verkauft die Stadt ihre Immobilien. Es gibt allerdings keine Käufer. Die Mieten sind so billig, dass man ein Narr sein müsste, um etwas Eigenes zu bauen. Ich bin sicher, man würde uns das Weinschlösschen geben.« Sie überlegte eine Weile, dann fuhr sie fort: »Wir könnten zurückkaufen, was uns einst gehört hat. Es gehört nun mal zu uns und unserer Familie.«

»Und dann unbedingt die Weinberge dazu«, warf Heike ein. »Die werden sie uns höchstens verpachten, aber wir könnten sie bearbeiten. Mein Chef hat mir kürzlich den Vorschlag gemacht.«

Rosemarie schüttelte den Kopf. »Das ist doch alles Quatsch. So viel Geld haben wir nicht. Außerdem gibt es kein Material und keine Handwerker.«

»Ich kenne eine ganze Reihe Handwerker. Und an das Material würde ich schon auch kommen. Allerdings dauert das alles seine Zeit. Zuerst müsste das Schlösschen sowieso abgetragen werden. Die Balken sind von Würmern zerfressen. Aber es würde sich lohnen.«

Rosemarie betrachtete ihren Schwiegersohn. Er war Feuer und Flamme, hatte regelrecht rote Ohren vor Aufregung bekommen.

»Ihr Jungen, ihr habt noch Kraft und Mut für eine solche Aufgabe.«

»Also ich hätte auch noch ein bisschen Kraft übrig«, bemerkte Matthias, aber Rosemarie schüttelte weiter den Kopf. »Ich dachte immer, du willst dich nicht verpflichten, willst keine Familie. Das hier würde ein Familienprojekt werden.«

Ihr Gesicht wirkte bei diesen Worten angespannt. Und das war sie auch, denn noch immer wartete sie darauf, dass Matthias ihr einen Antrag machte. Vor zwei Jahren hatte sie sogar in Erwägung gezogen, dass er ein Spitzel der Staatssicherheit sein könnte, und hundertprozentig vom Gegenteil überzeugt war sie noch immer nicht. Rosemaries leise Zweifel hatten der Beziehung nicht gutgetan. Sie musste endlich einmal mit jemandem darüber sprechen. Kurz warf sie einen Blick auf Elisabeth, die sich an Jürgen schmiegte.

»Ich hätte auch Lust, noch einmal etwas aufzubauen«, verkündete er jetzt. Er war siebenundsiebzig Jahre alt, aber so wenig ein alter Mann, wie Elisabeth eine alte Frau war. »Für Hilfstätigkeiten bin ich bestens geeignet.«

Elisabeth lachte, als sie das hörte, aber sie sah glücklich aus dabei, fand Rosemarie. »Du wärst also auch dabei, Mutter?«, fragte sie.

»Natürlich. Es geht mir dabei aber nicht nur ums Weinschlösschen. Ich denke, ein Familienprojekt würde uns allen guttun.«

Heike holte eine weitere Thermoskanne aus ihrem Rucksack, schenkte noch einmal die Tassen voll. »Hand hoch, wer wäre dabei?«

Elisabeth und Jürgen hoben die Hand, Matthias tat es, Jens und sie. Nur Rosemarie zögerte.

»Das ist hirnverbrannter Unsinn. Wir werden scheitern. Dann haben wir eine Ruine am Bein. Man wird uns auslachen. Überhaupt: eine Pfarrerin in einem Schlösschen. So steht das in keiner Bibel.«

»Aber in der Bibel steht auch nicht, dass Pfarrer keine eigenen Häuser haben sollen. Sogar der Bischof bewohnt ein Eigenheim, fast schon eine Villa.« Matthias hatte noch immer den Arm um Rosemarie gelegt. »Komm, Liebes, gib dir einen Ruck.«

Rosemarie hätte gern gehandelt. Sie hätte liebend gern gesagt: Ich mache mit, aber nur, wenn du nicht für die Stasi arbeitest und wir endlich heiraten. Das wäre Erpressung gewesen, aber sie wusste keinen anderen Rat, hatte keinen anderen Platz für ihre zwiespältigen Gefühle. Ja, sie hatte sich sogar eingeredet, dass eine Heirat mit Matthias der beste Beweis dafür wäre, dass er eben nicht für das Ministerium für Staatssicherheit arbeitete. Spitzel heiraten nicht die, die sie zu bespitzeln hatten. Das war noch nicht einmal in einem James-Bond-Film vorgekommen.

Sie schluckte, fühlte sich von den anderen in die Ecke gedrängt. Nein, sie wollte kein neues Weinschlösschen. Sie fühlte sich wohl in ihrem Pfarrhaus. Aber sie war auch nicht mehr die Jüngste. Wo sollte sie hin, wenn sie in Rente ging und das Pfarrhaus räumen musste? Auf Matthias konnte sie in dieser Hinsicht nicht zählen. Sie seufzte, ließ ihren Blick durch die Runde schweifen und nickte schließlich.

Heike brach in Jubel aus, fiel ihr um den Hals. Jens machte eine Siegerfaust, Elisabeth und Jürgen lächelten. Matthias aber gab ihr einen Kuss. Und im selben Augenblick schlug die Kirchenuhr zwölfmal. Die ersten Raketen stiegen in die Luft. Heike hob ihren Becher.

»Auf ein gutes neues Jahr. Auf die Wiederauferstehung des Weinschlösschens!«

Kapitel 35

Rosemarie fuhr nach Leipzig zu einem Treffen mit Pfarrer Führer und anderen Pfarrern im Bezirk Leipzig, die einen Friedenskreis unterhielten. Sie stellte das Auto auf dem Opernplatz ab und begab sich über die Grimmaische Straße zur Kirche St. Nikolai, die am Ende der Nikolaistraße lag. Sie war gern in St. Nikolai, mochte die schlanken, grün gestrichenen Säulen, die das Kirchenschiff trugen. Und sie mochte besonders den Aufsteller vor der Tür, auf dem stand: St. Nikolai – offen für alle.

Die Veranstaltung fand im Pfarrhaus gegenüber der Kirche statt, und Rosemarie lief an einem Fenster auf der linken Seite der Kirche vorbei. Im Fenster klemmten Blumen und eine Liste. Es war eine Liste mit den Namen derer, die von der Staatssicherheit verhaftet worden waren, weil sie an den Montagsgebeten teilgenommen hatten.

Im Pfarrsaal herrschte ein unbeschreiblicher Lärm. Überall standen Grüppchen zusammen, redeten, lachten. Hier waren sie unter sich, hier kamen Dinge zur Sprache, über die sonst geschwiegen wurde.

Rosemarie traf zwei ehemalige Mitstudentinnen. Die

eine war in Espenhain, nahe der riesigen Braunkohletagebaue, in einer Gemeinde tätig. »Wie schön, dich zu sehen«, sagte sie und umarmte Rosemarie, wurde aber sofort von einem Hustenanfall unterbrochen.

»Erkältet?«, fragte Rosemarie.

»Ach, woher denn. Die Kohle sitzt mir in der Lunge. Keiner in Espenhain kommt ohne Husten davon. Sogar die Kinder husten. Die Ärzte sagen, sie sollen an die Ostsee in den Urlaub fahren, aber wer kommt schon an die Ostsee? Erzähle mir lieber, wie es dir geht?«

Rosemarie berichtete, dann aber fiel ihr Blick auf eine Wandzeitung, die über und über mit Zeitungsausschnitten beklebt war. »Was ist das denn? Hast du das schon gesehen?«

»Nicht nur gesehen, ich habe sie gemacht. Espenhain gilt als dreckigste Stadt Europas. Bei der Sterberate sind wir ebenfalls führend. Ich habe Unterlagen gesammelt. Auch von der Umweltbibliothek. Vielleicht schaffe ich es, dass die Wandzeitung in St. Nikolai aufgehängt wird. In Espenhain hatten wir sie vier Wochen hängen. Danach hat es Beschwerden gehagelt.«

»Mutig von dir.«

»Wenn du sonntags in der Gemeinde kaum deine Predigt halten kannst, weil alles hustet, dann nicht mehr.«

Ein feines Lächeln zog Rosemaries Mundwinkel nach oben.

»In Freyburg ändert sich nicht so wahnsinnig viel. Nachdem mehr als zwanzig unserer Mitbürger ihre Ausreise nach Westdeutschland über die Besetzung der Ständigen Vertretung in Ostberlin erzwungen haben, hat sich unser Friedenskreis erweitert. Zwei Familien sind dazugekommen. Eine mit, eine ohne Antrag.«

»Genau wie bei uns. Jetzt haben auch noch welche von uns die westdeutsche Botschaft in Prag besetzt. Aber in den Zeitungen hier habe ich nichts darüber gelesen.«

Ein Mann bat um Ruhe. Rosemarie fand einen Sitzplatz in der Nähe des Leipziger Pfarrers Führer. Sie schlug die Beine übereinander, hielt dabei einen Block auf dem Schoß und einen Bleistift in der rechten Hand.

»›Die Teilnehmerstaaten der KSZE werden das Recht eines jeden ... auf Ausreise aus jedem Land, darunter auch aus seinem eigenen, und auf Rückkehr in sein Land uneingeschränkt achten.‹ Das, meine Lieben, wurde auf der KSZE-Vollversammlung beschlossen. Auch Erich Honecker hat das Dokument unterschrieben.« Pfarrer Führer ließ das Blatt sinken, von dem er abgelesen hatte.

Im Pfarrsaal brach verhaltener Jubel aus.

»Freut euch nicht zu früh, meine Freunde. Die DDR gehört schon seit über zehn Jahren zur KSZE, aber wir haben bislang nichts davon bemerkt. Die Regierung unterschreibt und vergisst dann die Umsetzung. Es gibt niemanden, der sie dazu zwingen kann, die Beschlüsse auch durchzusetzen«, erinnerte Pfarrer Führer.

»Aber jetzt muss Honecker doch Zugeständnisse machen! Jetzt, wo Gorbatschow ...«

»Auf Gorbatschow können wir uns nicht verlassen. Er hat genug in seinem eigenen Land zu tun«, rief Rosemarie in die Menge.

»Das ist der Punkt, liebe Freunde. Deshalb rufe ich euch

alle auf, in euren Gemeinden am nächsten Sonntag, dem 15. Januar 1989, eine Gedenkfeier zu Ehren des 70. Jahrestages der Ermordung von Rosa Luxemburg und Karl Liebknecht zu veranstalten.«

Gemurmel entstand. Die junge Pfarrerin aus Espenhain stand auf: »Das kriege ich in meiner Gemeinde nicht durch. Da verliere ich auch noch die letzten Konfirmanden. Da hat doch jeder Angst vor einer Verhaftung. So wie letztes Jahr in Ostberlin. Hundertzwanzig Leute abgeführt und eingesperrt.«

»Ich verstehe eure Bedenken. Und glaubt ja nicht, dass ich keine Angst habe. Natürlich habe ich die. Und trotzdem werden wir uns am Sonntag auf dem Marktplatz in Leipzig versammeln. Weil nämlich jemand demonstrieren muss. Wir Pfarrer sind dazu aufgerufen, bei unseren Herden zu bleiben. Auch in den anderen Städten wird es Demonstrationen geben: in Dresden, in Karl-Marx-Stadt, in Erfurt, in Magdeburg, in Berlin.«

Die Wortbeiträge wurden lauter, alles rief durcheinander. Die einen waren dafür, die anderen dagegen. Schließlich bat Pfarrer Führer erneut um Ruhe: »Lasst es uns so machen: Die Gemeinden, die eine eigene Veranstaltung auf die Beine stellen wollen, bekommen die Unterstützung vom Landesbischof. Die anderen sind herzlich eingeladen, unserer Gedenkfeier am Sonntag hier in Leipzig zu folgen.«

»Es tut uns leid, dass wir dich an einem Samstag stören müssen, aber die Angelegenheit ist dringlich. Wir wissen, dass es morgen eine Gedenkfeier für Liebknecht und Luxemburg in Leipzig geben soll. Wir wissen auch, dass einige aus Freyburg planen, dorthin zu fahren. Du fährst mit. Wissen will ich am Montag, wer von euch alles da gewesen ist. Wissen will ich auch, was auf den Plakaten steht. Falls es noch Bemerkungen über die KSZE-Sache gibt, will ich auch das erfahren.«

»Ich hatte nicht vor, nach Leipzig zu fahren. Ich habe nämlich keine Lust, verhaftet zu werden.«

»Wenn wir Verhaftungen vornehmen, wirst du mit Sicherheit dabei sein. Schon allein, um dich nicht auffliegen zu lassen. Aber du kannst sicher sein, dass du bald rauskommst.«

»Das ist alles? Dafür soll ich mir meinen Sonntag um die Ohren hauen?«

»Was willst du denn?«

»Was hast du mir anzubieten? Eine Beförderung? Einen Urlaubsplatz? Geld?«

»Zweihundert Mark kann ich lockermachen.«

»Ich will fünfhundert Mark. Sonntagszuschlag.«

»Dreihundert, das ist mein letztes Wort. Im Übrigen staune ich schon über deine Geschäftstüchtigkeit. Es sollte dir ein Anliegen sein, unseren sozialistischen Staat vor seinen Feinden zu bewahren.«

»Ist es doch auch, ist es. Aber nicht an einem Sonntag im Januar. Weißt du, wie kalt Füße werden können?«

»Wir sehen uns am Montag. Und ich hoffe, du tust etwas für dein Geld.«

»Willst du wirklich mitkommen?«, fragte Rosemarie Matthias.

»Ja. Das habe ich doch gesagt.«

»Warum?«

Matthias lächelte. »Nicht wegen Karl Liebknecht und Rosa Luxemburg. Wegen dir. Ich habe Angst um dich. Ist das so schwer zu verstehen?«

»Es könnte Ärger geben.«

»Ich weiß.«

»Aus meiner Jungen Gemeinde wollten vier Schüler mitkommen. Ich habe es ihnen verboten. Sie könnten von der Schule fliegen.«

»Rosemarie, ich bin kein Schüler mehr. Ich weiß, was ich tue.«

»Du könntest jede Menge Ärger auf deiner Arbeit bekommen.«

»Das kann ich mir nicht vorstellen; schließlich forsche ich ja für Frieden und Sozialismus. Und auf meinem Forschungsgebiet bin ich der Einzige im Land.«

»Trotzdem, Matthias, keiner ist unersetzlich.«

Sie nahmen Matthias' Lada und fuhren so rechtzeitig los, dass sie in Leipzig noch einen Kaffee trinken konnten.

Noch einmal fragte Rosemarie: »Bist du dir wirklich sicher, dass du mitkommen möchtest?«

Matthias griff über den Tisch nach Rosemaries Hand. »Ja, das bin ich.«

Und dann standen sie inmitten anderer Demonstranten auf dem Leipziger Marktplatz. Rosemarie trug ein Plakat mit der Aufschrift: »Die Freiheit ist immer auch die Freiheit der Andersdenkenden. Rosa Luxemburg.«

Gerold und Sophie waren ebenfalls unter den Demonstranten. Die beiden kamen auf Rosemarie zu, und Sophie sagte: »Wenn was ist, wen soll ich benachrichtigen?«

»Es wird nichts sein. Wir sind heute zu viele. Außerdem tun wir nichts Schlechtes.«

»Trotzdem.«

»Sag Heike Bescheid.«

Sophie wandte sich an Matthias. »Wen soll ich für dich informieren, wenn was ist?«

»Du meinst, wenn wir verhaftet werden?«

Sophie zuckte zurück, als hätte das Wort »verhaftet« eine giftige Wirkung.

»Ich habe niemanden. Nur Rosemarie. Und sie ist ja dabei.«

»So wie bei Gerold und mir. Ich habe der Nachbarin Bescheid gesagt, und Gerold hat einen Kollegen informiert.«

»Wird schon schiefgehen«, sagte Matthias, sah sich aber genau auf dem Marktplatz um.

Und dann ging wirklich alles schief. Zuerst kamen die Polizisten und wollten die Versammlung auflösen. Da begannen einige der Demonstranten, Parolen zu rufen, darunter auch den Ausspruch Rosa Luxemburgs. Es gelang den Ordnungskräften nicht, die Leute auseinanderzutreiben. Zwei Lkws kamen auf den Platz gefahren, eine halbe Hundertschaft der Bereitschaftspolizei sprang von der Ladefläche. Rosemarie fasste nach Matthias' Arm, doch schon hatten zwei Polizisten sie gepackt und auf den Lkw geworfen. Plötzlich stand Sophie neben ihr. »Wo sind Gerold und Matthias?«, rief Rosemarie.

»Schnauze dahinten!«, brüllte ein Polizist und schwang seinen Gummiknüppel.

Als niemand mehr auf die Ladefläche passte, fuhr man sie durch Leipzig bis nach Markkleeberg. Dort wurden sie in eine Halle getrieben, in der sonst die landwirtschaftlichen Ausstellungen abgehalten wurden. Sie mussten sich mit gespreizten Beinen und erhobenen Händen an die Wand stellen. »Gerold, bist du hier?«, rief Sophie, und schon traf sie ein Gummiknüppel in die Kniekehlen, dass sie zusammensackte.

»Hier wird nicht gequatscht. Hier wird überhaupt nichts gemacht, außer stillgestanden und die Fresse gehalten«, herrschte einer der Polizisten Sophie an.

»Ich muss mal auf Toilette«, rief ein junger Mann.

»Das hättste dir vorher überlegen sollen!«

Und dann standen sie. Und standen. Und standen. Rosemaries Arme wurden schwer und immer schwerer, und nach einer ganzen Weile hatte sie das Gefühl, die Arme nicht länger oben lassen zu können. Sie äugte nach den Bewachern und nahm die Arme kurz herunter, schüttelte sie vorsichtig.

»Pfoten hoch!«

Ein Schlag in die Kniekehlen ließ sie zu Boden gehen. »Hoch mit dir und an die Wand, verdammich.«

Rosemarie rappelte sich auf, hob die schmerzenden Arme. Neben ihr stand eine ältere Frau, in der Rosemarie die Pfarrsekretärin von St. Nikolai erkannte. Die Frau war blass bis in die Lippen. Rosemarie sah, dass ihre Arme und Beine zitterten. Sie drehte sich um. »Meine Nachbarin kann nicht mehr. Jetzt holen Sie doch einen Stuhl für sie, sie kippt gleich um.«

»Wer demonstrieren kann, der kann auch stehen«, brüllte ein Polizist, zwei andere lachten.

Plötzlich rutschte die Frau zusammen. Ihre Hände glitten über die Wand, dann lag sie auf dem Boden. Rosemarie ging in die Hocke, sprach sie leise an, doch sie reagierte nicht.

»Sie ist bewusstlos«, rief sie. »Nun tun Sie doch endlich etwas!«

Zwei Polizisten kamen, zogen die Frau grob nach oben und schleiften sie aus der Halle.

Wieder vergingen Stunden. Rosemarie wusste nicht, wo Matthias, nicht, wo Gerold war.

Endlich wurden die Ersten aufgerufen. Sie mussten vor einen Tisch am Ende der Halle treten und ihre Personalien angeben. Anschließend ließ man sie frei, nachts mitten in Markkleeberg.

Als Rosemarie endlich die Halle verlassen konnte, hielt sie nach Matthias Ausschau. Der stand unter einem Baum, trat von einem Fuß auf den anderen und blies in seine eiskalten Hände.

Als er sie sah, rief er ihren Namen, kam auf sie zugerannt, nahm sie in die Arme. »Gott sei Dank!«, stieß er aus und hielt sie fest an seine Brust gepresst.

»Hast du Gerold gesehen?«

Matthias schüttelte den Kopf.

»Sophie müsste gleich kommen, sie stand nur ein paar Meter von mir entfernt.«

Sie warteten eine halbe Stunde, dann kam auch Sophie. Sie war vollkommen durchgefroren, konnte ihre Beine kaum bewegen. Zu dritt hasteten sie zur Straßenbahnhaltestelle, nur um dann festzustellen, dass keine Straßenbahnen mehr fuhren. Markkleeberg lag rund zehn Kilometer von Leipzig entfernt.

»Wir müssen laufen, müssen uns warm laufen«, meinte Matthias. Er band seinen Schal ab und legte ihn Sophie über die Schultern. Ganz blass und spitz war ihr Gesicht, sie schlotterte am ganzen Leib.

Sie liefen und liefen. Einmal kam ein Polizeiauto vorüber, und Rosemarie sah, wie der Fahrer und der Beifahrer lachten. Endlich hielt ein Müllauto neben ihnen. »Kommt ihr aus Markkleeberg?«, wollte der Fahrer wissen. »Haben sie euch auch ›zugeführt‹?«

»Ja. Könnt ihr die junge Frau mitnehmen? Sie ist vollkommen am Ende.«

»Wir nehmen euch alle drei mit. Wir rücken zusammen, wird schon gehen.«

Zwanzig Minuten später waren sie am Hauptbahnhof, eilten zum Opernplatz, auf dem das Auto abgestellt war.

Matthias nahm eine Decke aus dem Kofferraum und hüllte Sophie darin ein. »Wo ist Gerold?«, wollte sie wissen. »Wir sind doch zusammen losgegangen.«

»Weißt du, wo sein Auto steht? Ich hänge einen Zettel unter den Scheibenwischer.« Rosemarie hielt Matthias einen Stift und einen alten Einkaufszettel hin, den sie in ihrer Jackentasche gefunden hatte. Dann ging Matthias los, um den Trabant zu suchen.

Als er weg war, drehte sich Rosemarie um. »Geht es?«

Sophie nickte, doch dann begann sie zu weinen.

Rosemarie wühlte in ihrer Tasche nach einem Taschentuch, vergebens. Sie wühlte im Handschuhfach des Ladas, fand ein Tuch, reichte es Sophie nach hinten.

Dann stutzte sie. Da lag eine Visitenkarte mit dem Staatsemblem der DDR darauf. Sie zog die Karte hervor, las sie. »Oberstleutnant Michael Stürmer« stand darauf und darunter eine Telefonnummer. Nichts sonst. Sie wusste, was das bedeutete. Alles in ihr wurde starr und kalt. Sie hatte in der Halle bis auf die Knochen gefroren, doch jetzt griff die Kälte nach ihren Eingeweiden, nach ihrem Herzen. Sie legte die Karte zurück.

Als Matthias zurückkam, fuhren sie los. Sie fuhren schweigend aus Leipzig hinaus, fuhren schweigend durch die Nacht. Zuerst brachten sie Sophie nach Hause.

»Ich sehe im Laufe des Tages noch einmal nach dir«, versprach Rosemarie. »Leg dich erst einmal ins Bett, und trink vorher noch einen heißen Tee.«

Dann fuhren sie zum Pfarrhaus. Matthias machte Anstalten, ebenfalls auszusteigen.

»Willst du noch mit rein?«, fragte Rosemarie.

Matthias nickte. »Ich würde heute sogar bei dir schlafen, wenn ich darf.«

»Du, entschuldige. Aber im Augenblick möchte ich lieber allein sein.« Damit drehte sie sich um, steckte den Schlüssel ins Schloss und verschwand.

Sie nahm eine heiße Dusche, trank einen Kakao, und allmählich wurde ihr Körper warm. Ihr Herz aber blieb kalt.

Kapitel 36

Rosemarie erwachte am Nachmittag. Sie hatte gut sechs Stunden geschlafen, doch sie fühlte sich noch immer wie zerschlagen. Matthias hatte Kontakt zur Staatssicherheit. Jetzt war sie sich dessen beinahe gewiss. Die Visitenkarte, die Meinungen, die Weigerung, sich mit ihr vor dem Altar zu verbinden. Tränen strömten über ihre Wangen, die sie beinahe trotzig mit der Faust wegwischte. Sie fühlte sich so verlassen und verraten, dass sie kaum Worte dafür finden konnte. Sie musste sich von ihm trennen. Allein der Gedanke ließ ihr das Herz schwer werden. Sie war doch so froh, endlich nicht mehr allein sein zu müssen. Sie liebte ihn doch. Tat sie das wirklich?

Rosemarie lauschte in sich hinein. Ja, sie liebte ihn. Er war ihr Mann, ihr Gefährte, ihr Partner. Es stimmte, dass sie seit beinahe zwei Jahren Zweifel an seiner Loyalität hatte, aber er hatte ihr nie geschadet. Zumindest, soweit sie wusste. Er würde Gründe haben für das, was er tat. Alle hatten Gründe dafür: Manche waren überzeugt davon, das Richtige zu tun, andere wurden erpresst. Wenn Matthias nun zu Letzteren zählte und sie ihn auch noch verließ? Ob er Berichte über die Zusammenkünfte des Friedenskreises schrieb? Nein, bestimmt schrieb er nicht die Wahrheit. Dann hätten sie Gerold schon vor langer Zeit abgeholt. Matthias wusste doch, wie Gerold seine Boden- und Wasserproben auswertete. Hatte er Gerold nicht sogar schon einmal zu diesem geheimen Labor gefahren? Oder wartete er auf weitere Details? Sollte Gerold noch gar nicht verhaftet werden, weil die Stasi noch zu wenig wusste?

Aber was, wenn Matthias überzeugt war von dem, was er tat? Wenn er ein halbwegs aufrechter Kämpfer für den Sozialismus war? Oh Gott, sie merkte, dass sie Kopfschmerzen bekam. Sie stand auf, zog sich an, putzte die Zähne und schlüpfte dann in ihre Winterjacke, band sich den Schal um, setzte die Mütze auf. Sie musste raus an die frische Luft. Sie brauchte einen klaren Kopf.

Sie lief an der Kirche vorbei, dann die kleine Gasse hinab und stand schon auf dem Marktplatz. Vor dem Haus, in dem Elisabeth und Jürgen wohnten, stiegen Heike, Jens und Marlene aus dem Auto. Als ihre Tochter sie sah, winkte sie fröhlich.

»Wir haben bestimmt zehnmal bei dir angerufen«, erklärte Heike. »Elisabeth und Jürgen haben uns zum Kaffeetrinken eingeladen. Wie gut, dass du kommst.«

Rosemarie erinnerte sich, im Halbschlaf das Telefon gehört zu haben. Vielleicht tat es ihr gut, den Nachmittag mit der Familie zu verbringen. Heute Abend würde sie zu Sophie fahren und danach weiter über Matthias nachdenken.

Sie lächelte, aber das Lächeln fiel ihr schwer. Sie hob ihre Enkelin auf den Arm, küsste sie auf die Wange. Dann umarmte sie Heike und Jens. »Ich habe gute Neuigkeiten«, versprach ihr Schwiegersohn. »Du wirst staunen. Ich erzähle alles, wenn wir oben sind.«

Elisabeth hatte ihren berühmten Apfelkuchen gebacken, dazu gab es noch die letzten Scheiben des Weihnachtsstollens. Eine Kerze brannte, das Silberbesteck leuchtete, im Radio lief leise ein Klavierkonzert. Alles war so still und friedlich, so freundlich und warm, legte sich wie Balsam auf Rosemaries Seele.

Sie hatten gerade den Kuchen verspeist, als Jens es nicht mehr aushielt.

»Ich habe kolossal gute Neuigkeiten«, verkündete er und ließ Marlene auf seinem Schoß wippen. »Wir haben gute Chancen, das Weinschlösschen zu bekommen. Und noch nicht einmal teuer. 20.000 Mark wollen sie nur dafür haben. Und dann ist es für sie noch immer ein gutes Geschäft, denn die Ruine zu beseitigen würde viel Geld kosten. Na, was sagt ihr?«

Elisabeth seufzte. »Ich freue mich natürlich, aber es geht mir doch gegen den Strich, für etwas bezahlen zu müssen, was uns sowieso gehört. Wann soll der Verkauf stattfinden?«

»Sobald wir das Geld zusammenhaben. Heike und ich haben nicht so viel, nur fünftausend Mark. Aber wir könnten meine Eltern anpumpen.«

Rosemarie griff über den Tisch nach Jens' Hand und drückte sie. »Gut gemacht. Ich freue mich. Und ich kann zwölftausend Mark beisteuern.«

»Kinder, lasst mal, das ist gar nicht nötig«, widersprach Elisabeth und blickte dabei Jürgen an. »Ich habe doch das

Konto in Ingelheim. Da hat sich in den letzten Jahren einiges angesammelt.«

»Aber auf welchem Weg bekommen wir das Geld hierher? DDR-Bürger dürfen doch kein Westgeld besitzen.«

»Jürgen und ich fahren einfach rüber. Franz hat uns schon so oft eingeladen. Und Julia hat auch ein Baby bekommen. Wir heben das Geld von dem Konto ab, und irgendwie bekommen wir es dann auch nach Freyburg. Wir bezahlen das Schlösschen, der Rest wird wohl für die Handwerker und das Baumaterial gebraucht.«

Jürgen verzog schmerzhaft den Mund.

»Was ist?«, wollte Rosemarie wissen.

»Ich bin Genosse, ihr Lieben. Solche Dinge darf ich gar nicht hören.«

»Dann halt dir die Ohren zu. Ich gebe dir ein Zeichen, wenn das Gespräch vorüber ist«, schlug Heike vor, wurde aber durch Gelächter unterbrochen.

»Wir schröpfen den Klassenfeind, um damit ein sozialistisches Bauwerk vor dem Verfall zu retten«, lachte Jens und stieß Jürgen dabei leicht in die Seite.

»So geht das natürlich, das ist richtig.« Jürgen stimmte in das Gelächter ein, beugte sich zu Elisabeth und gab ihr einen Kuss.

Zum ersten Mal seit gestern Mittag fühlte sich Rosemarie leicht, da fragte Jürgen plötzlich: »Wo ist denn eigentlich Matthias?«

Sofort erstarrte Rosemarie, das Lächeln in ihrem Gesicht verschwand, die Mundwinkel sanken nach unten.

»Ist etwas passiert?«, fragte Elisabeth sofort.

Rosemarie zuckte mit den Schultern. »Ich habe den Verdacht, dass Matthias für die Staatssicherheit arbeitet.«

»Wie kommst du darauf?«, wollte Jürgen wissen.

Rosemarie erzählte von den Diskussionen, von der Visitenkarte, vom Wissen der Stasi über den Friedenskreis.

Jens kratzte sich am Kopf und hob Marlene, die die Arme nach Rosemarie ausstreckte, auf deren Schoß. Rosemarie roch am Haar ihrer kleinen Enkelin und schloss für einen Moment die Augen.

»Tja. Das muss nichts besagen. Denk daran, was sie mit deinem Vater gemacht haben. Vielleicht hat jemand die Visitenkarte heimlich in das Auto gelegt. Wer ist denn in der letzten Zeit mit euch gefahren?«, fragte Elisabeth.

»Nur Sophie, sonst niemand. Und Sophie, nein, das kann ich mir nicht vorstellen. Sie hat doch seit Jahren einen Ausreiseantrag laufen. Nein, Sophie scheidet definitiv aus.«

Jens sah sie an. »Du vertraust einer fremden jungen Frau mehr als dem Mann, den du liebst? Das verstehe ich nicht.«

Rosemarie schluckte. »Ich muss mich trennen, das ist ganz klar.«

Jürgen lehnte sich zurück, verschränkte die Arme gemütlich vor der Brust. »Wieso ist das klar?«

»Weil es Verrat ist.«

»Ein Visitenkärtchen beweist noch gar nichts, das hast du ja gerade gehört. Hast du mit Matthias gesprochen?«

»Nein, natürlich nicht. Er weiß nichts von meinem Verdacht. Und wenn ich mit ihm spräche, würde er alles leugnen.«

»Weißt du, Rosemarie, ich habe auch für die Staatssicherheit gearbeitet. Zuerst aus voller Überzeugung, danach, weil es in meinem Job so verlangt wurde. Man kann die Dinge von verschiedenen Seiten betrachten.«

»Ach? Ich war gestern bei der Demo in Leipzig. Ich bin verhaftet worden. Nur, weil ich ein Plakat trug mit Luxemburgs Freiheitszitat. Wir haben nichts Falsches gemacht. Nichts, das irgendjemandem geschadet hätte. Die halbe Nacht habe ich wie eine Verbrecherin an der Wand stehen müssen. Es war kalt, neben mir ist eine Frau zusammengebrochen. Findest du das angemessen? Wir sind eine demokratische Republik, aber wir dürfen nur eine einzige Meinung vertreten, nämlich die des Staates.«

»Du hast ja recht, ich bin auch mit vielen Dingen nicht einverstanden, aber darum geht es jetzt nicht. Es geht um dich und Matthias. Du kennst seine Gründe nicht, du weißt nichts über seine Arbeit. Wie kannst du ihn da ohne etwas zu wissen verurteilen?«

Heike fragte: »Du liebst ihn doch, oder?«

Rosemarie nickte nur.

»Und trotzdem willst du dich von ihm trennen, ohne mit ihm zu reden?«

»Er wird sagen, dass ich mich getäuscht habe. Er wird alles abstreiten. Das wird doch immer so gemacht.«

»Woher willst du das wissen?«, fragte Jürgen nach, »wenn du ihm gar keine Chance dazu gibst? Was ist denn, wenn er die Wahrheit sagt? Wenn er wirklich nichts mit der Stasi zu tun hat? Dann verlässt du ihn ohne Anlass. Überlege dir genau, was du machst. Wenn du ihn liebst, solltest du ihm auch vertrauen.«

Und Heike ergänzte: »Ich mag ihn gern. Für mich gehört er zur Familie. Du musst mit ihm sprechen.«

Rosemarie nickte und fasste sich an die Stirn. »Ich habe Kopfschmerzen, ihr Lieben. Ich werde nach Hause gehen.«

»Du bist auch ganz blass«, stellte Elisabeth fest. »Brauchst du eine Tablette?«

»Nein, lass nur. Ich werde noch kurz bei einer Freundin vorbeifahren, dann lege ich mich hin. Vielleicht brüte ich ja auch eine Erkältung aus.«

Eine Viertelstunde später klingelte sie an Sophies Wohnungstür. Es dauerte eine Weile, bis die junge Frau öffnete.

»Wie geht es dir?«, fragte Rosemarie und folgte Sophie bis ins Wohnzimmer. Im Fernseher lief das Programm vom ZDF. Auf dem Sofa lagen eine Wärmflasche und eine dicke Decke, auf dem Kissen war deutlich ein Kopfabdruck zu sehen.

Sophie deutete auf einen Sessel, setzte sich selbst auf das Sofa. »Es war so schrecklich«, jammerte Sophie. »Ich hatte solche Angst.«

»Hast du ein bisschen geschlafen?«

Sophie schüttelte den Kopf. »Es ging nicht.«

»Hat sich Gerold bei dir gemeldet?«

»Nein. Ich mache mir Sorgen um ihn.«

»Kann ich irgendetwas für dich tun?«, fragte Rosemarie und konnte die leise Ungeduld in der eigenen Stimme hören. Sophie sollte sich zusammenreißen, dachte sie. Weinen und unter der Bettdecke verstecken hilft niemandem.

»Nein«, hauchte die junge Frau. »Ich fühle mich nur so erschöpft.«

»Wenn es dir morgen nicht besser geht, dann geh zum Arzt. Vielleicht bekommst du eine Erkältung. Ich fahre rasch noch bei Gerold vorbei. Wenn dort alles in Ordnung ist, fahre ich nach Hause. Wenn nicht, komme ich noch einmal bei dir vorbei.«

Sophie nickte und brachte Rosemarie zur Tür. »Ich habe dir gar nichts angeboten«, stellte sie erschrocken fest.

»Das war auch nicht nötig, ich komme gerade von einer Kaffeetafel.«

Im Auto dachte Rosemarie über Sophie nach. Sophie, die immer sehr schnell in die Opferrolle fiel. Sie hatte sich nicht einmal erkundigt, wie es Rosemarie ging. Auch nach Matthias hatte sie nicht gefragt.

Gerold war zu Hause, er hatte die erste Straßenbahn von Markkleeberg aus nehmen können. Auch er wirkte ein wenig zerrupft, aber das war ja kein Wunder.

Zu Hause kochte sich Rosemarie einen Tee, ging damit ins Wohnzimmer. Das Telefon klingelte, doch da sie vermutete, es könnte Matthias sein, ließ sie es klingeln. Eine halbe Stunde später klingelte es an der Haustür, und sie hörte seine Stimme: »Rosemarie, mach auf, ich weiß doch, dass du da bist.«

Sie seufzte, dann öffnete sie ihm.

»Geht es dir gut?«, fragte er und betrachtete sie besorgt.

»Ja, es geht schon. Komm rein.«

Sie führte ihn ins Wohnzimmer, goss ihm Tee ein.

»Hast du schlafen können?«, fragte er und nahm ihre Hand. Sein Blick war warm und liebevoll, und Rosemarie wurde es schwer ums Herz.

»Ich wollte mit dir reden«, sprach Matthias weiter. »Na ja, es ist vielleicht nicht der richtige Rahmen, aber trotzdem.«

Er nahm ihre Hände in seine, und dann kniete er tatsächlich vor ihr nieder. »Rosemarie Wächter, ich bitte dich hiermit, meine Frau zu werden. In guten wie in schlechten Zeiten.«

Oh, so lange hatte Rosemarie auf diese Worte gewartet. Doch nun fragte sie sich als Erstes, ob er sie heiraten wollte, weil die Staatssicherheit ihm das befohlen hatte, weil sie nicht gegen ihn aussagen konnte als seine Frau. Weil sie sich damit verpflichtete, zu ihm zu stehen. In guten wie in schlechten Zeiten.

Sie schluckte. Matthias ließ ihre Hand los. »Was ist? Was hast du?«

Eine Träne rann über Rosemaries Wange. Sie liebte ihn doch! Und wie! Ein Leben ohne ihn konnte sie sich nicht vorstellen. Sie liebte ihn, und plötzlich wusste sie, dass sie sich diese Liebe nicht von der Stasi kaputt machen lassen wollte.

Sie wischte sich mit der Faust die Tränen ab und flüsterte: »Ja, ich möchte deine Frau werden.«

Erst Stunden später, als sie nebeneinander im Bett lagen, wagte Rosemarie zu sprechen: »Da war eine Visitenkarte in deinem Handschuhfach. Michael Stürmer. Staatssicherheit. Wie ist die da hingekommen?«

Matthias lachte leise auf. »Man hat mich angesprochen. Sie kamen in den Betrieb. Zwei Männer, sie nannten sich Heiko und Michael. Sie wollten meine Meinung zu unserem sozialistischen Staat hören. Und ich habe ihnen meine Meinung gesagt.«

»Was genau hast du denen erzählt?«

Matthias rollte sich vom Rücken auf die Seite, sodass er Rosemaries Gesicht sehen konnte. »Ich habe das gesagt, was ich denke. Ich habe dort ebenso gesprochen wie im Friedenskreis. Von den verseuchten Böden habe ich erzählt, von den unerfüllbaren Normen, von Quantität, die vor Qualität geht. Ich habe ihnen gesagt, dass wir die Milchproduktion meiner Ansicht nach nicht erhöhen können, ohne den Tieren langfristig zu schaden.«

»Und dann?«

»Dann kamen sie wieder, saßen in einem Auto vor meinem Haus. Sie haben mir angeboten, zurück an die Leipziger Tierklinik zu gehen und dort die Forschungsabteilung zu übernehmen.«

»Was hättest du dafür tun müssen?«

»Meine Forschungsergebnisse den gesellschaftlichen Erfordernissen anpassen.«

»Und das heißt?«

»Die Milchleistung erhöhen und dabei das Leid der Tiere verschweigen.«

»Haben Sie etwas vom Friedenskreis gesagt.«

»Ja, aber nur kurz. Mir schien, als hätten sie kein Interesse an mir in diesem Zusammenhang. Sie wussten auch sehr viel darüber. Vielleicht haben sie dort jemand anderen.«

»Und wie ging es weiter?«

»Es ging nicht viel weiter. Ich habe gesagt, dass meine Forschungsergebnisse genau das enthalten werden, was ich in der Praxis erforscht habe. Ich habe gesagt, dass ich nicht nach Leipzig zurückwill, weil ich dich hier habe. Und ich habe gesagt, dass ich keinerlei Interesse hätte, mit ihnen zusammenzuarbeiten. Sie haben dann noch gefragt, ob ich deinen Onkel kenne, ob wir Kontakt nach Ingelheim haben.«

»Du hast ihnen gesagt, dass du Franz und Petra kennst?«

»Natürlich. Warum sollte ich das verschweigen?«

Rosemarie strich mit der Hand über seine Wange. »Ich glaube dir«, flüsterte sie. »Ich vertraue dir.«

Da setzte Matthias sich auf. »Was soll das heißen? Ich glaube dir! Du musst mir glauben, wenn wir ein Ehepaar werden wollen.«

Betroffen blickte Rosemarie ihn an. Sie musste schlucken, trank einen Schluck aus dem Wasserglas auf ihrem Nachtschränkchen. »Ich bin noch durcheinander. Die Verhaftung, das lange Stehen in der Halle. Mir geht so viel im Kopf herum. Wer kann es sein? Wer in unseren Reihen ist der Verräter?«

»Du hast ernsthaft geglaubt, ich käme dafür infrage?« Matthias' Gesicht wurde ernst. Er fuhr sich mit einer Hand durch die Haare und schwieg.

»Sag doch was!«, bat Rosemarie.

Da stand Matthias auf. »Was soll ich dazu sagen? Es tut weh zu erfahren, dass die Frau, die man heiraten will, einem nicht vertraut.«

»Ja, aber das ist ja auch ein Grund gewesen«, brach es aus Rosemarie hervor.

»Was?«

»Dass du mich nicht heiraten wolltest. Kein Spitzel heiratet den, den er bespitzeln sollte. Was sollte ich denn denken? Kannst du mich nicht ein bisschen verstehen?«

Matthias setzte sich auf die Bettkante. »Ich habe dich nicht früher um deine Hand gebeten, weil ich ganz sicher sein wollte. Ich war schon einmal verheiratet und musste feststellen, wie schmerzhaft es ist, belogen und betrogen zu werden. Das wollte ich nicht noch einmal erleben.«

Rosemarie senkte den Kopf. Sie schämte sich schrecklich. »Das wusste ich nicht.«

»Du hättest fragen können, ich hätte es dir erklärt.«

Plötzlich bekam Rosemarie eine Heidenangst. Würde Matthias gehen? Würde er sie verlassen? Sie griff nach seiner Hand. »Bitte«, bat sie. »Bitte bleib bei mir.«

Kapitel 37

Es war März, als der erste Bagger hinauf zum Weinschlösschen fuhr, um die Ruinen abzutragen. Jens stand mit einem
Bauarbeiterhelm auf dem Kopf davor und wies dem Baggerfahrer seine Arbeit zu.

An allen letzten Wochenenden hatte die Familie oben
auf dem Hügel geschuftet. Rosemarie war nur für den Gottesdienst hinunter ins Städtchen gefahren. Elisabeth hatte
für die Verpflegung gesorgt und sich um Marlene geküm-
mert, Jürgen hielt die Baupläne des alten Schlösschens in
der Hand und kontrollierte, was die anderen taten, während
Matthias die Aufgaben erfüllte, die der Baggerfahrer ihm zu-
rief. Achtzig Zentimeter tief musste die Grube sein, in die
später das Fundament gegossen wurde.

Matthias stand mit einer Schaufel und einer Spitzhacke
in der Hand neben dem Bagger und wartete darauf, dass
der Fahrer ihm ein Zeichen gab, wenn die Baggerschaufel
auf ein Hindernis gestoßen war. Meist waren es Steine, die
er ausgrub, aber einmal auch einen Milchkrug, den Elisabeth noch aus ihrer Kindheit kannte und den sie jetzt an
sich presste. »Daraus hat mir Hedda immer den Kakao ser-

viert.« Ein paar Tränen rollten über ihre Wangen. Elisabeth hatte nicht zu Heddas und Thomas' Beerdigung fahren dürfen. Erst als sie Rentnerin war, hatte sie deren Gräber in Ingelheim besuchen können.

»Willst du das Kännchen aufheben?«, fragte Rosemarie. »Habe ich auch daraus den Kakao bekommen?«

Sie nahm Elisabeth den Krug aus der Hand, betrachtete die rosa Glasur mit den weißen Punkten, aber in ihrer Erinnerung fand sich nichts.

»Ich möchte noch ein einziges Mal darin Kakao servieren«, teilte Elisabeth mit. »Nur noch einmal, und dann kann der Krug weg.«

Ein ansehnlicher Berg Ziegel stand neben der Ruine, sogar ein Stück Rosenstuck aus dem alten Salon war gerettet worden.

Elisabeth griff nach Rosemaries Hand, als der Baggerfahrer Gas ab. »Ich kann es nicht sehen«, flüsterte sie. »Es tut weh. Wir waren glücklich auf dem Weinschlösschen.«

»Alles wird neu und besser, Mutter. Du wirst sehen.« Rosemarie legte ihrer Mutter einen Arm um die Schultern. Der Baggerfahrer stieg aus seiner Kanzel, übergab Matthias einen Schlüssel. »Jetzt mach du weiter. Morgen Abend will ich ihn wiederhaben. Wir brauchen ihn auf der Baustelle für den Kindergarten.«

Matthias kletterte in den Bagger. Während seiner Zeit als Student der Veterinärmedizin hatte er oft in einer LPG gearbeitet und dort gelernt, wie man Bau- und Landwirtschaftsmaschinen bewegte. Auch den dafür erforderlichen Führerschein hatte er.

Am Sonntagabend war die Grube für das Fundament ausgehoben. Für die nächste Woche hatte Jens sich einen Lkw ausleihen können, mit dem Matthias und er die Trümmer auf die Deponie vor der Stadt fahren wollten.

Dann ging alles Schlag auf Schlag. Im Mai fand im ganzen Land die Kommunalwahl der Kandidaten der Nationalen Front statt.

Auch Rosemarie, Matthias, Heike, Jens, Jürgen und Elisabeth zählten zu den Wählern. Sie hatten es glatt vergessen, denn an diesem Tag wurde das Fundament gegossen. Schon früh um acht traf sich die Familie auf dem Hügel.

Am Nachmittag kam ein Wartburg heraufgefahren. Zwei Männer stiegen aus, hielten eine Wahlurne in den Händen. »Bürger, Sie haben noch nicht gewählt!«, bemerkte der eine mit vorwurfsvollem Ton.

»Ach du Schreck!« Heike strich sich eine Haarsträhne aus dem Gesicht. »Das habe ich ja vollkommen vergessen.«

Schnell füllte sie den Wahlschein aus, ganz offen, vor aller Augen, und warf den Zettel in die Urne. Jens schloss sich an, Matthias ebenfalls. Rosemarie aber wählte nicht.

»Warum, Bürgerin? Stehen Sie etwa nicht hinter den Kandidaten?«

»Die Regierung, die zulässt, dass Andersdenkende verhaftet werden, kann ich nicht wählen«, erklärte sie.

Da sagte der eine Mann zum anderen: »Sie ist die Pfarrerin. Lass sie gehen. Die Popen wählen doch alle nicht.«

In den Tagen und Wochen danach war überall von Wahlfälschungen die Rede. In Leipzig sollen Oppositionelle die Auszählung beobachtet und dabei festgestellt haben, dass ungültige Stimmen als gültig gezählt worden waren. Und anders war dieses Wahlergebnis von 98,7 Prozent auch gar nicht zu erklären.

Im Sommer hörten sie im Westradio, dass sich an der Grenze Ungarns zu Österreich Tausende DDR-Bürger sammelten und darauf warteten, über Österreich in den Westen zu gelangen. In den DDR-Medien wurden sie als Volksverräter betitelt. Am 11. September dann öffnete Ungarn offiziell seine Grenzen, nachdem seit Juni bereits fast fünfzigtausend Menschen der DDR den Rücken gekehrt hatten.

Drei Wochen später harrten rund viertausend Menschen in der Prager Botschaft der Bundesrepublik aus. Gerold war unter ihnen; er war kurz vor seiner Abreise im Pfarrhaus gewesen, um sich von Rosemarie zu verabschieden.

»Du bist sicher, dass du nicht bleiben willst? Jetzt, wo alles anders werden kann?«

Gerold schüttelte den Kopf. »Ich ertrage es nicht mehr. Immer dieses Ducken und Lügen, immer den Kopf einziehen müssen. Ich gehe.«

Rosemarie nickte. »Schreib mal, wo du gelandet bist. Wir müssen uns ja nicht aus den Augen verlieren.«

Gerold nickte. Dann sah er Rosemarie in die Augen. »Ich muss dich warnen.«

»Warnen? Wovor?« Rosemarie kroch ein kalter Schauer über den Rücken. Sofort dachte sie daran, dass womöglich Matthias aufgeflogen war. »Sophie. Es ist Sophie. Ich habe es nicht glauben können, aber jetzt weiß ich es sicher.«

»Sophie?«

»Ja. Man hat mich nach Leipzig einbestellt. Kurz nach

der Demo im Januar. Man hat mir alle meine Missetaten vorgelesen. Und dann hat man sich darüber lustig gemacht, dass ich als Dissident mit einer inoffiziellen Mitarbeiterin im Bett gewesen bin. Tja, nur Sophie hat bei mir übernachtet.«

»Und ihr Ausreiseantrag?«

Gerold zuckte mit den Schultern. »War vielleicht nicht echt. Vielleicht war es nur eine ausgedachte Biografie, die uns Vertrauen einflößen sollte. Tja, bei mir hatte es ja auch geklappt.«

Als Gerold die Tür hinter sich zuzog, lachte Rosemarie erleichtert auf. Sophie hatte für die Staatssicherheit gearbeitet. Herrgott, wie glücklich sie das machte! Matthias war es nicht gewesen. Er hatte sie niemals verraten! Und zugleich schämte sie sich, denn obwohl sie Matthias vertraute, war doch immer ein Rest Unsicherheit geblieben.

Im September wurde in Grünheide bei Berlin das Neue Forum gegründet. In den Tagen danach kursierten im ganzen Land Flugblätter, in denen das Forum zum demokratischen Dialog aufforderte. Matthias trat sofort ein; er war der Erste in Naumburg.

»Mein Vater hat damals hier in Freyburg die NSDAP gegründet«, berichtete Elisabeth eines Abends. »Das ist ein richtiger Makel im Stammbaum. Darum bin ich jetzt froh, dass du eine Ortsgruppe des Neuen Forums hier gegründet hast. Auch wenn du offiziell noch nicht zur Familie gehörst, haben wir dich doch alle schon längst ins Herz geschlossen und können die Hochzeit am 21. September kaum erwarten.«

Heike kicherte. Elisabeth fuhr herum: »Was gibt es da zu lachen?«

»Nichts weiter«, erwiderte die Enkelin. »Nur, dass Jens und ich auch am 21. September heiraten werden.«

Rosemarie sah verlegen zu Boden, aber Heike warf die Arme um ihre Mutter: »Eine Doppelhochzeit, was sagst du dazu?«

Rosemarie erwiderte die Umarmung. »Glücklich bin ich. Von Herzen froh und glücklich.«

Der 21. September 1989 war ein Donnerstag. Zwei Bräute standen in festlichen Kleidern vor dem Standesamt in Freyburg, welches sich im Rathaus befand. Zwei Bräutigame standen daneben. Einer von ihnen trug ein dreijähriges Kind auf der Schulter, Marlene.

Heike und Rosemarie hielten Blumensträuße in der Hand. Heikes Strauß bestand aus rosa Teerosen, Rosemarie hielt einen prächtigen Asternstrauß vor sich. Als die Rathausuhr die zehnte Stunde schlug, führten die Männer ihre Bräute die Rathaustreppen hinauf.

Kurz bevor sie durch die Tür traten, blieb Rosemarie stehen. »Und du willst es auch wirklich? Schließlich bin ich schon eine alte Frau.«

»Ja, meine Liebste. Ich will von ganzem Herzen. Ich fühle mich sehr geehrt, dich trotz deiner einundsechzig Jahre zum ersten Mal zum Standesamt führen zu dürfen.«

Am Samstag fand die kirchliche Trauung statt, und danach gab es ein Fest. Elisabeth hatte vorgeschlagen, den Tag oben auf dem Hügel zu verbringen. Eine ganze Maurerbrigade von zwölf Leuten war schon seit Wochen damit beschäftigt, das Schlösschen zu mauern.

Wie früher, dachte Rosemarie, als sie die mit weißen Tischtüchern bedeckten Tische unter dem Apfelbaum auf der Obstwiese sah. Elisabeth hatte Kuchen gebacken, ihre Freundin Hildegard steuerte eine dreistöckige Torte bei. Dazu gab es frisch gebackenen Apfelkuchen und den ersten Pflaumenkuchen. Jens und Heike hatte neben Jens' Familie insgesamt noch zehn Freunde eingeladen, Rosemarie und Matthias hatten Einladungen an die Mitglieder des Friedenskreises geschickt, die zu ihren Freunden zählten.

Es war eine heitere Hochzeit. Die Sonne strahlte, als wüsste sie, was dieser Tag bedeutete. Rosemarie war so glücklich, dass sie am liebsten Funken gesprüht hätte. Da saßen sie alle. Alle, die sie liebte. Ihre Familie. Sie hatten schöne und furchtbare Zeiten erlebt, aber sie hatten immer zusammengehalten, hatten einander unterstützt und Halt und Zuversicht gegeben. Und jetzt, mit über sechzig, hatte sie geheiratet, hatte vor dem Pfarrer aus Naumburg gelobt, an der Seite von Matthias zu stehen, in guten wie in schlechten Tagen.

Seine Tochter Melanie war mit ihrem Mann aus Greifswald gekommen. Rosemarie und Matthias hatten sie vom Bahnhof abgeholt. Rosemaries Herz hatte vor Aufregung rasend schnell geschlagen, aber dann war alles so einfach gewesen wie damals das erste Rendezvous mit Matthias. Melanie war aus dem Zug gestiegen, hatte zuerst Rosemarie und dann ihren Vater umarmt. »Ich bin so froh, dich endlich kennenzulernen«, hatte Melanie gesagt und ihrer Stiefmutter einen Kuss auf die Wange gegeben. Später hatten Heike und Melanie kichernd beieinandergesessen, während Torsten, Melanies Mann, und Jens über Autos und Fußball gefachsimpelt hatten. Und nun saßen sie alle am Tisch unter dem Apfelbaum, und hinter ihnen reckte das Weinschlösschen seine neuen Mauern in den Himmel.

Am Abend entfachten sie ein großes Feuer, setzten sich drum herum und hielten Bratwürste und Kartoffeln an Stöcken über die Glut. Der Rotwein floss in Strömen, und einer von Jens' Freunden hatte seine Gitarre dabei. Er klampfte sich tapfer durch die deutschen Schlager, und alle sangen mit.

Später, als Rosemarie erschöpft und glücklich neben Matthias im Bett lag, sagte sie: »Es war eine wunderschöne Hochzeit. Ich bin sehr dankbar, dass wir mit den jungen Leuten feiern konnten.«

»Ja, es war ein wirklich schöner Tag«, stimmte Matthias zu. »Und ich bin ganz sicher, dass noch viele weitere folgen werden.« Er drehte sich zu ihr. »Nur schade, dass die Ingelheimer nicht kommen konnten.«

Rosemarie lachte leise auf. »Daran wirst du dich gewöhnen müssen. In einer Winzerfamilie steht der Wein an erster Stelle. Ich glaube, die meisten Weinfamilien sorgen sogar dafür, dass ihre Kinder nicht ausgerechnet zur Lese zur Welt kommen.«

»Eine Weinfamilie«, wiederholte Matthias. »Es ist das erste Mal, dass du deine Familie so bezeichnest.«

»Das stimmt«, gab Rosemarie erstaunt zu, dann lachte sie leise auf. »Vielleicht ist es ja wirklich so, dass in unseren

Adern Wein fließt. Auch in meinen. Ich glaube, der Wiederaufbau des Schlösschens hat mir die eigenen Wurzeln nähergebracht.«

Am 1. Oktober 1989 durften die viertausend Menschen von Prag in die Bundesrepublik Deutschland ausreisen. Hans-Dietrich Genscher hatte es vom Balkon der Botschaft aus verkündet, und seine weiteren Worte waren im Jubel erstickt.

Am 7. Oktober wurde der 40. Jahrestag der Gründung der DDR gefeiert. An allen städtischen Einrichtungen in Freyburg hingen Plakate und Transparente: »Von der Sowjetunion lernen heißt Siegen lernen.« »Arbeite mit, plane mit, regiere mit.«

Und dann ging ein Gerücht um in Freyburg, das besagte, auch am Friedhof hätte ein Transparent gehangen mit der Aufschrift: »Was wir sind, sind wir durch die Partei.« Niemand hatte es mit eigenen Augen gesehen, aber die Geschichte war so schön, dass sie jeder, der sie hörte, sogleich weitererzählen musste. Es gab einen weiteren Satz, der von der kleinen DDR aus um die Welt ging. Gorbatschow hatte während der Feierlichkeiten zum Tag der Republik gesagt: »Wer zu spät kommt, den bestraft das Leben.«

Noch nicht einmal zwei Wochen später, am 18. Oktober, trat Erich Honecker aus angeblich gesundheitlichen Gründen zurück. Nachfolger wurde sein Kronprinz Egon Krenz, der nicht viel beliebter als sein Vorgänger war. Immerhin ließ er kurz darauf das Neue Forum als politische Vereinigung zu.

Das Schlösschen nahm Gestalt an. Die Maurer leisteten ganze Arbeit. Matthias bediente den Betonmischer, Jens schaffte schubkarrenweise Zement, Sand und Wasser herbei. Rosemarie wusste nicht, wie es Jens gelungen war, eine ganze Brigade zu bekommen.

Als der November begann, nahmen auch Heike, Matthias und Rosemarie Urlaub. Den ganzen Tag arbeiteten sie auf der Baustelle, Seite an Seite mit den Zimmerleuten.

Elisabeth kümmerte sich um Speisen und Getränke. Rosemarie reichte Werkzeug an, Matthias half beim Zusägen. Jens stand oben und schlug Dachnägel in die Balken, und Heike war überall dort, wo noch eine Hand gebraucht wurde. Elisabeth brachte Thermoskannen voll mit heißem Kaffee und Tee nach oben, sie briet Schnitzel und bereitete Kartoffelsalat zu. Gott sei Dank hielt das Wetter. Gott sei Dank fror es nicht. Sie hatten ein Ziel: Am 11. November wollten sie Richtfest feiern. Die Platten mit den belegten Brötchen waren beim Fleischer Ortmann bestellt, ein Fass Bier befand sich schon auf der Baustelle. Nur Heike musste noch einmal zur Winzergenossenschaft fahren, um Wein zu holen. Alle Freunde erschienen und halfen. Die Männer des Friedenskreises kamen in Arbeitssachen, die Jugendlichen von der Jungen Gemeinde kamen, wann immer sie Zeit hatten. Sogar zwei von Matthias' Kollegen waren anwesend. Das Haus stand in seinen Grundmauern.

Elisabeth stand davor, bewunderte den Rohbau. »Es sieht jetzt schon wunderschön aus«, sagte sie. »Wie wird es erst aussehen, wenn es fertig ist?«

Jürgen, der jeden Tag kam und fragte, ob die Hilfe eines

Siebenundsiebzigjährigen gebraucht werde, legte einen Arm um Elisabeth. »Das hast du dir nicht träumen lassen, nicht wahr?«

»Nein«, gab Elisabeth zu. »Bald wird alles wieder so sein, wie es früher war. Dann kann ich beruhigt sterben.«

»Niemand redet hier vom Sterben«, schalt Heike. »Wir bauen das Schlösschen wieder auf, und dann leben wir alle hier zusammen. So was nennt sich Mehrgenerationenhaus.«

Als sie am Abend des 9. November nach Hause fuhren, waren Rosemarie und Matthias redlich erschöpft. »Ich merke, dass ich keine zwanzig mehr bin«, stellte Rosemarie fest. »Mir tut jeder Knochen im Leib weh.«

»Geht mir genauso. Duschen, Abendbrot und dann ab vor den Fernseher. Zu mehr bin ich heute nicht mehr in der Lage.«

Sie aßen belegte Brote mit Jagdwurst und Käse, dann ging Matthias unter die Dusche, während Rosemarie die Küche aufräumte. Eine Stunde nach ihrer Ankunft lag Rosemarie auf dem Sofa, Matthias saß im Sessel und hatte die Beine hochgelegt.

Der Fernseher lief, aber als die Tagesschau begann, schliefen beide tief und fest.

Am nächsten Morgen fuhren sie kurz nach Sonnenaufgang hoch auf den Hügel. Heute sollten noch einmal die Zimmerleute kommen und die Dachbalken einziehen. Doch die Baustelle war leer. Nicht einmal Jens oder Heike waren da. Auch von Elisabeth und Jürgen war weit und breit keine Spur. »Wo sind sie denn alle?«, fragte Rosemarie verblüfft.

»Keine Ahnung.« Matthias blickte sich suchend um.

»Ob was passiert ist? Es muss was passiert sein. Lass uns bitte wieder runterfahren. Vielleicht treffen wir ja unterwegs jemanden von der Familie oder wenigstens die Zimmerleute.«

Die beiden stiegen wieder ins Auto und fuhren zurück in die Stadt.

»Hast du auch das Gefühl, heute ist mehr Verkehr als sonst? Und guck mal, schon das zweite Auto mit einer selbst genähten Deutschlandfahne. Darauf steht Strafe.«

Grutschkes, die Nachbarn, fuhren vorbei, winkten und wedelten ebenfalls mit einer selbst genähten Flagge. Dahinter fuhr ein Trabant mit einer Flagge an der Antenne, aus der Hammer, Zirkel und Ährenkranz herausgeschnitten waren. Eine Fahne mit Loch.

»Ich verstehe das nicht«, erklärte Rosemarie. »Was ist denn plötzlich los?«

Auf dem Marktplatz standen die Leute Schlange vor dem Rathaus.

»Was wollen die alle dort?«, fragte Rosemarie.

»Lass uns erst mal zu Elisabeth und Jürgen gehen. Vielleicht wissen sie, was hier los ist.«

Als sie vor der Wohnung von Elisabeth und Jürgen standen, hörten sie laute Musik. Frank Schöbel brüllte: »Wie ein Stern in einer Sommernacht ist die Liebe, wenn sie strahlend erwacht.« Und Elisabeth und Jürgen brüllten mit.

Rosemarie drückte auf die Klingel, aber niemand hörte sie. Schließlich trommelte Matthias mit beiden Fäusten gegen die Wohnungstür, und endlich wurde ihnen aufgemacht.

»Was ist denn bei euch los?«, fragte Rosemarie fassungslos.

»Freust du dich denn nicht, Kind?« Elisabeth drückte sie an sich und küsste sie auf die Wange.

»Worüber?«

»Was, worüber?«

»Worüber sollen wir uns freuen?«

Elisabeth warf einen ungläubigen Blick zu Jürgen, der antwortete: »Die Mauer ist offen. Seit gestern Abend. Die Mauer ist offen. Zehntausende sind schon auf dem Weg in den Westen, um zu gucken.«

»Schabowski hat es selbst im Fernsehen gesagt. Seit gestern Abend ist in Berlin der Teufel los«, ergänzte Elisabeth.

»Das ist nicht wahr. Das ist ein Witz?« Rosemarie war regelrecht bestürzt.

Matthias fuhr sich durch die Haare. Auch er hatte Mühe, seine Fassung zu bewahren. »Die Mauer ist offen«, murmelte er vor sich hin. »Die Mauer ist offen.«

Dann hob er den Kopf, runzelte die Stirn. »Und wann wird sie wieder zugemacht?«

»Gar nicht«, jubelte Elisabeth. »Die kriegen sie nie wieder zu.«

»Und warum stehen so viele Leute vor dem Rathaus an?« Rosemarie war blass geworden, aber ihre Augen funkelten.

»Die stehen an, um sich einen gültigen Ausreisestempel in den Pass drücken zu lassen. Gestern und heute hat niemand kontrolliert, aber wer weiß heute schon, was nächste Woche sein wird.«

Rosemarie ließ sich auf einen Küchenstuhl fallen und

blickte sich verwirrt um. Der Herd stand noch so da wie immer. Im Spülbecken standen die Tassen vom Frühstück. Auch das war wie immer. Die Schränke, das Bild an der Wand, die Flasche Fit, die Päckchen Ata und Imi. Alles wie immer. Und doch war alles ganz anders. Es schien Rosemarie, als hätte ein Summen über der Stadt gelegen.

»Unsere Zimmerleute sind jetzt also alle auf dem Weg nach Westberlin«, stellte Matthias fest.

»Die halbe Republik ist unterwegs. Niemand arbeitet heute.« Jürgen lachte glücklich auf.

Rosemarie wirkte regelrecht verstört, aber dann lächelte sie das breiteste Lächeln, zu dem sie fähig war. Sie sprang auf, fiel Matthias um den Hals. »Endlich«, rief sie aus. »Endlich.« Und dann ließ sie ihn los, rannte zum Radio, stellte es so laut sie konnte und sang laut mit: »Über sieben Brücken musst du gehn.«

Die ganze Welt hatte sich verändert, fand Rosemarie. Sie fühlte sich leicht und unbeschwert. Die Leute auf der Straße und in den Geschäften lachten, lächelten wenigstens. Die Kinder tobten besonders wild herum, weil die Erwachsenen sie heute nicht ermahnten. So viel Hoffnung hatte Rosemarie noch nie gesehen.

Matthias war trotz seines Urlaubs in die Rindermastanlage gefahren. »Ich muss meine Forschungsergebnisse sichern«, erklärte er. »Kein Mensch weiß ja, was in den nächsten Tagen und Wochen passiert.«

Rosemarie aber setzte für den heutigen Abend einen Dankgottesdienst an. Und dann überlegte sie, wann sie in den Westen fahren würde. Ach, wie gern würde sie sich alles da drüben genau anschauen! Wenn schon die Westpakete dufteten wie französisches Parfüm, wie würde dann erst der Westen duften? Sie würde in einen Supermarkt gehen, das hatte sie sich fest vorgenommen. Mit eigenen Augen wollte sie die Fülle sehen, sie würde die Farben aufsaugen und in ihrem Gedächtnis speichern.

Sie war nicht fähig, sich zu konzentrieren, sie wollte unter Menschen sein. Sie ging zum Rathaus, stellte sich an der Schlange an. Vor ihr behauptete eine Frau, die sie aus der Gemeinde kannte, ihren Platz. »Denkst du, alles wird wieder rückgängig gemacht?«, erkundigte sich Rosemarie.

»Ich will's nicht hoffen. Den Stempel hole ich mir auf jeden Fall.«

Ein Mann, den Rosemarie nur vom Sehen kannte, wollte wissen: »Wo haben Sie es denn gehört?«

Da lachte Rosemarie laut auf. »Gar nichts haben wir gehört. Stellen Sie sich das mal vor. Wir haben die Grenzöffnung verschlafen.«

Die Umstehenden lachten, und Rosemarie fühlte sich gut und richtig an dem Platz, an dem sie gerade stand: mitten im Osten mit einer Fahrkarte in den Westen.

Kapitel 38

Der Samstag begann trüb, aber in Rosemarie schien die Sonne. Gut gelaunt stand sie auf.

»Die Zimmerleute sind zurück aus Westberlin. Jens hat angerufen. Sie wollen heute noch fertig werden mit dem Dachgerüst. Und dann ziehen sie gleich noch den Richtkranz auf.«

Matthias lehnte sich im Küchenstuhl zurück. »Der Mauerfall bekommt dir gut, mein Liebes. Du strahlst seit zwei Tagen.«

»Wirklich?«

»Ja, wirklich.«

Eine halbe Stunde später fuhren sie auf den Hügel, um den Zimmerleuten zur Hand zu gehen.

Zuerst aber ging Rosemarie in den ehemaligen Küchengarten. Braune Blätter lagen auf den dunklen Erdschollen. Sie hockte sich hin, nahm eine Handvoll Erde und zerkrümelte sie zwischen den Fingern. Und plötzlich überkam sie ein Gefühl, von dem sie gar nicht gewusst hatte, dass sie es seit Jahrzehnten vermisst hatte. Das Gefühl hieß Heimat.

Heike kam zu ihr. »Was machst du da?«

»Ich denke daran, wie hier früher alles war. Dort drüben wuchs der Salat. Da die Möhren, dort der Kohlrabi. Es wäre schön, wenn es eines Tages wieder so sein könnte.«

»Du hast freie Hand, Mutter. Du kannst im nächsten Jahr in Rente gehen und hier werken, wie du willst. Das heißt, wenn Elisabeth dich lässt.«

Rosemarie nahm ihre Tochter kurz in den Arm. Das tat sie selten, aber heute musste es sein. »Wie bist du nur so ein fröhlicher Mensch geworden neben mir?«

Heike lachte. »Das war leicht. Du hast mich immer geliebt, und ich habe diese Liebe jeden Tag gespürt.«

Rosemarie musste schlucken. »Danke, Heike. Du hast ja keine Ahnung, was mir diese Worte bedeuten.«

Der Tag verging, und endlich wurde der Richtkranz aufgezogen. Der Polier hielt eine kurze Rede, dann gab es Würstchen vom Grill, Bier und Glühwein. Die Kälte hatte angezogen, und allmählich wurde es ungemütlich. Die Zimmerleute räumten ihre Sachen zusammen und verschwanden. Die Familie aber konnte sich nicht vom halb fertigen neuen Weinschlösschen trennen. Sie standen davor, blickten auf den Richtkranz, und jeder hatte seine eigenen Gedanken dazu. Heike dachte: Wie schön es sein wird, hier im Grünen mit Marlene zu leben. Und den Weinberg gleich vor der Nase.

Jens dachte: Für ein Kind allein ist doch das Schlösschen ein bisschen einsam. Ich wünsche mir noch ein Kind.

Matthias dachte: Nobel. Und wie glücklich meine Rosemarie ist.

Jürgen dachte: Dass ich meine letzten Tage auf einem

Schlösschen verbringen werde, hat mir auch keiner an der Wiege gesungen.

Und Elisabeth dachte: Jetzt ist alles gut. Nur einer fehlt ...«

Hinter ihnen hupte es anhaltend. Sie fuhren herum. Ein großer Opel hielt vor dem Haus.

»Franz!« Elisabeth stürzte hin, umarmte Bruder und Schwägerin. »Was macht ihr denn hier? Wie seid ihr hergekommen? Ich habe gerade an dich gedacht, habe gedacht, dass zu meinem Glück nur noch du fehlst.«

»Wir haben uns heute Vormittag ins Auto gesetzt und sind hergefahren. Fünfeinhalb Stunden. Ohne Pause.«

Petra rief: »Franz, jetzt sieh doch mal. Der Richtkranz.«

Franz trat einen Schritt zurück, betrachtete den Rohbau mit dem Richtkranz und fasste nach Elisabeths Hand. »Wir kommen nach Hause, Schwester. Wir haben unser Zuhause wieder. Das Weinschlösschen lebt.«

Und Heike ergänzte: »Und in drei Jahren wird es den ersten Wein vom neuen Weingut Saale-Premium geben.«